TAHEREH MAFI

Rette mich vor dir

Buch

»Du«, und er flüstert das Wort, prägt es in meine Haut. Zögert.
Dann. Noch sanfter. »Du zerstörst mich.«

In einer spektakulären Aktion ist Juliette und Adam die Flucht aus
der Gewalt des Reestablishment in die Sicherheit von Omega Point
gelungen: eine geheime Zufluchtsstätte, in der der charismatische Anführer Castle die Gegner des korrupten und grausames Regimes um
sich gesammelt hat und nun eine Revolte plant. Viele der Bewohner
Omegas sind dabei, ähnlich wie Juliette und Adam, mit besonderen
Fähigkeiten und Kräften ausgestattet – und zum ersten Mal in ihrem
Leben fühlt sich Juliette als Teil einer Gemeinschaft, zum ersten Mal
keimt die Hoffnung in ihr auf, kein abartiges Monster zu sein, sondern
eine Bestimmung zu haben.
Doch der Fluch ihrer tödlichen Berührung verfolgt sie auch hier – zu-
mal Adam nicht länger völlig immun dagegen ist. Während ihre Liebe
zueinander immer unmöglicher scheint, rückt der Krieg mit dem
Reestablishment unaufhaltsam näher. Und mit ihm das Wiedersehen
mit dem dunklen und geheimnisvollen Warner, hinter dessen scheinbar
gefühlloser Fassade sich so viel mehr verbirgt, als es den Anschein hat ...

Weitere Informationen zu Tahereh Mafi
sowie zu lieferbaren Titeln der Autorin
finden Sie am Ende des Buches.

Tahereh Mafi

Rette mich vor dir

Roman

Deutsch
von Mara Henke

GOLDMANN

Die Originalausgabe erschien erschien 2013
unter dem Titel »Unravel me« bei Harper,
an imprint of HarperCollins Publishers, New York.

Das Zitat auf S. 292 aus William Shakespeares »Der Sturm«
entstammt der deutschen Übersetzung von August Wilhelm Schlegel,
Erstdruck in: Shakspeare's dramatische Werke.
Übersetzt von August Wilhelm Schlegel, Bd. 3, Berlin 1798.

MIX
Papier | Fördert
gute Waldnutzung
FSC® C014496

Penguin Random House Verlagsgruppe FSC® N001967

6. Auflage
Taschenbuchausgabe Februar 2015
Wilhelm Goldmann Verlag, München,
in der Penguin Random House Verlagsgruppe GmbH
Copyright © der Originalausgabe 2013 by Tahereh Mafi
Copyright © der deutschsprachigen Ausgabe 2013
by Wilhelm Goldmann Verlag, München,
in der Penguin Random House Verlagsgruppe GmbH
Published by arrangement with Tahereh Mafi
Dieses Werk wurde vermittelt durch die
Literarische Agentur Thomas Schlück GmbH, 30827 Garbsen.
Umschlaggestaltung: UNO Werbeagentur, München
Umschlagmotiv: Yolande de Kort / ARCANGEL IMAGES;
FinePic®, München
Th · Herstellung: Str.
Druck und Bindung: GGP Media GmbH, Pößneck
Printed in Germany
ISBN 978-3-442-48171-2

www.goldmann-verlag.de

Für meine Mutter.
Den besten Menschen, den ich kenne.

1

Vielleicht ist die Welt heute ein pralles Spiegelei.

Vielleicht tropft der große gelbe Ball in die Wolken, verläuft am leuchtend blauen Himmel, der kalte Hoffnung verheißt und heuchlerische Versprechen von schönen Erinnerungen macht, von wahren Familien, herzhaftem Frühstück, Bergen von Pancakes, triefend vor Ahornsirup, in einer Welt, die es nicht mehr gibt.

Doch vielleicht ist es auch ganz anders.

Vielleicht ist es heute düster und nasskalt, vielleicht weht ein scharfer Wind, der erwachsenen Männern die Haut von den Knöcheln schneidet. Vielleicht schneit es. Oder es regnet. Ich weiß nicht, ob das Wasser gefriert, ob es hagelt, ob ein Hurrikan zu einem Tornado wird und die Erde bebt und aufbricht, um Platz zu schaffen für all unsere Vergehen.

Ich habe nicht die geringste Ahnung.

Ich kann durch kein Fenster mehr blicken. Ich kann nicht nach draußen schauen. Mein Blut ist so kalt wie Eis, und ich bin 15 Meter tief unter der Erde begraben, in einem Trainingsraum, der seit einiger Zeit mein zweites Zuhause ist. Tagtäglich starre ich auf diese 4 Wände und sage mir *Ich bin nicht gefangen Ich bin nicht gefangen Ich bin nicht gefangen*. Doch manchmal zerkratzen die alten Ängste meine Haut, und ich werde das Grauen nicht los, das mir an die Gurgel geht.

Ich habe so viel versprochen, als ich hier eintraf.

Jetzt bin ich nicht mehr so sicher. Jetzt bin ich voller Unruhe. Jetzt ist mein Geist ein Verräter, denn meine Gedanken

erwachen jeden Morgen mit panischem Blick und schweiß-
nassen Händen und nervösem Kichern, das in meiner Brust
hockt, das hervorbrechen will, und der Druck wird schlimmer und schlimmer und *schlimmer*

Das Leben hier ist nicht, wie ich es erwartet hatte.

Meine neue Welt ist in Waffenstahl geritzt, mit Silber ver-
siegelt, durchtränkt vom Geruch nach Stein und Metall. Die
Luft ist eisig, die Matten am Boden sind orangefarben; die
Lichter und Schalter piepsen und flackern, elektronisch und
elektrisch, neongrell. Hier herrscht immer Unruhe – viele
Körper, Flüstern und Schreie in den Fluren, hastige Schritte,
nachdenkliche Schritte. Wenn ich angestrengt lausche, dann
höre ich, wie Gehirne arbeiten, wie Stirnen sich in Falten
legen, wie Finger an Kinne und Lippen und Nasen tippen.
Ideen werden herumgetragen in Taschen, Gedanken auf jeder Zungenspitze präsentiert; Augen verengen sich konzentriert, man macht Pläne, die mich interessieren sollten.

Doch nichts funktioniert, meine Einzelteile sind kaputt.

Ich soll meine Energie aktivieren, sagte Castle. Unser beider Gabe ist Energie. Die Materie wird niemals geschaffen
oder zerstört, sagte er zu mir, und wenn sich die Welt wandelt, wandelt sich auch die Energie. Unsere Fähigkeiten ent-
stammen dem Universum, anderer Materie, anderer Energie.
Wir sind nicht abnormal. Wir sind unvermeidliche Ergebnisse der perversen Manipulationen unserer Erde. Unsere
Energie hat einen Ursprung, sagte er. Und ist auch in dem
Chaos um uns her enthalten.

Das leuchtet ein. Ich weiß noch, wie die Welt aussah, als
ich sie hinter mir ließ.

Ich erinnere mich an den wütenden Himmel und die
Sonne, die allabendlich unter dem Mond zusammenbrach.
Ich erinnere mich an die aufgeplatzte Erde und die struppi-
gen Sträucher und das einstige Grün, das zu Braun geworden

war. Ich denke an das Wasser, das wir nicht mehr trinken können, und die Vögel, die nicht mehr fliegen, und unsere Kultur, die nur noch aus ein paar Baracken auf verwüstetem Land besteht.

Der Planet ist ein gebrochener Knochen, der nicht mehr heilen kann, zersplittert in tausend Bruchstücke, die man verklebt hat. Wir sind zerstört und rekonstruiert worden, bekommen tagtäglich zu hören, dass wir so funktionieren sollen wie früher. Doch das ist eine Lüge, alles ist eine Lüge; jeder Mensch jeder Ort jedes Ding jede Idee ist eine Lüge.

Ich funktioniere nicht richtig.

Ich bin nur das Ergebnis einer Katastrophe.

2 Wochen sind am Straßenrand kollabiert, verlassen und schon vergessen worden. 2 Wochen bin ich hier, und seit 2 Wochen kampiere ich auf einem Bett aus Eierschalen und frage mich, wann etwas zerbrechen wird, wann ich etwas zerbrechen werde, wann alles auseinanderbrechen wird. Nach 2 Wochen hätte ich glücklicher und gesünder sein sollen, hätte ich besser und tiefer schlafen sollen in dieser sicheren Umgebung. Doch ich frage mich voller Sorge, was geschehen wird, ~~wenn~~ falls ich versage, falls ich nicht richtig trainiere, falls ich ~~absichtlich~~ versehentlich jemanden verletze.

Wir bereiten uns auf einen verfluchten Krieg vor.

Deshalb trainiere ich. Wir bereiten uns alle darauf vor, Warner und seine Truppen zu besiegen. Eine Schlacht nach der nächsten zu schlagen. Den Bürgern unserer Welt zu zeigen, dass es noch Hoffnung gibt – dass sie sich den Forderungen des Reestablishment nicht unterwerfen und Sklaven eines Regimes werden müssen, das sie ausbeuten will, um immer mehr Macht zu bekommen. Und ich habe eingewilligt zu kämpfen. Eine Kriegerin zu sein. Meine Kräfte einzusetzen, wider besseres Wissen. Doch der Gedanke, jemanden zu berühren, bringt eine Flut von Erinnerungen zurück, von Gefühlen, auch etwas von dem Kraftschub, den ich nur empfinde, wenn ich Haut berühre, die gegen meine nicht gewappnet ist. Es ist ein Gefühl von Unbesiegbarkeit; eine qualvolle Form von Euphorie; eine intensive Lebendigkeit, die jede Pore meines Körpers durchdringt. Ich weiß nicht, was mir das antun wird. Ich weiß nicht, ob ich darauf vertrauen kann, dass ich Kraft schöpfen werde aus den Leiden anderer.

Ich weiß nur, dass Warners letzte Worte in meiner Brust gefangen sind. Und dass ich die Kälte und die Wahrheit, die mich im Hals würgen, nicht aushusten kann.

Adam ahnt nicht, dass Warner mich berühren kann.

Niemand ahnt es.

Warner sollte eigentlich tot sein. Warner sollte tot sein, weil ich auf ihn geschossen habe, aber niemand ahnt, dass ich nicht schießen kann, und nun ist er aufgebrochen, um mich zu suchen.

Um zu kämpfen.

Um mich.

2

Ein scharfes Klopfen, die Tür fliegt auf.

»Ah, Ms Ferrars. Ich weiß nicht, was Sie zu erreichen hoffen, indem Sie in der Ecke sitzen.« Castles unbekümmertes Grinsen tanzt vor ihm herein.

Ich hole tief Luft und will mich zwingen, Castle anzuschauen, doch es misslingt. Stattdessen flüstere ich eine Entschuldigung und höre, wie jämmerlich meine Worte klingen in diesem großen Raum. Meine Finger krallen sich in die dicken Matten am Boden, und ich denke, dass ich nicht das Geringste geschafft habe, seit ich hier bin. Es ist demütigend, so demütigend, einen der wenigen Menschen zu enttäuschen, die jemals freundlich zu mir waren.

Castle bleibt vor mir stehen und wartet, bis ich schließlich aufschaue. »Sie müssen sich nicht entschuldigen«, sagt er. Wenn man seine klaren braunen Augen und sein offenes Lächeln sieht, vergisst man leicht, dass er der Führer von Omega Point ist. Der Kopf der gesamten Untergrundbewegung, die gegen das Reestablishment kämpft. Seine Stimme ist so sanft und einfühlsam, und das macht es fast noch schlimmer. ~~Manchmal wünsche ich mir, er würde mich anschreien.~~ »Aber«, fährt er fort, »Sie müssen lernen, Ihre Energie zu aktivieren, Ms Ferrars.«

Er schweigt.

Geht ein paar Schritte.

Legt die Hand auf den Stapel Ziegel, die ich zertrümmert haben sollte. Er reagiert nicht auf meine rotunterlaufenen

Augen oder die Metallrohre, die ich quer durch den Raum geworfen habe. Sein Blick verweilt nicht bei den Blutspuren auf den seitlich aufgestapelten Holzplanken; er fragt mich nicht, warum meine Fäuste geballt sind und ob ich mich wieder selbst verletzt habe. Er neigt den Kopf in meine Richtung, starrt aber auf einen Punkt hinter mir, und seine Stimme ist weich, als er spricht. »Ich weiß, wie schwierig das für Sie ist«, sagt er. »Aber Sie müssen lernen. Unter allen Umständen. Ihr Leben hängt davon ab.«

Ich nicke, lehne mich an die Wand, bin froh über die Kälte und den Schmerz, als sich die Kanten der Ziegel in meinen Rücken bohren. Ziehe die Knie an die Brust, presse die Füße in die Matten am Boden. Bin den Tränen so nahe, dass ich fürchte, gleich loszuschreien. »Ich weiß einfach nicht, wie«, sage ich schließlich. »Ich kenne mich mit alldem nicht aus. Ich weiß nicht einmal, was ich eigentlich tun soll.« Ich starre an die Decke und blinzle blinzle blinzle. Meine Augen fühlen sich feucht an. »Ich weiß nicht, wie ich das schaffen soll.«

»Dann müssen Sie nachdenken«, erwidert Castle unbeirrt. Er hebt eines der Rohre auf, betrachtet es. »Sie müssen die Zusammenhänge begreifen. Als Sie in Warners Folterkammer durch die Wand brachen – als Sie die Stahltür zerstörten, um Mr Kent zu retten –, was ist da geschehen? Weshalb waren Sie in diesen beiden Momenten zu dieser außergewöhnlichen Reaktion imstande?« Er setzt sich auf eine der Matten. Schiebt mir das Rohr zu. »Sie müssen Ihre Fähigkeiten analysieren, Ms Ferrars. Sie müssen sich konzentrieren.«

Konzentrieren.

Nur ein einziges Wort, doch mir wird übel davon. Alle scheinen diese Konzentration von mir zu verlangen. Erst Warner und nun Castle.

Und ich fühle mich außerstande dazu.

Castles tiefes betrübtes Seufzen bringt mich in die Gegenwart zurück. Er steht auf. Streicht das dunkelblaue Sakko mit dem silbernen Omega-Zeichen auf dem Rücken glatt, das er ständig zu tragen scheint. Berührt gedankenverloren seine Dreadlocks, die er wie immer im Nacken zusammengebunden hat. »Sie wehren sich gegen sich selbst«, sagt er ruhig. »Vielleicht sollten Sie zur Abwechslung mit jemandem zusammenarbeiten. Vielleicht wird es Ihnen mit einem Partner leichter fallen, die Verbindung zwischen diesen zwei Ereignissen zu erkennen.«

Ich erstarre, verblüfft. »Aber Sie sagten doch, ich müsse allein arbeiten.«

Er blinzelt, schaut wieder an mir vorbei. Kratzt sich am Ohr, steckt eine Hand in die Tasche. »Darum geht es mir eigentlich gar nicht«, sagt er. »Aber es gab niemanden, der sich freiwillig angeboten hat.«

Ich weiß nicht, weshalb ich scharf einatme, weshalb ich so überrascht bin. Nicht jeder ist wie Adam.

Nicht jeder verfügt über diesen besonderen Schutz vor mir wie er. Niemand außer Adam hat mich jemals berührt und es genossen. ~~Niemand außer Adam und Warner.~~ Doch selbst wenn Adam wollte, könnte er nicht mit mir trainieren. Er ist beschäftigt.

Mit Dingen, über die mir niemand etwas erzählen will.

Und Castle betrachtet mich mit hoffnungsvollem, warmherzigem Blick, ahnungslos, wie schlimm diese Worte für mich sind. Denn obwohl ich die Wahrheit kenne, tut es noch immer weh, sie zu hören. Mit Adam lebe ich in einer wohligen Illusion. Denn alle anderen betrachten mich noch immer als Bedrohung. Als Monster. Als Missgeburt.

~~Warner hatte Recht. Wohin ich auch flüchte: Ich werde mir selbst nicht entkommen.~~

»Was hat sich geändert?«, frage ich. »Wer ist bereit, mit mir zu trainieren?« Ich zögere. »Sie?«

13

Castle lächelt.

Ein Lächeln, das mir die Schamesröte ins Gesicht treibt und meinen Stolz in Grund und Boden tritt. Ich muss dem heftigen Impuls widerstehen hinauszustürmen.

~~Bitte bitte bitte, ich will nicht bemitleidet werden, will ich eigentlich sagen.~~

»Ich wünschte, ich hätte Zeit dafür«, antwortet Castle. »Aber Kenji ist jetzt frei – wir konnten seine Terminpläne umstellen –, und er sagte, er würde sehr gern mit Ihnen arbeiten.« Er zögert einen Moment. »Natürlich nur, falls es Ihnen recht ist.«

Kenji.

Am liebsten würde ich laut lachen. Natürlich ist Kenji der Einzige, der dieses Risiko eingehen würde. Ich habe ihn einmal verletzt. Aus Versehen. Aber seit er uns zum Omega Point gebracht hat, haben wir uns nicht oft gesehen. Er scheint nur seine Mission erfüllt zu haben, und nun führt er wieder sein eigenes Leben. Kenji ist hier eine wichtige Persönlichkeit. Er hat wahnsinnig viel zu erledigen und zu organisieren. Und die anderen mögen ihn offenbar und haben sogar Respekt vor ihm.

Ich frage mich, ob sie ihn jemals so unausstehlich und großmäulig erlebt haben wie ich, als ich ihn kennenlernte.

»Klar«, sage ich und bemühe mich zum ersten Mal seit Castles Eintreffen um einen freundlichen Gesichtsausdruck. »Klingt gut.«

Castle sieht mich an. Erfreut, mit leuchtenden Augen. »Wunderbar. Ich sage ihm Bescheid, dann können Sie morgen zusammen frühstücken und danach loslegen.«

»Oh, aber ich frühstücke sonst –«

»Ich weiß«, fällt Castle mir ins Wort. Sein Lächeln schwindet, und auf seiner Stirn zeichnen sich Sorgenfalten ab. »Sie nehmen Ihre Mahlzeiten gerne mit Mr Kent ein. Das weiß ich. Aber Sie haben bislang kaum Zeit mit den anderen Menschen hier verbracht, Ms Ferrars, und wenn Sie in Omega Point bleiben wollen, müssen Sie lernen, Vertrauen zu uns zu fassen. Die Menschen hier fühlen sich Kenji sehr verbunden. Er kann für Sie eintreten. Wenn die anderen Sie beide zusammen sehen, wird es ihnen leichter fallen, ihre Scheu vor Ihnen abzubauen. Und Ihnen selbst wird es helfen, sich hier einzugewöhnen.«

Mein Gesicht brennt wie mit heißem Öl bespritzt; ich winde mich innerlich, meine Finger zucken, mein Blick weiß nicht, wohin, und ich versuche den Schmerz in meiner Brust niederzuringen. »Aber sie – sie haben Angst vor mir«, flüstere ich, heiser, erstickt. »Ich – will niemandem lästig sein. Ich will – niemanden stören ...«

Castle stößt einen tiefen Seufzer aus. Er blickt auf seine Füße, schaut wieder hoch. Kratzt sich unterm Kinn. »Die Leute haben nur Angst«, sagt er schließlich, »weil man Sie noch nicht kennt. Wenn Sie sich nur ein kleines bisschen mehr bemühen würden – wenn Sie nur mal *versuchen* würden, die anderen näher kennenzulernen –« Er verstummt. Runzelt die Stirn. »Sie sind schon seit zwei Wochen hier, Ms Ferrars, und sogar mit Ihren Zimmergenossinnen sprechen Sie so gut wie nie.«

»Aber das heißt doch nicht – ich finde sie toll –«

»Und dennoch sind Sie so verschlossen? Verbringen keine Zeit mit den beiden? Warum?«

~~Weil ich noch nie Freundinnen hatte. Weil ich Angst habe, ich könnte etwas falsch machen, etwas Unpassendes sagen, und dann könnten sie mich verabscheuen wie all die anderen Mädchen, die ich kannte. Und ich mag die Zwillinge so gerne, dass die unvermeidliche Zurückweisung umso schlimmer wäre.~~

Ich bleibe stumm.

Castle schüttelt den Kopf. »Am ersten Tag hier sind Sie so gut zurechtgekommen. Zu Brendan waren Sie geradezu *nett*. Ich weiß nicht, was seither passiert ist. Ich hatte angenommen, dass Sie sich bei uns wohlfühlen würden.«

Brendan. Der dünne weißblonde Junge, der Elektrizität im Körper hat. Ich erinnere mich an ihn. Er war nett zu mir. »Ich mag Brendan«, sage ich betroffen. »Ist er böse auf mich?«

»*Böse?*« Castle schüttelt den Kopf und lacht laut auf. Meine Frage lässt er unbeantwortet. »Ich verstehe das nicht, Ms Ferrars. Ich habe mich bemüht, geduldig zu sein und Ihnen viel Zeit zu lassen, muss nun aber gestehen, dass ich mich ziemlich wundere. Als Sie hier ankamen, waren Sie ganz anders – fröhlich und offen. Doch binnen einer Woche haben Sie sich verschlossen. Sie suchen nicht einmal Blickkontakt, wenn Sie den Flur entlanggehen. Haben Sie vergessen, was eine Unterhaltung ist? Oder Freundschaft?«

Ja.

1 Tag, an dem ich mich eingewöhnte. 1 Tag, um meine Umgebung kennenzulernen. 1 Tag, an dem ich mich über mein neues Leben freute. Und 1 Tag, an dem alle erfuhren, wer ich bin und was ich getan habe.

Castle spricht nicht über die Mütter, die ihre Kleinen wegzerren, sobald ich auf sie zukomme. Er verliert kein Wort über die feindseligen Blicke und die abweisenden Worte, die ich seit meinem Eintreffen hier erdulden musste. Über die Kinder, die man angewiesen hat, einen weiten Bogen um mich zu machen, und die wenigen älteren Leute, die mich nicht aus den Augen lassen. Ich kann nur erahnen, was sie über mich gehört haben und von wem.

Juliette.

Ein Mädchen, das durch Berührung warmblütigen Menschen die Kraft aus dem Leibe saugt, bis sie als gelähmte leblose Kadaver am Boden liegen. Ein Mädchen, das den größten Teil seines Lebens in Kliniken und Jugendstrafanstalten zugebracht hat. Das von seinen eigenen Eltern für geistesgestört erklärt und zu einem Leben in Isolation verdammt wurde, in einem Irrenhaus, in dem nicht einmal Ratten leben wollten.

Ein Mädchen.

So machthungrig, dass sie ein Kind tötete. Ein Kleinkind folterte. Einen erwachsenen Mann in die Knie zwang. Ein Mädchen, das nicht einmal genug Anstand besitzt, um sich selbst zu töten.

All das ist nicht gelogen.

Deshalb blicke ich Castle nur an, mit Farbflecken auf den Wangen und lautlosen Buchstaben auf den Lippen und Augen, die sich weigern, ihre Geheimnisse preiszugeben.

Er seufzt.

Will anscheinend etwas sagen. Versucht zu sprechen, doch dann betrachtet er mein Gesicht und überlegt es sich anders. Er nickt nur knapp, holt tief Luft, tippt auf seine Uhr, sagt »noch drei Stunden bis zur Schlafenszeit« und wendet sich zum Gehen.

In der Tür bleibt er noch einmal stehen.

»Ms Ferrars«, sagt er plötzlich leise, ohne sich umzudrehen. »Sie haben sich dafür entschieden, bei uns zu bleiben, mit uns zu kämpfen, ein Mitglied von Omega Point zu werden.« Er hält kurz inne. »Wir brauchen Ihre Unterstützung. Und ich fürchte, die Zeit ist knapp.«

Ich sehe ihm nach, als er hinausgeht.

Horche auf das Echo seiner Schritte draußen im Gang. Lehne den Kopf wieder an die Wand. Schließe die Augen. Seine Stimme hallt in meinem Kopf wider, ernsthaft und ruhig.

Die Zeit ist knapp, hatte er gesagt.

Als sei Zeit etwas, das begrenzt sei. Das man bei der Geburt in Schalen gereicht bekommt, und wenn man zu viel oder zu schnell davon isst, dann sei sie verloren, verschwendet, aufgegessen, verbraucht.

Doch Zeit entzieht sich unserem Verständnis. Sie ist endlos, existiert unabhängig von uns; sie kann nicht knapp sein, und wir können sie nicht verlieren oder festhalten. Die Zeit bewegt sich vorwärts, auch wenn wir es nicht tun.

Wir haben viel Zeit, hätte Castle sagen sollen. Wir haben alle Zeit der Welt, hätte er zu mir sagen sollen. Doch das hat er nicht getan, weil er glaubt, dass tick tack unsere Zeit tick tack eigenmächtig handelt. Dass sie in eine bislang unbekannte Richtung rast und mit voller Wucht auf etwas anderes prallt und

tick

tick

tick

tick

tick

es schon beinahe Zeit ist

für den Krieg.

3

Ich könnte ihn berühren.

Seine Augen: dunkelblau. Seine Haare: dunkelbraun. Sein Hemd: zu eng an den richtigen Stellen. Und seine Lippen, seine Lippen beben, legen den Schalter um, der mein Herz in Brand steckt, und mir bleibt nicht einmal genug Zeit zu blinzeln und auszuatmen, bevor seine Arme mich umfangen.

Adam.

»Hey, du«, flüstert er an meinem Hals.

Ich unterdrücke ein Schaudern, als das Blut mir in die Wangen schießt und sie rötet, und für einen Augenblick, nur für diesen einen Augenblick, erlaube ich mir, wehrlos zu sein und von Adam gehalten zu werden. »Hey«, raune ich lächelnd und atme seinen Duft ein.

Es ist der reinste Luxus.

Wir sind so gut wie nie allein. Adam wohnt mit seinem jüngeren Bruder James in einem Zimmer und ich mit den Heilerzwillingen. Uns bleiben jetzt höchstens 20 Minuten, bevor die Mädchen hereinkommen, und diese Zeit will ich ganz und gar auskosten.

Meine Augen fallen zu.

Adams Arme umfassen meine Taille, ziehen mich zu ihm, und mein Verlangen ist so heftig, dass ich Mühe habe, nicht von Kopf bis Fuß zu zittern. Es ist, als hätten sich meine Haut und meine Knochen so viele Jahre nach menschlicher Nähe und Wärme gesehnt, dass ich jetzt kein Maß finde. Ich bin wie ein halb verhungertes Kind, das sich den Bauch vollschlägt, in der Fülle dieser Momente schwelgt, als könne es jeden Augenblick erwachen und merken, dass es noch immer für die Stiefmutter den Küchenboden kehren muss.

Doch dann spüre ich Adams Lippen an meiner Wange, und meine Sorgen ziehen ein prachtvolles Kleid an und spielen für eine Weile eine andere Rolle.

»Wie geht's dir?«, frage ich und schäme mich, weil meine Stimme unstet klingt, obwohl er mich noch kaum in den Armen gehalten hat, aber ich kann ihn einfach nicht loslassen. Lachen bebt in seinem Körper, sanft und üppig und liebevoll. Doch er sagt nichts, und ich weiß, dass er mir die Antwort schuldig bleiben wird.

Wir haben so oft versucht, uns zusammen hinauszuschleichen, und jedes Mal sind wir erwischt und gerügt worden. Wenn das Licht aus ist, dürfen wir unsere Zimmer nicht verlassen. Nach unserer Schonzeit – die nur unserem abrupten Eintreffen zu verdanken war – mussten Adam und ich uns genauso an die Vorschriften halten wie alle anderen. Und es gibt viele Vorschriften hier.

Die Sicherheitsvorkehrungen – Kameras überall, in jedem Gang, an jeder Ecke – sollen einen Angriff verhindern. Nachts sind draußen Wachen unterwegs und achten auf alles, was von der Normalität abweicht. Castle und sein Team überlassen nichts dem Zufall, um Omega Point zu schützen. Sobald sich irgendwer der verborgenen Siedlung nähert, wird sofort alles Nötige unternommen, um Eindringlinge fernzuhalten.

Castle glaubt, dass nur diese strikte Wachsamkeit die Entdeckung des unterirdischen Stützpunkts bisher verhindert hat, und vermutlich hat er Recht. Doch ebendiese Maßnahmen führen dazu, dass Adam und ich keine Zeit für uns alleine haben. Wir sehen uns nur bei den Mahlzeiten, die wir mit all den anderen einnehmen müssen. Und meine gesamte Freizeit muss ich in diesem Trainingsraum zubringen, um zu lernen, wie ich meine Energie »nutzbar« machen kann. Adam ist ebenso unglücklich wie ich über diesen Zustand.

Ich berühre seine Wange.

Er holt tief Luft. Schaut mich an. Spricht zu mir mit den Augen, sagt mir so viel, dass ich den Blick abwenden muss, weil ich alles spüre. Meine Haut ist extrem empfindsam, endlich endlich endlich zum Leben erweckt, und pulsiert von Gefühlen, die so intensiv sind, dass ich mich ihrer beinahe schäme.

Und ich kann sie nicht verbergen.

Adam sieht, was er mit mir macht, was mit mir geschieht, wenn seine Fingerspitzen über meine Haut streichen, wenn seine Lippen sich meinem Gesicht nähern, wenn die Wärme seines Körpers in mich dringt und meine Augen zufallen, meine Glieder zittern, meine Knie weich werden. Und ich sehe, was mit ihm geschieht, wenn er meine Reaktion erlebt. Manchmal lässt er mich leiden, lächelt, wenn er sich zu viel Zeit lässt, genießt es, wenn mein Herz einen Trommelwirbel schlägt, wenn ich mein hastiges Atmen verbergen will, wenn ich hundert Mal schlucken muss, weil er so lange braucht, um mich zu küssen. Ich kann ihn nicht einmal anschauen, ohne jeden einzelnen Moment mit ihm noch einmal zu durchleben, jede Erinnerung an seine Lippen, seine Berührungen, seinen Duft, seine Haut. Das ist alles so extrem, so überwältigend, so vielfältig, so neu, all diese erlesenen Wahrnehmungen, die ich nicht kannte, nie gefühlt habe, nie erleben durfte.

~~Manchmal fürchte ich, dass sie mich umbringen werden~~.

Ich reiße mich los; mir ist heiß und kalt zugleich, und ich hoffe nur, dass ich mich beherrschen kann, hoffe, dass er vergisst, wie leicht er mich um den Verstand bringt. Weiß, dass ich mich konzentrieren muss, um mich zu fassen. Ich stolpere rückwärts; verberge das Gesicht in den Händen, will etwas sagen, aber alles zittert, und ich sehe, wie er mich anschaut – als wolle er mich mit einem einzigen Atemzug in sich einsaugen.

Nein, scheint er zu flüstern.

Und dann spüre ich nur noch seine Arme, höre, wie er verzweifelt meinen Namen murmelt, und ich zerfalle in seiner Umarmung, löse mich auf, bemühe mich nicht mehr, das Zittern in mir zu zähmen, und er ist so heiß, seine Haut ist so heiß, und ich weiß nicht mehr, wo ich bin.

Seine rechte Hand gleitet über meinen Rücken und zieht den Reißverschluss meines Anzugs hinunter, bis er halb geöffnet ist, und es ist mir einerlei. Ich habe 17 Jahre nachzuholen, und ich will alles spüren. Ich werde nicht abwarten und mit Wer-weiß und Was-wenn und später mit schrecklichem Bedauern leben. Ich will alles spüren, damit ich nicht plötzlich feststellen muss, dass dieser Zustand Vergangenheit ist, dass meine Chance da war und fortging und nie mehr wiederkommen wird. Dass meine Hände diese Wärme nie wieder spüren werden.

Das wird nicht passieren.

Das werde ich nicht zulassen.

Ich merke nicht, dass ich mich so eng an ihn schmiege, dass ich unter seinen dünnen Baumwollsachen jede Kontur seines Körpers spüre. Meine Hände gleiten unter sein Hemd, und ich höre seinen stockenden Atem, spüre, wie sich seine starken Muskeln straffen, und ich sehe, dass er die Augen zusammenkneift, als habe er Schmerzen, und plötzlich durchwühlen seine Hände mein Haar, verzweifelt, und seine Lippen sind so nah. Er lehnt sich an mich, und meine Füße heben ab, und ich schwebe, ich fliege, bin nur noch verankert durch den Orkan in meinen Lungen und dieses Herz, das zu schnell pocht pocht pocht.

Unsere Lippen
finden sich

und ich weiß, ich werde zerspringen. Er küsst mich, als habe er mich verloren und wieder gefunden, als entgleite ich ihm und er wolle mich für immer festhalten. Schreien will ich, immer wieder, zerbrechen will ich, immer wieder, sterben will ich in dem Wissen um diesen Kuss, dieses Herz, diese weiche Explosion, die sich anfühlt, als hätte ich einen Schluck Sonne getrunken, als hätte ich mir den achten, neunten und zehnten Himmel einverleibt.

Das.

Es löst überall Sehnsucht aus.

Adam löst sich, schwer atmend, seine Hände tasten sich unter den dünnen Stoff meines Anzugs, und Adams Haut ist heiß, so heiß, und ich bin so durcheinander, dass ich ihn nicht verstehe, als er spricht.

Aber er sagt etwas.

Worte, tief und rau in meinem Ohr, aber ich verstehe nur Kauderwelsch, Konsonanten und Vokale und gebrochene Silben. Das Klopfen von Adams Herzen bricht aus seiner Brust und taumelt in meine. Seine Finger folgen Geheimbotschaften auf meiner Haut. Seine Hände gleiten im satinglatten Stoff meines Anzugs nach unten, streicheln die Innenseiten meiner Schenkel, meine Kniekehlen und wandern nach oben oben oben, und ich frage mich, ob man zugleich wach und ohnmächtig sein kann, und so fühlt es sich wohl an, wenn man hyperventiliert, zu viel Sauerstoff in die Lunge bekommt. Adam zieht mich mit sich, sinkt an die Wand. Packt meine Hüften. Reißt mich an sich.

Ich keuche.

Seine Lippen kosen meinen Hals. Seine Wimpern streifen die Haut unter meinem Kinn, und er sagt etwas, etwas, das sich wie mein Name anhört, und er küsst mein Schlüsselbein und meine Schultern, und seine Lippen, seine Lippen und seine Hände erkunden die Wölbungen und Flächen meines

Körpers, und seine Brust hebt und senkt sich, und er flucht leise und hält inne und sagt, *Gott, du fühlst dich so gut an*

und mein Herz ist ohne mich zum Mond geflogen.

Ich liebe es, wenn er das zu mir sagt. Ich liebe es, weil es so anders ist als alles, was ich mir mein Leben lang anhören musste, und ich wünschte, ich könnte mir diese Worte in die Tasche stecken und sie ab und an berühren, um mich daran zu erinnern, dass es sie gibt.

»Juliette.«

Mir stockt der Atem.

Es gelingt mir kaum, aufzuschauen und irgendetwas klar zu erkennen, außer der Vollkommenheit dieses Augenblicks, aber nicht einmal das ist wichtig, denn Adam lächelt. Er lächelt wie jemand, dessen Lippen von Sternen gesäumt sind, und er schaut mich an, schaut mich an, als sei ich sein Ein und Alles, und ich möchte am liebsten weinen.

»Schließ die Augen«, flüstert er.

Und ich vertraue ihm.

Deshalb gehorche ich.

Er küsst das eine Lid, dann das andere. Kinn, Nase, Stirn. Meine Wangen. Beide Schläfen.

Jeden

Zentimeter

an meinem Hals

und plötzlich

weicht er so abrupt zurück, dass er mit dem Kopf an die raue Wand stößt. Ich erstarre vor Schreck. »Was ist passiert?«, flüstere ich.

Adam versucht sich zu beherrschen, aber er atmet hastig, schaut sich hektisch um und stottert: »Tu– Tut mir leid, da war – ich meine, ich dachte –« Er wendet den Blick ab. Räuspert sich. »Ich – ich dachte, ich hätte etwas gehört. Ich dachte, jemand würde reinkommen.«

Natürlich.

Adam darf gar nicht hier sein.

In Omega Point sind Frauen und Männer in unterschiedlichen Trakten untergebracht. Castle behauptet, das werde so gehandhabt, damit die Frauen sich wohl und sicher fühlen – vor allem, da man sich die Badezimmer teilen muss –, und ich finde das eigentlich gut. Es ist schon angenehm, nicht gemeinsam mit alten Männern duschen zu müssen. Aber diese Regelung macht es für Adam und mich schwer, uns zu treffen – und wenn es uns dann selten genug gelingt, haben wir dauernd Angst, ertappt zu werden.

Adam lehnt sich an die Wand und zuckt zusammen. Ich berühre seinen Kopf.

Er duckt sich weg.

Ich erstarre.

»Alles … okay mit dir?«

»Ja, schon.« Er seufzt. »Es ist nur – ich meine –« Er schüttelt den Kopf. »Keine Ahnung.« Er senkt den Kopf. »Irgendwas stimmt nicht mit mir.«

»Hey.« Ich lege meine Fingerspitzen an seinen Bauch. Sein Hemd ist warm von seiner Körperhitze, und ich muss dem Impuls widerstehen, mein Gesicht in dem Stoff zu vergraben. »Kein Problem«, versichere ich ihm. »Du warst doch nur vorsichtig.«

Er lächelt, und das Lächeln sieht traurig und seltsam aus. »Das meine ich nicht.«

Ich starre ihn an.

Er öffnet den Mund. Schließt ihn. Öffnet ihn wieder. »Es – ich meine, das –« Er zeigt auf sich, dann auf mich.

Spricht nicht weiter. Und sieht mich nicht an.

»Ich verstehe nicht –«

»Ich werde *wahnsinnig*«, flüstert er.

Ich sehe ihn an. Sehe ihn an und blinzle und stolpere über

Wörter, die ich nicht sehen, nicht finden, nicht aussprechen kann.

Adam schüttelt den Kopf.

Berührt seine Haare. Er sieht verlegen aus, und ich versuche verzweifelt zu verstehen, weshalb. Adam wird nicht verlegen. Er ist niemals verlegen.

Seine Stimme ist rau, als er endlich spricht. »Ich habe so lange darauf gewartet, mit dir zusammen zu sein«, sagt er. »Ich wollte das – ich habe so lange auf dich gewartet, und jetzt, nach alldem –«

»Adam, was willst du –«

»Ich kann nicht *schlafen*. Ich kann nicht schlafen; und ich denke die ganze Zeit an dich – und ich kann nicht –« Er verstummt. Presst die Handballen an die Stirn. Kneift die Augen zusammen. Dreht sich zur Wand, damit ich sein Gesicht nicht sehe. »Du solltest wissen – du musst wissen«, sagt er, und seine Stimme klingt so brüchig, als raubten die Worte ihm alle Kraft, »dass ich mir niemals irgendetwas so sehr gewünscht habe wie dich. Nichts. Weil das – das – ich meine, Gott, ich *will* dich, Juliette, ich will – ich will –«

Seine Stimme versiegt, als er sich zu mir umdreht, und seine Augen flackern zu hell, sein Gesicht ist erhitzt. Sein Blick streift über meinen Körper, lange genug, um den Brennstoff in meinen Adern zu entzünden.

Ich stehe in Flammen.

Ich will etwas sagen, etwas, das wahr und unbeirrt und beruhigend ist. Ich will ihm sagen, dass ich ihn verstehe, dass ich ebenso empfinde, dass auch ich ihn will, aber die Situation ist so angespannt und verwirrend und bedrängend, dass es mir vorkommt, als träume ich. Als hätte ich alle Buchstaben bis auf Q und Z vergessen und wüsste nicht, ob ich die anderen irgendwo nachlesen kann.

Adam zwingt sich, den Blick von mir zu lösen. Schluckt

schwer, blickt zu Boden. Fährt sich mit einer Hand durchs Haar, ballt die andere zur Faust. »Du hast keine Ahnung«, sagt er verzweifelt, »was du mit mir machst. Was für Gefühle du in mir erzeugst. Wenn du mich *berührst* –« Er streicht sich mit zitternder Hand übers Gesicht. Schnaubt, als wolle er lachen, sein Atem ist stockend und heftig, und er kann mich nicht ansehen. Er tritt einen Schritt zurück, flucht leise. Schlägt sich mit der Faust an die Stirn. »Gott, was rede ich da. Scheiße. *Scheiße*. Tut mir leid – vergiss das alles – vergiss, was ich gesagt habe – ich sollte jetzt gehen –«

Ich will meine Stimme wiederfinden, ihn beruhigen, will sagen »Keine Sorge, alles ist gut«, aber ich bin so aufgeregt, so nervös, so außer mir, weil das alles keinen Sinn ergibt. Ich verstehe nicht, was geschieht und weshalb Adam so verwirrt ist, was mich und uns und ihn und mich angeht. Ich weise ihn nicht ab. Ich habe ihn niemals abgewiesen. Meine Gefühle für ihn waren immer klar – er hat keinerlei Grund, unsicher zu sein, und ich weiß nicht, weshalb er mich anschaut, als sei etwas ganz und gar nicht Ordnung –

»Es tut mir so leid«, sagt er. »Ich bin – ich hätte nichts sagen sollen. Ich bin nur – ich bin – *Scheiße*. Ich hätte nicht herkommen sollen. Ich sollte gehen – ich muss jetzt gehen –«

»Was? Adam, was ist passiert? Was redest du da?«

»Das war keine gute Idee«, sagt er. »Ich bin so dumm – ich hätte nicht mal herkommen dürfen –«

»Du bist nicht dumm – mach dir keine Sorgen – alles ist gut –«

Ein lautes Lachen, das blechern klingt. Der Schatten eines gequälten Lächelns verharrt auf seinem Gesicht, während er auf einen Punkt hinter mir starrt. Er schweigt lange. »Na ja«, sagt er dann schließlich, bemüht munter. »Castle denkt da anders.«

»Was?«, keuche ich erschrocken. Ich weiß, dass wir jetzt nicht mehr über unsere Beziehung sprechen.

»Ja.« Er steckt die Hände in die Hosentaschen.

»Nein.«

Adam nickt. Zuckt die Achseln. Sieht mich an, schaut dann weg. »Ich weiß nicht genau. Ich glaube schon.«

»Aber der Test – ist er – ich meine –«, ich kann nicht mehr aufhören, den Kopf zu schütteln, »hat man etwas gefunden?«

Adam sieht mich nicht an.

»O mein Gott«, flüstere ich, als wäre alles einfacher, wenn ich nicht laut spreche. »Es stimmt also? Castle hat Recht?« Mein Körper ist angespannt, und ich weiß nicht, weshalb dieses Gefühl, das mir über den Rücken kriecht, Angst sein sollte. Ich sollte mich nicht fürchten, wenn Adam eine besondere Gabe besitzt, so wie ich; ich hätte wissen müssen, dass sich mehr dahinter verbirgt, dass es so einfach nicht sein kann. Das war von Anfang an Castles Theorie: dass Adam mich nur berühren kann, weil auch er über eine besondere Energie verfügt, die ihm das ermöglicht. Castle hat nie geglaubt, dass Adam durch Zufall vor meinen Kräften geschützt ist. Sondern er vermutete, dass es einen tieferen Grund, etwas wissenschaftlich Messbares, als Ursache geben müsste. ~~Ich dagegen wollte einfach an einen glücklichen Zufall glauben~~.

Und Adam wollte es herausfinden. Er fand das aufregend.

Doch seit er die Tests mit Castle begonnen hat, will er nicht mehr darüber sprechen. Hat mir nur ein paar langweilige Zahlen genannt. Und er wirkt auch nicht mehr so enthusiastisch.

Etwas stimmt nicht.

Etwas stimmt nicht.

~~Wie sollte es auch anders sein~~.

»Wir wissen noch nichts Endgültiges«, sagt Adam, aber ich sehe, dass er etwas vor mir verbirgt. »Es gibt noch ein paar Termine – Castle meint, er müsse noch einiges… untersuchen.«

Sein mechanischer Tonfall entgeht mir nicht. Etwas ist nicht in Ordnung, und ich kann nicht fassen, dass mir das erst jetzt auffällt. Ich wollte es wohl übersehen, merke ich nun. Ich wollte mir nicht eingestehen, dass ich Adam noch nie so erschöpft, angespannt und bedrückt erlebt habe. Auf seinen Schultern wohnt die Angst.

»Adam –«

»Mach dir keine Sorgen um mich.« Seine Stimme klingt nicht harsch, aber gepresst, und er zieht mich rasch an sich, damit ich nicht weiterspreche. Fummelt an meinem Reißverschluss, um mich wieder zu verhüllen. »Es geht mir gut«, sagt er. »Wirklich. Ich möchte nur sicher sein, dass es *dir* gut geht. Wenn du dich hier wohlfühlst, dann gilt das auch für mich. Alles ist gut.« Er stockt. »Okay? Alles wird gut.« Sein Lächeln ist so schmerzlich, dass mir fast das Herz stehenbleibt.

»Okay.« Ich versuche meine Stimme wiederzufinden. »Klar, aber –«

Die Tür geht auf. Tana und Randa kommen herein und bleiben abrupt stehen, starren auf unsere verschlungenen Körper.

»Oh!«, macht Randa.

»Äm.« Tana blickt zu Boden.

Adam flucht leise.

»Wir können später wiederkommen –«, sagen die Zwillinge wie aus einem Munde.

Sie drehen sich um, wollen wieder gehen, aber ich halte sie zurück. Ich werde die beiden nicht aus ihrem eigenen Zimmer vertreiben.

Ich sage, sie sollen hierbleiben.

Sie fragen mich, ob ich mir sicher bin.

Ich werfe einen Blick auf Adam, und mir ist schmerzlich bewusst, dass ich es bitter bereuen werde, wenn ich auch nur eine Minute unserer gemeinsamen Zeit vergeude. Doch ich weiß ebenfalls, dass ich die Zwillinge nicht ausnutzen will. Das ist auch ihr Zimmer, und in Kürze wird das Licht ausgemacht. Ich kann die beiden nicht draußen auf den Gängen herumwandern lassen.

Adam schaut mich nicht mehr an, lässt mich aber auch nicht los. Ich küsse ihn leicht aufs Herz, und nun sieht er mich an. Lächelt gequält.

»Ich liebe dich«, sage ich so leise, dass nur er mich hören kann.

Er atmet stockend aus. Flüstert »du hast ja keine Ahnung«. Dreht sich um und eilt hinaus.

Das Herz schlägt mir bis zum Hals.

Die Zwillinge starren mich an. Sie sehen besorgt aus.

Tana will etwas sagen, aber dann

ein Schalter
ein Klacken
ein Flackern
und es ist dunkel.

4

Die Träume kehren zurück.

Eine Zeitlang, als ich in Warners Stützpunkt gefangen gehalten wurde, waren sie verschwunden. Ich hatte geglaubt, ich hätte den weißen Vogel verloren, den Vogel, der goldene Federn auf dem Kopf hat wie eine Krone. Er kam zu mir in meinen Träumen, segelte kraftvoll und unbeirrt über die Welt, als wisse er alles, als kenne er Geheimnisse, die wir niemals erahnen werden, als wolle er mich an einen sicheren Ort geleiten. Er war mein einziges Stück Hoffnung in der bitteren Dunkelheit der Anstalt. Und dann fand ich seinen Zwilling, auf Adams Brust tätowiert.

Als sei der weiße Vogel aus meinen Träumen direkt zu seinem Herzen geflogen, um dort zu verweilen. Ich glaubte, er sei ein Zeichen, die Botschaft, dass ich endlich geborgen wäre. Dass ich fortgeflogen wäre und endlich Frieden und Zuflucht gefunden hätte.

Ich hatte nicht erwartet, den Vogel wiederzusehen.

Doch er ist zurückgekehrt, unverändert. Derselbe weiße Vogel mit derselben goldenen Federkrone, am selben blauen Himmel. Aber diesmal ist er wie festgefroren. Schlägt mit den Flügeln, ohne vorwärtszukommen, als sei er gefangen in einem unsichtbaren Käfig, als sei er dazu verdammt, dieselbe Bewegung für immer und ewig zu wiederholen. Der Vogel *scheint* zu fliegen: Er ist in der Luft, und seine Flügel sind unversehrt. Er sieht aus, als sei er frei und könne sich zum Himmel aufschwingen. Doch er steckt fest.

Kann nicht hochfliegen.

Kann nicht herabstoßen.

Diesen Traum hatte ich in der letzten Woche jede Nacht, und an allen 7 Tagen erwachte ich morgens bebend, zitternd in der eisig kalten Luft der Erde, und versuchte, das Wimmern in meiner Brust zum Schweigen zu bringen.

Und verzweifelt zu verstehen, was der Traum bedeuten soll.

Ich krieche aus dem Bett und schlüpfe in den Anzug, den ich nun jeden Tag trage – das einzige Kleidungsstück, das ich noch besitze. Der Anzug ist violett, in einem so dunklen Ton, dass er beinahe schwarz wirkt. Er schimmert ein wenig im Licht und liegt eng an, bedeckt meine Haut vom Hals bis zu den Knöcheln, ohne mich einzuengen.

Ich kann mich darin bewegen wie eine Tänzerin.

Mit meinen weichen Lederstiefeln, die knöchelhoch sind und sich eng an meine Füße schmiegen, verursache ich nicht das geringste Geräusch beim Gehen. Die schwarzen Lederhandschuhe, die mir bis zum Ellbogen reichen, verhindern, dass ich versehentlich etwas anfasse. Tana und Randa haben mir einen Haargummi geliehen, und zum ersten Mal seit Jahren trage ich die Haare hochgebunden, in einem Pferdeschwanz. Den Anzug kann ich inzwischen auch alleine anziehen, am Anfang war das etwas schwierig, und er gibt mir das Gefühl, außergewöhnlich zu sein. Unverwundbar.

Castle hat ihn mir geschenkt.

Er hatte den Anzug vor meiner Ankunft in Omega Point eigens für mich anfertigen lassen. Weil er dachte, ich hätte vielleicht gerne etwas, das andere vor mir schützt, mir aber auch die Möglichkeit lässt, jemanden zu verletzen. Falls ich das will. Oder falls ich es tun muss. Der Anzug besteht aus einem Spezialmaterial, das bei Hitze kühlt und bei Kälte wärmt. Bislang hat er sich perfekt bewährt.

~~Bislang bislang bislang~~

Ich eile alleine zum Frühstück.

Wenn ich aufwache, sind Tana und Randa immer schon weg. Sie haben immer endlos viel zu tun auf der Krankenstation – sie können nicht nur Verwundete heilen, sondern erfinden auch neue Arzneien und Salben. Wir haben uns selten länger unterhalten, aber einmal erklärte mir Tana, dass manche Energien vollkommen aufgebraucht werden können, wenn wir uns überanstrengen, unsere Körper so erschöpfen, dass sie kollabieren. Die Zwillinge wollen Medikamente zum Einsatz bei Mehrfachverletzungen entwickeln, die sie selbst nicht so schnell heilen können. Sie sind schließlich nur zu zweit. Und ein Krieg scheint unvermeidbar.

Ich werde immer noch angestarrt, wenn ich den Speiseraum betrete.

Ich bin eine Skurrilität, abnorm sogar unter den Abnormen. Nach all den Jahren sollte ich mich daran gewöhnt haben. Ich sollte abgebrühter, ungerührter, immun sein gegenüber der Meinung anderer.

~~Ich sollte alles Mögliche sein.~~

Ich blinzle und versuche locker zu bleiben und tue so, als könnte ich nichts sehen außer diesem einen Punkt, dieser kleinen Stelle an der Wand 15 Meter gegenüber.

Ich tue so, als sei ich etwas Mechanisches.

Unbewegte Miene. Reglose Lippen. Rücken gerade, Hände entspannt. Ich bin ein Roboter, ein Geist, der durch die Menschenmenge huscht.

6 Schritte vorwärts. Noch 15 Tische. 42 43 44 Sekunden, und ich zähle weiter.

~~Ich fürchte mich~~

~~Ich fürchte mich~~

~~Ich fürchte mich~~

Ich bin stark und mutig.

Es gibt nur 3mal am Tag Essen: Frühstück zwischen 8.00 und 9.00, Mittagessen von 12.00 bis 13.00 und Abendessen von 17.00 bis 19.00. Für die Abendmahlzeit bekommt man eine Stunde mehr Zeit, sozusagen als Belohnung für fleißiges Arbeiten. Doch die Mahlzeiten hier sind nicht üppig und sinnlich wie bei Warner. Hier stehen wir in einer Schlange, nehmen unsere bereits gefüllten Schalen in Empfang und lassen uns dann an den rechteckigen Tischen nieder, die in parallelen Reihen im Speisesaal aufgestellt sind. Nur das Nötigste, damit nichts verschwendet wird.

Ich sehe Adam in der Schlange und steuere auf ihn zu.

68 69 70 Sekunden und weiter zählen.

»Hey, schönes Mädchen.« Ein weicher Klumpen trifft mich am Rücken. Fällt zu Boden. Ich fahre herum, und die 43 Muskeln, die man zum Stirnrunzeln braucht, bewegen sich.

Kenji.

Breites lässiges Grinsen. Onyxfarbene Augen. Noch dunklere glatte Haare, die ihm fransig in die Augen hängen. Er schaut mich an, als hätte ich Klopapier auf dem Kopf, und ich frage mich unwillkürlich, warum ich nicht mehr Zeit mit ihm verbracht habe, seit ich hier bin. Er hat mir, rein technisch betrachtet, das Leben gerettet. Und auch Adam und James.

Kenji bückt sich und hebt etwas auf, das wie verknotete Strümpfe aussieht. Er betrachtet den Sockenball in seiner Hand, als erwäge er, ihn noch einmal auf mich zu werfen. »Wo willst du hin?«, fragt er. »Ich dachte, wir sind hier verabredet? Castle sagte –«

»Was soll denn das mit den Socken?«, falle ich ihm ins Wort. »Das hier ist ein Speisesaal.«

Kenji erstarrt einen Moment, dann verdreht er die Augen. Tritt neben mich und zupft an meinem Pferdeschwanz. »Ich war spät dran und wollte für *dich* pünktlich sein, Eure Hoheit. Hatte keine Zeit mehr, meine Strümpfe anzuziehen.« Er weist auf seine Stiefel.

»Das ist aber eklig.«

»Du hast echt eine komische Art, mir zu sagen, dass du auf mich abfährst.«

Ich schüttle den Kopf und versuche mir das Grinsen zu verkneifen. Kenji ist ein wandelnder Widerspruch aus einem ernst zu nehmenden Mann und einem vorpubertären Zwölfjährigen. Aber ich hatte ganz vergessen, wie leicht mir das Atmen in seiner Nähe fällt; Lachen ist dann etwas ganz Normales. Ich gehe weiter und bleibe vorerst stumm, aber ein Lächeln spielt um meine Lippen, als ich mir ein Tablett nehme und damit zur Essensausgabe steuere.

Kenji bleibt an meiner Seite. »Also. Wir sollen heute zusammen arbeiten.«

»Weiß ich.«

»Und da marschierst du einfach an mir vorbei? Ohne mich auch nur zu begrüßen?« Er presst die Socken an seine Brust. »Ich bin am Boden zerstört. Dabei habe ich einen Tisch für uns reserviert und alles.«

Ich werfe ihm einen Blick zu. Gehe weiter.

Er beeilt sich, Schritt zu halten. »Ganz im Ernst. Weißt du, wie unangenehm es ist, wenn man jemandem winkt, der einen völlig übersieht? Und dann blickt man um sich wie ein Vollidiot, so à la ›nein, ehrlich, ich kenne dieses Mädchen‹, und keiner glaubt einem –«

»Spinnst du?« Ich bleibe mitten in der Küche abrupt stehen und starre Kenji ungläubig an. »In den zwei Wochen, die ich hier bin, hast du vielleicht *einmal* mit mir gesprochen. Ich kriege dich kaum noch zu Gesicht.«

»Also, Moment mal«, sagt er. »Wir wissen doch beide, dass du all das hier«, er weist auf sich, »nicht übersehen kannst. Wenn du also Spielchen mit mir spielen willst, kann ich dir gleich sagen: Das läuft nicht.«

»Was?« Ich runzle die Stirn. »Wovon redest du überh–«

»Du kannst nicht vor mir flüchten, Mädchen.« Er zieht eine Augenbraue hoch. »Ich kann dich ja nicht mal *anfassen*. Ziemlich spezielle Situation, wenn du weißt, was ich meine.«

»Großer Gott«, murmle ich kopfschüttelnd. »Du bist doch völlig verrückt.«

Er fällt auf die Knie. »Verrückt nach deiner betörenden Liebe!«

»*Kenji!*« Ich halte den Blick lieber weiterhin gesenkt, weil ich dann die Reaktion der anderen besser ignorieren kann. Aber ich will unbedingt, dass er mit diesem Unsinn aufhört und mich in Ruhe lässt. Ich weiß, dass er scherzt, aber woher sollen das die anderen wissen.

»Was?«, ruft er laut aus. »Meine Liebe ist dir peinlich?«

»Bitte – *bitte* steh jetzt auf – und sprich leiser –«

»Wieso sollte ich?«

»Wieso denn nicht?«, erwidere ich entnervt.

»Wenn ich leiser spreche, kann ich mich selbst nicht mehr sprechen hören«, antwortet er. »Und das ist mein Lieblingspart.«

Ich kann ihn nicht mal anschauen.

»Weise mich nicht ab, Juliette. Ich bin ein einsamer Mann.«

»Was zum Teufel stimmt nicht mit dir, Kenji?«

»Was stimmt nicht mit *dir*?«

»Du brichst mir das Herz.« Er spricht jetzt noch lauter und fuchtelt dabei traurig mit den Armen. Ich weiche panisch zurück. Und dabei fällt mir auf, dass alle ihn beobachten.

Amüsiert.

Ich lächle verlegen, als ich mich im Raum umschaue, und stelle erstaunt fest, dass man das Interesse an mir verloren hat. Die Männer sind belustigt von Kenjis Theater und grinsen, und im Blick der Frauen liegt Bewunderung und noch etwas anderes.

Auch Adam beobachtet die Szene. Er hält sein Tablett in Händen und sieht verwirrt aus. Als er meinen Blick auffängt, lächelt er zögernd.

Ich gehe auf ihn zu.

»Hey – warte mal, Mädel.« Kenji springt auf und packt mich am Arm. »Du weißt doch, dass ich nur –« Er blickt auf Adam und schlägt sich an die Stirn. »*Natürlich!* Wie konnte ich das vergessen! Du bist ja in meinen Zimmergenossen verliebt!«

Ich drehe mich zu ihm um. »Hör zu, Kenji, ich bin froh, dass du mir jetzt beim Training hilfst – wirklich. Und ich danke dir dafür. Aber du kannst hier nicht herumhampeln und verliebt spielen, vor allem nicht vor Adam. Und du musst mich zu ihm lassen, bevor die Frühstückszeit vorbei ist, okay? Wir können uns nur selten sehen.«

Kenji nickt langsam und ernsthaft. »Du hast Recht. Verstehe. Tut mir leid.«

»Danke.«

»Adam ist eifersüchtig auf uns«, bemerkt Kenji.

»Nun geh schon essen!« Ich unterdrücke ein hysterisches Lachen und schubse ihn weg.

Kenji gehört zu den wenigen hier außer Adam, die keine Scheu haben, mich zu berühren. Solange ich den Anzug trage, hat ohnehin niemand etwas zu befürchten. Aber beim Essen ziehe ich manchmal die Handschuhe aus. Und mein Ruf eilt mir eben voraus, die Leute bleiben auf Abstand. Kenji dagegen hat keine Angst vor mir, obwohl ich ihn sogar einmal versehentlich angegriffen habe. Ich glaube, um Kenji kleinzukriegen, bräuchte es irgendwelche enormen Horror-kräfte.

Das bewundere ich an ihm.

Adam spricht wenig, als wir dann zusammen sind. Er sagt nur »Hey«, und mehr ist auch nicht nötig, denn seine Mund-winkel wandern nach oben, und seine Haltung wird unwill-kürlich aufrechter in meiner Nähe. Und wenn ich auch we-nig weiß über die Welt, so kann ich doch das Buch in seinen Augen lesen.

Wie er mich ansieht.

Da ist eine Schwere in seinen Augen, die mir Sorgen macht, aber sein Blick ist dennoch so zärtlich, so offen und gefühlvoll, dass es mir schwerfällt, mich nicht in seine Arme zu werfen, sobald ich ihm nah bin. Ich beobachte jede simple Geste – wie er sich aufrichtet, sein Tablett balanciert, jeman-dem zunickt –, damit mir keine Bewegung seines Körpers entgeht. In den wenigen Momenten, die wir zusammen ver-bringen können, stockt mir oft der Atem, und mein Herz ist unruhig. Adam bringt mich vollkommen aus dem Tritt.

»Alles in Ordnung?«, frage ich, noch immer etwas beunru-higt wegen des Vorabends.

Er nickt. Sein Lächeln wirkt wieder gequält. »Ja, klar. Ich, äm …« Er räuspert sich. Holt tief Luft. Wendet den Blick ab. »Ja, tut mir leid wegen gestern Abend. Ich bin … ein bisschen ausgerastet.«

»Weshalb denn eigentlich?«

Er schaut über meine Schulter. Runzelt die Stirn.

»Adam?«

»Ja?«

»Warum bist du ausgerastet?«

Er sieht mich wieder an. Mit großen Augen. »Was? Ach, nichts.«

»Ich verstehe ni–«

»Wieso braucht ihr beiden so lange?«

Ich fahre herum. Kenji steht hinter mir, mit einem vollge-häuften Teller auf seinem Tablett. Er muss die Köche über-redet haben, ihm eine Extraportion zu geben.

»Also?« Kenji starrt uns abwartend an. Schließlich bedeu-tet er uns mit dem Kopf, dass wir ihm folgen sollen, und wandert davon.

Adam atmet ruckartig aus. Er wirkt so verwirrt, dass ich beschließe, das Thema fallen zu lassen. Bald. Wir wer-den bald reden können. Bestimmt gibt es keinen Grund zur Sorge. Bestimmt ist alles okay.

Wir werden bald reden, und alles wird gut.

5

Kenji wartet an einem freien Tisch auf uns.

Zu Anfang hat James die Mahlzeiten immer mit uns eingenommen, aber inzwischen hat er sich mit den wenigen Kindern in Omega Point angefreundet und sitzt beim Essen lieber bei ihnen. Von uns dreien scheint er sich hier am wohlsten zu fühlen – und ich bin froh darüber, muss aber zugeben, dass er mir fehlt. Doch ich wage nicht, das auszusprechen; bin nicht sicher, ob ich wissen möchte, warum James nie mit Adam zusammen ist, sobald ich in der Nähe bin. ~~Vielleicht haben die anderen Kinder ihm eingeredet, ich sei zu gefährlich. Ich meine, ich bin gefährlich, aber ich~~

Adam lässt sich auf der Bank nieder, und ich setze mich neben ihn. Kenji sitzt uns gegenüber. Adam und ich halten uns unter dem Tisch an der Hand, und ich genieße es, ihm nah zu sein. Ich habe meine Handschuhe noch an, aber auch diese Nähe genügt mir schon; in meinem Bauch erblühen Blumen, und die zarten Blütenblätter streicheln meine Nerven. Es ist unfassbar, wie Adam auf mich wirkt; welche Gefühle er erzeugt, welche Gedanken er auslöst. Als hätte man mir 3 Wünsche gewährt: Berühren, Schmecken, Fühlen. So wundersam. Ein verrücktes Glück, in Seidenpapier verpackt, mit Geschenkband geschmückt, in meinem Herzen versteckt.

~~Oft erscheint mir das wie ein Privileg, das ich gar nicht verdient habe.~~

Adam rutscht näher, so dass jetzt sein Bein meines berührt.

Ich schaue ihn an und sehe ein kleines, heimliches Lächeln, das so viel sagt; so vieles, das eher nicht an einen Frühstückstisch gehört. Ich versuche mir das Grinsen zu verkneifen und regelmäßig zu atmen. Konzentriere mich auf mein Essen. Hoffe, dass ich nicht rot werde.

Adam beugt sich zu mir, um mir etwas ins Ohr zu flüstern. Ich spüre seinen Atem auf der Haut.

»Ihr seid unerträglich, wisst ihr das?«

Ich blicke erschrocken auf. Kenji starrt uns an. Deutet mit dem Löffel auf uns. »Was zum Teufel soll das? Füßelt ihr da unter dem Tisch oder was?«

Adam rückt ein bisschen von mir ab, aber nur ein paar Zentimeter, und seufzt gereizt. »Wenn's dir nicht passt, kannst du dich gerne woanders hinsetzen.« Er weist mit dem Kopf auf die anderen Tische. »Keiner hat dich gezwungen, dich hier niederzulassen.«

Das ist Adams Art, nett zu Kenji zu sein. Bei der Armee waren die beiden Freunde. Aber Kenji scheint es immer wieder Spaß zu machen, Adam zu provozieren.

Ich frage mich, wie die beiden es schaffen, zusammen in einem Zimmer zu wohnen.

»Das ist Blödsinn, und das weißt du auch ganz genau«, versetzt Kenji. »Ich hab dir doch heute früh gesagt, dass ich mit euch zusammen frühstücken muss. Castle möchte, dass ich euch beim Eingewöhnen unterstütze.« Er schnaubt. Nickt mir zu. »Ich habe ja keine Ahnung, was du an dem Typen findest«, sagt er zu mir, »aber du solltest mal mit ihm zusammenleben. Der Mann ist höllisch launisch.«

»Ich bin überhaupt nicht launisch –«

»Schon gut, mein Freund.« Kenji legt den Löffel ab. »Und wie launisch du bist. Ständig hör ich ›Halt die Klappe, Kenji.‹ ›Schlaf endlich, Kenji.‹ ›Niemand will dich nackt sehen, Kenji.‹ Dabei weiß ich mit absoluter Sicherheit, dass es Tausende von Leuten gibt, die mich liebend gern nackt sehen würden –«

»Wie lange musst du hier sitzen?« Adam wendet den Blick ab, streicht sich mit der freien Hand über die Augen.

Kenji richtet sich auf. Greift wieder nach seinem Löffel und zeigt damit auf Adam. »Du solltest dich glücklich schätzen, dass ich mit dir zusammensitze. Meine Anwesenheit lässt dich gleich unendlich viel cooler wirken.«

Ich spüre, wie Adam erstarrt, und mische mich ein. »Hey, können wir jetzt mal das Thema wechseln?«

Kenji grunzt. Verdreht die Augen. Schaufelt sich etwas in den Mund.

Ich mache mir Sorgen.

Jetzt, da ich Adam so nahe bin, fallen mir die Müdigkeit in seinen Augen, die gerunzelte Stirn, die verspannten Schultern besonders deutlich auf. Und ich frage mich unwillkürlich, was er hier in dieser Unterwelt durchmacht. Was er mir verheimlicht. Ich drücke seine Hand, und er wendet sich mir zu.

»Bist du auch sicher, dass es dir gut geht?«, flüstere ich. Und es kommt mir vor, als frage ich ihn immer wieder dasselbe.

Seine Miene wird sofort weicher. Er sieht erschöpft, aber auch ein wenig belustigt aus. Seine Hand unter dem Tisch streicht über meinen Oberschenkel, und mir verschlägt es die Sprache. Er küsst mich leicht auf den Kopf, seine Lippen verharren einen Moment dort, und ich kann keinen klaren Gedanken mehr fassen. Erst danach merke ich, dass er meine Frage nicht beantwortet hat. Er wendet sich ab, starrt auf sein Essen. Nickt schließlich und sagt: »Ja, es geht mir gut.« Doch ich habe noch immer Mühe zu atmen, und seine Hand zeichnet Muster auf mein Bein.

»Ms Ferrars? Mr Kent?«

Als ich Castles Stimme höre, richte ich mich so ruckartig auf, dass ich mir die Hand am Tisch stoße. In Castles Nähe fühle ich mich immer ein bisschen wie ein Schulkind, das sich schlecht benimmt. Adam dagegen wirkt völlig ungerührt. Ich unterdrücke einen Schmerzenslaut und spüre, wie Adam wieder meine Hand ergreift. Er führt sie zu den Lippen und küsst jeden Knöchel einzeln, ohne dabei aufzublicken. Kenji verschluckt sich.

Ich schaue auf.

Castle ist am Tisch stehengeblieben, und Kenji erhebt sich, um sein Geschirr wegzubringen. Er klopft Castle freundschaftlich auf den Rücken, und der lächelt ihn herzlich an.

»Ich komm gleich wieder«, ruft Kenji über die Schulter und hält noch betont schwungvoll den Daumen hoch. »Und lasst die Kleider an, ja? Es sind Kinder anwesend.«

Ich zucke zusammen und schaue Adam an, doch der studiert nur eingehend sein Essen und schweigt.

Ich beschließe, für uns beide zu antworten. Setze ein munteres Lächeln auf. »Guten Morgen.«

Castle nickt, berührt das Revers seines Sakkos. Er wirkt ruhig und kraftvoll. Lächelt mich an. »Ich wollte nur mal kurz Hallo sagen. Freut mich, dass Sie Ihren Freundeskreis erweitern, Ms Ferrars.«

»Oh. Danke. Aber die Idee ist nicht von mir«, sage ich. »*Sie* haben mir aufgetragen, mit Kenji zusammenzusitzen.«

Castles Lächeln wirkt jetzt etwas angestrengter. »Ja. Gut. Freut mich, dass Sie meinen Rat beherzigen.«

Ich nicke, blicke wieder auf meinen Teller. Adam scheint nicht mal mehr zu atmen. Ich will wieder etwas sagen, als Castle mir zuvorkommt. »Hat Ms Ferrars Ihnen mitgeteilt, dass sie ab jetzt mit Kenji trainieren wird, Mr Kent? Ich hoffe, dass sie dabei schneller Fortschritte machen wird.«

Adam bleibt stumm.

Castle fährt unbeirrt fort. »Ich dachte mir, dass es auch für

Sie interessant sein könnte, mit ihr zu arbeiten. Unter meiner Supervision allerdings.«

Adam fährt hoch. »Was meinen Sie damit?«

»Nun –« Castle zögert. Blickt zwischen uns hin und her. »Ich denke, es wäre interessant, Tests mit Ihnen beiden zu machen. Zusammen.«

Adam steht so abrupt vom Tisch auf, dass er sich beinahe stößt. »Unter keinen Umständen.«

»Mr Kent –«

»Das kommt überhaupt nicht in Frage –«

»Das hat Ms Ferrars zu entscheiden –«

»Ich werde hier nicht darüber sprechen –«

Ich springe auch auf. Adam sieht aus, als wolle er etwas kurz und klein schlagen. Er hat die Fäuste geballt und die Augen verengt; seine Stirn ist angespannt, sein gesamter Körper angriffsbereit.

»Worum geht es überhaupt?«, frage ich.

Castle schüttelt den Kopf. Er spricht nicht mit mir, als er sagt: »Ich möchte nur feststellen, was passiert, wenn Ms Ferrars Sie berührt. Mehr nicht.«

»Sind Sie *wahnsinnig* –«

»Es geht doch um *sie*«, erwidert Castle betont ruhig. »Mit Ihren Ergebnissen hat das nichts zu tun –«

»Welche Ergebnisse?«, falle ich ihm ins Wort.

»Ich möchte ihr nur helfen, ihre Wirkung auf unbelebte Materie zu ergründen«, fährt Castle fort. »Bei Tieren und Menschen wissen wir jetzt Bescheid: Eine Berührung reicht aus. Pflanzen scheinen gar nicht auf sie zu reagieren. Aber alles andere? Das ist unklar. Sie weiß selbst noch nicht, wie sie damit richtig umzugehen hat, und ich will ihr dabei helfen. Nichts anderes tun wir«, betont Castle, »als Ms Ferrars zu helfen.«

Adam tritt näher zu mir. »Wozu brauchen Sie dann mich,

wenn Sie Forschungen mit ihr und unbelebter Materie machen wollen?«

Einen kurzen Moment lang scheint Castle um eine Antwort verlegen zu sein. »Ich weiß es nicht genau«, sagt er dann. »Die einzigartige Qualität Ihrer Beziehung – das ist so faszinierend. Vor allem angesichts aller bisherigen Testergebnisse –«

»Wie sehen die denn aus?«, unterbreche ich ihn wieder.

»– ist es durchaus möglich«, spricht Castle weiter, »dass alles auf eine Art verknüpft ist, die wir noch nicht verstehen.«

Adam presst die Lippen zusammen. Er scheint nichts sagen zu wollen.

Castle wendet sich zu mir. »Was meinen Sie? Hätten Sie Interesse?«

»Interesse?« Ich schaue ihn an. »Ich weiß nicht mal, wovon Sie reden. Und ich möchte erst mal wissen, weshalb niemand meine Fragen beantwortet. Was haben Sie über Adam herausgefunden? Stimmt etwas nicht?« Ich blicke zwischen den beiden hin und her. Adam atmet hastig und versucht es zu verbergen; er ballt die Hände und löst sie wieder. »Bitte. Ich möchte erfahren, was hier vor sich geht.«

Castle runzelt die Stirn.

Betrachtet mich prüfend und sieht so verwirrt aus, als spräche ich ein unverständliches Idiom. »Mr Kent«, sagt er, ohne den Blick von mir zu wenden. »Muss ich das so verstehen, dass Sie Ms Ferrars noch nicht über die Entdeckung informiert haben?«

»Welche Entdeckung?« Mein Herz schlägt jetzt so schnell, dass es weh tut.

»Mr Kent –«

»Das geht Sie nichts an«, faucht Adam. Seine Stimme ist zu leise, zu ruhig, und seine Augen sind zu dunkel.

»Sie muss aber informiert werden –«

»Es ist doch noch gar nichts sicher!«

»Wir wissen genug.«

»Blödsinn. Wir haben noch nicht mal –«

»Das Einzige, was uns noch fehlt, ist der Test von Ihnen beiden zusammen –«

Adam tritt näher zu Castle, bleibt vor ihm stehen. »Vielleicht«, sagt er gefährlich ruhig, »ein andermal.«

Er wendet sich zum Gehen.

Ich berühre ihn am Arm. Er bleibt stehen. Fährt herum. Er ist dicht bei mir, und ich vergesse beinahe, dass wir unter Menschen sind. Sein Atem ist heiß und flach, und die Hitze seines Körpers bringt mein Blut zum Kochen und lässt es in meine Wangen steigen.

Schmerzen wüten in meinen Knochen.

»Alles ist in Ordnung«, sagt er, aber ich kann ihn kaum hören, weil unser beider Herzschlag in meinen Ohren dröhnt. »Alles wird gut. Ich verspreche es dir.«

»Aber –«

»Ich verspreche es dir«, wiederholt er und packt meine Hand. »Ich schwöre es dir. Ich mache das alles wieder gut –«

»Was denn?« Ich träume. Ich sterbe. »Was machst du wieder gut?« In meinem Hirn zersplittert etwas, und etwas geschieht ohne Erlaubnis, und ich bin kopflos, verworren, völlig orientierungslos, gehe unter. »Adam, ich verstehe ni–«

»Im Ernst jetzt?« Kenji tritt wieder zu uns. »Hier wollt ihr es machen? Vor allen anderen? Aber diese Tische sind nicht so bequem, wie sie aussehen –«

Adam lässt mich los und kollidiert mit Kenjis Schulter, als er hinausstürmt.

»*Lass das endlich bleiben.*«

Das ist das Letzte, was ich von ihm höre, bevor er verschwunden ist.

6

Kenji pfeift leise durch die Zähne.

Castle ruft Adam nach, bittet ihn stehen zu bleiben, mit ihm zu reden. Doch Adam dreht sich nicht mehr um.

»Ich hab ja gesagt, er ist launisch«, brummt Kenji.

»Ist er nicht«, erwidere ich, aber die Worte scheinen weit entfernt zu sein, als kämen sie nicht über meine Lippen. Meine Glieder fühlen sich taub an, wie ausgehöhlt. Wo ist meine Stimme geblieben ich habe meine Stimme verloren ich finde meine Stimme nicht

»So! Jetzt geht's los mit uns beiden!« Kenji klatscht in die Hände. »Bereit, dich stressen zu lassen?«

»Kenji.«

»Ja?«

»Bring mich dahin, wo Adam und Castle hingegangen sind.«

Kenji schaut mich an, als hätte ich ihn gerade aufgefordert, sich selbst ins Gesicht zu treten. »Äm, ja – wie wär's mit einem herzlichen *kannst du vergessen, Schätzchen*? Funktioniert das für dich? Für mich schon.«

»Ich muss wissen, was hier vor sich geht«, sage ich flehend und fühle mich idiotisch dabei. »Du weißt es doch, oder? Du weißt, was los ist –«

»Na sicher.« Er runzelt die Stirn, verschränkt die Arme vor der Brust. Schaut mich an. »Ich wohne mit dieser armen Kreatur zusammen, und außerdem kenne ich mich hier aus wie in meiner Westentasche. Ich weiß alles.«

»Warum sagst du es mir dann nicht? *Bitte*, Kenji –«

»Tja, hm, das muss ich ablehnen, aber weißt du, was ich tun werde? Ich werde dir dabei behilflich sein, dich aus diesem Raum zu entfernen, in dem jeder *jedes Wort* mithört, was wir sprechen.« Den letzten Satz sagt er mit erhobener Stimme, schaut sich dabei um und schüttelt den Kopf. »Esst euer Frühstück, Leute. Hier gibt's nichts zu sehen.«

Erst jetzt merke ich, dass alle mich prüfend anstarren und rätseln, was hier vor sich geht. Ich lächle matt und winke zittrig, bevor Kenji mich rausführt.

»Du musst den Leuten nicht zuwinken, Prinzessin. Keine Krönungsfeierlichkeiten hier.« Er zieht mich in einen der vielen endlosen, schwach beleuchteten Korridore.

»Sag mir, was los ist.« Ich blinzle, um meine Augen an das veränderte Licht zu gewöhnen. »Das ist nicht fair – alle außer mir scheinen Bescheid zu wissen.«

Kenji bleibt stehen, zuckt die Achseln, lehnt sich an die Wand. »Es steht mir nicht zu, dir das zu sagen. Ich meine, ich albere gerne mit dem Burschen herum, aber ich bin kein Arschloch. Adam hat mich gebeten, nichts zu sagen. Also halte ich mich daran.«

»Aber – ich meine – ist alles in Ordnung mit ihm? Kannst du mir wenigstens so viel sagen?«

Kenji streicht sich mit der Hand über die Augen. Seufzt gereizt. Betrachtet mein Gesicht und holt dann tief Luft. Sagt: »Okay, hast du schon mal einen entgleisten Zug gesehen?« Er wartet die Antwort nicht ab. »Ich hab das als Kind mal erlebt. Es war einer dieser verrückten Endloszüge mit Tausenden von Waggons, und er war entgleist und schon halb explodiert. Er brannte, und die Leute schrien, und man weiß, dass die Menschen entweder schon tot sind oder grade sterben, und man will eigentlich nicht hingucken, kann aber trotzdem nicht wegschauen, verstehst du?« Er nickt. Kaut auf der Innenseite seiner Wange herum. »So ähnlich ist es. Dein Freund ist so was wie ein entgleister Zug.«

Ich spüre meine Beine nicht mehr.

»Ich meine, weiß nicht«, fährt Kenji fort. »Ich persönlich glaube, dass er einfach überreagiert. Es gibt wahrhaftig Schlimmeres, oder? Haben wir nicht weitaus verrückteren Scheiß um die Ohren? Doch das scheint Mr Adam Kent egal zu sein. Im Grunde denke ich, dass er den Verstand verloren hat. Ich glaube, der schläft nicht mal mehr. Und weißt du«, er beugt sich zu mir, »ich glaube, der kleine James kriegt langsam Angst vor seinem Bruder, und das macht mich allmählich ziemlich sauer, weil der Kleine so nett und cool ist, er hat es nicht verdient, sich mit Adams Drama rumschlagen zu müssen –«

Doch ich höre nicht mehr zu.

Ich bin damit beschäftigt, mir die allerschlimmsten Möglichkeiten vorzustellen. Grauenhafte Geschichten, die alle damit enden, dass Adam elendiglich zu Grunde geht. Er ist schwer krank oder hat irgendein entsetzliches Leiden oder hat vollständig die Kontrolle über sich verloren oder o Gott, *nein*

»Du musst es mir sagen.«

Ich erkenne meine eigene Stimme nicht wieder. Kenji schaut mich entsetzt an, völlig verängstigt, die Augen weit aufgerissen. Und ich merke erst jetzt, dass ich ihn an die Wand gepresst habe. Meine 10 Finger haben sich in sein Hemd gekrallt, und ich kann nur erahnen, wie ich jetzt aussehe.

Am unheimlichsten ist, dass mir das vollkommen egal ist.

»Du wirst mir jetzt *irgendetwas* sagen, Kenji. Ich muss es wissen.«

»Du, äm« – er leckt sich die Lippen, blickt um sich, lacht nervös, »ob du mich vielleicht loslassen könntest?«

»Wirst du mir helfen?«

Er kratzt sich hinterm Ohr. Wirkt unsicher. »Nein?«

Ich drücke ihn noch fester an die Wand. Das Blut in meinen Adern scheint zu brennen, und ich habe das Gefühl, als könne ich mit bloßen Händen die Erde aufreißen.

Das erscheint mir gerade ganz einfach. Vollkommen mühelos.

»Okay – gut – ach *verflucht*.« Kenji hebt die Arme hoch. Er atmet hastig. »Also – lass mich einfach los, und ich, äm, bring dich zum Labor.«

»Zum Labor.«

»Ja. Wo die Tests gemacht werden. Alle Tests.«

»Und du versprichst es?«

»Wirst du mich andernfalls zu Mus schlagen?«

»Vermutlich«, lüge ich.

»Dann verspreche ich es. Ich bring dich ins Labor. *Verdammt.*«

Ich lasse ihn los, taumle rückwärts, versuche mich zu fassen. Das Ganze ist mir jetzt etwas peinlich. Als sei meine Reaktion ziemlich übertrieben gewesen. »Tut mir leid«, sage ich. »Danke jedenfalls. Nett, dass du mir hilfst.« Ich halte mich aufrecht, um halbwegs würdevoll zu wirken.

Kenji schnaubt. Schaut mich an wie ein unbekanntes Wesen. Als wisse er nicht, ob er lachen, klatschen oder davonrennen soll. Er reibt sich den Nacken, lässt mich dabei nicht aus den Augen. Starrt mich unverwandt an.

»Was?«, sage ich.

»Wie viel wiegst du?«

»Wow. Fragst du so was jedes Mädchen? Das erklärt dann natürlich alles.«

»Ich wiege siebenundachtzig Kilo«, sagt er. »Reine Muskeln.«

»Und ich soll dir jetzt einen Pokal überreichen oder was?«

»Oho«, sagt er und legt den Kopf schief. Die Spur eines Lächelns huscht über sein Gesicht. »Wer ist denn jetzt hier das Großmaul.«

»Dein schlechter Einfluss macht sich bemerkbar«, kontere ich.

Das Lächeln ist wieder verschwunden.

»Hör zu«, sagt er. »Ich sage das jetzt nicht aus Eitelkeit, aber ich könnte dich locker mit dem kleinen Finger durch die Gegend werfen. Du wiegst ja so gut wie nichts. Ich bin fast doppelt so schwer wie du.« Er zögert. »Wieso zum Teufel konntest du mich also an die Wand pressen?«

»Was?« Ich runzle die Stirn. »Wovon redest du?«

»Ich rede von *dir*«, er deutet auf mich, »die du *mich*«, er weist auf sich, »an die Wand gedrückt hast.« Er zeigt zur Wand.

»Du meinst, du konntest dich wirklich nicht mehr bewegen?« Ich blinzle verwirrt. »Ich dachte, du hättest nur Angst gehabt, mich anzufassen.«

»Nee«, antwortet Kenji. »Ich konnte mich tatsächlich nicht mehr rühren. Ich hab kaum mehr Luft gekriegt.«

Ich starre ihn mit großen Augen an. »Nicht dein Ernst.«

»Hast du so was noch nie zuvor gemacht?«

»Nein.« Ich schüttle den Kopf. »Ich glaube jedenfalls nicht, dass …« Eine Erinnerung flutet zurück in mein Hirn, und ich keuche erschrocken auf. Warner und seine Folterkammer. Ich muss die Augen schließen, um die Bilderflut zurückzudrängen. Allein der Gedanke an dieses Erlebnis verursacht akute Übelkeit; mir bricht der kalte Schweiß aus. Um mich zu testen, hatte Warner mich gezwungen, meine Kräfte bei einem Kleinkind anzuwenden. Ich war so entsetzt und außer mir vor Wut, dass ich durch eine Betonwand gebrochen war, um Warner zu packen. Und *ihn* hatte ich auch an die Wand gepresst. Damals hatte ich auch angenommen, dass er sich fürchtete, mich zu berühren.

Das war wohl ein Irrtum gewesen.

»Ja«, sagt Kenji und nickt, während er meine Miene studiert. »Das dachte ich mir. An diese Leckerei müssen wir denken, wenn wir loslegen mit unserem Training.« Er wirft mir einen vielsagenden Blick zu. »Wann auch immer das sein wird.«

Ich nicke geistesabwesend. »Ja. Klar. Aber jetzt bring mich ins Labor.«

Kenji seufzt. Deutet eine Verbeugung an und weist den Flur entlang. »Nach Euch, Prinzessin.«

7

Wir sind in Gängen unterwegs, in denen ich noch nie gewesen bin.

Zuerst kommen wir durch die mir vertrauten Korridore, vorbei an den Schlafquartieren und meinem Trainingsraum, und zum ersten Mal, seit ich hier bin, achte ich wirklich auf meine Umgebung. Meine Wahrnehmung ist plötzlich schärfer, klarer, und ich fühle mich wie mit neuer Energie geladen.

Ich stehe unter Strom.

Diese unterirdische Welt in der Erde besteht aus höhlenartigen Räumen und zahllosen miteinander verbundenen Gängen. Vorräte und Strom werden von geheimen Lagern des Reestablishment abgezweigt. Castle hat uns einmal erklärt, dass er gute 10 Jahre damit zugebracht hat, dieses einzigartige Versteck zu planen, und eine weitere Dekade, um die Pläne in die Tat umzusetzen und seine Mitarbeiter zu rekrutieren. Ich kann verstehen, warum er in puncto Sicherheit so penibel ist. Hätte ich so ein Werk geschaffen, würde ich es auch nicht gefährdet sehen wollen.

Kenji bleibt stehen.

Wir scheinen eine Art Sackgasse erreicht zu haben – vielleicht das Ende von Omega Point.

Kenji bringt einen Kartenschlüssel zum Vorschein und öffnet eine in der Wand verborgene Klappe. Scheint etwas einzugeben, zieht dann die Karte durch. Legt einen Schalter um.

Die Wand erwacht zum Leben.

Öffnet sich, bis ein Spalt entstanden ist. Kenji klettert hindurch, ich folge ihm. Drehe mich auf der anderen Seite noch einmal um, schaue zu, wie sich die Wand hinter mir schließt.

Ich stehe in einer riesigen Höhle, unterteilt in 3 Bereiche. Ein schmaler Gang verläuft zwischen quadratischen, verglasten Räumen mit schmalen Glastüren. Nichts ist dem Blick verborgen. Alle Räume sind hell erleuchtet, überall blinken Maschinen, und der gesamte Bereich scheint zu vibrieren vor Energie.

Ich zähle an die zwanzig dieser gläsernen Kabinen, zehn auf jeder Seite. Erkenne Leute, die ich aus dem Speisesaal kenne. Einige sind auf Maschinen geschnallt, Nadeln stecken in ihren Körpern, piepende Geräte vermitteln irgendwelche Informationen. Türen gleiten auf, schließen sich, öffnen sich wieder. Worte, Raunen, Schritte, Gesten; Gedanken scheinen durch die Luft zu schwirren.

Dies.

Dies ist der Ort, an dem sich alles abspielt.

Vor zwei Wochen – am Tag nach meiner Ankunft – sagte mir Castle, er habe inzwischen eine recht genaue Vorstellung davon, warum wir so sind, wie wir sind. Sagte, die jahrelange Forschung zahle sich inzwischen aus.

Forschung.

Ich sehe keuchende Menschen auf extrem schnellen Laufbändern. Eine Frau mit einem Gewehr in einem Raum voller Waffen. Ein Mann hält einen Gegenstand in der Hand, aus dem eine leuchtend blaue Flamme auflodert. Jemand steht in einem Raum voller Wasser, und überall an der Decke sind Seile gespannt, und in Regalen stehen Chemikalien und Gerätschaften, die ich nicht kenne, und mein Hirn schreit auf und meine Lunge fängt Feuer und das ist alles zu viel zu viel zu viel

Zu viele Maschinen, zu viele grelle Lichter, zu viele Menschen, die Notizen machen, reden, ständig auf Uhren schauen, und ich stolpere vorwärts, schaue zu genau hin und versuche doch, nichts zu sehen, und dann höre ich es. Ich sträube mich dagegen, aber trotz der dicken Glaswände ist es unüberhörbar.

Die grauenhaften dumpfen Laute menschlichen Leidens.

Es schlägt mir ins Gesicht. Schlägt mir in die Magengrube. Springt mir auf den Rücken, explodiert in meiner Haut, schlägt die Krallen in meinen Hals. Ich ersticke an Ungläubigkeit.

Adam.

Ich sehe ihn. Hier, in einem der gläsernen Räume. Mit nacktem Oberkörper. Auf eine Liege geschnallt, Arme und Beine fixiert, Sonden an den Schläfen, der Stirn, oberhalb der Brust, über Kabel mit einer Maschine verbunden. Er kneift die Augen zusammen, ballt die Fäuste, sein Gesicht ist angespannt, weil er nicht schreien will.

Ich verstehe nicht, was sie mit ihm machen.

Ich weiß nicht, was passiert, ich weiß nicht, warum es passiert, weshalb er an einer Maschine hängt, die blinkt und piept, und ich kann nicht mehr atmen und mich nicht mehr regen, und ich versuche mich zu erinnern an meine Stimme, meine Hände, meinen Kopf, meine Füße, und dann

zuckt er.

Sein Körper bäumt sich auf, wehrt sich gegen den Schmerz, bis seine Fäuste auf die Liege schlagen, und er schreit angstvoll auf, und einen Moment lang bleibt die Welt stehen, alles wird langsam, Laute klingen gedämpft, Farben sind verwischt, und der Boden kippt seitwärts, und ich denke, oh, nun sterbe ich wohl. Ich falle tot um oder

ich töte die Person, die hierfür verantwortlich ist.

Das eine oder das andere.

Dann entdecke ich Castle. Castle steht in der Ecke von Adams Raum und sieht tatenlos zu, wie dieser 18-jährige

Junge sich in Qualen windet. Castle schaut einfach nur zu, macht Notizen in seinem kleinen Buch, legt den Kopf schief, schürzt die Lippen. Beobachtet den Monitor an der piependen Maschine.

Der Gedanke ist so naheliegend, als er in meinem Kopf auftaucht. Ganz ruhig. Ganz einfach.

Absolut mühelos.

Ich werde Castle umbringen.

»Juliette – *nein* –«

Kenji umschlingt meine Taille, seine Arme fühlen sich wie Eisenklammern an, und ich glaube, ich schreie, ich glaube, ich benutze Worte, die ich noch nie zuvor in den Mund genommen habe, und Kenji befiehlt mir, mich zu beruhigen, er sagt: »Genau aus *diesem* Grund wollte ich dich nicht hierherbringen – du verstehst das nicht – es ist nicht so, wie es aussieht –«

Und ich beschließe, dass ich wohl auch Kenji umbringen sollte. Weil er ein Idiot ist.

»LASS MICH LOS –«

»Hör auf, mich zu treten –«

»Ich bring ihn um –«

»Sag das nicht, du kriegst ernsthaft Probleme –«

»LASS MICH LOS, KENJI, ICH SCHWÖRE DIR –«

»Ms Ferrars!«

Castle steht jetzt am Ende des Gangs, vor Adams Raum. Die Tür steht offen. Adam zuckt nicht mehr, aber er scheint ohnmächtig zu sein.

Weißglühende Wut.

Nur das kenne ich noch. Nur das kann ich noch fühlen, und nichts, nichts wird mich von diesem Gefühl abbringen. Die Welt erscheint mir in Schwarzweiß, und sie ist so leicht zu erobern und zu zerstören. Noch nie zuvor habe ich diese Wut empfunden. Sie ist so roh und machtvoll, dass sie schon wieder beruhigend ist, ein Gefühl, das endlich seinen Ort gefunden hat, das sich endlich bequem niederlassen kann in meinen Knochen.

Ich bin eine Gussform für flüssiges Metall; versengende Hitze durchströmt meinen Körper, und diese Energie umgibt meine Hände, stählt meine Fäuste mit solcher Kraft, dass sie mich zu verzehren scheint. Mir wird schwindlig von diesem inneren Ansturm.

Ich wäre zu allem imstande.

Zu *allem*.

Kenjis Arme geben mich frei. Ich muss nicht hinschauen, um zu wissen, dass er rückwärts taumelt. Angstvoll. Verwirrt. Verstört.

Es ist mir egal.

»Hier waren Sie also«, sage ich laut zu Castle und wundere mich über den klaren kalten Klang meiner Stimme. »Das tun Sie also.«

Castle kommt näher und scheint es auf dem Weg bereits zu bereuen. Er sieht besorgt und verblüfft aus über etwas, was er in meinem Gesicht sieht. Als er sprechen will, falle ich ihm ins Wort.

»Was machen Sie hier mit ihm?«, frage ich barsch. »Was haben Sie mit ihm gemacht, die ganze Zeit schon –«

»Ms Ferrars, bitte –«

»Er ist nicht Ihr *Experiment*!«, brülle ich. Die Ruhe ist verschwunden, meine Stimme kippt, und ich bin plötzlich wieder so zittrig, dass ich die Hände kaum ruhig halten kann. »Wenn Sie meinen, Sie könnten ihn zu Forschungszwecken *benutzen* –«

»Bitte, Ms Ferrars, Sie müssen sich unbedingt beruhigen –«

»Hören Sie auf!« Ich möchte mir nicht vorstellen, wie man Adam hier als Versuchstier behandelt, was man ihm angetan hat.

Die *foltern* ihn.

»Ich hätte von Ihnen nicht so eine extreme Reaktion auf diese Räume erwartet«, sagt Castle jetzt in beiläufigem Tonfall. Er versucht gelassen zu wirken, beruhigend, zugleich überzeugend. Ich frage mich, was ich wohl gerade bei ihm hervorrufe. Ob er Angst vor mir hat. »Ich hatte gedacht, dass Sie die Wichtigkeit unserer Forschungen in Omega Point verstanden haben«, fährt er fort. »Wie sollen wir ohne Tests die Beschaffenheit unserer Kräfte verstehen lernen?«

»Sie tun ihm weh – Sie *töten* ihn! Was haben Sie mit ihm getan –«

»Nichts, an dem er nicht freiwillig teilgenommen hätte.« Castles Stimme klingt gepresst, seine Lippen werden schmal, und ich merke, dass er mit seiner Geduld am Ende ist. »Ms Ferrars, wenn Sie mir unterstellen wollen, dass ich Mr Kent für private Experimente missbrauche, würde ich vorschlagen, dass Sie sich zunächst einmal genauer mit der Sachlage befassen.« Die letzten Worte spricht er mit ungewohntem Nachdruck aus, und mir wird klar, dass ich Castle noch nie zuvor zornig erlebt habe.

»Ich weiß, dass Sie es hier nicht leicht haben«, spricht Castle weiter. »Ich weiß, dass es ungewohnt für Sie ist, sich als Teil einer Gruppe zu begreifen, und ich habe mich bemüht, Ihre Herkunft in Betracht zu ziehen – ich habe versucht, Ihnen bei der Eingewöhnung hier behilflich zu sein. Aber schauen Sie sich doch um!« Er weist auf die Menschen in den Glasräumen. »Wir sind alle gleich. Wir arbeiten alle zusammen! Ich habe Mr Kent nichts zugemutet, was ich nicht auch selbst durchlaufen hätte. Wir machen lediglich Tests, um herauszufinden, wie seine übernatürlichen Kräfte beschaffen sind. Solange wir ihn nicht getestet haben, können wir nicht genau bestimmen, wozu er fähig ist.« Seine Stimme wird tiefer. »Und wir können es uns nicht leisten, mehrere Jahre zu warten, bis er durch Zufall etwas herausfindet, das für unsere Sache jetzt, in diesem Augenblick nützlich sein könnte.«

Es ist so seltsam.

Diese Wut ist ein lebendiges Wesen.

Ich spüre, wie sie sich um meine Finger schlingt, als könne ich sie Castle ins Gesicht schleudern. Ich spüre, wie sie sich um mein Rückgrat windet, sich in meinem Magen verankert, in meine Beine, Arme, meinen Hals wächst. Sie erwürgt mich. Sie erwürgt mich, weil sie freigelassen werden muss. Nach außen dringen muss. Jetzt sofort.

»*Sie*«, ich spucke das Wort förmlich aus, »glauben Sie vielleicht, Sie seien besser als das Reestablishment, wenn Sie uns benutzen – mit uns experimentieren, damit wir Ihrer Sache dienen –«

»MS FERRARS!«, brüllt Castle. Seine Augen lodern, zu hell, und alle starren uns an. Castle hat die Hände an den Seiten zu Fäusten geballt, und ich spüre Kenjis Hand auf meinem Rücken, und dann merke ich, dass der Boden unter meinen Füßen zu beben beginnt. Die Glaswände erzittern, und inmitten von alldem steht Castle, starr vor Wut und Empörung, und mir fällt wieder ein, dass er enorm starke telekinetische Fähigkeiten hat.

Dass er nur mit seinem Geist Dinge bewegen kann.

Er hebt die rechte Hand, und die Glaswand neben mir beginnt zu zittern, droht zu zerspringen, und mir stockt der Atem.

»Sie wollen mich nicht gegen sich aufbringen.« Castles Stimme ist viel zu ruhig für den Ausdruck in seinen Augen. »Wenn Sie ein Problem mit meinen Methoden haben, können Sie mir Ihre Einwände gerne in sachlicherer Form vortragen. Aber ich werde nicht dulden, dass Sie in diesem Ton mit mir sprechen. Mein Engagement für die Zukunft unserer Welt mag Ihre Vorstellungskraft übersteigen, aber Sie sollten mir keinesfalls aus schierer Ahnungslosigkeit solche Vorhaltungen machen!« Er lässt die Hand sinken, und die Glaswand kommt gerade noch rechtzeitig zur Ruhe.

»Schiere *Ahnungslosigkeit*?« Ich atme jetzt wieder, zu schnell. »Sie meinen, weil ich nicht begreifen kann, warum Sie Menschen – diesem – diesem hier aussetzen –«, ich weise auf die Räume um uns herum, »sei ich *ahnungslos*?«

»Hey, Juliette, er meint –«, beginnt Kenji.

»Schaffen Sie sie hier weg«, sagt Castle. »Bringen Sie sie in ihren Trainingsraum.« Er wirft Kenji einen unfrohen Blick zu. »Wir beide – müssen das später besprechen. Was haben Sie sich dabei gedacht, sie hierherzubringen? Sie kann das noch nicht verkraften – sie kommt doch noch nicht mal mit sich *selbst* zurecht –«

Er hat Recht.

Ich kann das nicht verkraften. Ich höre nur noch das Piepen, das Kreischen der Maschinen in meinem Kopf. Sehe nur noch Adams reglosen Körper auf der Liege. Kann nur noch daran denken, was er durchlitten hat, was er aushalten musste, damit man versteht, wie er beschaffen ist. Und mir wird bewusst, dass einzig und allein ich daran Schuld habe.

Es ist meine Schuld, dass Adam hier ist. Dass er in Gefahr ist, dass Warner ihn umbringen und Castle ihn testen will, und wenn ich nicht wäre, dann würde Adam noch mit James in ihrem Unterschlupf wohnen und wäre beschützt und unversehrt und unberührt von dem Chaos, das ich in sein Leben gebracht habe.

Wegen mir ist er in Omega Point. Hätte er mich nie berührt, wäre es zu alldem nie gekommen. Er wäre gesund und kräftig und müsste nicht leiden, müsste sich nicht verstecken, wäre nicht in einer unterirdischen Welt eingesperrt. Würde seine Tage nicht festgeschnallt auf einer Liege zubringen müssen.

~~Es ist alles meine Schuld es ist alles meine Schuld es ist al-~~
~~les meine Schuld es ist alles meine Schuld~~ es ist alles meine
Schuld

Etwas in mir zerspringt.

Es ist, als sei ich vollgestopft mit trockenen Zweigen, und
sowie ich meine Muskeln anspanne, zerbricht mein Körper.
Und sofort findet all die Schuld, Wut, Frustration, Aggression
in mir unaufhaltsam ihren Weg nach draußen. Eine fremde
Kraft durchströmt mich, und ich denke nicht mehr, ich muss
etwas *tun*, ich muss etwas *berühren*, und ich beuge die Finger
und die Knie und ziehe den Arm zurück und

ramme

die

Faust

tief

in

den

Boden.

Die Erde bricht auf, und die Wucht erschüttert meinen
Körper, vibriert in meinen Knochen, bis mein Kopf sich
dreht und mein Herz ein Pendel ist, das gegen meine Rippen schlägt. Alles vor meinen Augen verschwimmt, und ich
muss 100mal blinzeln, bis ich den Spalt vor meinen Füßen
sehe, einen schmalen Riss im Boden. Plötzlich gerät alles
aus dem Gleichgewicht. Der Erdboden ächzt unter unserem
Gewicht, und die Glaswände erbeben, und die Maschinen
schlingern, und das Wasser in den Behältern schlägt Wellen,
und die Menschen –

Die Menschen.

Die Menschen sind vor Schreck und Grauen erstarrt, und
die Angst auf ihren Gesichtern zerschmettert mich.

Ich taumle rückwärts, presse die Faust an die Brust, sage
mir, dass ich kein Monster bin, dass ich kein Monster sein

muss, dass ich niemanden verletzen will niemanden verletzen will *niemanden verletzen will*

 aber es nützt nichts.

 Denn es ist eine Lüge.

 Denn das ist geschehen, als ich helfen wollte.

Ich blicke um mich.

 Auf den Boden.

 Auf die Folgen meiner Tat

Und zum ersten Mal begreife ich, dass ich die Kraft habe, alles zu zerstören.

8

Castle ist wie in Trance.

Sein Mund steht offen. Seine Hände hängen kraftlos herunter, sein Blick ist starr vor Sorge und Staunen und einem Anflug von Scheu, und obwohl er die Lippen bewegt, kann er keinen Laut hervorbringen.

Ich finde, jetzt ist ein guter Zeitpunkt, um mich von einer Klippe zu stürzen.

Kenji berührt meinen Arm, und ich wende mich ihm zu, aber ich bin wie versteinert. Es war nur eine Frage der Zeit, bis Kenji und Adam und Castle verstehen würden, dass es ein Fehler ist, nett zu mir zu sein. Dass das nur übel enden kann. Dass ich es nicht wert bin. Weil ich nur ein Werkzeug, eine Waffe, eine heimliche Mörderin bin.

Aber Kenji nimmt ganz sachte meine rechte Hand. Achtet darauf, die Haut nicht zu berühren, als er mir den zerfetzten Lederhandschuh abstreift, und saugt erschrocken die Luft ein, als er meine Knöchel sieht. Die Haut ist aufgeplatzt, überall ist Blut, und ich kann die Finger nicht mehr bewegen.

Ich merke, dass ich schreckliche Schmerzen habe.

Ich blinzle, und Sterne explodieren, und das Gefühl, das jetzt durch meine Glieder schießt, ist so heftig, dass ich nicht mehr sprechen kann.

Ich keuche

und

die
Welt

V   e   r   s   c   h   w   i   n   d   e   t

9

Mein Mund schmeckt nach Tod.

Ich schaffe es, die Augen aufzuschlagen, und sofort schießt ein höllischer Schmerz in meinen rechten Arm. Meine Hand ist so dick bandagiert, dass sich die Finger nicht mehr bewegen lassen, und ich merke, dass ich dankbar dafür bin. Bin so erschöpft, dass ich nicht mal Kraft zum Weinen habe.

Ich blinzle.

Versuche mich umzuschauen, aber mein Nacken ist steif.

Jemand streicht mir über die Schulter, und ich spüre, dass ich ausatmen will. Blinzle wieder. Und noch einmal. Das Gesicht eines Mädchens, verschwommen. Ich bewege den Kopf ganz vorsichtig. Blinzle weiter.

»Wie fühlst du dich?«, flüstert das Mädchen.

»Okay«, sage ich zu dem verschwommenen Blick, aber ich lüge wohl. »Wer bist du?«

»Ich bin's«, sagt das Mädchen leise. Ihre Stimme klingt mitfühlend. »Tana.«

Natürlich. Ich muss auf der Krankenstation sein.

»Was ist passiert?«, frage ich. »Wie lange war ich bewusstlos?«

Sie antwortet nicht, und ich frage mich, ob sie mich nicht gehört hat.

»Tana?« Ich versuche sie zu erkennen. »Wie lange habe ich geschlafen?«

»Du warst schwer krank«, sagt sie. »Dein Körper brauchte Zeit –«

»Wie lange?«, flüstere ich.

»Drei Tage.«

Ich setze mich abrupt auf und spüre sofort, dass mir übel wird.

Tana hat zum Glück damit gerechnet und hält mir einen Eimer hin, in den ich meinen kümmerlichen Mageninhalt ergieße. Das Krankenhaushemd bleibt verschont, aber ich würge trocken weiter, während mir jemand mit einem feuchten warmen Tuch das Gesicht abwischt. Das fühlt sich so angenehm und tröstlich an, dass es mir etwas besser geht. Jetzt sehe ich, dass auch Randa hier ist.

Die beiden beugen sich über mich, wischen mit den warmen feuchten Tüchern über meinen Körper, reden beruhigend auf mich ein, sagen mir, dass alles gut wird, dass ich noch viel Ruhe brauche, dass ich jetzt länger wach sein werde und etwas essen kann, dass ich mir keine Sorgen machen soll, denn sie kümmern sich um mich.

Doch dann schaue ich genauer hin.

Und bemerke, dass die Mädchen Gummihandschuhe tragen. Dass eine Infusion in meinem Arm steckt. Dass die beiden besorgt und besonders sorgsam zugleich wirken. Und mir wird klar, wo das Problem liegt.

Die Heilerinnen können mich nicht berühren.

10

Mit jemandem wie mir hatten sie noch nie zu tun.

Alle Verletzungen hier werden von den Heilerinnen behandelt. Sie können gebrochene Knochen und Schusswunden und kollabierte Lungen und übelste Schnittverletzungen heilen – das weiß ich, weil Adam in Omega Point auf einer Trage hereingeschleppt wurde, als wir eintrafen. Warner und seine Schergen hatten ihn übel zugerichtet, nachdem wir aus dem Stützpunkt geflüchtet waren, und ich hatte vermutet, sein Körper würde für immer schlimm vernarbt sein. Doch er sieht völlig unversehrt aus. Wie neu. Die Heilerinnen brauchten nur einen einzigen Tag, um ihn wiederherzustellen; es war wie Zauberei.

Doch für mich gibt es keine Zaubermedizin.

Keine Wunder.

Tana und Randa erklären mir, dass ich einen schweren Schock erlitten habe. Mein Körper hat sich komplett überfordert, und es ist erstaunlich, dass ich überlebt habe. Die beiden glauben auch, dass durch die lange Bewusstlosigkeit die psychischen Schäden eingedämmt wurden, doch da bin ich mir nicht so sicher. Es dauert vermutlich sehr lange, bis man so etwas verarbeitet hat. ~~Ich war den größten Teil meines Lebens psychisch beschädigt.~~ Aber zumindest lassen die körperlichen Schmerzen nach. Ich spüre nur noch ein stetiges Pochen, dass ich manchmal nicht mal mehr bemerke.

Da fällt mir etwas ein.

»Früher«, sage ich. »In Warners Folterkammer und dann

bei der Stahltür – es ist nie – das ist nicht – ich habe mich noch nie verletzt –«

»Das hat Castle uns erzählt«, sagt Tana. »Aber es ist etwas anderes, durch eine Wand oder eine Tür zu brechen, als die Erde aufzureißen.« Sie lächelt scheu. »Wir sind ziemlich sicher, dass du diesmal viel mehr Kraft aufgewandt hast – wir haben es alle gespürt. Haben gedacht, irgendwo wäre was explodiert. Die Tunnel wären fast eingebrochen.«

»Nein.« Mein Magen fühlt sich an wie Stein.

»Ist aber nicht passiert«, beruhigt mich Randa. »Du hast rechtzeitig aufgehört.«

Mir stockt der Atem.

»Du konntest ja nicht wissen –«, beginnt Tana.

»Ich hätte beinahe jemanden getötet – hätte euch beinahe getötet –«

Tana schüttelt den Kopf. »Du verfügst über erstaunliche Kräfte. Du kannst nichts dafür. Du hast es doch nicht gewusst.«

»Ich hätte euch umbringen können… Oder Adam – ich hätte – « Ich blicke um mich. »Ist er hier? Ist Adam hier?«

Die Mädchen starren mich an. Werfen sich einen Blick zu.

Ich höre ein Räuspern und drehe hastig den Kopf in die Richtung.

Kenji tritt auf mich zu. Hebt die Hand zum Gruß, lächelt, doch das Lächeln erreicht seine Augen nicht. »Tut mir leid«, sagt er, »aber wir mussten ihn fernhalten.«

»Warum?«, frage ich. Fürchte mich vor der Antwort.

Kenji streicht sich die Haare aus den Augen. Überlegt. »Tja. Wo soll ich anfangen?« Er zählt an den Fingern ab. »Als er erfuhr, was passiert war, hat er zuerst versucht *mich* umzubringen, hat dann Castle attackiert, hat sich geweigert, die Krankenstation zu verlassen – nicht mal um zu essen oder zu schlafen –, und dann –«

»Bitte«, falle ich ihm ins Wort und schließe die Augen. »Lass es. Ich kann nicht.«

»Du hast gefragt.«

»Wo ist er?« Ich öffne die Augen wieder. »Geht es ihm so weit gut?«

Kenji reibt sich den Nacken. Schaut beiseite. »Er wird schon wieder.«

»Kann ich ihn sehen?«

Kenji seufzt. Fragt die Zwillinge: »Hey, können wir beide kurz unter vier Augen reden?«

»Na klar«, sagt Randa.

»Kein Problem«, sagt Tana.

»Wir lassen euch eine Weile alleine«, bekräftigen sie beide zugleich.

Und gehen raus.

Kenji nimmt sich einen der Stühle, die an der Wand stehen, und trägt ihn zu meinem Bett. Setzt sich. Legt den Knöchel des einen Beins aufs Knie des anderen und lehnt sich zurück. Verschränkt die Hände hinter dem Kopf und schaut mich an.

Ich lege mich so hin, dass ich ihn gut sehen kann. »Was ist?«

»Ihr müsst mal miteinander reden, du und Kent.«

»Oh.« Ich schlucke. »Ja. Ich weiß.«

»Ach ja?«

»Natürlich.«

»Gut.« Er nickt. Wendet den Blick ab. Tappt nervös mit dem Fuß auf den Boden.

»Was denn noch?«, frage ich. »Verschweigst du mir etwas?«

Kenji hört mit dem nervösen Tappen auf, sieht mich aber nicht an. Legt die linke Hand an den Mund. Lässt sie wieder sinken. »Das war ein irrer Scheiß, den du da abgezogen hast.«

Ich schäme mich sofort. »Es tut mir leid, Kenji. Es tut mir so leid – ich wusste nicht – ich hätte nicht gedacht –«

Er wendet sich mir zu, und sein Blick geht mir durch Mark und Bein. Er betrachtet mich forschend. Versucht mich zu ergründen. Überlegt offenbar, ob er mir vertrauen kann. Ob die Gerüchte über das Monster in mir wahr sind.

»Ich habe so was noch nie zuvor getan«, höre ich mich flüstern. »Ich schwöre dir – ich wollte das nicht –«

»Bist du ganz sicher?«

»Was?«

»Das ist eine Frage, Juliette. Eine berechtigte Frage.« Ich habe Kenji noch nie so ernsthaft erlebt. »Ich habe dich nach Omega Point gebracht, weil es Castles Wunsch war. Weil er glaubte, dass wir dir helfen, dir einen sicheren Ort anbieten könnten. Um dich wegzubringen von den Arschlöchern, die dich für ihre Zwecke missbrauchen wollten. Aber seit du hier bist, hältst du dich aus allem raus. Du redest nicht mit den Leuten. Du kommst mit deinem Training nicht voran. Eigentlich tust du gar nichts.«

»Es tut mir leid, ich will –«

»Und Castle berichtet mir, dass er sich Sorgen macht wegen dir. Er meint, du kämst nicht zurecht, hättest es schwer, dich hier einzufügen. Die Leute haben wohl negative Sachen über dich gehört und sind nicht so offen dir gegenüber, wie sie es sein sollten. Ich sollte mich selbst in den Arsch treten dafür, aber du tust mir leid. Also sag ich Castle, ich sei bereit, dir zur Seite zu stehen. Stelle meine ganzen verdammten Terminpläne um, um dir mit deinen Problemen zu helfen. Weil ich dich für ein nettes Mädchen halte, das einfach falsch verstanden wird. Weil Castle der anständigste Mensch ist, dem ich je begegnet bin, und weil ich ihm behilflich sein möchte.«

Mein Herz pocht so heftig, dass ich mich frage, warum es nicht blutet.

»Deshalb bin ich jetzt am Überlegen«, fährt Kenji fort. Setzt sich aufrecht hin. Beugt sich vor. Stützt die Ellbogen auf die Knie. »Ich überlege, ob das alles wirklich Zufall ist. Ich meine, war es einfach ein irrer Zufall, dass ausgerechnet ich mit dir arbeiten soll? Ich als einer der wenigen Leute, die Zugang zum Labor haben? War es Zufall, dass es dir gelungen ist, mich zu zwingen, dir dort Zutritt zu verschaffen? Dass du versehentlich, zufällig, aus Unwissenheit dort die Faust so hart in den Boden rammst, dass die Wände ins Wanken geraten?« Er starrt mich prüfend an. »War es Zufall, dass alles dort zusammengebrochen wäre, wenn du nicht aufgehört hättest?«

Ich reiße entsetzt die Augen auf, glotze ihn an.

Er lehnt sich zurück. Blickt zu Boden. Drückt 2 Finger an die Lippen.

»Willst du wirklich hier sein?«, fragt er. »Oder versuchst du uns von innen heraus zu zerstören?«

»Was?«, keuche ich. »Nein –«

»Denn entweder weißt du *genau*, was du tust – und bist also hinterhältig und verschlagen –, oder du hast wirklich keine Ahnung von deinen Kräften und hast einfach ein Scheißpech. Ich bin mir noch nicht schlüssig.«

»Kenji, ich schwöre dir, niemals würde ich – n-niemals–«

Ich muss schlucken, um die Tränen herunterzuwürgen, die mich zu überwältigen drohen. Es ist so demütigend, dieses Gefühl, nicht zu wissen, wie man die eigene Unschuld beweisen kann. Mein ganzes Leben lang musste ich Menschen davon überzeugen, dass ich nicht gefährlich bin, dass ich niemanden verletzen wollte, dass ich all das nicht wollte. Dass ich nicht böse bin.

~~Aber es scheint mir nie zu gelingen.~~

»Es tut mir leid«, schluchze ich. Jetzt strömen die Tränen heraus, scheren sich nicht um mein Bemühen, sie zurückzuhalten. Ich bin so angewidert von mir selbst. Ich habe mich so sehr bemüht, anders, besser, *gut* zu sein. Aber ich habe es wieder geschafft, alles kaputt zu machen, und ich habe wieder alles verloren, und jetzt weiß ich nicht mal, wie ich Kenji klarmachen kann, dass er sich irrt.

~~Denn vielleicht hat er Recht.~~

Ich weiß, dass ich wütend war. Dass ich Castle verletzen wollte. In diesem Augenblick wollte ich das tatsächlich. In diesem Zustand blinder Wut. Ich weiß nicht, was ich getan hätte, wenn Kenji mich nicht zurückgehalten hätte. Ich weiß es nicht. Ich habe nicht die geringste Ahnung, wozu ich fähig bin.

~~Wie oft, höre ich eine Stimme in meinem Kopf raunen, wie oft willst du dich noch dafür entschuldigen, dass du bist, wie du bist?~~

Ich höre Kenji seufzen. Höre, wie er sich bewegt. Ich wage es nicht aufzuschauen. Wische mir hektisch die Tränen vom Gesicht, flehe meine Augen an, mit dem Weinen aufzuhören.

»Ich musste dich fragen, Juliette.« Kenji hört sich betroffen an. »Es tut mir leid, dass du nun weinst, aber es tut mir nicht leid, dass ich dich gefragt habe. Es ist meine Aufgabe, hier unermüdlich für unsere Sicherheit zu sorgen – und das heißt, dass ich alle Möglichkeiten in Betracht ziehen muss. Niemand weiß bis jetzt, wozu du fähig bist. Nicht einmal du selbst. Aber du tust so, als seien deine Fähigkeiten nichts Besonderes, und das ist nicht hilfreich. Du musst aufhören, so zu tun, als seist du nicht gefährlich.«

Ich schaue ruckartig auf. »Aber ich bin nicht – ich w-will niemanden verletzen –«

»Das spielt keine Rolle«, sagt Kenji und steht auf. »Gute Absichten sind ja schön, ändern aber nichts an den Tatsachen. Du *bist* gefährlich. Scheiße, und *wie*. Gefährlicher als ich und alle anderen hier.« Er zögert. »Wenn du hierbleiben willst, musst du lernen, deine Fähigkeiten zu beherrschen – und sie unter Verschluss zu halten. Du musst dich damit auseinandersetzen, wer du bist, und du musst Wege finden, damit zu leben. Wie wir anderen auch.«

Es klopft 3mal an der Tür.

Kenji starrt mich an. Abwartend.

»Okay«, flüstere ich.

»Und Kent und du, ihr müsst euer ganz persönliches Drama in den Griff kriegen, und zwar ab sofort«, fügt er hinzu, als Tana und Randa hereinkommen. »Ich habe weder Zeit noch Kraft und auch keinerlei Interesse, mich mit euren Problemen herumzuschlagen. Ich albere zwar manchmal mit dir herum, weil, nun ja«, er zuckt die Achseln, »die Welt da draußen vor die Hunde geht, und da ich vermutlich erschossen werde, bevor ich fünfundzwanzig bin, möchte ich zumindest vorher noch ein paar Mal was zu lachen haben. Aber deshalb bin ich noch lange nicht dein Clown oder dein Kindermädchen. Wenn es drauf ankommt, ist es mir scheißegal, ob Kent und du euer Zeug geregelt kriegt. Wir müssen uns hier unten um tausenderlei Dinge kümmern, und euer Liebesleben gehört ganz bestimmt nicht dazu.« Er hält inne. »Ist das klar?«

Ich nicke, traue meiner Stimme nicht.

»Du machst also mit?«, fragt er.

Ich nicke wieder.

»Ich will es von dir hören. Wenn du mitmachst, dann hundertprozentig. Dann ist Schluss mit dem Selbstmitleid. Dann kannst du auch nicht mehr den ganzen Tag im Trainingsraum hocken und heulen, weil du es nicht hinbekommst, ein Metallrohr in zwei Stücke zu zerlegen –«

»Woher weißt –«

»Machst du mit?«

»Ich mache mit«, sage ich ihm. »Hundertprozentig. Versprochen.«

Kenji holt tief Luft. Streicht sich durch die Haare. »Gut. Wir treffen uns morgen früh um sechs vor dem Trainingsraum.«

»Aber meine Hand –«

Er macht eine wegwerfende Geste. »Kein Ding. Das wird wieder gut. Du hast nicht mal was zertrümmert. Du hast dir die Knöchel lädiert, und dein Hirn ist ein bisschen ausgerastet, und du hast drei Tage geschlafen. So was ist für mich keine Verletzung. Sondern Urlaub.« Er überlegt. »Hast du eine Vorstellung davon, wann ich zum letzten Mal *Urlaub* hatte –«

»Aber wollen wir denn nicht trainieren?«, unterbreche ich ihn. »Mit einer bandagierten Hand geht das doch nicht, oder?«

»Vertrau mir.« Er legt den Kopf schief. »Das haut schon hin. Es wird … ein besonderes Training werden.«

Ich starre ihn an. Warte.

»Du darfst es als offizielles Willkommensritual in Omega Point betrachten«, sagt er.

»Aber –«

»Sechs Uhr, morgen früh.«

Ich öffne den Mund, um noch eine Frage zu stellen. Aber Kenji legt 1 Finger an die Lippen, grüßt mit 2 Fingern und geht rückwärts zur Tür, während Tana und Randa ihre Betten ansteuern.

Kenji nickt den beiden zu, macht dann kehrt und marschiert zur Tür raus.

6.00.

11

Ich werfe einen Blick auf die Uhr an der Wand und sehe, dass es erst 14.00 Uhr ist.

Das heißt, erst in 16 Stunden ist 6.00 morgens.

Das heißt, ich muss noch viel Zeit überbrücken.

Das heißt, ich muss mich anziehen.

Weil ich hier rausmuss.

Um mit Adam zu reden.

»Juliette?«

Ich kehre mit einem Schlag in die Gegenwart zurück, sehe, dass Tana und Randa mich anstarren. »Können wir dir was bringen?«, wollen sie wissen. »Fühlst du dich gut genug, um aufzustehen?«

Ich schaue von einem Augenpaar zum anderen und wieder zurück, und statt die Fragen der beiden zu beantworten, empfinde ich ein niederschmetterndes Schamgefühl und verwandle mich unwillkürlich wieder in eine andere Version meiner selbst. In ein ängstliches kleines Mädchen, das sich so klein machen möchte, dass man es nicht mehr findet.

Ich sage: »Es tut mir leid, es tut mir so leid, alles tut mir so leid, und dass ihr so viel Mühe mit mir habt und dass ich so viel zerstöre, ganz ehrlich, es tut mir so leid –«

Ich höre mich immer wieder dasselbe leiern und kann nicht damit aufhören.

Es ist, als sei ein Schalter in meinem Kopf kaputt, als hätte ich eine Krankheit, die mich zwingt, mich unentwegt zu entschuldigen, für meine Existenz, für meine Wünsche, für alles, und ich kann mir nicht Einhalt gebieten.

Das tue ich immer.

Ich entschuldige mich ständig. Seit Ewigkeiten. Für das, was ich bin und niemals sein sollte, für diesen Körper, in dem ich geboren wurde, diese Gene, um die ich nicht gebeten habe, diese Person, die ich nicht verändern kann. 17 Jahre lang habe ich mich bemüht, anders zu werden. Tag für Tag. Für andere anders zu sein.

Es hat nichts genützt.

Dann merke ich, dass die beiden mit mir sprechen.

»Du musst dich für nichts entschuldigen –«

»Bitte, es ist doch alles gut –«

Beide reden auf mich ein, aber Randa ist näher bei mir.

Ich bringe den Mut auf, ihr in die Augen zu schauen, und wundere mich, wie sanft sie wirken. Grün, gütig, von Lachfältchen gesäumt. Sie setzt sich auf die rechte Bettseite. Tätschelt mir den Arm, entspannt und furchtlos, geschützt durch einen Gummihandschuh. Tana steht neben ihr, schaut mich an, als sei sie besorgt, als bedaure sie mich. Ich denke nicht lange darüber nach, denn etwas lenkt mich ab. Es riecht intensiv nach Jasmin, wie beim ersten Mal, als ich die Krankenstation betrat. Als wir in Omega Point eintrafen. Als Adam verletzt war. Lebensgefährlich.

Er wäre fast gestorben. Die beiden retteten ihm das Leben. Diese 2 Mädchen. Sie haben ihm das Leben gerettet, und ich wohne seit 2 Wochen mit ihnen zusammen. In diesem Moment wird mir bewusst, wie selbstsüchtig ich mich benommen habe.

Deshalb probiere ich ein paar neue Wörter aus.

»Vielen Dank«, flüstere ich.

Ich merke, wie ich erröte, und frage mich, weshalb es mir so schwer fällt, locker mit Worten und Gefühlen umzugehen.

Warum ich nicht plaudern und Konversation machen kann, weshalb mir die leeren Worte fehlen, um Schweigepausen zu überbrücken. Ich besitze keinen Schrank voller Ähms und Füllwörter für den Anfang und das Ende von Sätzen. Es gelingt mir nicht, ein Verb, ein Adverb, ein Bestimmungswort zu sein. Ich bin durch und durch Nomen.

So angefüllt mit Menschen Orten Dingen Ideen, dass ich nicht weiß, wie ich aus meinem Hirn flüchten kann. Wie ich ein Gespräch beginnen soll.

Ich will vertrauen können, doch die Vorstellung macht mich panisch.

Dann fällt mir das Versprechen wieder ein, das ich Castle und Kenji gegeben habe, und meine Sorge um Adam. Und ich denke mir, ich sollte das Wagnis eingehen. Vielleicht versuchen, eine Freundin zu finden. Oder 2 Freundinnen. Es wäre bestimmt großartig, mit Mädchen befreundet zu sein. Mit Wesen von meiner Sorte.

Ich hatte noch nie eine Freundin.

Als Tana und Randa lächeln und mir sagen, sie würden mir gerne helfen und seien immer für mich da, falls ich »mal reden« wollte, sage ich deshalb, dass ich große Lust darauf hätte.

Dass ich das wirklich schön finden würde.

Ich sage ihnen, dass ich sehr gerne Freundinnen zum Plaudern haben würde.

Irgendwann vielleicht.

12

»Wir helfen dir in deinen Anzug«, sagt Randa.

Die Luft hier unten ist kalt und häufig feucht, während über die Welt dort oben gnadenlos kalter Wind hinwegfegt. Manchmal ist mir morgens sogar in meinem Anzug kalt, und heute friere ich sogar extrem. Als Tana und Randa mir jetzt aus dem Krankenhemd helfen und mir beim Anziehen assistieren, zittere ich vor Kälte. Erst als sie den Anzug schließen, stellt sich der Stoff auf meine Körpertemperatur ein. Aber ich bin immer noch so schwach vom langen Liegen, dass ich Mühe habe, mich auf den Beinen zu halten.

»Ich brauche wirklich keinen Rollstuhl«, sage ich schon zum dritten Mal zu Randa. »Danke – echt – d-das ist nett von dir«, stottere ich, »aber ich muss das Blut in meinen Beinen spüren. Ich muss fest auf den Füßen stehen können.« Ich muss stark sein.

Castle und Adam warten in meinem Zimmer auf mich.

Während ich mit Kenji sprach, haben die Mädchen Castle informiert, dass ich aufgewacht sei. Und nun warten die beiden Männer. Auf mich. In dem Zimmer, das ich mit Tana und Randa bewohne. Und ich fürchte mich so vor dem, was mir womöglich bevorsteht, dass ich mich vielleicht verirren werde. Denn ich bin mir ziemlich sicher, dass ich nichts Erfreuliches zu hören bekomme.

»Du kannst nicht alleine zu unserem Zimmer gehen«, widerspricht Randa. »Du kannst doch kaum aufrecht –«

»Ich schaffe das schon«, sage ich störrisch. Versuche zu lächeln. »Ich krieg das schon hin, wenn ich dicht an der Wand bleibe. Sobald ich mich bewege, geht bestimmt alles besser.«

Die beiden werfen sich einen Blick zu und betrachten dann prüfend mein Gesicht. »Was macht deine Hand?«, fragen sie gleichzeitig.

»Fühlt sich gut an«, versichere ich ihnen. »Viel besser. Wirklich. Vielen vielen Dank.«

Die Schnitte sind fast verheilt, und ich kann die Finger wieder bewegen. Ich betrachte den neuen dünneren Verband, der meine Knöchel schützt. Die Zwillinge haben mir erklärt, dass die Schockwirkung durch ~~meinen Fluch~~ meine »Gabe« wesentlich dramatischer war als die äußeren Verletzungen.

»Also gut, gehen wir«, sagt Randa kopfschüttelnd. »Wir bringen dich zu unserem Zimmer.«

»Nein – bitte – ich schaffe –«, versuche ich zu protestieren, aber die beiden haben mich schon an den Armen gepackt, und ich bin zu schwach, um mich zu wehren. »Das ist nicht nötig –«

»Blödsinn«, erwidern die beiden unisono.

»Ich möchte euch nicht so viel Mühe –«

»Absoluter Unsinn«, verkünden sie im Chor.

»Ich – ich bin wirklich nicht –« Doch sie führen mich schon aus dem Zimmer und den Gang entlang, und ich stolpere zwischen ihnen einher. »Ich verspreche euch, dass mir nichts passiert«, mache ich noch einen Versuch. »Ganz sicher.«

Die beiden werfen sich einen bedeutungsvollen Blick zu. Dann lächeln sie mich an, nicht unfreundlich, doch danach entsteht ein unbehagliches Schweigen, während wir durch die Korridore wandern. Ich sehe Leute auf uns zukommen und senke sofort den Kopf. Will jetzt mit niemandem Blickkontakt haben. Möchte mir nicht mal vorstellen, was die über meine Tat gehört haben. Ich habe die schlimmsten Befürchtungen von allen bestätigt.

»Die fürchten sich nur vor dir, weil sie dich nicht kennen«, sagt Randa leise.

»Genau«, bekräftigt Tana. »Wir selbst kennen dich ja noch kaum und finden dich toll.«

Ich laufe rot an und frage mich, warum Verlegenheit sich immer wie Eiswasser in meinen Adern anfühlt. Als sei mein Inneres gefroren, während meine Haut dagegen glüht.

~~Ich hasse das~~.

~~Ich hasse dieses Gefühl~~.

Tana und Randa bleiben abrupt stehen. »Da sind wir«, sagen sie wie aus einem Munde.

Ich schaue auf und erblicke die Tür zu unserem Zimmer. Versuche mich von den beiden zu befreien, aber sie halten mich fest. Bestehen darauf, bei mir zu bleiben, bis ich unversehrt im Zimmer angekommen bin.

Ich füge mich.

Und klopfe an meine eigene Zimmertür, weil ich nicht weiß, was ich ansonsten tun sollte.

1mal.

2mal.

Ich warte ein paar Sekunden, harre meines Schicksals und spüre plötzlich die Energie der Zwillinge an meinen Seiten. Die beiden lächeln mich an, ermutigend, schützend, stärkend. Sie versuchen mir Kraft zu geben, weil sie wissen, dass ich mich einer unangenehmen Situation stellen muss.

Dieser Gedanke tut mir gut.

Wenn auch nur für einen flüchtigen Moment.

Ich denke mir, so muss es sich anfühlen, Freundinnen zu haben.

»Ms Ferrars.«

Castle streckt den Kopf durch die Tür. Nickt mir zu. Schaut auf meine verletzte Hand. Dann wieder auf mein Gesicht. »Sehr gut«, sagt er, eher zu sich selbst. »Gut, gut. Ich freue mich, dass es Ihnen besser geht.«

»Ja«, bringe ich mühsam hervor. »Ich – d-danke, ich –«

»Ihr beiden«, sagt er zu Tana und Randa. Wirft ihnen ein warmes, herzliches Lächeln zu. »Danke für alles. Ich übernehme jetzt.«

Die Zwillinge nicken. Drücken kurz meinen Arm, bevor sie loslassen. Ich gerate einen Moment ins Schwanken, stabilisiere mich dann. »Alles okay«, sage ich zu den beiden, als sie mich stützen wollen. »Es geht schon.«

Sie nicken wieder. Winken mir noch kurz zu, ziehen sich dann zurück.

»Kommen Sie rein«, sagt Castle zu mir.

Und ich folge ihm.

13

1 Doppelstockbett an der einen Wandseite.

1 Einzelbett an der anderen.

Mehr gibt es nicht in diesem Zimmer.

Adam sitzt auf meinem Bett, die Ellbogen auf die Knie gestemmt, den Kopf in die Hände gestützt. Castle schließt die Tür hinter uns. Adam zuckt zusammen und springt auf.

»Juliette«, sagt er, schaut mir aber nicht in die Augen. Sondern mustert meinen ganzen Körper, als wolle er sich vergewissern, dass alles unversehrt ist. Erst als er bei meinem Gesicht ankommt, begegnet er meinem Blick; und ich sinke ins Meeresblau seiner Augen. Und ertrinke. Als habe mir jemand in die Lunge geschlagen und den Atem genommen.

»Bitte nehmen Sie Platz, Ms Ferrars.« Castle weist auf das untere Bett, das von Tana. Ich gehe langsam darauf zu, versuche, mir Schwindel und Übelkeit nicht anmerken zu lassen. Meine Brust hebt und senkt sich zu schnell.

Als ich sitze, lege ich die Hände in den Schoß.

Adams Energie in diesem Raum fühlt sich wie ein schweres Gewicht auf meiner Brust an, aber ich betrachte eingehend meinen neuen Verband – den glatten Mull auf meinen Knöcheln –, weil ich zu feige bin aufzuschauen. Ich sehne mich danach, zu Adam zu gehen, ihm in die Arme zu sinken, zu den einzigen Glücksmomenten zurückzukehren, die ich jemals erlebt habe. Aber etwas nagt an mir, schlägt mir Krallen ins Fleisch, sagt mir, dass etwas hier gar nicht stimmt und ich mich lieber nicht von der Stelle bewegen sollte.

Castle steht zwischen mir und Adam. Hat die Hände im Nacken verschränkt und starrt auf die Wand. Seine Stimme klingt ruhig, als er sagt: »Ich bin extrem enttäuscht von Ihrem Verhalten, Ms Ferrars.«

Grausame Schamesröte kriecht mir ins Gesicht und zwingt meinen Blick zu Boden.

»Tut mir leid«, flüstere ich.

Castle holt tief Luft. Atmet ganz langsam wieder aus. »Ich muss offen mit Ihnen sein«, sagt er, »und zugeben, dass ich noch nicht bereit bin, die jüngsten Ereignisse zu besprechen. Ich bin noch zu empört, um die nötige Ruhe dafür aufzubringen. Ihre Handlungen waren kindisch. Selbstbezogen. *Völlig gedankenlos!* Der Schaden, den Sie angerichtet haben – all die Jahre, in denen wir das Labor geplant und aufgebaut haben –«

Er unterbricht sich, schluckt schwer.

»Dieses Thema müssen wir ein anderes Mal besprechen«, sagt er dann ruhiger. »Vielleicht unter vier Augen. Heute bin ich nur hier, weil Mr Kent mich darum gebeten hat.«

Ich blicke auf. Schaue Castle an. Dann Adam.

Adam sieht aus, als wolle er davonrennen.

Ich ertrage das Warten nicht länger. »Sie haben etwas über ihn in Erfahrung gebracht«, sage ich. Nicht als Frage, sondern als Feststellung. Es kann keinen anderen Grund geben, weshalb Adam Castle hinzugebeten hat.

Etwas Schreckliches ist bereits geschehen. Etwas Schreckliches wird geschehen.

Ich spüre es.

Adam starrt mich an, presst die Fäuste auf die Schenkel. Er sieht nervös aus; ängstlich. Ich weiß nicht, was ich tun soll, außer ihn auch anzustarren. Ich weiß nicht, wie ich ihm Trost spenden soll. Ich habe vergessen, wie man lächelt. Ich komme mir vor, als sei ich in der Geschichte einer anderen Person gefangen. Die ein grauenhaftes Ende haben wird.

Castle nickt langsam.

Sagt: »Ja. Ja, wir haben die faszinierende Eigenschaft von Mr Kents Begabung entdeckt.« Er geht zur Wand, lehnt sich an. Nun steht nichts mehr zwischen Adam und mir. »Wir glauben, dass wir jetzt begriffen haben, weshalb er Sie berühren kann, Ms Ferrars.«

Adam wendet sich ab, presst eine Faust auf den Mund. Seine Hand zittert leicht, aber er scheint sich jedenfalls besser zu halten als ich. Denn etwas in meinem Inneren brüllt, und mein Kopf steht in Flammen, und die Angst tritt mir auf die Kehle und erstickt mich.

»Was ist es?« Ich richte den Blick auf den Boden und zähle Fliesen und Laute und Risse und nichts.

1

2, 3, 4

1

2, 3, 4

»Er kann… Dinge umkehren«, sagt Castle.

Ich blinzle verwirrt, 5, 6, 7, 8mal. Alle meine Zahlen knallen auf den Boden, addieren und subtrahieren und multiplizieren und dividieren sich. »Was?«

Das ist eine falsche Nachricht. Sie klingt gar nicht schrecklich.

»Wir haben es eigentlich durch Zufall herausgefunden«, erklärt Castle. »Unsere Tests waren ziemlich ergebnislos. Aber eines Tages, als ich trainierte, wollte Mr Kent mit mir sprechen und berührte meine Schulter.«

Warte ab.

»Und… ganz plötzlich«, sagt Castle und holt tief Luft, »konnte ich nicht mehr weitermachen. Es… es war, als sei ein Kabel in meinem Inneren durchtrennt worden. Ich merkte es sofort. Er wollte, dass ich mich ihm zuwende, und hatte mich dabei versehentlich außer Kraft gesetzt. So etwas war mir noch nie zuvor passiert.« Er schüttelt den Kopf. »Wir haben dann mit ihm gearbeitet, um festzustellen, ob er seine Fähigkeit mit dem Willen beeinflussen kann. Und«, Castle klingt aufgeregt, »wir wollten herausfinden, ob er *projizieren* kann. Verstehen Sie, Mr Kent braucht keinen Hautkontakt, um seine Kräfte wirken zu lassen – ich trug eine Jacke, als er mich berührt hat. Das heißt also, dass er dabei bereits projiziert hat, zumindest in geringem Ausmaß. Und ich glaube, wenn man ihn weiter trainiert, wird er seine Gabe auch auf größere Oberflächen anwenden können.«

Ich habe keine Ahnung, was das zu bedeuten hat.

Ich sehe Adam fragend an; ich möchte, dass er mir das mit eigenen Worten erklärt, aber er schaut nicht auf. Er bleibt stumm, und ich verstehe nichts. Das hört sich eigentlich nicht erschreckend, sondern eher gut an. Da kann etwas nicht stimmen. Ich sage zu Castle: »Adam kann also die besondere Kraft anderer – ihre *Gabe* – oder was es ist – außer Kraft setzen? Sie sozusagen abschalten?«

»Es scheint so, ja.«

»Haben Sie das auch mit anderen getestet?«

Castle sieht beleidigt aus. »Selbstverständlich. An allen Mitgliedern von Omega Point, die besondere Kräfte haben.«

Doch etwas passt nicht ins Bild.

»Aber als wir hier ankamen?«, frage ich. »Da war er schwer verletzt, und die Zwillinge konnten ihn heilen. Weshalb hat er dann ihre Fähigkeiten nicht blockiert?«

»Ah.« Castle nickt. Räuspert sich. »Ja. Sehr scharfsinnig, Ms Ferrars.« Er geht im Zimmer auf und ab. »Hier... wird die Erklärung etwas komplizierter. Nach eingehenden Studien haben wir feststellen können, dass Mr Kents Fähigkeit eine Art... *Abwehrmechanismus* ist. Den er noch nicht steuern kann. Diese Fähigkeit hat sein Leben lang automatisch funktioniert, auch wenn sie nur dazu dient, andere übernatürliche Energien zu deaktivieren. Sobald Mr Kent sich in einer riskanten oder gefährlichen Situation befand, sich bedroht fühlte, hat diese Kraft automatisch eingesetzt.«

Er hält inne. Schaut mich an. Eindringlich.

»Als Sie beide sich kennenlernten, war Mr Kent Soldat, immer wachsam, jederzeit bereit zu reagieren. Er befand sich in einem Dauerzustand von *Elektrikum* – mit diesem Ausdruck bezeichnen wir den Zustand, in dem unsere Kräfte sozusagen ›eingeschaltet‹ sind –, weil er immer in Gefahr schwebte.« Castle steckt die Hände in die Taschen seines Sakkos. »Eine Testserie hat ferner ergeben, dass seine Körpertemperatur steigt, wenn er sich in diesem Zustand befindet – nur um ein paar Grad allerdings. Doch das weist darauf hin, dass sein Körper mehr Kraft aufwendet, um in diesem Zustand zu bleiben. Kurz gesagt«, schließt Castle, »diese dauernde Anstrengung hat ihn erschöpft. Seine Abwehr und sein Immunsystem geschwächt und seine Selbstbeherrschung vermindert.«

Seine Körpertemperatur steigt.

Deshalb war Adams Haut immer so heiß, wenn wir zusammen waren. Deshalb war unser Zusammensein immer so hitzig. Weil seine Fähigkeit gegen meine ankämpfte. Seine Energie versuchte meine *außer Kraft zu setzen.*

Hat ihn erschöpft. Seine Abwehr geschwächt.

Oh.

Gott.

»Ihre körperliche Beziehung mit Mr Kent«, fährt Castle fort, »geht mich im Grunde nichts an. Doch wegen der einzigartigen Qualität Ihrer Fähigkeiten ist sie rein wissenschaftlich von höchstem Interesse für mich. Sie sollen jedoch wissen, Ms Ferrars, dass diese neuen Erkenntnisse mich zwar zweifellos faszinieren, mir aber persönlich keinerlei Freude bereiten. Sie haben mir unmissverständlich mitgeteilt, dass Sie wenig halten von meinem Charakter. Aber Sie müssen mir glauben, dass ich niemals Gefallen finden würde an Ihren Qualen.«

Meine Qualen.

Hier sind sie nun, gesellen sich mit reichlicher Verspätung zu dieser Unterhaltung hinzu, die rücksichtslosen Bestien.

»Bitte«, flüstere ich. »Bitte sagen Sie mir, wo das Problem liegt. Es gibt da etwas, oder? Etwas stimmt nicht.« Ich schaue Adam an, aber er betrachtet noch immer die Wand, meidet meinen Blick, und ich muss aufstehen, seine Aufmerksamkeit gewinnen. »Adam? Weißt du es? Weißt du, wovon er spricht? *Bitte* –«

»Ms Ferrars«, sagt Castle hastig, »bitte setzen Sie sich wieder. Ich weiß, das muss alles sehr schwierig für Sie sein, aber lassen Sie mich bitte zu Ende sprechen. Ich habe Mr Kent gebeten zu schweigen, bis ich alles erklärt habe. Jemand muss die Lage in sachlicher Form darlegen, und ich fürchte, dazu ist er nicht imstande.«

Ich sinke zurück aufs Bett.

Castle atmet langsam aus. »Sie haben vorhin eine exzellente Frage gestellt – weshalb Mr Kent die Energien unserer Heilerinnen nicht außer Kraft gesetzt hat, als er hier eintraf. Das war eine andere Situation«, erklärt Castle. »Mr Kent war geschwächt und wusste, dass er Hilfe brauchte. Sein Körper konnte – und, was noch wichtiger ist, *wollte* – die notwendige medizinische Betreuung nicht ablehnen. Mr Kent war verletzt und deshalb außerstande, sich zu wehren. Seine Kräfte waren vollkommen erschöpft, als er in Omega Point ankam. Er fühlte sich in Sicherheit und brauchte Hilfe. Da er sich nicht mehr akut in Gefahr befand, brauchte er sich nicht mehr zu verteidigen.«

Castle schaut auf. Fixiert mich.

»Und nun hat Mr Kent bereits ein vergleichbares Verhalten bei Ihnen entwickelt.«

»Was?«, keuche ich.

»Ich fürchte, er beherrscht seine Fähigkeit noch nicht. Wir hoffen, dass wir daran arbeiten können, aber es wird viel Zeit in Anspruch nehmen – viel Zeit und Konzentration –«

»Was meinen Sie damit«, sage ich am Rande der Hysterie, »dass er *bereits* ein vergleichbares Verhalten bei mir entwickelt hat?«

Castle holt Luft. »Es – es hat den Anschein, als sei er am schwächsten, wenn er mit Ihnen zusammen ist. Je mehr Zeit er mit Ihnen verbringt, desto weniger bedroht fühlt er sich. Und ... je näher Sie sich kommen«, ergänzt Castle und sieht dabei ziemlich gequält aus, »desto weniger Kontrolle hat er noch über seinen Körper.« Er zögert. »Im Zusammensein mit Ihnen ist er zu offen, zu verletzlich. Und in den wenigen Momenten, in denen seine Kräfte dann nachgelassen haben, hat er auch bereits den Schmerz empfunden, den Ihre Berührung auslöst.«

Da ist er.

Mein Kopf, auf dem Boden, aufgeplatzt, mein Hirn herausgequollen, und ich weiß nicht mehr ich kann nicht mehr ich sitze da wie vom Blitz getroffen, benommen, betäubt, erstarrt.

Entsetzt.

Adam ist *nicht* immun gegen mich.

Adam muss sich *anstrengen*, um sich gegen mich zu wehren, und ich erschöpfe ihn. Ich mache ihn krank, ich schwäche seinen Körper. Und wenn er sich wieder vergisst. Wenn er je einen Fehler macht oder sich nicht konzentriert oder sich zu sehr bewusst wird, dass er seine Fähigkeit benutzen muss, um meine Kräfte in Schach zu halten –

könnte ich ihn verletzen.

Könnte ich ihn *töten*.

14

Castle starrt mich an.

Wartet meine Reaktion ab.

Ich habe noch so viel Kreide im Mund, dass ich keine Sätze bilden kann.

»Ms Ferrars«, sagt er drängend, »wir arbeiten mit Mr Kent daran, dass er lernt, seine Kräfte zu beherrschen. Wie Sie wird auch er den Umgang mit dieser besonderen Fähigkeit trainieren. Es wird eine Weile dauern, bis er gelernt hat, in Ihrer Anwesenheit geschützt zu sein, aber es wird ihm gelingen, das kann ich Ihnen versichern –«

»Nein.« Ich stehe auf. »Nein nein nein nein nein.« Ich kippe seitwärts. »NEIN.«

Ich starre auf meine Füße und meine Hände und die Wände und möchte nur schreien. Wegrennen. Auf die Knie fallen. Die Welt dafür verfluchen, dass sie mich verflucht hat, mich foltert, mir das einzig Schöne wegnimmt, was ich jemals erlebt habe, und ich taumle zur Tür, suche einen Fluchtweg von diesem Alptraum, der mein Leben ist und

»Juliette – bitte –«

Adams Stimme lässt mein Herz stillstehen. Ich befehle mir, mich umzudrehen. Ihn anzusehen.

Doch in dem Moment, in dem er mich ansieht, verschließt sich sein Mund. Er hat den Arm ausgestreckt, um mich abzuwehren, obwohl ich 3 Meter entfernt bin, und ich möchte schluchzen und lachen zugleich, weil das alles so entsetzlich und absurd ist.

Er wird mich nicht berühren.

Ich werde ihm nicht mehr erlauben, mich zu berühren.

Nie wieder.

»Ms Ferrars«, sagt Castle sanft. »Diese Information ist gewiss schwer zu verkraften, aber ich sage Ihnen doch, dass dieser Zustand nicht von Dauer sein wird. Mit ausreichend Übung –«

»Wenn du mich anfasst«, sage ich zu Adam, und meine Stimme bricht, »ist das anstrengend für dich? Erschöpft es dich? Schwächt es dich, permanent gegen meine Kräfte anzukämpfen?«

Adam versucht zu antworten. Er will etwas sagen, doch er bleibt stumm, und die verschwiegenen Worte sind um so vieles schlimmer als ausgesprochene.

Ich wende mich zu Castle. »Das haben Sie doch gesagt, oder?« Meine Stimme ist jetzt noch zittriger, die Tränen drohen. »Dass er seine Energie benutzt, um meine außer Kraft zu setzen, und wenn er das vergisst – sich nicht b-beherrscht oder zu v-verletzlich wird – dass ich ihn dann verletzen könnte – dass ich ihm bereits weh getan habe –«

»Ms Ferrars, bitte –«

»Antworten Sie!«

»Ja«, sagt er, »das ist zumindest unser aktueller Wissensstand –«

»O Gott, ich – ich kann nicht –« Ich versuche erneut, die Tür zu erreichen, aber meine Beine sind noch zu schwach, mein Kopf dreht sich, die Welt verschwimmt mir vor den Augen und wird fahl, doch plötzlich umfassen vertraute Arme meine Taille, halten mich fest.

»Juliette«, sagt Adam eindringlich, »bitte, lass uns darüber sprechen –«

»Lass mich los«, flüstere ich. »Adam, bitte – ich kann nicht –«

»Castle«, sagt Adam entschieden. »Ob Sie uns eine Weile allein lassen könnten?«

»Oh.« Castle wirkt verblüfft. »Natürlich«, sagt er etwas verzögert. »Ja, ja, sicher, selbstverständlich.« Er geht zur Tür. Bleibt stehen. »Ich werde – ja, gut. Ja. Sie wissen, wo Sie mich finden, wenn Sie bereit sind.« Er nickt uns beiden zu, lächelt angestrengt und geht hinaus. Die Tür fällt hinter ihm zu.

Stille breitet sich zwischen uns aus.

»Adam, bitte«, sage ich schließlich und hasse mich dafür, »lass mich los.«

»Nein.«

Ich spüre seinen Atem in meinem Nacken, und es bringt mich um, ihm so nahe zu sein. Es bringt mich um, wenn ich daran denke, dass ich die Mauern erneut errichten muss, die ich so leichtfertig eingerissen habe, als Adam in mein Leben zurückkehrte.

»Lass uns darüber reden«, sagt er. »Geh nicht weg. Bitte. Sprich mit mir.«

Ich scheine im Boden verwurzelt zu sein.

»Bitte«, sagt Adam wieder, diesmal sanfter, und meine Entschiedenheit rennt ohne mich zur Tür hinaus.

Ich folge ihm zu den Betten. Er setzt sich auf das eine, ich auf das andere. Ihm gegenüber.

Er sieht mich an. Seine Augen sind zu müde, zu matt. Er sieht aus, als hätte er nicht genug gegessen, seit Wochen nicht geschlafen. Er zögert, leckt sich die Lippen, presst sie zusammen. Dann spricht er. »Es tut mir leid«, sagt er. »Es tut mir so leid, dass ich es dir nicht gesagt habe. Ich wollte dich nicht beunruhigen.«

Und ich will lachen und lachen und lachen, bis die Tränen mich auflösen.

»Ich verstehe, dass du es mir nicht sagen wolltest«, flüstere ich. »Du wolltest *das hier* vermeiden.« Ich weise matt auf das Zimmer.

»Du bist nicht böse auf mich?« Seine Augen sind so schrecklich hoffnungsvoll. Er sieht aus, als wolle er zu mir kommen, und ich strecke die Hand aus, um ihn aufzuhalten.

Das Lächeln auf meinem Gesicht bringt mich endgültig um.

»Wie könnte ich böse auf dich sein? Du hast dich hier quälen lassen, um zu erfahren, was mit dir los ist. Und nun quälst du dich selbst, um herauszufinden, wie du das lösen kannst.«

Adam sieht erleichtert aus.

Erleichtert und verwirrt und als wage er es nicht, sich zu freuen. »Aber irgendwas stimmt doch trotzdem nicht«, sagt er. »Du weinst. Warum weinst du, wenn alles in Ordnung ist?«

Diesmal lache ich wirklich. Laut. Ich lache und hickse und möchte sterben, auf der Stelle. »Weil ich so dumm war zu glauben, dass sich etwas ändern kann«, antworte ich. »Weil ich dich für einen Glücksfall gehalten habe. Weil ich geglaubt habe, mein Leben könnte besser werden, als es ist, ich könnte besser werden, als ich bin.« Ich versuche weiterzusprechen, presse mir aber die Hand auf den Mund, als könnte ich die Worte nicht glauben, die mir auf der Zunge liegen. Ich zwinge mich, den Stein in meinem Hals herunterzuschlucken. Lasse die Hand sinken. »Adam.« Meine Stimme ist rau und schmerzt im Hals. »Es wird nicht gehen.«

»Was?« Er starrt mich mit aufgerissenen Augen an, atmet zu hastig. »Was meinst du damit?«

»Du kannst mich nicht berühren«, sage ich. »Du kannst mich nicht berühren, und ich habe dir schon Schmerzen zugefügt –«

»Nein – Juliette –« Adam springt auf, stürzt auf mich zu,

fällt auf die Knie und greift nach meinen Händen, aber ich verstecke sie hinter dem Rücken, weil meine Handschuhe im Labor kaputtgegangen sind und meine Finger nackt sind.

Gefährlich.

Adam starrt mich an, als hätte ich ihn geschlagen. »Was tust du?«, fragt er, ohne mir in die Augen zu blicken. Starrt auf meine Arme. Scheint kaum zu atmen.

»Ich kann dir das nicht antun.« Ich schüttle heftig den Kopf. »Ich will nicht Grund dafür sein, dass du verletzt oder geschwächt wirst. Und ich will nicht, dass du dich ständig fragen musst, ob ich dich nicht vielleicht aus Versehen *töte* –«

»Nein, Juliette, hör mir zu.« Er sieht mich an, sein Blick tastet mein Gesicht ab. »Ich war auch beunruhigt, weißt du. Total. Ich dachte – ich dachte, es sei vielleicht wirklich schlimm, oder man könne nichts dagegen tun. Aber ich habe mit Castle gesprochen. Ich habe mit ihm geredet und alles erklärt, und er meinte, dass ich einfach nur lernen muss, meine Gabe zu steuern. Ich werde lernen, wie ich sie an- und abstellen kann –«

»Außer wenn du bei mir bist? Außer wenn wir zusammen sind –«

»Nein – was? Nein, vor allem, *wenn* ich mit dir zusammen bin.«

»Aber wenn du mich berührst – mit mir zusammen bist –, entkräftet dich das! Du bekommst *Fieber* in meiner Nähe, Adam, ist dir das klar? Du wirst krank von der Anstrengung, mich abzuwehren –«

»Du hörst mir nicht zu – bitte – ich sage dir doch, dass ich lernen werde, das alles in den Griff zu kriegen –«

»Wann?«, frage ich und spüre, wie meine Knochen brechen, einer nach dem anderen.

»Was? Wie meinst du das? Ich lerne es jetzt – ich arbeite schon daran –«

»Und wie läuft es? Ist es leicht?«

Sein Mund bleibt geschlossen, aber er sieht mich an, kämpft mit seinen Gefühlen, ringt um Fassung. »Was willst du damit sagen?«, fragt er schließlich. »Willst du«, er atmet schwer, »denkst du – ich meine – willst du nicht, dass ich das schaffe?«

»Adam –«

»Was willst du mir sagen, Juliette?« Er steht auf, streicht sich zittrig durchs Haar. »Willst du – willst du nicht mehr mit mir zusammen sein?«

Ich springe auf, blinzle, um die brennenden Tränen zurückzuhalten, will ihn in meine Arme reißen, aber ich rühre mich nicht. Meine Stimme ist brüchig. »Natürlich will ich mit dir zusammen sein.«

Adam lässt die Hand sinken. Seine Augen sind offen und verletzlich, aber er beißt die Zähne zusammen, seine Muskeln sind angespannt, sein Oberkörper hebt und senkt sich mühsam von der Anstrengung des Atmens. »Was passiert dann jetzt gerade? Denn hier geschieht irgendwas, und es fühlt sich nicht gut an«, sagt er, und seine Stimme klingt heiser. »Es fühlt sich ganz und gar nicht gut an, Juliette, ganz im Gegenteil, und ich will dich einfach nur im Arm –«

»Ich will dir nicht w-weh tun –«

»Du wirst mir nicht weh tun«, erwidert er, tritt zu mir, schaut mich bittend an. »Ich schwöre es dir. Es wird gut sein – alles wird gut, und ich habe auch schon Fortschritte gemacht. Ich habe daran gearbeitet, und ich bin stärker –«

»Adam, bitte, es ist so gefährlich.« Mein Ton ist flehentlich, und ich weiche zurück, wische mir wütend die Tränen aus dem Gesicht. »Es ist besser für dich. Es ist besser für dich, wenn du dich von mir fernhältst –«

»Aber das will ich gar nicht – du fragst mich nicht mal, was *ich* will –«, sagt er und folgt mir. »Ich will mit dir zusammen sein, und es ist mir ganz egal, ob es schwer ist. Ich will es immer noch. Ich will dich immer noch.«

Ich sitze in der Falle.

Bin gefangen zwischen Adam und der Wand und kann nicht flüchten und will es auch gar nicht. Will mich nicht mehr dagegen wehren, selbst wenn etwas in mir schreit, dass ich nicht so selbstsüchtig sein darf, Adam das Zusammensein mit mir zu erlauben, obwohl ich ihm am Ende nur Schmerzen bereiten werde. Aber er sieht mich an, sieht mich an, als täte ich das jetzt schon, und ich merke, dass ich ihn schlimmer verletze, indem ich ihm fernbleibe.

Ich zittere am ganzen Leib. Verzehre mich nach ihm und weiß nun genauer denn je, dass ich warten muss auf das, was ich mir wünsche. Und ich hasse diesen Zustand. Ich hasse ihn so sehr, dass ich hemmungslos schreien könnte.

Aber vielleicht können wir es versuchen.

»Juliette.« Adams Stimme ist rau, bebt vor Gefühlen. Seine Hände umfassen meine Taille, zitternd, abwartend. »Bitte.«

Und ich wehre mich nicht.

Er atmet jetzt schneller, drängt sich an mich, lässt seine Stirn auf meine Schulter sinken. Legt seine Hände auf meinen Bauch, sie gleiten tiefer, langsam, ganz langsam, und ich keuche.

Ein Erdbeben erschüttert meine Knochen, tektonische Platten verschieben sich, von Angst zu Lust, während seine Finger meine Schenkel umschmeicheln, meinen Rücken, meine Schultern streifen, über meine Arme wandern. Bei den Handgelenken halten sie inne. Dort endet der Stoff, dort beginnt meine Haut.

Adam holt tief Luft.

Und nimmt meine Hände.

Einen Moment lang bin ich wie gelähmt, suche in seinem Gesicht nach Anzeichen von Schmerz, aber dann atmen wir beide aus, und er lächelt, hoffnungsvoll, zuversichtlich, dass alles gut sein wird.

Doch dann blinzelt er, und seine Augen verändern sich.

Sie sind dunkler. Drängend. Gierig. Er sieht mich an, als suche er nach den Worten, die in mein Inneres geritzt sind, und ich spüre die Hitze in seinem Körper, die Kraft in seinen Gliedern, die Wucht seiner Lust, und ich kann ihn nicht davon abhalten, mich zu küssen.

Seine linke Hand umfasst meinen Hinterkopf, seine rechte liegt in meiner Taille, er drückt mich an sich und zerstört jeden vernünftigen Gedanken, den ich jemals hatte. Tief und stark sind diese Gefühle. Eine mir bislang fremde Seite von Adam, und ich schnappe nach Luft, keuche atemlos.

Heißer Regen und feuchte Tage und kaputte Thermostate. Pfeifende Teekessel und entfesselte Dampfmaschinen. Die Kleider herunterreißen, um einen kühlen Luftzug zu spüren.

Ein Kuss, der Sauerstoff überflüssig macht.

Und ich weiß, dass ich mich nicht darauf einlassen sollte. Es ist dumm und verantwortungslos, nach alldem, was ich gerade erfahren habe, aber man müsste mich schon erschießen, um mir Einhalt zu gebieten.

Ich zerre an Adams Hemd, versuche verzweifelt, etwas zu fassen zu kriegen, eine Planke oder einen Rettungsring, irgendetwas, das mich in der Realität verankert, doch Adam lässt mich los, reißt sein Hemd herunter, wirft es zu Boden, zieht mich wieder in seine Arme. Und wir sinken auf mein Bett.

Irgendwie lande ich auf Adam.

Er umschlingt mich, küsst mich, meinen Hals, meine Wangen, und meine Hände erkunden seinen Körper, betasten die Höhen und Tiefen und Flächen, und er legt seine Stirn an meine, presst die Augen zu und sagt: »Wie ist es möglich, dass ich dir so nahe bin und du dennoch so entsetzlich weit entfernt bist?«

Und ich erinnere mich, dass ich ihm vor 2 Wochen versprochen habe, wenn es ihm besser ginge, wenn er geheilt sei, würde ich jeden Zentimeter seines Körpers mit meinen Lippen erforschen.

Jetzt scheint mir ein guter Zeitpunkt, um dieses Versprechen einzulösen.

Ich beginne bei seinem Mund, wandere zu seinen Wangen, seinem Kinn, über seinen Hals zu seinen Schultern und Armen. Seine Hände streifen über meinen Anzug, der anliegt wie eine zweite Haut, und Adams Haut ist so heiß, er versucht so angestrengt, still zu halten, aber ich höre sein Herz pochen, zu laut, zu schnell, in seiner Brust.

An meiner Brust.

Meine Lippen berühren den weißen Vogel auf seiner Haut, das eingeritzte Bild dieser Vision, die ich vermutlich niemals wirklich erleben werde. Diesen Vogel. Weiß, mit goldenen Federn auf dem Kopf wie eine Krone.

Er wird fliegen.

Vögel fliegen nicht, behaupten die Wissenschaftler, aber wir wissen, dass es früher anders war. Ich wünsche mir so sehr, diesen Vogel eines Tages zu sehen. Ihn zu berühren. Ich will ihm zusehen, wie er wirklich fliegt.

Ich küsse seine gelbe Krone, die in Adams Brust geritzt ist. Ich höre Adams rauen Atem.

»Ich liebe diese Tätowierung«, raune ich, blicke auf, schaue ihm in die Augen. »Seit wir hier sind, habe ich sie nicht mehr gesehen. Seit wir hier sind, habe ich dich nicht mehr mit nacktem Oberkörper gesehen. Schläfst du immer noch so?«

Adams Antwort ist ein seltsames Lächeln, als amüsiere er sich über einen heimlichen Scherz.

Er nimmt meine Hand von seiner Brust und zieht mich hoch, so dass wir uns in die Augen schauen. Löst das Band aus meinen Haaren, lässt die kastanienbraunen Wellen frei, die sich nur zu gern über meine Schultern ergießen, und obwohl ich keinen Luftzug gespürt habe, seit ich hier unten lebe, fühlt es sich an, als fege Wind durch meinem Körper; er pustet in meine Lunge, bläst in mein Blut, vermengt sich mit meinem Atem, raubt ihn mir.

»Ich kann nicht mehr schlafen«, sagt Adam so leise, dass ich ihn kaum hören kann. »Es ist einfach nicht richtig, dass ich nachts ohne dich sein muss.« Seine linke Hand spielt mit meinem Haar, die rechte hält mich fest. »Gott, ich habe dich so sehr vermisst«, raunt er mit rauer Stimme an meinem Ohr. »Juliette.«

Ich

stehe

in

Flammen.

Wie Schwimmen in Zuckersirup ist dieser Kuss, wie Eintauchen in flüssiges Gold, wie Treiben in einem Ozean von Empfindungen, und die Wellen sind so wild, dass ich nicht mehr spüre, wie ich ertrinke, und dass alles andere gleichgültig ist. Meine Hand, die nicht mehr zu schmerzen scheint, dieser Raum, in dem ich fremd bin, dieser Krieg, in dem wir kämpfen sollen, meine Sorgen, wer oder was ich bin und was aus mir werden soll.

Nur der Kuss ist wichtig.

Einzig und allein.

Dieser Moment. Diese Lippen. Dieser kraftvolle Körper, diese festen Hände, die mich halten, und ich will noch so viel mehr, will alles, will die Schönheit dieser Liebe mit den Fingerspitzen spüren und den Handflächen und jeder Faser und jedem Knochen.

Ich will ihn ganz und gar.

Meine Hände sind in seinen Haaren, und ich ziehe ihn an

mich, immer näher, bis er auf mir liegt, und er hebt den Kopf, um Luft zu holen, doch ich reiße ihn wieder herunter, küsse seinen Hals, seine Schultern, seine Brust, streichle seinen Rücken und seine Hüften, und es ist unfassbar, wie viel Energie ich spüre, diese unglaubliche Kraft, die mir zufließt, nur weil ich mit ihm zusammen bin, ihn berühre, ihn umschlinge. Prickelnde Kraft durchströmt mich, die mich so lebendig macht, so euphorisch, dass ich mich verjüngt fühle, irreal, unverletzbar –

Ich reiße mich los.

Stoße Adam weg, so hastig, dass ich vom Bett falle und mit dem Kopf auf den Steinboden knalle, und ich schwanke, als ich mich aufrapple und auf Adams Stimme horche, aber nur die schwachen, stockenden Atemzüge höre, die ich zu gut kenne, und ich kann nicht klar denken, ich kann nichts mehr sehen, alles ist verschwommen, und ich kann nicht, ich will nicht glauben, dass dies wirklich geschieht –

»J-Jul –« Er versucht zu sprechen. »I-ich k-ka –«

Und ich falle auf die Knie.

Schreie.

Schreie so, wie ich in meinem ganzen Leben noch nie geschrien habe.

15

Ich zähle alles.

Sogar Zahlen, ungerade Zahlen, multipliziert mit 10. Ich zähle das Ticken der Uhr ich zähle das Tacken der Uhr ich zähle die Linien zwischen den Linien auf einem Blatt Papier. Ich zähle die gebrochenen Schläge meines Herzens ich zähle meinen Puls und mein Blinzeln und die Versuche, genügend Luft in meine Lunge zu atmen. Ich bleibe so Ich stehe so Ich zähle so, bis das Gefühl verschwindet. Bis die Tränen versiegen, bis meine Fäuste nicht mehr zittern, bis mein Herz nicht mehr weh tut.

Doch es gibt nie genug Zahlen.

Adam ist auf der Krankenstation.

Er ist auf der Krankenstation, und man hat mich gebeten, ihn nicht zu besuchen. Man hat mich gebeten, ihm Zeit zu lassen zum Gesundwerden ~~ihn verflucht noch mal in Ruhe zu lassen~~. Tana und Randa haben mir versichert, dass er sich erholen wird. Sie haben mir gesagt, ich soll mir keine Sorgen machen, alles würde gut, aber ihr Lächeln war weniger strahlend als sonst, und ich frage mich, ob sie allmählich begreifen, was ich wirklich bin.

Ein schreckliches, selbstsüchtiges, erbärmliches Monster.

Ich habe mir genommen, wonach mich verlangt hat. Ich wusste Bescheid und habe es dennoch getan. Adam konnte das nicht wissen, er ahnte nicht, wie viel Leid ich ihm zufügen konnte. War sich der Ausmaße der grausamen Wahrheit nicht bewusst. Laut Castle hatte Adam meine Kraft bislang nur in wenigen Momenten gespürt. In winzigen Portionen, und er hatte sich entspannt, ohne den ganzen Effekt zu erleben.

Aber ich wusste mehr.

Ich wusste, wozu ich imstande war. Kannte die Risiken und handelte dennoch nicht anders. Gestattete mir zu vergessen, leichtfertig, gierig und dumm zu sein, weil ich haben wollte, was ich nicht haben kann. Ich wollte an Märchen und Happyends und das Unmögliche glauben. Wollte mich selbst als besseren Menschen betrachten und habe mich stattdessen als das Schreckenswesen offenbart, für das ich seit jeher gehalten werde.

~~Ich verstehe, dass meine Eltern mich loswerden wollten~~.

Castle spricht nicht einmal mehr mit mir.

Kenji allerdings hat an unserem Termin morgen früh um 6.00 nichts geändert, und ich merke, dass ich dankbar bin für die Ablenkung. Ich wünschte, es wäre schon so weit. Von jetzt an wird mein Leben so einsam sein wie früher, und da brauche ich etwas, um mir die Zeit zu vertreiben.

Um zu vergessen.

Das Gefühl der absoluten Einsamkeit – es überfällt mich immer wieder. Adams Abwesenheit in meinem Leben, das Wissen, dass ich die Wärme seines Körpers, die Zärtlichkeit seiner Berührungen nie wieder spüren werde. Die Erinnerung daran, wer ich bin, was ich getan habe, wohin ich gehöre.

Doch ich habe die Regeln und Bedingungen meiner neuen Realität akzeptiert.

Ich kann nicht mit ihm zusammen sein. Ich werde nicht mit ihm zusammen sein. Ich werde nie wieder das Risiko eingehen, ihn zu verletzen, die Kreatur zu werden, vor der er sich fürchtet, die ihn nicht berühren, nicht küssen, nicht umarmen kann. Ich will ihm nicht dabei im Weg sein, ein normales Leben mit einem Mädchen zu führen, das ihn nicht versehentlich umbringen könnte.

Ich muss mich also aus seiner Welt herausschneiden. Und ihn aus meiner.

Das ist jetzt viel schwerer. Es ist so viel schwerer, mich mit einem Leben in Kälte und Leere zu begnügen, nachdem ich Hitze, Verlangen, Zärtlichkeit und Leidenschaft kennengelernt habe; die fantastische Freude, einen anderen Menschen berühren zu können.

Es ist abgrundtief peinlich.

Dass ich mir einbildete, die Rolle eines normalen Mädchens mit einem normalen Freund spielen zu können; dass ich glaubte, die Geschichten leben zu dürfen, die ich als Kind in so vielen Büchern gelesen hatte.

Ich.

Juliette hat einen Traum.

Allein der Gedanke daran beschämt mich. Wie dumm von mir zu glauben, ich könne ändern, was mir zugewiesen wurde. Dass ich in den Spiegel starrte und das bleiche Gesicht sogar mochte, das mir entgegenschaute.

Wie kläglich.

Ich hatte es immer gewagt, mich mit der Prinzessin zu identifizieren, die davonläuft und von einer Fee in ein wunderhübsches Mädchen mit großartiger Zukunft verwandelt wird. Hatte mich an etwas wie Hoffnung geklammert, an einen seidenen Faden aus Vielleicht und Womöglich und Könntesein. Doch ich hätte besser zuhören sollen, als meine Eltern mir sagten, Kreaturen wie ich hätten keinen Anspruch auf Träume. ~~Kreaturen wie ich sollten lieber vernichtet werden, sagte meine Mutter zu mir~~.

Und allmählich glaube ich, dass meine Eltern Recht hatten. Allmählich frage ich mich, ob ich mich nicht selbst begraben sollte. Doch dann fällt mir ein, dass das im Grunde ohnehin schon der Fall ist. Und ich brauche keinen Spaten dazu.

Es ist sonderbar.

Wie hohl ich mich fühle.

Als könne es in mir Echos geben. Als sei ich so ein Schokoladenhase, wie man sie früher an Ostern kaufen konnte – eine süße Hülle, die eine leere Welt umgibt. So bin ich.

Ich bestehe innen aus Nichts.

Alle hier hassen mich. Die zarten Freundschaftsbande, die ich zu knüpfen begann, sind jetzt zerstört. Kenji hat mich satt. Castle ist enttäuscht, angewidert, sogar wütend. Seit meinem Eintreffen hier habe ich nur Probleme verursacht, und der eine Mensch, der immer nur das Gute in mir sehen wollte, bezahlt dafür jetzt womöglich mit seinem Leben.

Der eine Mensch, der es jemals gewagt hat, mich zu berühren.

Oder vielmehr: einer von zweien.

Mir fällt auf, dass ich zu viel an Warner denke.

Ich erinnere mich an seine Augen und seine sonderbare Freundlichkeit und sein grausames, berechnendes Verhalten. An den Blick, den er mir zuwarf, als ich aus dem Fenster sprang, um zu flüchten, und an das Grauen auf seinem Gesicht, als ich die Pistole auf sein Herz richtete, und dann frage ich mich, weshalb mich jemand beschäftigt, der so anders ist als ich ~~und mir doch so ähnlich.~~

Ich frage mich auch, ob ich ihm bald wieder begegnen werde und wie er mich dann begrüßen wird. Ich habe keine Ahnung, ob ihm noch daran liegt, mich am Leben zu erhalten, nachdem ich ihn umbringen wollte. Und ich habe keine Ahnung, weshalb ein 19-jähriger Mensch ein so abscheuliches, böses Leben führt. Dann wird mir bewusst, dass ich mich selbst belüge. Weil ich es sehr wohl weiß. Weil ich möglicherweise der einzige Mensch bin, der Warner jemals verstehen wird.

Das nämlich habe ich in Erfahrung gebracht:

Dass er – wie ich – eine gequälte Seele ist, die niemals die Wärme von Freundschaft, Liebe, einem friedlichen Zusammenleben kannte. Dass sein Vater der Anführer des Reestablishment ist und die Morde seines Sohnes feiert, anstatt sie zu verdammen. Und dass Warner nicht weiß, wie sich Normalität anfühlt.

~~Ebenso wenig wie ich.~~

Wie sein Vater versucht er die Welt zu beherrschen, ohne dieses Ziel zu hinterfragen, ohne die Folgen zu bedenken, ohne sich den Wert eines Menschenlebens bewusst zu machen. Seine gesellschaftliche Stellung und seine Macht ermöglichen ihm, viel Schaden anzurichten, und er tut es mit Stolz. Er tötet ohne Reue und Bedauern und will mich an seiner Seite wissen. Er sieht mich, wie ich bin, und wünscht sich, dass ich mein Potential nutze.

Bedrohliches monströses Mädchen, dessen Berührung tödlich ist. Erbärmliches, klägliches Wesen, das der Welt nichts anderes zu geben hat. Taugt nur als Waffe, als Folterwerkzeug und Machtmittel. So will er mich.

Und inzwischen bin ich mir nicht mehr sicher, ob Warner nicht Recht hat. Für mich gibt es keine Gewissheiten. Ich bin mir nicht mehr sicher, woran ich geglaubt habe, und ich weiß nicht mehr, wer ich bin. Warners Stimme raunt in meinem Kopf, versucht mir einzureden, dass ich viel mehr sein könnte, dass ich stärker, dass ich alles sein könnte – dass ich kein ängstliches kleines Mädchen mehr sein muss.

Mächtig könnte ich sein, raunt die Stimme.

Doch noch zögere ich.

Denn das Leben, das er mir anbietet, lockt mich nicht. Es gefällt mir nicht. Ich will niemandem vorsätzlich weh tun. Ich habe keine Freude daran. Und selbst wenn die Welt mich hasst, wenn alle Menschen mich hassen, will ich mich nicht an einem unschuldigen Menschen vergreifen. Sollte ich getötet, im Schlaf ermordet werden, so will ich zumindest mit einem Rest Würde sterben. Mit einem Anteil Menschlichkeit in mir, der zu mir gehört, über den ich nach Belieben verfügen kann. Den mir niemand wegnehmen wird. Dafür werde ich sorgen.

Deshalb darf ich nicht vergessen, dass Warner und ich in 2 unterschiedlichen Welten leben.

Wir sind Synonyme, aber nicht gleich.

Synonyme kennen sich so gut wie alte Kollegen, wie Freunde, die viel zusammen erlebt haben. Sie erzählen Geschichten aus ihrem Leben, erinnern sich an ihre gemeinsame Vergangenheit und vergessen dabei, dass sie zwar ähnlich, aber nicht gleich, dass sie trotz ähnlicher Eigenschaften nicht identisch sind. Denn ruhig ist nicht gleich still, entschieden ist nicht gleich entschlossen, und hell ist nicht gleich strahlend. Es kommt ganz darauf an, wie diese Wörter in einen Satz eingefügt werden.

Sie sind nicht austauschbar.

Ich habe mein ganzes Leben darum gekämpft, mich zu bessern. Stärker zu werden. Denn im Gegensatz zu Warner möchte ich nicht Angst und Schrecken in dieser Welt verbreiten. Ich möchte niemandem Leid antun.

Ich will meine Kräfte nicht benutzen, um jemanden zu verletzen.

Doch dann schaue ich auf meine 2 Hände und weiß wieder genau, wozu ich imstande bin. Weiß, was ich getan habe und möglicherweise in Zukunft tun werde. Denn es ist so schwer, gegen etwas anzukämpfen, das man nicht im Griff hat. Und im Moment habe ich nicht mal meine eigene Fantasie im Griff. Sie packt mich an den Haaren und schleift mich in die Dunkelheit.

16

Die Einsamkeit ist ein sonderbares Wesen.

Lautlos kommt sie im Dunkeln angeschlichen, setzt sich ans Bett, streicht dir im Schlaf übers Haar. Umschlingt dich so fest, dass der Atem ins Stocken gerät, das Blut sich erhitzt und der Herzschlag zu rasen beginnt, während ihre Lippen die Härchen in deinem Nacken streifen. Sie hinterlässt Lügen in deinem Herzen, legt sich neben dich in der Nacht und verschlingt das Licht aus allen Ecken und Winkeln. Sie weicht nicht mehr von deiner Seite, und sie reicht dir nur die Hand, um dich wieder nach unten zu zerren, wenn du dich gerade mühsam aufrappeln willst.

Morgens wachst du auf und weißt nicht mehr, wer du bist. Abends kannst du nicht einschlafen und zitterst in deiner Haut. Du grübelst grübelst grübelst

bin ich so

bin ich nicht so

sollte ich

sollte ich nicht

Und selbst wenn du dich beruhigst. Wenn du bereit bist zum Aufbruch. Wenn du bereit bist zum Neubeginn. Selbst dann steht die Einsamkeit wie ein alter Freund neben dir im Spiegel, starrt dich an, bezweifelt, dass du ohne sie leben kannst. Und du findest keine Worte, um dich zu wehren, um dich zu wehren gegen diese Worte – du bist nie gut genug nie gut genug nie gut genug.

Die Einsamkeit ist eine schreckliche, bittere Begleiterin.

Und manchmal lässt sie dich einfach nicht mehr los.

»Haaallooooȼ«

Ich blinzle und keuche erschrocken auf und weiche zurück vor den Fingern, die vor meinem Gesicht schnipsen. Die vertrauten Steinwände von Omega Point tauchen vor meinen Augen auf, reißen mich aus meinen Tagträumen. Ich drehe mich ruckartig um.

Kenji starrt mich an.

»Wasȼ« Ich werfe ihm einen nervösen Blick zu, ringe die Hände, die eiskalt sind ohne meine Handschuhe. Mein Anzug hat keine Taschen, und bislang habe ich keinen Ersatz bekommen für die Handschuhe, die ich im Labor ruiniert habe.

»Du bist früh dran«, sagt Kenji. Er legt den Kopf schief, sein Blick ist erstaunt und forschend zugleich.

Ich zucke die Achseln, schaue zu Boden, will Kenji nicht gestehen, dass ich nachts kaum geschlafen habe. Seit 3 Uhr nachts bin ich wach, seit 4 Uhr startklar. Ich kann es kaum erwarten, mich abzulenken von meinen Gedanken. »Ich bin aufgeregt«, lüge ich. »Was machen wir denn heuteȼ«

Kenji schüttelt leicht den Kopf. Schaut über meine Schulter, blinzelt. »So weit, äm –« er räuspert sich, »alles in Ordnung mit dirȼ«

»Ja, na klar.«

»Aha.«

»Wasȼ«

»Nichts«, sagt er rasch. »Nur so, weißt du.« Er wedelt mit der Hand. »Du siehst nicht grade super aus, Prinzessin. Eher so ähnlich wie an dem Tag, als du mit Warner im Stützpunkt aufgetaucht bist. Starr vor Angst und mit leblosem Blick, und nimm's mir nicht übel, aber es hat auch den Anschein, als könnte dir eine Dusche nicht schaden.«

Ich lächle, obwohl das so anstrengend ist, dass mir das Gesicht schmerzt. Versuche, meine Schultern zu entspannen, normal, ruhig und konzentriert zu wirken. »Es geht mir gut, wirklich«, sage ich. Senke wieder den Blick. »Es ist nur – ziemlich kalt hier unten. Meine Handschuhe fehlen mir.«

Kenji nickt, schaut noch immer über meine Schulter. »Ja. Verstehe. Er wird sich übrigens erholen.«

»Was?« Atmen. Atmen fällt mir wirklich schwer.

»Kent.« Er schaut mich jetzt an. »Dein Freund. *Adam*. Er wird wieder gesund werden.«

1 Wort, 1 schlichte dämliche Erinnerung an ihn bringt die Schmetterlinge in meinem Bauch zum Flattern. Doch dann fällt mir auf, dass Adam nicht mehr mein Freund ist. Dass er es nicht mehr sein kann. Dass er gar nichts mehr für mich sein kann.

Und die Schmetterlinge stürzen ab.

~~Das.~~

~~Ich kann das nicht tun.~~

»Also«, sage ich, zu laut und zu munter. »Sollten wir nicht los? Wir haben doch einiges vor, oder?«

Kenji wirft mir einen seltsamen Blick zu. »Ja«, sagt er. »Klar. Komm mit.«

17

Kenji führt mich zu einer Tür, die ich noch nie zuvor gesehen habe. Die zu einem Raum gehört, in dem ich noch nie zuvor gewesen bin.

Von drinnen höre ich Stimmen.

Kenji klopft zweimal, bevor er die Tür öffnet. Lautes Stimmengewirr schlägt uns entgegen. In dem Raum, den wir betreten, stehen viele Menschen, die ich bislang höchstens kurz aus der Ferne gesehen habe und an deren Lächeln und Lachen ich niemals teilhaben durfte. Vor einem in die Wand eingelassenen Whiteboard und einem blinkenden Monitor sind Tische und Stühle für einzelne Personen aufgestellt wie in einem Klassenzimmer. Ich entdecke Castle in der Ecke. Er betrachtet so konzentriert etwas auf einem Klemmbrett, dass er uns nicht bemerkt, bis Kenji ihm einen Gruß zuruft.

Ein freudiges Lächeln tritt auf Castles Gesicht.

Die intensive Verbindung zwischen den beiden war mir schon aufgefallen, aber nun wird mir umso deutlicher bewusst, dass Castle eine spezielle Beziehung zu Kenji hat. Dass er so stolz und liebevoll und fürsorglich mit ihm umgeht, wie es für gewöhnlich nur Eltern mit ihren Kindern tun. Ich frage mich, wie und wo die Beziehung der beiden ihren Ursprung hat und wie sie sich gefunden haben. Und merke, wie wenig ich weiß über die Bewohner von Omega Point.

Ich schaue in die erwartungsvollen Gesichter von Männern und Frauen, jungen und älteren aus aller Herren Länder. Sie gehen miteinander um, als gehörten sie einer großen Familie an, und ich spüre einen seltsamen stechenden Schmerz an den Seiten, der Löcher in mich reißt, der mich innerlich aushöhlt.

Es kommt mir vor, als betrachte ich eine weit entfernte Szene durch eine Glasscheibe. Sehne mich danach, Teil davon zu sein, und weiß doch, dass das niemals passieren wird. Manchmal vergesse ich, dass es hier Menschen gibt, die trotz ihrer Lage immer noch täglich lächeln.

Sie haben die Hoffnung nicht aufgegeben.

Ich schäme mich plötzlich, bin mir selbst peinlich. In dem hellen Licht wirken meine Gedanken trist und dunkel, und ich wünsche mir, auch noch optimistisch sein und daran glauben zu können, dass ich etwas machen kann aus meinem Leben. Dass es irgendwie, irgendwo, noch eine Chance für mich gibt.

Jemand pfeift.

»Okay, Leute«, ruft Kenji, der die Hände wie einen Trichter an den Mund hält. »Setzt euch bitte alle hin. Wir führen eine Schulung für diejenigen durch, die das noch nicht absolviert haben, und ihr müsstet jetzt alle ein bisschen zur Ruhe kommen.« Er lässt den Blick durch den Raum schweifen. »Gut. Sucht euch einfach irgendwo einen Platz. Lily – du musst nicht – na gut, das geht schon. In fünf Minuten legen wir los, ja?« Er hält die rechte Hand hoch, mit gespreizten Fingern. »Fünf Minuten.«

Ich setze mich rasch auf den nächsten Stuhl, ohne mich umzusehen. Betrachte eingehend die Holzstruktur des Tischs, während die anderen sich einen Platz suchen. Irgendwann wage ich einen verstohlenen Blick nach rechts. Hellblonde Haare, schneeweiße Haut; zwei klare blaue Augen blinzeln mir zu.

Brendan. Der elektrische Junge.

Er lächelt mich an. Grüßt mich lässig mit zwei Fingern.

Ich wende rasch wieder den Blick ab.

»Ach, hallo«, höre ich jemanden sagen. »Was machst du denn hier?«

Ich schaue nach links, sehe rotblonde Haare und eine schwarze Plastikbrille auf einer leicht schiefen Nase. *Winston.* Er war derjenige, der mir so viele Fragen gestellt hatte, als ich in Omega Point eintraf. Hatte sich als Psychologe vorgestellt. Er hatte auch meinen Anzug entworfen. Und die Handschuhe, die ich nun ruiniert hatte.

Er ist wohl so eine Art Genie, aber ich weiß es nicht genau.

Im Moment kaut er an seinem Kuli und starrt mich an. Rückt mit dem Zeigefinger seine Brille zurecht. Mir fällt wieder ein, dass er mir eine Frage gestellt hat.

»Ich weiß es selbst nicht«, antworte ich. »Kenji hat mich hergebracht, mir aber nichts erklärt.«

Das scheint Winston nicht zu überraschen. Er verdreht die Augen. »Er wieder mit seiner nervenden Geheimnistuerei. Keine Ahnung, weshalb er glaubt, es sei nötig, immer alles so spannend zu machen. Scheint sein Leben für einen Film zu halten oder so. Ewig dieses dramatische Getue. Absolut ätzend.«

Darauf weiß ich nichts zu antworten. ~~Denke nur, dass Adam ihm wohl beipflichten würde, und dann denke ich wieder an Adam, und dann~~

»Ach, hör nicht auf den.« Englischer Akzent. Ich schaue wieder nach rechts. Brendan lächelt immer noch. »So früh morgens ist Winston immer unausstehlich.«

»Herr im Himmel, wie viel Uhr ist es eigentlich?«, fragt Winston. »Ich könnte einem Soldaten in die Eier treten, um an Kaffee zu kommen.«

»Selbst schuld, wenn du nie schläfst, Mann«, versetzt Brendan. »Du spinnst, wenn du meinst, du könntest mit drei Stunden Schlaf pro Nacht fit bleiben.«

Winston lässt den Kuli auf den Tisch fallen. Streicht sich müde durchs Haar. Setzt seine Brille ab und reibt sich das Gesicht. »Das liegt an den verfluchten Suchmannschaften. Jede verfluchte Nacht. Irgendwas braut sich da zusammen. Wieso sind so viele Soldaten unterwegs? Was zum Teufel treiben die da draußen? Und ich muss die ganze Zeit *wach* bleiben –«

»Was ist denn los?«, frage ich neugierig. Ich hatte noch nie Gelegenheit, an Informationen zu kommen. Castle hat mir immer nur gesagt, dass ich mich auf mein Training konzentrieren soll. Ansonsten bekam ich lediglich zu hören, dass die Zeit knapp sei und dass ich lernen müsse, *bevor es zu spät ist.* Jetzt frage ich mich, ob die Lage schlimmer ist, als ich vermutet hatte.

»Die Suchmannschaften?«, sagt Brendan und macht eine wegwerfende Handbewegung. »Ach so, na, wir schieben zu zweit Wache, in Schichten«, erklärt er. »Was meist kein Problem ist, Routinearbeit, nichts Dramatisches.«

»Aber in letzter Zeit verändert sich was«, wirft Winston ein. »Kommt mir vor, als würden sie jetzt tatsächlich nach uns *suchen.* Als wüssten sie, dass wir nicht nur eine verrückte Theorie sind. Und als wüssten sie wahrhaftig, wo sie uns finden können.« Er schüttelt den Kopf. »Aber das ist eigentlich ausgeschlossen.«

»Nee, ist es nicht«, widerspricht Brendan.

»Aber wie zum Teufel sollten sie uns entdeckt haben? Wir sind doch wie das Bermuda-Dreieck.«

»Scheinbar nicht.«

»Treibt mich jedenfalls in den Wahnsinn«, sagt Winston. »Es wimmelt von Soldaten, und sie sind viel zu nah. Wir sehen sie auf den Monitoren«, erklärt er, als er meinen fragenden Blick bemerkt. »Aber am allersonderbarsten«, fügt er leiser hinzu und beugt sich vor, »ist, dass Warner immer bei ihnen ist. Jede Nacht. Marschiert herum, gibt Befehle, die ich nicht hören kann. Und sein Arm ist immer noch verletzt. Er trägt ihn in einer Schlinge.«

»Warner?« Ich starre Winston an. »Ist bei den Soldaten? Kommt das sonst nicht vor?«

»Es ist ziemlich merkwürdig«, antwortet Brendan. »Er ist schließlich der OKR – Oberkommandeur und Regent – von Sektor 45. Normalerweise würde er diese Aufgabe an einen Oberst oder sogar nur an einen Leutnant delegieren. Er gehört eigentlich auf den Stützpunkt, zur Armee.« Brendan schüttelt den Kopf. »Ich finde das ziemlich idiotisch von ihm, so ein hohes Risiko einzugehen. Sich vom Stützpunkt zu entfernen. Wundert mich auch, dass er es sich erlauben kann, so oft weg zu sein.«

»Ganz genau«, sagt Winston und nickt. Er deutet mit dem Zeigefinger auf uns, sticht förmlich in die Luft. »Und man muss sich fragen, wer in seiner Abwesenheit das Kommando hat. Der Typ hat zu niemandem Vertrauen und delegiert normalerweise nicht. Und jetzt lässt er jede Nacht seinen Stützpunkt im Stich?« Winston schüttelt den Kopf. »Irgendwas passt da nicht. Da braut sich was zusammen.«

Ich fühle mich ängstlich und mutig zugleich, als ich frage: »Meinst du, er sucht nach ~~jemandem~~ etwas?«

»So ist es.« Winston atmet lautstark aus. Kratzt sich an der Nase. »Genau das glaube ich. Und ich würde verdammt gerne wissen, wonach.«

»Nach uns«, bemerkt Brendan. »Wonach denn sonst.«

Winston schaut zweifelnd. »Weiß nicht. Irgendwas ist anders. Nach uns suchen sie schon seit Jahren, aber so was ist noch nie vorgekommen. Sie haben noch nie so viele Leute für die Suche abkommandiert. Und sie waren uns noch nie so nah.«

»Wow«, flüstere ich. Meine eigenen Theorien zu äußern

wage ich nicht. Ich will auch nicht zu ausführlich darüber nachdenken, ~~nach wem~~ wonach Warner wirklich sucht. Und ich wundere mich die ganze Zeit, dass diese beiden Männer so offen mit mir sprechen, als sei ich vertrauenswürdig, als gehöre ich zu den Eingeweihten.

Ich bleibe stumm.

»Tja«, sagt Winston und greift wieder nach seinem abgekauten Kuli. »Ziemlich irre. Jedenfalls: Wenn ich heute keinen anständigen Kaffee kriege, raste ich aus.«

Ich schaue mich um. Keine Spur von Kaffee oder Essen. »Frühstücken wir noch, bevor es losgeht?«

»Nee«, antwortet Winston. »Heute haben wir andere Essenszeiten. Aber wir haben die volle Auswahl, wenn wir zurückkommen. Das ist der einzige Lichtblick.«

»Von wo zurückkommen?«

»Draußen«, sagt Brendan und lehnt sich zurück. Deutet zur Decke. »Wir gehen raus.«

»Was?«, keuche ich aufgeregt. »Im Ernst?«

»So sieht's aus.« Winston setzt seine Brille wieder auf. »Und du scheinst heute deine erste Einführung in unsere bevorstehenden Aufgaben zu kriegen.« Er weist mit dem Kopf nach vorne, wo Kenji eine riesige Kiste auf den Tisch hievt.

»Wie meinst du das?«, frage ich. »Was sind denn die Aufgaben?«

»Ach, das Übliche.« Winston zuckt mit den Schultern. Verschränkt die Hände hinter dem Kopf. »Schwerer Diebstahl. Bewaffneter Raubüberfall. So was in der Art.«

Ich fange an zu lachen, aber Brendan unterbricht mich. Legt mir wahrhaftig die Hand auf die Schulter, und mir wird mulmig. Ich frage mich, ob er noch recht bei Sinnen ist.

»Das ist kein Witz«, sagt Brendan. »Und ich hoffe, du kannst mit einer Schusswaffe umgehen.«

114

18

Wir sehen wie Obdachlose aus.

Das heißt wie Zivilisten.

Als wir aus dem Seminarraum in den Gang hinaustreten, tragen wir alle graue fadenscheinige oder halb zerlumpte Kleidung. Jeder legt noch letzte Hand an; Winston setzt seine Brille ab, verstaut sie in der Tasche, zieht den Reißverschluss seiner Jacke hoch bis zum Kinn. Ein Mädchen namens Lily schlingt sich einen dicken Schal um und setzt eine Kapuze auf. Und Kenji streift Handschuhe über und zupft seine Cargohose zurecht, um seine Pistole zu verbergen.

Brendan neben mir bringt ein schwarzes Beanie zum Vorschein, setzt es auf und schließt seine Jacke. Die dunkle Wollmütze lässt seine blauen Augen noch heller und leuchtender wirken. Er lächelt mich an, als er meinen Blick bemerkt. Dann wirft er mir alte Handschuhe zu, die zwei Nummern zu groß sind, und zieht die Schnürsenkel seiner Stiefel fester zu.

Ich hole tief Luft.

Versuche mich ausschließlich darauf zu konzentrieren, wo ich bin, was ich tue und was ich bald tun werde. Ich verbiete mir, an Adam zu denken, mir vorzustellen, was er gerade macht, mich zu fragen, ob es ihm besser geht und was er wohl empfindet. Ich flehe mich selbst an, mich nicht an diese letzten Momente mit ihm zu erinnern, an seine Berührungen, seine Umarmung, seine Lippen und Hände und seinen erregten Atem –

Doch ich scheitere.

Ich muss einfach daran denken, wie er mich immer zu schützen versucht hat, wie er dabei fast umgekommen ist. Immer hat er mich verteidigt, auf mich geachtet, ohne sich bewusst zu machen, dass *ich* selbst, immer *ich* die größte Bedrohung bin. Die schlimmste Gefahr. Er sieht mich zu positiv, stellt mich auf einen Sockel, was ich nicht verdient habe. Wahrscheinlich würde er nicht mal glauben, dass ich mir meiner Fähigkeiten inzwischen wohl bewusst bin. Dass ich weiß, wie sehr ich Menschen verletzen kann.

Doch ich weiß es.

Ich weiß, dass ich Castle entzweireißen könnte. Ich weiß, dass ich Kenji mit dem Kopf voran in die Wand rammen könnte. Ich weiß, dass ich den Boden unter unseren Füßen spalten könnte. ~~Ich weiß, dass ich Menschen dazu bringen könnte, Schlimmes zu tun. Böses.~~ Doch ich fühle mich deshalb nicht besser. Ich fühle mich nicht stark und mächtig.

Ich fühle mich abscheulich.

Aber ich muss jedenfalls nicht beschützt werden. Ich brauche niemanden, der sich Sorgen um mich macht oder Gefahr läuft, sich in mich zu verlieben. ~~Ich bin unzuverlässig. Mir muss man aus dem Weg gehen. Es ist in Ordnung, dass die Leute sich vor mir fürchten.~~

~~Besser für sie.~~

»Hey.« Kenji tritt zu mir, nimmt mich am Ellbogen. »Startklar?«

Ich nicke. Lächle ein bisschen.

Meine Kleidung ist geliehen. Die Karte, die ich unter meinem Anzug um den Hals trage, ist nagelneu. Man hat mir heute eine gefälschte RR-Karte überreicht – eine Reestablishment-Registrierungskarte. Sie dokumentiert, dass ich hier im Sektor lebe und arbeite, dass ich auf überwachtem Gelände offiziell registriert bin. Jeder Bürger besitzt eine solche Karte.

Ich hatte noch nie eine, weil man mich in eine Irrenanstalt gesteckt hatte; Leute wie ich brauchten so was nicht. Ich bin ohnehin ziemlich sicher, dass die glaubten, ich würde in der Anstalt sterben. Dann braucht man auch keinen Ausweis.

Aber die RR-Karte ist etwas ganz Besonderes.

Nicht jeder in Omega Point besitzt so etwas. Diese Karten sind offenbar extrem schwer zu fälschen. Es sind dünne Rechtecke, hergestellt aus einer seltenen Art von Titan. Ein Barcode und die Daten des Besitzers werden mit Laser eingraviert, und die Karte enthält eine Funktion, mit der man den Aufenthaltsort des Besitzers feststellen kann.

»In RR-Karten wird alles gespeichert«, hatte Castle mir erklärt. »Man braucht sie zum Betreten und Verlassen von Geländen und vom Arbeitsplatz. Der Lohn wird in RE-Dollars ausbezahlt – er basiert auf einem komplizierten Algorithmus, mit dem der Schwierigkeitsgrad der beruflichen Tätigkeit und die Anzahl der Arbeitsstunden berechnet wird, um den Wert der Arbeit zu bestimmen. Diese elektronische Währung wird wöchentlich ausgezahlt und automatisch auf einen Chip in der RR-Karte geladen. Man kann damit in den Versorgungszentren Lebensmittel und andere Dinge des täglichen Bedarfs kaufen. Wer seine RR-Karte verliert«, hatte Castle noch hinzugefügt, »büßt seine Lebensgrundlage, seine Einkünfte und seinen Status als offiziell registrierter Bürger ein. Falls Sie von Soldaten angehalten und nach Ihrem Ausweis gefragt werden, müssen Sie die RR-Karte vorzeigen. Tun Sie das nicht«, er hielt inne, »sind die Folgen sehr… unerfreulich. Wer seine Karte nicht bei sich trägt, wird als Gefahr für das Reestablishment betrachtet. Dieses Verhalten gilt als rechtswidrig, und damit wird man automatisch verdächtig. Wer die Karte nicht bei sich trägt, weil er vielleicht nur eine Weile nicht überprüfbar sein möchte, wird als Sympathisant der Rebellen erachtet. Als Bedrohung. Und mit Bedrohungen macht das Reestablishment kurzen Prozess. Deshalb«, Castle holte tief Luft, »dürfen und werden Sie Ihre RR-Karte niemals verlieren. Unsere gefälschten Karten enthalten weder den Peilsender noch den Geld-Chip, weil wir nicht über die notwendige Technologie verfügen und auch beides nicht brauchen. Aber! Das bedeutet nicht, dass die Karten nicht als Ersatz hundertprozentig funktionieren. Und für die normalen Bürger sind sie zwar gleichbedeutend mit lebenslanger Haft, aber in Omega Point stellen sie ein Privileg dar. Und so werden Sie bitte auch damit umgehen.«

Ein Privileg.

Ich habe vieles gelernt an diesem Vormittag – unter anderem, dass diese Karten nur an diejenigen ausgegeben werden, die außerhalb von Omega Point Missionen zu erfüllen haben. Die Leute, die sich an diesem Morgen zu dem Treffen einfanden, gelten als die Elite: die besten, stärksten, verlässlichsten. Mich dazu einzuladen war ein mutiger Schritt von Kenji. Mir ist jetzt bewusst, dass er mir damit sein Vertrauen ausgesprochen hat. Trotz allem, was vorgefallen ist, bedeutet er damit mir und allen anderen, dass ich hier willkommen bin. Was natürlich auch erklärt, weshalb Winston und Brendan so offen zu mir waren. Weil sie Vertrauen haben zu dem System von Omega Point. Und dass sie Kenji vertrauen, wenn er signalisiert, dass er mir vertraut.

Nun gehöre ich also dazu.

Und meine erste offizielle Handlung als Auserwählte?

Ich werde zur Diebin.

19

Wir setzen uns in Bewegung.

Castle wird jeden Moment zu uns stoßen, um uns aus der unterirdischen Stadt hinaus in die reale Welt zu führen. Zum ersten Mal nach 3 Jahren werde ich dann aus der Nähe sehen können, was inzwischen aus unserer Gesellschaft geworden ist.

Ich war 14, als ich verhaftet wurde, weil ich ein unschuldiges Kleinkind getötet hatte. Dann wurde ich 2 Jahre lang durch Kliniken, Gerichtssäle, Jugendstrafanstalten und geschlossene Abteilungen gezerrt, bis man beschloss, mich ein für alle Mal wegzusperren. Die Irrenanstalt war schlimmer als ein Gefängnis; besser, fanden meine Eltern. Im Gefängnis hätten die Wachen mich wie ein menschliches Wesen behandeln müssen; aber in der Anstalt vegetierte ich vor mich hin wie ein tollwütiges Tier, in einer dunklen Zelle ohne Kontakt zur Außenwelt. Die Außenwelt habe ich seit langem nur durch ein vergittertes Fenster oder auf der Flucht erlebt. Ich weiß nicht, was mich nun erwartet.

Doch ich will es sehen.

Es ist mir wichtig.

Ich bin es leid, quasi blind zu sein, nur mit Erinnerungen aus der Vergangenheit und Bruchstücken aus der Gegenwart zu leben.

Ich weiß eigentlich nur, dass das Reestablishment seit 10 Jahren ein fester Begriff ist.

Denn die Bewegung begann von sich reden zu machen,

als ich 7 Jahre alt war. Ich weiß noch genau, wie der Niedergang anfing. Zuvor war alles noch halbwegs normal – Menschen starben nicht häufiger als sonst, und wer genug Geld hatte, konnte sich ausreichend Essen leisten. Das war noch zu der Zeit, bevor Krebs eine allgemein verbreitete Krankheit wurde und das Wetter sich in eine unberechenbare Bestie verwandelte. Ich weiß sogar noch, wie angetan die Leute vom Reestablishment waren. Erinnere mich an die Hoffnung in den Mienen meiner Lehrer und die Bekanntmachungen, die wir uns in der Schule anschauen mussten.

Und 4 Monate, bevor ich als 14-Jährige ein unverzeihliches Verbrechen beging, wählten die Bürger das Reestablishment, damit es uns in eine bessere Zukunft führte.

Hoffnung. Sie hatten so viel Hoffnung. Meine Eltern, unsere Nachbarn, meine Lehrer und Klassenkameraden. Alle glaubten an eine bessere Welt, als sie das Reestablishment bejubelten und ihm Unterstützung zusicherten.

Hoffnung kann Menschen zu schrecklichen Taten veranlassen.

Ich sah die Demonstrationen noch, bevor sie mich einsperrten. Die wütenden Menschenmassen, die Entschädigung verlangten. Und das Reestablishment verhöhnte sie und sagte, sie hätten vorher das Kleingedruckte lesen sollen.

Unwiderrufliche Verträge.

Castle und Kenji nehmen mich auf diese Expedition mit, weil sie mich in den inneren Kreis von Omega Point einführen wollen. Sie wollen mich in ihren Reihen, wollen, dass ich ihre Mission verstehe und zu meiner mache. Castle möchte, dass ich mit ihnen gegen das Reestablishment und dessen Pläne für die Welt kämpfe. Gegen die geplante Vernichtung von Büchern und Kunst, von Sprache und Geschichte. Gegen das leere, öde, monotone Leben, das die Machthaber den künftigen Generationen aufzwingen wollen. Er will mir vermitteln, dass unser Planet noch nicht irreparabel zerstört ist, dass unsere Zukunft noch besser gestaltet werden kann, sofern die Macht in den richtigen Händen liegt.

Er will mir beibringen, Vertrauen zu haben.

Und ich *will* Vertrauen haben.

Aber manchmal bekomme ich Angst. In meinen wenigen Lebensjahren habe ich bereits erfahren, dass Menschen, die Macht haben wollen, niemals vertrauenswürdig sind. Menschen mit hehren Zielen und eloquenten Reden und aalglattem Lächeln beunruhigen mich. Männer mit Waffen vermitteln mir keine Geborgenheit, sooft sie auch behaupten mögen, dass sie für die richtige Sache töten.

Und mir ist nicht entgangen, dass die Einwohner von Omega Point bis an die Zähne bewaffnet sind.

Aber ich bin neugierig. Rasend neugierig.

Deshalb fühlt es sich richtig an, dass ich nun zerlumpte Kleidung und eine dicke Wollmütze trage, die mir fast bis über die Augen geht. Meine schwere Jacke hat wohl früher einem Mann gehört, und meine Lederstiefel sind fast verdeckt von viel zu langen Hosenbeinen. Ich sehe aus wie eine bettelarme Frau auf der Suche nach etwas Essbarem für ihre Familie.

Eine Tür fällt ins Schloss, und wir drehen uns alle gleichzeitig um. Castle strahlt und schaut jeden von uns an.

Mich. Winston. Kenji. Brendan. Das Mädchen namens Lily. 10 weitere Personen, die ich nicht näher kenne. Mit Castle sind wir 16. Eine ausgewogene Zahl.

»Na, dann ans Werk«, sagt Castle und klatscht in die Hände. Mir fällt auf, dass er Handschuhe trägt wie alle anderen auch. Heute bin ich nur ein ganz gewöhnliches Mädchen mit normaler Kleidung und normalen Handschuhen. Heute bin ich wie alle anderen. Nur für diesen einen Tag.

Der Gedanke ist so ungewohnt, dass ich unwillkürlich lächle.

Dann erinnere ich mich, dass ich Adam gestern beinahe umgebracht habe, und meine Lippen erstarren wieder.

»Bereit?« Castle schaut in die Runde. »Denken Sie bitte an alles, was wir besprochen haben.« Er hält inne. Sieht jeden eindringlich an. Auf mir ruht sein Blick etwas zu lange. »Gut. Los geht's.«

Wir folgen Castle schweigend durch die Gänge, und einen Moment lang denke ich, dass ich in diesem unauffälligen Aufzug auch einfach verschwinden könnte. Ich könnte davonlaufen und würde nie mehr gefunden werden.

~~Feige.~~

Ich überlege, wie ich das Schweigen brechen könnte. »Und wie kommen wir dorthin?«, frage ich die anderen.

»Zu Fuß«, antwortet Winston.

»Zivilisten besitzen nur selten Autos«, erklärt Kenji. »Und mit einem Panzer dürfen wir uns nicht erwischen lassen. Wenn wir unauffällig bleiben wollen, müssen wir uns so verhalten wie das Volk. Und das geht zu Fuß.«

Ich verliere die Orientierung, während Castle uns Richtung Ausgang führt, und mir wird bewusst, wie wenig ich bislang von Omega Point gesehen habe und wie schlecht ich mich hier auskenne. Was, wenn ich aufrichtig bin, daran liegt, dass ich mich nicht darum bemüht habe, diese unterirdische Stadt besser kennenzulernen.

Das muss ich ändern.

Dass wir kurz vor dem Ausgang sein müssen, merke ich, als wir eine Steintreppe hinaufsteigen. Oben befindet sich eine Stahltür mit einem Riegel.

Ich merke, dass ich ziemlich aufgeregt bin.

Angespannt.

Erwartungsvoll und ängstlich zugleich.

Heute werde ich die Welt aus der Sicht einer Bürgerin erleben, aus nächster Nähe. Werde sehen, was die Menschen heutzutage ertragen müssen.

~~Was meine Eltern durchmachen, wo immer sie auch sein mögen.~~

Castle bleibt vor der Tür stehen, die kaum größer ist als ein Fenster. Dreht sich zu uns um. »Wer seid ihr?«, fragt er.

Niemand antwortet.

Castle richtet sich zu voller Größe auf. Verschränkt die Arme vor der Brust. »Lily«, sagt er. »Name. Nummer. Sektor und Tätigkeit. *Schnell.*«

Lily zieht sich den Schal vom Gesicht. Antwortet mit tonloser Stimme: »Erica Fontaine. 1117-52QZ. 26 Jahre alt. Wohnhaft in Sektor 45.«

»Tätigkeit«, sagt Castle leicht ungeduldig.

»Textilien. Fabrik 19A-XC2.«

»Winston.«

»Keith Hunter, 4556-65DS«, äußert Winston rasch. »34 Jahre. Sektor 45. Metall, Fabrik 15B-XC2.«

Kenji wartet nicht, bis er aufgefordert wird. »Hiro Yamasaki, 8891-11DX. 20 Jahre alt. Sektor 45. Artillerie. 13A-XC2.«

Castle nickt, und der Reihe nach sagen die anderen die in ihren RR-Karten gespeicherten Daten auf. Auf Castles Gesicht tritt ein zufriedenes Lächeln. Dann wendet er sich zu mir, und die anderen starren mich an, warten ab, ob ich es vermasseln werde.

»Delia Dupont«, sage ich, und die Worte kommen mir leichter über die Lippen, als ich erwartet hatte.

Wir haben nicht die Absicht, uns erwischen zu lassen, doch das ist eine Vorsichtsmaßnahme für den Fall, dass wir uns ausweisen müssen; wir müssen unsere Daten im Schlaf beherrschen. Kenji hat auch erklärt, dass die Soldaten aus dem Stützpunkt nicht in unserer Zielgegend eingesetzt würden, so dass uns sicher niemand erkennen würde.

Dennoch.

Für alle Fälle.

Ich räuspere mich. »1223-99SX. 17 Jahre alt. Sektor 45. Metall, Fabrik 15A-XC2.«

Castle fixiert mich einen langen Moment.

Dann nickt er. Blickt in die Runde. »Und was«, fragt er, »sind die drei Fragen, die ihr euch stellt, bevor ihr etwas sagt?« Seine Stimme klingt klar und kraftvoll und imposant.

Wieder bleiben alle stumm. Was aber nicht daran liegt, dass wir die Antwort nicht wüssten.

Castle zählt an den Fingern ab. »Erstens: Muss das gesagt werden? Zweitens: Muss es von mir gesagt werden? Und drittens: Muss es jetzt sofort von mir gesagt werden?«

Immer noch herrscht Schweigen.

»Wir sprechen nur, wenn es absolut unvermeidlich ist«, erklärt Castle. »Wir lachen nicht, wir lächeln nicht. Wir vermeiden Blickkontakt untereinander. Wir lassen uns nicht anmerken, dass wir uns kennen. Wir tun nichts, was Blicke auf uns lenken könnte. Wir fallen nicht auf.« Er hält inne. »Das habt ihr alle verstanden, oder? Ist das klar?«

Wir nicken.

»Und wenn etwas schiefläuft?«, fragt Castle.

»Zerstreuen wir uns.« Kenji räuspert sich. »Wir laufen weg, verstecken uns. Und wir geben niemals, unter keinen Umständen, die Lage von Omega Point preis.«

Es scheint, als würden wir alle zugleich tief Luft holen.

Castle schiebt die kleine Tür auf. Späht hinaus, bedeutet uns dann, dass wir ihm folgen sollen. Nacheinander schlüpfen wir durch die Öffnung, so stumm, wie wir es auch draußen sein sollen.

Fast 3 Wochen lang habe ich mich nur unter der Erde aufgehalten. Es kommt mir vor, als wären es 3 Monate gewesen.

Der Wind schlägt mir ins Gesicht, vertraut, mahnend. Als wolle er mich bestrafen, weil ich so lange fort gewesen bin.

Wir befinden uns im Ödland. Die Luft ist eisig und schneidend, dürre Blätter wirbeln herum. Die Äste der wenigen einsamen Bäume zittern im Wind, als flehten sie um Gnade. Ich schaue nach links. Nach rechts. Geradeaus.

Nichts.

Castle hatte uns erzählt, dass diese Gegend einst eine üppige Landschaft war. Als er vor vielen Jahren nach einem geeigneten Ort für Omega Point Ausschau hielt, erschien ihm diese Stelle perfekt. Doch inzwischen ist alles verändert. Die Natur selbst hat sich verändert. Und nun kann er das Versteck nicht mehr verlegen.

Damit müssen wir nun zurechtkommen.

Dieser Teil der Strecke sei am schwierigsten, sagt Castle. Wir können leicht entdeckt werden, weil Zivilisten hier nichts zu suchen haben. Sie müssen im Bereich der Siedlungen bleiben. Wer auf Sperrgebiet erwischt wird, verstößt gegen das Gesetz des Reestablishment und wird hart bestraft.

Wir müssen also so schnell wie möglich zu den Siedlungen gelangen.

Der Plan sieht vor, dass Kenji – der sich unsichtbar machen kann – vorausgeht und überprüft, ob die Luft rein ist. Wir anderen halten Abstand voneinander, damit wir im Zweifelsfall wegrennen können, und folgen Kenji lautlos. Unter normalen Umständen hätte Castle darauf bestanden, dass wir als Gruppe zusammenbleiben. Aber er hat uns erklärt, dass diese Anordnung zum Nutzen aller ist. Wir sind bereit, Opfer zu bringen. Im Notfall lässt sich einer erwischen, damit die anderen entkommen können.

Einer für alle.

Wir begegnen niemandem.

Wir sind seit etwa einer Stunde unterwegs; dieses Gelände hier scheint nicht überwacht zu werden. Die Siedlungen kommen in Sicht. Endlose Reihen von Stahlkästen, übereinandergestapelt auf der gepeinigten Erde. Ich ziehe meine Jacke dichter um mich. Der Wind ist so schneidend, als wolle er uns zerlegen.

Es ist zu kalt für lebende Wesen.

Ich trage meinen Anzug – der meine Körpertemperatur automatisch reguliert – unter der Tarnkleidung und friere trotzdem schrecklich. Für die anderen muss es geradezu unerträglich sein. Ich schaue verstohlen zu Brendan hinüber. Unsere Blicke begegnen sich für einen kurzen Moment, aber ich könnte schwören, dass Brendan mir ein kurzes Lächeln zugeworfen hat. Seine Wangen sind so rot, als wolle der peitschende Wind ihn strafen für seine ausschweifenden Blicke.

Diese blauen Augen.

Ein hellerer, beinahe durchscheinender Farbton, aber dennoch so blau, so leuchtend blau. Blaue Augen werden mich wohl immer an Adam erinnern. Und es trifft mich wieder wie ein Faustschlag in meine Mitte.

Der Schmerz.

»Beeilt euch!«, zischt Kenji, der nirgendwo zu sehen ist. »Bedeckt eure Gesichter, wenn ihr in der Nähe der Siedlungen seid! Soldaten auf drei Uhr!«

Wir hasten voran, und als wir bei einem der Siedlungsblöcke angelangt sind, beginnen wir sofort in den Müllbergen zu wühlen, als suchten wir wie die anderen hier nach verwertbaren Materialien.

Die Siedlung ist umgeben von Abfallhaufen, und überall sind Plastikfetzen und Metallstücke verstreut. Eine dünne Schneeschicht liegt über allem, als wolle die Natur ihren schlimmen Zustand kaschieren. Was nicht mehr gelingen kann.

Ich schaue auf.

Blicke über die Schulter.

Was ich eigentlich nicht tun soll. Ich soll mich so verhalten, als würde ich hier wohnen, als gäbe es nichts Interessantes zu sehen, als müsste ich mich vor dem eisigen Wind schützen. Ich sollte mit gesenktem Kopf dastehen, um mich warm zu halten, wie die anderen. Aber es gibt so viel Neues hier. So vieles, was ich noch nie zu Gesicht bekommen habe.

Deshalb wage ich es, den Kopf zu heben.

Und der Wind packt mich an der Kehle.

20

Nur wenige Meter entfernt von mir steht Warner.

Sein maßgeschneiderter Anzug aus tiefschwarzem Stoff sitzt wie angegossen. Über den Schultern trägt er eine offene Uniformjacke, grün wie Moos im Sommerwald, ein paar Schattierungen dunkler als seine leuchtend grünen Augen; die goldenen Knöpfe schimmern im selben Farbton wie sein Haar. Er trägt eine schwarze Krawatte. Schwarze Lederhandschuhe. Glänzende schwarze Stiefel.

Er sieht perfekt aus.

Makellos. In dieser trostlosen, verwüsteten Umgebung ist er wie eine Vision – smaragdgrün, onyxschwarz, flüssiges Gold, von Licht umflutet. Sein Kopf könnte auch von einem Heiligenschein umspielt sein. Das wäre dann der Gipfel der Ironie. Denn Warner ist sogar noch schöner als Adam.

Doch er ist nicht menschlich.

Nichts an ihm ist normal.

Er blickt um sich, blinzelt, und seine Jacke klappt für einen Moment auf, als der Wind daran zerrt. Ich sehe Warners Arm. Bandagiert. In einer Schlinge.

So nah.

Ich war ihm so nah.

Die Soldaten in seiner Nähe warten auf etwas, warten auf Befehle. Es gelingt mir einfach nicht, den Blick abzuwenden. Ich muss mir eingestehen, dass ich es aufregend finde, Warner so nah und zugleich so fern zu sein. Weil ich ihm auf diese Art überlegen bin: Ich kann ihn beobachten, ohne dass er es weiß.

Er ist so ein merkwürdiger, kranker Typ.

Ich weiß nicht, ob ich jemals vergessen kann, was er mir angetan hat. Wozu er mich gezwungen hat. Dass ich beinahe erneut getötet hätte. Dafür werde ich ihn immer hassen, auch wenn ich ihm wohl irgendwann wieder gegenübertreten muss.

Eines Tages.

Niemals hätte ich damit gerechnet, Warner in den Siedlungen zu begegnen. Ich wusste nicht einmal, dass er sich in die Nähe von Zivilisten begibt. Wobei ich natürlich überhaupt nicht wusste, womit er seine Tage zubrachte, wenn er nicht gerade in meiner Nähe war.

Schließlich sagt er etwas zu den Soldaten, die knapp nicken. Und dann verschwinden.

Ich achte darauf, den Kopf gesenkt zu halten und leicht abzuwenden, damit er mein Gesicht nicht sehen kann, falls er in meine Richtung schauen sollte. Ziehe mir die Mütze tiefer in die Stirn und wühle in den Müllbergen.

Viele Menschen können nur noch auf diese elende Art überleben.

Warner streicht sich mit der gesunden Hand übers Gesicht, legt sie einen Moment lang auf die Augen, presst sie dann auf den Mund, als wolle er etwas nicht aussprechen.

Seine Miene wirkt beinahe… besorgt. Aber das bilde ich mir wohl nur ein.

Er beobachtet die Leute auf dem Gelände. Vor allem die kleinen Kinder, die unbekümmert herumrennen; sie scheinen noch nicht zu merken, in was für einer tristen, düsteren Welt sie leben. Sie kennen nichts anderes.

Warners Gesicht ist jetzt ausdruckslos. Er blinzelt nicht einmal. Steht reglos da wie eine Statue.

Ein streunender Hund bewegt sich auf ihn zu.

Ich erstarre. Habe plötzlich Angst um dieses räudige Tier,

diese halb erfrorene, ausgehungerte Kreatur, die bestimmt auf der Suche nach etwas Essbarem ist. Mein Herz pocht wie verrückt, zu schnell, zu heftig und

Ich habe keine Ahnung, weshalb ich glaube, dass gleich etwas Schreckliches geschehen wird.

Der Hund scheint auch fast blind zu sein, er läuft gegen Warners Beine, hechelnd. Winselt ein bisschen und besabbert Warners edle Hose. Ich halte die Luft an, als der Goldmann sich umdreht. Rechne fast damit, dass er seine Pistole zieht und den Hund erschießt.

Ich habe schon erlebt, wie er das mit einem Menschen getan hat.

Doch während ich Warner verstohlen beobachte, wird sein Gesicht weich, die Augen weiten sich, die Brauen schießen erstaunt in die Höhe.

Er schaut sich rasch um. Dann nimmt er den Hund auf die Arme und verschwindet hinter einem der Zäune, die in den Siedlungen zur Abgrenzung einzelner Geländeteile benutzt werden. Ich will unbedingt wissen, was jetzt passiert, obwohl mir das Herz bis zum Hals schlägt und ich kaum mehr Luft bekomme.

Ich habe mit eigenen Augen gesehen, was Warner einem Menschen antun kann. Ich habe seine Erbarmungslosigkeit, seine Kälte, seine Gleichgültigkeit erlebt; seine Ungerührtheit, nachdem er einen Mann kaltblütig umgebracht hatte. Was er nun mit einem unschuldigen Hund tun wird, ist kaum vorstellbar.

Ich muss es wissen.

Ich muss sein Gesicht aus meinem Kopf vertreiben. Und dazu muss ich ihn so gnadenlos erleben, wie er ist. Als kranken Psychokrüppel.

Wenn ich mich ungehindert aufrichten könnte, würde ich vielleicht sehen, was er mit dem armen Tier anstellt, und könnte noch eingreifen. Aber dann höre ich Castle raunen, dass wir jetzt abrücken können, da Warner verschwunden ist. »Alle bewegen sich einzeln, nach Plan«, befiehlt Castle im Flüsterton. »Keiner folgt anderen. Wir treffen uns am Aufbruchspunkt. Wer es nicht schafft, wird zurückgelassen. Ihr habt eine halbe Stunde Zeit.«

Kenji zupft mich am Arm, raunt, ich solle mich konzentrieren und losmarschieren. Ich schaue auf und sehe, dass die anderen sich schon zerstreut haben. Nur Kenji ist bei mir geblieben. Er flucht leise, bis ich mich schließlich aufrichte. Nicke. Ihm sage, dass ich den Plan verstanden habe und dass er losgehen soll, weil man uns nicht zusammen sehen darf. Dass es zu gefährlich ist.

Schließlich, endlich, wendet er sich ab.

Ich schaue ihm nach. Gehe ein paar Schritte in seine Richtung. Dann flitze ich zum Gebäude, drücke mich an die Wand, unsichtbar.

Sondiere mit dem Blick das Gelände. Schleiche wieder zu dem Zaun, hinter dem Warner verschwunden ist, und spähe vorsichtig darüber.

Ich muss mir die Hand vor den Mund schlagen, um nicht laut zu keuchen.

Warner kauert am Boden, hält dem Hund mit der unverletzten Hand etwas zu fressen hin. Das dürre Tier duckt sich in Warners offene Jacke, sucht zitternd Zuflucht vor der Kälte. Es wedelt wie wild mit dem Schwanz, schaut Warner dann kurz an und kriecht wieder in die Jacke. Ich höre Warner lachen.

Sehe ihn lächeln.

Ein Lächeln, das ihn in einen anderen Menschen verwandelt. Seine Augen funkeln, sein Gesicht wirkt entspannt, und ich merke, dass ich ihn noch nie zuvor so erlebt habe. Ich hatte bislang noch nicht einmal seine Zähne gesehen – sie sind ebenmäßig und blendend weiß, makellos. Das strahlende Äußere eines Jungen mit einem bösen schwarzen Herzen. Man kann sich kaum vorstellen, dass diese Person Blut vergießt. Er sieht so weich und verletzlich aus – so menschlich. Seine Augen glänzen freudig, und seine Wangen sind rosa von der Kälte.

Er hat *Grübchen*.

Er ist das Schönste, was ich jemals erblickt habe.

Und ich wünschte, ich hätte es niemals gesehen.

Denn etwas in meinem Herzen reißt entzwei, und etwas fühlt sich wie Angst an, es schmerzt wie Grauen, es schmeckt wie Panik und Verzweiflung, und ich weiß nicht, wie ich diese Szene vor meinen Augen deuten soll. Ich möchte Warner nicht so sehen. Ich möchte ihn ausschließlich für einen Unhold halten.

Das ist alles ganz falsch.

Ich bewege mich zu hektisch und ungeschickt, verfluche mich, weil ich Zeit vergeudet habe, anstatt den anderen zu folgen. Ich weiß, dass Castle und Kenji mich für dieses leichtsinnige Verhalten bestimmt gerne meucheln würden, aber die können nicht verstehen, was in meinem Kopf vorgeht, sie ahnen nicht, dass –

»Hey!«, bellt Warner. »Sie da – «

Ich schaue unwillkürlich auf, merke zu spät, dass ich auf Warners Stimme reagiert habe. Er hat sich aufgerichtet, starrt mich an. Die unverletzte Hand verharrt in der Luft, dann sinkt sie kraftlos herab. Warner ist der Mund offen stehengeblieben; er sieht aus wie vom Donner gerührt.

Die Worte bleiben ihm im Hals stecken.

Ich bin wie gelähmt, in seinem Blick gefangen, während er dasteht, heftig atmend, und seine Lippen bestimmt schon mein Todesurteil formen, und das alles wegen meines dummen, leichtfertigen, idiotischen –

»Auf keinen Fall schreien.«

Jemand presst mir die Hand auf den Mund.

21

Ich stehe stocksteif da.

»Ich lasse dich jetzt los, ja? Und nehme dich an der Hand, okay?«

Ich strecke die Hand aus, ohne nach unten zu schauen, und spüre eine andere Hand, durch Stoff geschützt, die meine umfasst. Kenji gibt meinen Mund frei.

»Du bist ja so unfassbar dumm«, sagt er zu mir, aber ich starre immer noch Warner an. Der sich jetzt umschaut, als hätte er einen Geist gesehen. Blinzelt, sich verwirrt die Augen reibt, auf den Hund blickt, als hätte das kleine Tier ihn verhext. Dann streicht Warner sich durch die Haare, ruiniert seine tadellose Frisur und eilt so schnell davon, dass meine Augen ihm kaum folgen können.

»Was zum Teufel stimmt nicht mit dir?«, sagt Kenji. »Hörst du mir überhaupt zu? Bist du völlig *geisteskrank*?«

»Was hast du grade gemacht? Weshalb hat er nicht – o mein Gott«, keuche ich, als ich an mir herunterschaue.

Ich bin vollkommen unsichtbar.

»Bitte, gern geschehen«, faucht Kenji und zerrt mich mit sich. »Und sprich leise. Man kann dich hören, auch wenn du unsichtbar bist.«

»*So was* kannst du machen?« Ich versuche zu Kenjis Gesicht zu sprechen, sehe aber nur Luft.

»Ja – das nennt man Projizieren, weißt du das nicht? Hat Castle dir das noch nicht erklärt?«, fragt er hastig, weil er mich offenbar lieber weiter anblaffen will, als Erklärungen abzugeben. »Nicht jeder kann es, wegen der unterschiedlichen Fähigkeiten. Aber wenn du dich nicht mehr so blöde anstellst und lange genug am Leben bleibst, kann ich es dir vielleicht beibringen.«

»Du bist wegen mir zurückgekommen«, sage ich und versuche mit seinem schnellen Schritt mitzuhalten. Es macht mir nichts aus, dass er sauer auf mich ist. »Warum?«

»Weil du dich entsetzlich dumm anstellst«, antwortet er.

»Ich weiß. Tut mir leid. Ich konnte nicht anders.«

»Tu was dagegen«, erwidert Kenji schroff und packt mich am Arm. »Wir müssen jetzt rennen, um die vergeudete Zeit aufzuholen.«

»Wieso bist du zurückgekommen, Kenji?«, frage ich hartnäckig. »Woher wusstest du, dass ich noch dort bin?«

»Hab dich beobachtet.«

»Was? Wie –«

»Ich beobachte dich immer«, antwortet er ungeduldig. »Gehört zu meinem Job. Hab ich schon die ganze Zeit gemacht. Nur deshalb hat Castle mich beauftragt, Warners Armee beizutreten. Du warst meine Mission.« Seine Stimme klingt nüchtern. »Das hab ich dir doch schon mal erzählt.«

»Moment mal. Was willst du damit sagen? Du beobachtest mich dauernd?« Ich zupfe an seinem unsichtbaren Arm, damit er langsamer geht. »Du folgst mir überall hin? Sogar jetzt noch? Und in Omega Point?«

Kenji bleibt stumm. Dann sagt er widerstrebend: »So ungefähr.«

»Aber weshalb denn? Ich bin doch jetzt hier. Damit ist deine Aufgabe erledigt, oder nicht?«

»Darüber haben wir auch schon mal gesprochen«, sagt Kenji. »Schon vergessen? Castle möchte, dass ich für dein Wohl sorge. Ein Auge darauf habe, dass du nicht psychisch zusammenklappst und so.« Er seufzt. »Du hast viel durchgemacht, und er sorgt sich ein bisschen um dich. Vor allem jetzt, nach den jüngsten Ereignissen. Du machst nicht grade einen guten Eindruck. Eher, als ob du dich demnächst vor einen Panzer werfen würdest.«

»So was würde ich nie tun«, erwidere ich.

»Okay«, sagt er. »Gut. Wäre ja bloß möglich. Du scheinst eben nur zwei Modi zu haben: Entweder du bist trübsinnig, oder du machst mit Adam rum – und ich muss sagen, da finde ich den Trübsinn noch erfreulicher –«

»Kenji!« Ich will mich losreißen, aber er hält meine Hand mit eisernem Griff fest.

»Nicht loslassen!«, knurrt er leise. »Sonst bricht die Verbindung ab.« Er zerrt mich über eine freie Fläche. Wir sind jetzt außer Hörweite der Siedlungen, aber noch zu weit entfernt vom Treffpunkt, um in Sicherheit zu sein. Der Schnee ist zum Glück so spärlich, dass wir keine Fußabdrücke hinterlassen.

»Ich kann nicht fassen, dass du uns nachspioniert hast!«

»Ich hab euch nicht *nachspioniert*, okay? Beruhig dich, verflucht noch mal. Ihr müsst euch beide beruhigen. Adam ist mir deshalb auch schon fast an die Gurgel gegangen –«

»Was?« Ich habe allmählich das Gefühl, dass die Puzzleteile sich zusammenfügen. »War er deshalb letztens beim Frühstück so sauer auf dich?«

Kenji wird ein bisschen langsamer. Holt tief Luft. »Er dachte, ich würde die Situation *ausnutzen*.« Er klingt verächtlich. »Glaubt, ich mache mich unsichtbar, damit ich dich nackt sehen kann oder so was. Davon weiß ich gar nichts, verstehst du? Der spinnt. Ich mache nur meine Arbeit.«

»Aber – stimmt das auch? Also, du versuchst wirklich nicht, mich nackt zu sehen oder so?«

Kenji schnaubt und unterdrückt ein Lachen. »Hör zu, Juliette«, sagt er, »ich bin nicht blind. Rein körperlich – ja, du bist ziemlich sexy, und dein Anzug tut das Seine. Aber selbst wenn du nicht dieses ganze ›Wenn ich dich anfasse, töte ich dich‹-Ding laufen hättest, wärst du ganz und gar nicht mein Typ. Und, noch wichtiger«, fügt er hinzu, »ich bin kein perverses Arschloch. Ich nehme nur meine Arbeit ernst. Ich bewege einiges hier auf der Welt und stelle mir ganz gern vor, dass ich dafür von den Leuten geachtet werde. Aber der gute Adam scheint nur noch mit dem Unterleib denken zu können. Dagegen solltest du vielleicht mal was unternehmen.«

Ich schaue zu Boden. Bleibe eine Weile stumm. Dann: »Ich glaube, darüber musst du dir ab jetzt keine Sorgen mehr machen.«

»Ach, Scheiße auch«, seufzt Kenji genervt. »Ich hab's ja nicht anders gewollt, oder?«

»Wir müssen nicht darüber reden, Kenji.«

Er schnaubt ärgerlich. »Es ist ja nicht so, dass ich nicht verstehen könnte, was du durchmachst«, sagt er. »Oder dass ich dich deprimiert sehen will oder was. Aber wir leben ohnehin schon übel im Chaos.« Seine Stimme klingt angespannt. »Und ich hab es einfach satt, dass du nicht über die Grenzen deiner kleinen Welt hinausdenken willst. Du verhältst dich, als sei unser Projekt – alles, was wir tun – ein blöder Witz. Du nimmst es nicht ernst –«

»Was?«, unterbreche ich ihn. »Das ist nicht wahr – ich nehme das alles ernst –«

»Blödsinn.« Ein scharfes zorniges Lachen. »Du hockst nur herum und denkst über deine *Gefühle* nach. Über deine *Probleme*. Bu-huu«, macht er höhnisch. »Deine Eltern hassen dich, und es ist alles so schlimm, und du musst für den Rest deines Lebens Handschuhe tragen, weil du die Menschen umbringst, wenn du sie anfasst.« Er klingt ziemlich atemlos. »So weit ich weiß, hast du was zu futtern und Kleider am Leib und einen Ort, an dem du in Ruhe pinkeln kannst. Du hast also keine Probleme. So was nennt man ein fürstliches Leben. Und ich fände es wirklich erfreulich, wenn du endlich erwachsen werden und dich nicht mehr aufführen würdest, als hätte die Welt auf deine einzige Rolle Klopapier gekackt. Weil das nämlich richtig dumm ist«, fügt er hinzu, mühsam beherrscht. »Es ist dumm und undankbar. Du hast keinen blassen Schimmer, was der Rest der Welt gerade durchmacht. Keinen Schimmer, Juliette. Und es scheint dich auch einen Dreck zu interessieren.«

Ich schlucke schwer.

»Und ich *versuche* jetzt«, fährt er fort, »dir eine Chance zu geben. Dir andere Blickwinkel zu ermöglichen. Damit du nicht mehr das traurige kleine Mädchen sein musst – was du aber scheinbar immer noch sein willst – und Verantwortung für dich selbst übernehmen kannst. Damit du nicht mehr heulend im Dunkeln hocken und dich mit Traurigkeit und Einsamkeit befassen musst. Wach endlich auf«, sagt er. »Du bist nicht der einzige Mensch auf der Welt, der morgens nicht aufstehen will. Nicht nur du hast Elternprobleme und vermasselte Gene. Jetzt hast du die Chance, die Person zu werden, die du sein willst. Du bist nicht mehr bei deinen beschissenen Eltern. Und auch nicht mehr in der beschissenen Anstalt, und du musst nicht mehr als Warners beschissenes kleines Experiment herhalten. Entscheide dich also. Entscheide dich und hör auf, anderer Leute Zeit zu vergeuden. Und deine eigene. Ist das so weit klar?«

Mein ganzer Körper wird geflutet von Scham.

Heiße Wellen versengen mein Inneres. Es ist entsetzlich, grauenvoll, der Wahrheit in seinen Worten ins Gesicht zu blicken.

»Und jetzt müssen wir uns sputen«, sagt Kenji mit sanfterer Stimme. »Rennen.«

Ich nicke, obwohl er mich nicht sehen kann.

Ich nicke und nicke und nicke und bin so froh, dass gerade niemand mein Gesicht sehen kann.

22

»Hör auf, mir Kartons an den Kopf zu schmeißen, Idiot. Das ist mein Job.« Winston fängt lachend einen in Zellophan verpackten Karton auf und schleudert ihn zu dem Typen neben mir.

Ich ducke mich.

Der Typ grunzt, fängt den Karton auf und bietet Winston grinsend seinen hochgereckten Mittelfinger dar.

»Nicht aus der Rolle fallen, Sanchez«, bemerkt Winston, als er dem Typen den nächsten Karton zuwirft.

Ian Sanchez heißt der Typ neben mir. Das habe ich vor ein paar Minuten erfahren, als wir nebeneinander aufgestellt wurden, um eine Kette zu bilden.

In einem der offiziellen Vorratslager des Reestablishment.

Kenji und ich erreichten die anderen gerade noch rechtzeitig am Treffpunkt, einer Art Graben. Kenji warf mir einen scharfen Blick zu, deutete mit dem Finger auf mich, grinste und entfernte sich dann mit Castle, um unsere nächste Aktion zu besprechen.

Die daraus bestand, in das Lager einzudringen.

Wir waren zwar die ganze Zeit oberirdisch unterwegs gewesen, mussten nun aber wieder unter die Erde, um an die Vorräte dranzukommen. Denn diese Lager befinden sich in geheimen Kellern.

Die mit allem gefüllt sind, was man zum Überleben braucht: Lebensmitteln, Medikamenten, Waffen. Das hatte Castle uns bereits am Morgen erklärt. Er sagte, um die Vorräte vor Zivilisten zu verstecken, seien unterirdische Lager eine gute Methode. Die allerdings auch für ihn von Vorteil ist, denn er kann Dinge aus großer Distanz – auch sieben Meter unter der Erde – spüren und bewegen. Er sagte, wenn er sich einem Lager nähere, fühle er sofort die Energie in jedem Gegenstand. Deshalb, erklärte er, könne er Dinge mit dem Geist bewegen – er kann bei allen Dingen Kontakt zu ihrer Energie aufnehmen. Kenji und Castle haben gemeinsam im Umkreis von 30 Kilometern von Omega Point 5 Lager entdeckt – indem Castle sie aufspürte und Kenji sie beide durch Projektion unsichtbar machte. Im Umkreis von 80 Kilometern gibt es weitere 5 Verstecke.

Das Team von Omega Point bedient sich in allen Lagern abwechselnd. Man nimmt niemals dieselben Sachen mit und niemals in derselben Menge. Je weiter entfernt das Lager, desto schwieriger die Mission. Dieses Lager gehört zu den nahegelegenen, weshalb die ganze Aktion – vergleichsweise – einfach ist. Deshalb durfte ich mitkommen.

Die Vorarbeiten sind bereits erledigt.

Brendan hat die Elektrik so durcheinandergebracht, dass sämtliche Sensoren und Überwachungskameras ausgeschaltet sind; Kenji hat den Zahlencode herausgefunden, indem er unsichtbar einem Soldaten über die Schulter schaute, als er ihn eingab. Jetzt haben wir ein Zeitfenster von 30 Minuten, in dem wir so schnell wie möglich die nötigen Sachen zum Graben schaffen müssen. Dort laden wir sie dann den Rest des Tages in Fahrzeuge um, die sie nach Omega Point bringen.

Ein faszinierendes System.

Es gibt 6 Transporter, die unterschiedlich aussehen und zu unterschiedlichen Zeiten eintreffen. Damit reduziert man das Risiko, geschnappt zu werden, und erhöht die Wahrscheinlichkeit, dass in jedem Fall zumindest ein Transporter problemlos Omega Point erreichen wird. Castle scheint für etwaige Notlagen um die 100 Krisenpläne entworfen zu haben.

Doch ich scheine die Einzige zu sein, die hier irgendwie nervös ist. Von mir und 3 anderen abgesehen waren alle schon mehrfach hier und bewegen sich wie auf vertrautem Terrain. Sie sind schnell und effizient, erlauben sich aber auch Witzeleien und Gelächter. Jeder weiß genau, was zu tun ist. Sobald wir das Lager betraten, teilten wir uns in 2 Gruppen auf: Die eine bildete die Kette, die andere suchte die Vorräte zusammen.

Andere haben übergeordnete Aufgaben.

Lily verfügt über ein Gedächtnis, gegen das jedes Foto unpräzise ist. Sie betrat das Lager vor allen anderen und speicherte sofort jedes Detail in ihrem Hirn. Wenn wir den Raum verlassen, wird sie dafür sorgen, dass wir nichts vergessen und dass – abgesehen von unserer Beute – nichts fehlt oder verändert wurde. Brendan fungiert als Generator. Er hat überall den Strom ausgeschaltet, erleuchtet aber für uns den Raum. Winston vermittelt zwischen den beiden Gruppen und achtet darauf, dass die richtigen Dinge in der richtigen Menge weitergegeben werden. Da er seine Arme und Beine nach Belieben verlängern kann, vermag er schnell und mühelos beide Seiten des Raums zu erreichen.

Castle transportiert die Vorräte nach draußen. Er steht am Ende der Kette und ist in ständigem Funkkontakt mit Kenji. Wenn draußen alles okay ist, befördert Castle die viele hundert Kilo schweren Dinge mit einer einzigen Handbewegung in unser Grabenversteck.

Und Kenji ist natürlich als Späher im Einsatz.

Ohne Kenji wäre alles andere nicht möglich. Ohne ihn, seine unsichtbaren Augen und Ohren, könnten wir diese riskante Mission niemals ungefährdet durchführen.

Nicht zum ersten Mal an diesem Tag wird mir bewusst, wie unverzichtbar er für Omega Point ist.

»Hey, Winston, kannst du mal jemandem sagen, sie sollen nach Schokolade gucken?« Emory, der mit mir in der Kette steht, lächelt Winston hoffnungsvoll an. Emory lächelt allerdings immer. Ich kenne ihn erst seit wenigen Stunden, aber Emory hat schon heute früh um halb sieben gelächelt. Er ist ein Schrank von einem Mann und hat einen gewaltigen Afro, der ihm häufig in die Augen hängt. Die Kartons reicht er so mühelos weiter, als seien sie mit Watte gefüllt.

Winston schüttelt den Kopf, als er die Frage weitergibt. »Im Ernst jetzt?« Er rückt seine Brille hoch und wirft Emory einen erstaunten Blick zu. »Es gibt so vieles hier, und du willst ausgerechnet Schokolade?«

Emorys Lächeln schwindet jetzt. »Ey, Klappe, Mann, du weißt doch, dass meine Mom scharf ist auf das Zeug.«

»Das sagst du jedes Mal.«

»Weil es jedes Mal stimmt.«

Winston sagt etwas zu jemandem, nimmt den nächsten Karton mit Seife und wendet sich wieder Emory zu. »Weißt du, ich glaube, ich habe deine Mom noch nie ein Stück Schokolade essen sehen.«

Emory erwidert, Winston solle etwas Unanständiges mit seinen übernatürlich biegsamen Gliedmaßen machen, und ich schaue auf den Karton, den Ian mir gereicht hat. Studiere die Verpackung, bevor ich sie weiterreiche.

»Wisst ihr, was dieser Stempel RNW auf allen Kartons bedeutet?«

Ian starrt mich verblüfft an. Macht ein Gesicht, als hätte ich ihn gerade gebeten, sich nackt auszuziehen. »Mich trifft der Schlag«, sagt er. »Sie spricht.«

»Natürlich spreche ich«, erwidere ich und verliere augenblicklich das Interesse an weiteren Äußerungen.

Ian reicht mir den nächsten Karton. Zuckt die Achseln. »Na, nun weiß ich es jedenfalls.«

»Richtig.«

»Das Geheimnis ist gelüftet.«

»Hast du wirklich geglaubt, ich könne nicht sprechen? Ich sei stumm?« Ich frage mich, was die anderen Leute hier über mich erzählen.

Ian grinst. Sieht aus, als müsse er sich das Lachen verkneifen. Dann schüttelt er den Kopf und sagt: »Der Stempel ist Vorschrift. Damit man alles nachverfolgen kann. Das ist alles.«

»Aber was bedeuten die Buchstaben? Und wer stempelt die Kartons?«

»RNW«, sagt Ian in einem Tonfall, als müsse ich das längst wissen, »steht für ›Reestablished Nations of the World‹. Die haben alles globalisiert, weißt du. Treiben überall Handel. Aber den meisten anderen Menschen ist das nicht klar«, fügt er hinzu, »und deshalb ist das Reestablishment noch übler als ohnehin schon. Die haben die gesamten Ressourcen dieses Planeten monopolisiert und behalten alles selbst.«

Ich erinnere mich daran, wie Adam und ich darüber sprachen. Als wir zusammen in der Anstalt eingesperrt waren. ~~Damals, als ich noch nicht wusste, wie es sich anfühlt, ihn zu berühren. Mit ihm zusammen zu sein. Ihm weh zu tun.~~ Das Reestablishment war immer schon international aktiv. Ich wusste nur nicht, dass es dafür auch einen Namen gab.

»Ja«, sage ich zu Ian, abgelenkt von all den Gedanken in meinem Kopf, die ich vertreiben möchte. »Natürlich.«

Ian gibt mir den nächsten Karton. »Es stimmt also wirklich?«, fragt er und betrachtet prüfend mein Gesicht. »Dass du keine Ahnung hast, was alles passiert ist?«

»Ein paar Sachen weiß ich schon«, erwidere ich gereizt. »Nur nicht so detailliert.«

»Na ja«, sagt Ian, »wenn du nachher in Omega Point immer noch sprechen kannst, können wir ja mal zusammen essen. Dann klären wir dich auf.«

»Wirklich?« Ich schaue ihn an.

»Na klar, Mädel.« Er lacht und wirft mir einen Karton zu. »Wir beißen nicht, weißt du.«

23

Manchmal denke ich über Klebstoff nach.

Der wird niemals gefragt, wie er klarkommt. Ob er vielleicht keine Lust mehr hat, Dinge zusammenzufügen. Oder ob er Angst hat, sich aufzulösen, oder nicht weiß, wovon er nächste Woche seine Rechnungen bezahlen soll.

So ähnlich ist Kenji.

Wie Klebstoff. Er arbeitet hinter den Kulissen, um alles zusammenzuhalten, und ich habe niemals über seine persönliche Geschichte nachgedacht. Was er vielleicht verbergen muss mit seinen Witzeleien und spöttischen Bemerkungen.

Aber er hat Recht. Alles, was er zu mir gesagt hat, stimmt.

Mich gestern mitzunehmen war eine gute Idee von ihm. Ich musste raus, musste mich bewegen und beweisen. Und nun muss ich Kenjis Rat ernst nehmen und an mir arbeiten. Mich aufrütteln. Mir Ziele setzen. Mir klarmachen, warum ich hier bin und wie ich mich nützlich machen kann. Und wenn Adam mir auch nur ein bisschen am Herzen liegt, dann sollte ich mich aus seinem Leben heraushalten.

Ein Teil von mir will ihn unbedingt sehen, um mich zu versichern, dass es ihm besser geht, dass er genügend isst und schläft. Doch ein anderer Teil von mir fürchtet sich davor, ihm jetzt zu begegnen. Denn es würde auch Abschied bedeuten. Die endgültige Erkenntnis, dass ich nicht mit ihm zusammen sein kann. Dass ich ein neues Leben beginnen muss. Alleine.

Doch in Omega Point gibt es zumindest Perspektiven für

mich. Und sollte es mir gelingen, endlich keine Angst mehr zu haben, könnte ich vielleicht sogar neue Freundschaften schließen. Stark sein. Mich nicht mehr in Selbstmitleid suhlen.

Vieles muss ich ändern.

Ich nehme mein Tablett und hebe den Kopf; nicke den Leuten zu, die ich gestern kennengelernt habe. Nicht alle wissen, dass ich an der Mission in der Außenwelt teilgenommen habe – diese Einladungen erhalten nur Eingeweihte –, aber ich habe den Eindruck, dass die Leute etwas entspannter auf mich reagieren.

Vielleicht bilde ich es mir aber auch nur ein.

Ich halte nach einem Platz Ausschau und sehe, dass Kenji mich an seinen Tisch winkt, an dem auch schon Brendan, Winston und Emory sitzen. Ich beginne unwillkürlich zu lächeln, als ich mich ihnen nähere.

Brendan rutscht auf der Bank beiseite, um mir Platz zu machen. Winston und Emory sind damit beschäftigt, sich mit Essen vollzustopfen, und nicken mir nur zu. Kenji grinst ein bisschen, als er merkt, wie erstaunt ich darüber bin, an seinen Tisch eingeladen zu werden.

Ich fühle mich ziemlich wohl. So als würde vielleicht doch noch vieles gut werden.

»Juliette?«

Mich trifft fast der Schlag.

Ganz langsam drehe ich mich um. Die Stimme muss zu einem Geist gehören. Denn Adam kann unmöglich so schnell aus der Krankenstation entlassen worden sein. Ich hatte nicht damit gerechnet, dass wir dieses Gespräch so bald führen müssten. Und bestimmt nicht hier, mitten im Speisesaal.

Ich bin nicht darauf vorbereitet. Und ich bin nicht *bereit* dazu.

Adam sieht schlimm aus. Bleich. Zittrig. Er hat die Hände

in die Hosentaschen gesteckt, seine Lippen sind zusammengepresst, seine Augen müde und gequält, dunkle bodenlose Brunnen. Seine Haare sind zerzaust. Aber sein T-Shirt umspannt eng seine Brust, und seine tätowierten Arme wirken sehniger denn je.

Ich will nichts anderes, als mich in diese Arme zu werfen.

Stattdessen sitze ich starr da und befehle mir, das Atmen nicht zu vergessen.

»Kann ich mit dir reden?«, fragt Adam so zögernd, als fürchte er sich vor meiner Antwort. »Unter vier Augen?«

Ich nicke, bringe kein Wort hervor. Lasse mein Essen stehen, ohne einen weiteren Blick auf die anderen am Tisch zu werfen. Ich habe keine Ahnung, was sie jetzt denken. Und es ist mir auch egal.

Adam.

Adam ist hier, er steht vor mir, er will mit mir sprechen. Aber ich muss ihm Dinge sagen, die mich vermutlich umbringen werden.

Ich folge ihm dennoch. Zur Tür hinaus. In einen dunklen Gang.

Irgendwann bleibt er stehen.

Schaut mich an, als wisse er, was ich sagen will. Deshalb bleibe ich stumm. Ich werde nur sprechen, wenn es unvermeidlich ist. Lieber bleibe ich hier stehen und starre ihn an, genieße schamlos ein letztes Mal seinen Anblick. Ohne reden zu müssen.

Er schluckt schwer. Schaut auf. Wendet den Blick ab. Atmet aus, reibt seinen Nacken. Verschränkt die Hände hinter dem Kopf, dreht sich zur Seite, damit ich sein Gesicht nicht sehen kann. Sein T-Shirt rutscht hoch, und ich muss wahrhaftig die Hände zu Fäusten ballen. Um meine Finger davon abzuhalten, dieses schmale Stück Haut auf seinem Rücken zu berühren.

Er sagt: »Ich muss – ich muss dir – unbedingt etwas sagen.« Seine Stimme klingt so gepresst und gequält, dass ich am liebsten auf die Knie sinken würde.

Aber ich bleibe weiterhin stumm.

Er dreht sich um.

Sieht mich an.

»Es muss etwas geben«, sagt er, fährt sich verzweifelt mit beiden Händen durchs Haar. »Irgendeine Lösung – irgendetwas, das ich sagen kann, um dich davon zu überzeugen, dass wir es schaffen können. Sag mir, dass es etwas gibt.«

Ich habe solche Angst. Dass ich in Tränen ausbreche.

»Bitte«, murmelt er und sieht dabei aus, als würde er in Stücke brechen, als sei er vollkommen am Ende. »Bitte sag etwas, ich flehe dich an –«

Ich beiße mir auf die Unterlippe, die zu zittern beginnt.

Adam steht reglos da, starrt mich an. Wartet.

»Adam«, flüstere ich und hole Luft, um meiner Stimme Kraft zu geben. »Ich werde dich – immer, immer lieben –«

»Nein, nein, sag das nicht – sag das nicht –«

Ich schüttle so heftig den Kopf, dass mir schwindlig wird, aber ich kann nicht damit aufhören. Und ich kann auch nicht mehr sprechen, weil ich nur schreien würde, und ich kann ihn nicht anschauen, weil ich dann sehe, was ich ihm antue –

»Nein, Juliette – *Juliette* –«

Ich weiche zurück, stolpere, will mich an die Wand lehnen, als seine Arme mich umfassen. Ich versuche mich loszureißen, aber Adam ist zu stark, er hält mich zu fest, und seine Stimme klingt erstickt, als er sagt: »Es war meine Schuld – es ist meine Schuld – ich hätte dich nicht küssen sollen – du wolltest es mir sagen, aber ich habe nicht auf dich gehört – und es tut mir so leid, so sehr leid.« Er holt tief Luft. »Ich hätte auf dich hören sollen. Ich war nicht stark genug. Aber diesmal ist es anders, ich schwöre es dir«, sagt er und birgt sein Gesicht an meiner Schulter. »Ich werde mir das niemals verzeihen können. Du warst bereit, uns eine Chance zu geben, und ich habe alles vermasselt, es tut mir so furchtbar leid –«

In mir bricht alles zusammen.

Ich hasse mich für das, was geschehen wird, für das, was ich nun tun muss, hasse mich, weil ich ihm seine Schmerzen nicht nehmen kann, weil ich ihm nicht sagen kann, dass wir es noch einmal versuchen können, dass es schwer wird, aber dass wir es schaffen können. Weil wir keine normale Beziehung haben. Weil unsere Probleme nicht lösbar sind.

Denn meine Haut lässt sich nicht verändern.

Selbst mit allem Training der Welt wird immer die Gefahr bestehen, dass ich ihn verletze. Oder gar töte, wenn wir uns vergessen. Ich werde immer eine Bedrohung für ihn sein. Vor allem in den zärtlichsten, innigsten, verletzlichsten Momenten. Den Momenten, nach denen ich mich am meisten sehne. Ich werde sie niemals mit ihm erleben können. Und er hat so viel mehr als mich verdient, diese gequälte Person, die ihm so wenig bieten kann.

Aber ich möchte lieber hier stehen bleiben, von seinen Armen umschlungen, als auch nur ein einziges Wort zu sagen. Weil ich schwach bin, so schwach, und ich begehre ihn so sehr, dass ich daran sterben werde. Ich zittere von Kopf bis Fuß. Ich kann nichts mehr sehen, kann nichts mehr erkennen durch den Tränenschleier vor meinen Augen.

Und er lässt mich nicht los.

Er flüstert nur immer wieder »bitte«, und ich möchte sterben.

Doch wenn ich nichts tue, werde ich endgültig wahnsinnig.

Deshalb lege ich meine zittrige Hand auf Adams Brust. Er erstarrt, lehnt sich zurück. Ich wage es nicht, ihm in die

Augen zu schauen, kann es nicht ertragen, Hoffnung darin zu sehen, wenn auch nur für eine Sekunde.

Er ist einen Moment lang unaufmerksam, seine Arme lockern sich, und ich löse mich, bringe mich selbst um den Schutz seiner Wärme, seines Herzschlags. Und hebe die Hand, damit er mich nicht wieder an sich zieht.

»Adam«, flüstere ich. »Bitte nicht. Ich kann nicht – ich –«

»Es hat niemals eine andere gegeben«, sagt er, und er bemüht sich nicht mehr, leise zu sprechen, seine Stimme hallt von den Wänden wider. Er legt sich kurz die Hand auf den Mund, streicht sich zittrig übers Gesicht, durch die Haare. »Und es wird niemals eine andere geben – ich werde nie ein anderes Mädchen begehren –«

»Hör auf – du musst aufhören –« Ich ersticke ersticke *ersticke.* »Du willst das nicht – du willst nicht mit jemandem wie mir zusammen sein – der dir nur – Schmerzen zufügt –«

»Verflucht, Juliette«, er schlägt mit beiden Händen an die Wand, schwer atmend, starrt zu Boden, kämpft sich durch jede Silbe, »*jetzt* fügst du mir Schmerzen zu«, sagt er mit brüchiger Stimme. »Du bringst mich um –«

»Adam –«

»Geh nicht weg«, sagt er rau, schließt die Augen. Als wisse er es schon, könne es nicht ertragen. »Bitte«, flüstert er verzweifelt. »Geh jetzt nicht weg.«

»Ich w-würde«, sage ich, am ganzen Körper zitternd, »so viel lieber bleiben. Und ich wünschte, ich könnte dich weniger lieben.«

Ich höre seine Stimme, als ich den Gang entlangrenne. Ich höre ihn meinen Namen rufen, aber ich laufe, laufe weg, vorbei an den Leuten vor dem Speisesaal, die alles beobachten, denen nichts entgeht. Ich laufe weg, um mich zu verstecken, obwohl ich weiß, dass es unmöglich ist.

Ich werde Adam unweigerlich jeden Tag sehen.

Und mich nach ihm verzehren, aus endlos weiter Ferne.

Kenjis Worte fallen mir wieder ein, seine Forderung, dass ich endlich aufwachen, meinen Trübsinn beenden und mich verändern soll. Und ich merke, dass ich meine großen Vorhaben wohl nicht so schnell in die Tat umsetzen werde, wie ich gehofft hatte.

Denn im Moment will ich nur eines: mir eine dunkle Ecke suchen und weinen.

24

Kenji findet mich als Erster.

Er steht in der Mitte meines Trainingsraums. Schaut sich um, als sei er noch nie hier gewesen, obwohl das eigentlich nicht sein kann. Ich weiß noch immer nicht alles über Kenjis Tätigkeiten. Doch mir ist klar, dass er eine der wichtigsten Personen von Omega Point ist. Immer in Bewegung. Immer beschäftigt. Niemand – außer mir, und das erst seit kurzem – bekommt ihn länger als ein paar Minuten zu Gesicht.

Beinahe, als verbringe er den größten Teil des Tages... unsichtbar.

»Also das«, sagt er und nickt langsam, während er mit hinter dem Rücken gefalteten Händen im Raum umherwandert, »war ja ein verdammt eindrucksvoller Auftritt. Solche starken Dramen kriegen wir hier unter der Erde sonst nie geboten.«

Scham.

Umhüllt mich. Bedeckt mich. Begräbt mich.

»Ich meine, ich muss schon sagen – dieser letzte Satz? ›Ich wünschte, ich könnte dich weniger lieben‹? Genial. Enorm imposant. Ich glaube, Winston kamen sogar die Tränen –«

»HALT DIE KLAPPE, KENJI!«

»Ich meine das ernst!«, erwidert er gekränkt. »Das war – ich weiß gar nicht. Irgendwie sehr schön. Ich hatte keine Ahnung, dass das wirklich so was Großes ist zwischen euch.«

Ich ziehe die Knie an die Brust, verkrieche mich tiefer in die Ecke, verberge mein Gesicht in den Armen. »Nichts gegen dich – aber ich will jetzt wi-wirklich nicht mit dir reden, okay?«

»Nein. Nicht okay. Wir beide müssen nämlich arbeiten.«

»Nein.«

»Komm schon«, sagt er. »Steh. *Auf.*« Er packt meinen Ellbogen und zieht mich hoch, obwohl ich mich wehre.

Ich wische mir wütend die Tränen von den Wangen. »Ich bin nicht in der Stimmung für deine Witze, Kenji. Bitte geh und lass mich allein.«

»Niemand«, versetzt er, »macht hier Witze.« Kenji greift nach einem der Ziegelsteine, die an der Wand aufgestapelt sind. »Und die Welt wird nicht aufhören, Krieg gegen sich selbst zu führen, nur weil du dich von deinem Freund getrennt hast.«

Ich starre ihn an, die zitternden Hände zu Fäusten geballt, kurz vor einem Schreianfall.

Das scheint Kenji nicht weiter zu beunruhigen. »Was machst du denn hier?«, fragt er. »Du hockst hier und versuchst ... was?« Er wiegt den Ziegel in der Hand. »So ein Ding hier zu spalten?«

Ich gebe auf. Hocke mich wieder auf den Boden.

»Weiß ich nicht«, gebe ich zur Antwort. Schniefe. Wische mir die Nase. »Castle hat mir gesagt, ich soll mich ›konzentrieren‹ und ›meine Energie nutzbar machen‹.« Ich deute Anführungszeichen in der Luft an. »Aber ich weiß nur, *dass* ich Dinge zerstören kann, nicht weshalb und wie. Deshalb habe ich keine Ahnung, wie ich das nun wiederholen soll. Jedes Mal, wenn so etwas mit mir passierte, wusste ich hinterher nicht, was in mir vorgegangen ist. Und genauso wenig weiß ich es jetzt. Nichts hat sich geändert.«

»Warte mal«, sagt Kenji, legt den Ziegel wieder weg und lässt sich mir gegenüber auf die Matten plumpsen. Er streckt sich aus, verschränkt die Hände hinter dem Kopf und schaut zur Decke hoch. »Über was genau reden wir eigentlich? Was sollst du wiederholen?«

Ich lege mich in derselben Haltung auf die Matten. Unsere Köpfe sind nur ein paar Zentimeter voneinander entfernt. »Weißt du nicht mehr? Die Betonwand in Warners Schreckenskammer. Die Stahltür, die ich zerschlagen habe, als ich … A-Adam suchte.« Meine Stimme bricht, und ich muss die Augen schließen, um den Schmerz zu unterdrücken. ~~Ich kann nicht mal mehr seinen Namen aussprechen.~~

Kenji grunzt. Ich spüre, wie er nickt. »Ach so. Also, Castle hat mir gesagt, er glaubt, dass du noch andere Fähigkeiten hast als dieses Berührungsding. Dass du vielleicht über extreme übermenschliche Kräfte oder so was verfügst.« Er hält inne. »Klingt das irgendwie plausibel für dich?«

»Ich schätze, schon.«

»Wie ist das also abgelaufen?«, fragt er und schaut mich von der Seite an. »Als du dich in das Psychomonster verwandelt hast? Kannst du dich erinnern, ob es einen Auslöser gab?«

Ich schüttle den Kopf. »Ich weiß nicht. Wenn das passiert – dann fühlt es sich an, als sei ich vollkommen außer mir. Irgendwas in meinem Kopf rastet aus, und ich … werde irgendwie wahnsinnig. Also ich meine, so richtig ernsthaft rasend.« Ich werfe ihm einen Blick zu, aber sein Gesicht bleibt ausdruckslos. Er blinzelt nur, wartet darauf, dass ich weiterspreche. Ich hole tief Luft. »Es ist dann, als könne ich nicht mehr klar denken. Es ist wie ein Adrenalinrausch, und ich bin vollkommen machtlos dagegen. Ich kann es nicht steuern oder beenden. Und wenn dieses Gefühl von mir Besitz ergreift, muss ich irgendetwas *tun*. Ich muss etwas anfassen. Das Gefühl rauslassen.«

Kenji stützt sich auf einen Ellbogen und betrachtet mich forschend. »Und was versetzt dich in diesen Zustand?«, fragt er. »Was hast du davor empfunden? Passiert es nur, wenn du total wütend bist?«

Ich überlege. »Nein«, antworte ich dann. »Beim ersten Mal«, sage ich zögernd, »wollte ich Warner umbringen, weil er mich in diese Lage mit dem kleinen Jungen gebracht hatte. Ich war außer mir. Und wirklich wahnsinnig wütend – aber auch… so traurig.« Ich schlucke. »Und als ich damals Adam gesucht habe?« Ich muss mehrmals tief durchatmen. »Da war ich vollkommen verzweifelt. Und rasend. Ich *musste* ihn einfach retten.«

»Und als du mit mir diese Superman-Nummer abgezogen hast? Mich an die Wand geknallt hast?«

»Da hatte ich Angst.«

»Und danach? Im Labor?«

»Wütend«, flüstere ich und starre an die Decke, als ich mich an die weißglühende Wut erinnere, die mich damals packte. »Ich war wütender als je zuvor in meinem ganzen Leben. Ich wusste nicht mal, dass ich so ein Gefühl in mir hatte. So eine maßlose, namenlose Wut. Und ich fühlte mich schuldig«, füge ich leise hinzu. »Weil Adam nur wegen mir in diesem Labor gelandet war.«

Kenji atmet langsam ein. Richtet sich auf und lehnt sich mit dem Rücken an die Wand. Schweigt.

»Was… denkst du?«, frage ich und setze mich zu ihm.

»Ich weiß nicht«, antwortet Kenji sinnend. »Es ist jedenfalls ziemlich eindeutig, dass all diese Vorfälle das Ergebnis heftiger Gefühle sind. Deshalb glaube ich, dass das ganze System wohl doch recht simpel ist.«

»Wie meinst du das?«

»Dass es so was wie einen Auslöser geben muss. Etwa wie: Wenn du die Beherrschung verlierst, schaltet dein Körper automatisch auf Selbstschutzprogramm, verstehst du?«

»Nee.«

Kenji setzt sich im Schneidersitz mir gegenüber. Lehnt sich nach hinten und stützt sich auf seine Hände. »Hör zu. Weißt du, wie ich gemerkt habe, dass ich unsichtbar sein kann? Durch Zufall. Ich war neun Jahre alt und hatte einen Höllenschiss. Spulen wir die ekligen Details schnell vorwärts, Fazit war Folgendes: Ich brauchte dringend einen Ort, um mich zu verstecken, und fand keinen. Aber ich war so panisch, dass mein Körper das automatisch für mich erledigt hat. Ich bin einfach in der Wand verschwunden. Verschmolzen oder so.« Er lacht. »Ich war natürlich fix und fertig, weil ich zehn Minuten lang gar nicht kapiert hab, was passiert war. Und dann wusste ich nicht, wie ich mich zurückverwandeln konnte. War absolut irre. Ein paar Tage lang habe ich tatsächlich geglaubt, ich sei tot.«

»Echt?«, keuche ich fassungslos.

»Echt.«

»Das ist wirklich irre.«

»Sag ich doch.«

»Und ... was denkst du jetzt über mich? Dass mein Körper in den Verteidigungsmodus schaltet, wenn ich ausraste?«

»So in etwa, ja.«

»Okay.« Ich überlege. »Und wie soll ich mich dann in diesen Zustand versetzen? Wie hast du das denn geschafft?«

Er zuckt die Achseln. »Nachdem ich verstanden hatte, dass ich kein Gespenst war und auch keine Wahnvorstellungen hatte, fand ich es echt cool. Ich war noch ein Kind, verstehst du? Es war aufregend für mich – als könnte ich mir einen Umhang umlegen und Schurken abmurksen oder so. Gefiel mir. Und dann fand ich den Zugang dazu, wann immer ich wollte. Aber«, fügt er hinzu, »erst als ich zu üben anfing, habe ich gelernt, wie ich den Zustand steuern und über lange Zeit aufrechterhalten konnte. Das war ziemlich viel Arbeit. Erfordert jede Menge Konzentration.«

»Ziemlich viel Arbeit.«

»Ja – ich meine, es ist eine Menge Arbeit, das alles herauszufinden. Aber nachdem ich es erst mal als Teil meiner selbst akzeptiert hatte, konnte ich auch besser damit umgehen.«

»Also«, sage ich und atme entnervt aus, »ich habe es schon akzeptiert, dass ich so bin. Aber das hat bislang gar nichts einfacher gemacht.«

Kenji lacht lauthals. »Den Teufel hast du. Gar nichts hast du akzeptiert.«

»Ich bin schon mein ganzes Leben lang so, Kenji – da kann ich doch wohl annehmen, dass ich es akzeptiert habe –«

»Nein«, fällt er mir ins Wort. »*Nicht im Geringsten*. Du hasst dich so, wie du bist. Du kannst es nicht ertragen. So was ist keine Akzeptanz. Sondern – ich weiß nicht – das pure Gegenteil.«

»Was willst du damit sagen? Dass ich es gut finden soll, so zu sein?« Ich lasse ihm keine Zeit zu antworten, sondern rede weiter. »Du hast doch keine Ahnung, wie es sich anfühlt, in meiner Haut, in meinem Körper gefangen zu sein – sich von jedem lebendigen Wesen fernhalten zu müssen. Wenn du das verstehen könntest, würdest du nicht von mir verlangen, dass ich auch noch *glücklich* darüber sein soll.«

»Komm schon, Juliette – ich versuche doch nur –«

»Nein, Kenji. Lass mich das klarstellen. Ich *töte* Menschen. Ich *töte* sie. Das ist meine ›besondere‹ Fähigkeit. Ich kann nicht unsichtbar werden oder mit dem Geist Dinge bewegen oder meine Arme besonders lang machen. Wenn du mich zu lange berührst, *stirbst* du. Versuch mal damit siebzehn Jahre lang zu leben. Danach kannst du mir dann erzählen, wie leicht es ist, sich selbst zu akzeptieren.«

Ich schmecke Bitterkeit in meinem Mund.

Das ist etwas Neues.

»Hör zu«, sagt Kenji. Seine Stimme klingt sanfter. »Ich ur-

teile nicht, verstehst du? Ich versuche dir lediglich klarzu-
machen, dass du unbewusst das Verständnis deiner Fähigkeit behinderst, weil du sie ablehnst.« Er hebt die Hände,
als wolle er sich ergeben. »Meine unbedeutende Meinung.
Offenbar verfügst du über irre Kräfte. Du fasst jemanden an,
und bumm, ist er erledigt. Und dann kannst du dich auch
noch durch Wände pflügen und so was. Ich meine, das
würde ich verdammt gern lernen, kann ich dir sagen. Das
wär echt abgefahren.«

»Ja«, murmle ich. »Der Teil ist vielleicht gar nicht so übel.«

»Nicht wahr?« Kenji schaut mich aufmerksam an. »Das
wär doch der Hammer. Und dann – wenn du deine Handschuhe anlässt – könntest du einfach alles Mögliche zertrümmern, ohne jemanden zu töten. Das wär doch auch nicht
schlecht, oder?«

»Mag sein.«

»Na, siehst du. Super. Du musst dich nur entspannen.« Er
springt auf. Greift wieder nach dem Ziegelstein. »Los«, sagt
er. »Komm her.«

Ich gehe zu ihm und starre auf den roten Quader in seiner
Hand. Er überreicht ihn mir so weihevoll, als sei er ein wert-
volles Familienerbstück. »Jetzt«, sagt Kenji, »musst du dich
entspannen. Dein Körper muss im Einklang mit sich selbst
sein. Hör auf, deine Energien zu blockieren. Du hast vermutlich eine Million mentale Blockaden. Du darfst jetzt nicht
mehr mauern.«

»Ich habe keine *mentalen Blockaden* –«

»Und ob.« Kenji schnaubt. »Haufenweise. Du leidest an
schwerer mentaler Verstopfung.«

»Was –«

»Konzentriere deine Wut auf den Stein. Auf den *Stein*«, befiehlt Kenji. »Vergiss nicht. Offen sein. Du *willst* diesen Stein
zertrümmern. Sag dir das. Du machst es *freiwillig*. Nicht für

157

Castle, nicht für mich, nicht, um jemanden zu bekämpfen. Du hast einfach Lust darauf. Dir steht der Sinn danach. Überlass dich deinem Geist und deinem Körper. Verstanden?«

Ich atme tief ein. Nicke ein paar Mal. »Okay. Ich glaube, ich –«

»*Hei-liger* Strohsack.« Kenji pfeift durch die Zähne.

»Was?« Ich drehe mich erschrocken um. »Was ist denn –«

»Wie kannst du das denn *nicht* merken?«

»Was –«

»Schau auf deine Hand!«

Ich keuche. Taumle nach hinten. Die Masse in meiner Hand sieht wie eine Mischung aus rotem Sand und braunen Tonstücken aus. Die größeren Stücke rutschen mir aus der Hand, der Rest rieselt zwischen meinen Fingern hindurch.

Ich schaue auf.

Kenji schüttelt lachend den Kopf. »Du hast ja keine Ahnung, wie neidisch ich jetzt grade bin.«

»O mein Gott.«

»Ich weiß. ICH WEISS. So hammerhart. Und nun überleg mal: Wenn du das mit einem Stein machen kannst, wie kannst du dann erst einen *Menschen* zurichten –«

Das war die falsche Bemerkung.

Nicht jetzt. Nicht nach meinem Erlebnis mit Adam. Nicht nachdem ich gerade mühsam versuche, die Bruchstücke meiner Hoffnungen und Träume einzusammeln und sie wieder zusammenzufügen.

Jetzt ist alles aus. Jetzt wird mir bewusst, dass ich in meinem tiefsten Inneren immer noch die winzige Hoffnung gehegt habe, dass Adam und ich noch eine Lösung für uns finden könnten.

Insgeheim habe ich mich immer an diese Hoffnung geklammert.

Und jetzt ist auch die zerstört.

Denn jetzt muss Adam sich nicht nur vor meiner Haut fürchten. Nicht nur vor der Berührung, sondern auch vor meinen Umarmungen, vor meinen Händen, vor einem Kuss – ich könnte ihn mit allem verletzen. Schon seine *Hand* zu halten stellt eine Bedrohung dar. Und dieses neue Wissen über meine tödlichen Kräfte –

Lässt mir keine Wahl.

Ich werde allein bleiben bis in alle Ewigkeit. Weil niemand sicher vor mir ist.

Ich sinke zu Boden, mein Hirn dreht sich, ist kein sicherer Ort mehr, denn ich kann nicht aufhören zu denken, kann mit gar nichts mehr aufhören, und ich rase auf etwas zu, ein Zusammenstoß droht, und ich bin dabei nicht mehr der Beobachter.

Ich bin der Zug.

Ich bin außer Kontrolle.

Denn manchmal sieht man sich selbst plötzlich so, wie man vielleicht sein könnte – unter anderen Umständen. Und wenn man genau hinschaut, bekommt man Angst, weil man sich fragt, wozu man womöglich imstande wäre. Man spürt, dass man eine Seite hat, die man nicht kennen und lieber nicht im hellen Tageslicht betrachten möchte. Sein ganzes Leben lang versucht man sie zu unterdrücken, sie beiseitezuschieben. Man tut so, als existiere dieser Teil nicht.

In diesem Zustand kann man eine ganze Weile verharren.

In Sicherheit.

Und dann ist plötzlich Schluss damit.

25

Ein neuer Morgen.

Frühstück.

Ich treffe Kenji im Speisesaal, vor unserer nächsten Trainingseinheit.

Er hat gestern noch eine Theorie aufgestellt: Er glaubt, die unmenschliche Wirkung meiner Berührung sei lediglich eine Variante meiner Fähigkeit. Der Effekt der Hautberührung sei die elementarste Form meiner Begabung, und die eigentliche Gabe sei eine Art alles verzehrende Kraft, die sich in meinem gesamten Körper manifestiert.

In meinen Knochen, meinem Blut, meiner Haut.

Ich sagte ihm, das sei ein interessanter Ansatz. Sagte ihm, dass ich mich selbst immer als eine Art pervertierte Form einer Venusfliegenfalle gesehen hätte, und er erwiderte: »O MEIN GOTT. Ja. JA. Genau so bist du. Das trifft es auf den Punkt.«

Schön genug, um die Beute anzulocken, sagte er.

Stark genug, um zuzupacken und zu zerstören, sagte er.

Giftig genug, um die Opfer bei direkter Berührung zu verzehren.

»Du *verdaust* dein Opfer«, sagte er und lachte, als sei es amüsant, witzig und komplett akzeptabel, ein Mädchen mit einer fleischfressenden Pflanze zu vergleichen. Oder sogar schmeichelhaft. »Oder? Du hast gesagt, wenn du Menschen berührst, fühlt es sich an, als würdest du ihnen die Energie aussaugen, nicht wahr? Und du fühltest dich dann stärker.«

Ich blieb stumm.

»Das heißt, du bist wirklich exakt wie eine Venusfliegen-falle. Du lockst sie an. Packst sie. Isst sie auf.«

Ich schwieg.

»Mmmmmmmm«, machte Kenji. »Du bist wie eine sexy mega-gefährliche Pflanze.«

Ich schloss die Augen. Legte mir vor Grauen die Hand auf den Mund.

»Was ist so schlimm daran?«, fragte Kenji. Beugte sich vor und schaute mir ins Gesicht. Zupfte an meinen Haaren, damit ich ihn ansah. »Warum findest du das so schrecklich? Wieso kannst du nicht sehen, wie fantastisch es ist?« Er schüttelte den Kopf. »Du lässt dir wirklich was entgehen, weißt du? Es könnte so cool sein, wenn du endlich dazu stehen würdest.«

Dazu stehen.

Ja.

Wie einfach wäre es, über die Welt hereinzubrechen. Men-schen die Lebenskraft auszusaugen und sie tot auf der Straße liegen zu lassen, weil jemand mir den Auftrag dazu gibt. Weil jemand sagt: »Diese Typen da drüben, das sind die Bösen.« Töte sie, weil du uns vertrauen kannst. Töte, weil du für die richtige Seite kämpfst. Töte, weil die böse sind und wir gut. Töte, weil wir es dir befehlen. Denn manche Menschen sind dumm genug zu glauben, dass es leuchtende Neonschranken gibt, die Gut von Böse trennen. Dass man diese Unterschei-dung ganz leicht treffen und nachts mit ruhigem Gewissen schlafen kann. Weil man das Recht dazu hat.

Weil man das Recht dazu hat, einen Menschen zu töten, wenn ein anderer ihm das Lebensrecht abspricht.

Was ich wirklich sagen möchte, ist: Für wen zum Teufel haltet ihr euch, dass ihr entscheiden dürft, wer sterben soll? Dass ihr entscheidet, wer getötet wird? Dass ihr mir sagen dürft, welchen Vater ich vernichten soll, welches Kind ich zur Waise machen soll, welche Mutter ihren Sohn und welcher Bruder seine Schwester verlieren soll, welche Großmutter für den Rest des Lebens frühmorgens weint, weil man ihr Enkelkind vor ihr in die Erde gelegt hat?

Was ich wirklich sagen will, ist: Für wen zum Teufel haltet ihr euch, dass ihr euch anmaßt, mir zu sagen, es sei fantastisch, wenn man etwas Lebendiges töten kann, es sei interessant, wenn man eine andere Seele verführen kann, es sei gerecht, sich ein Opfer zu suchen, nur weil ich imstande bin, ohne Waffe zu töten? Ich möchte gemeine und wütende und verletzende Dinge sagen und fluchen und weit weit weglaufen; ich will verschwinden am Horizont, und ich will im Straßengraben schlafen, wenn ich dafür etwas bekommen kann, was auch nur im entferntesten Freiheit ähnelt, aber ich weiß nicht, wo ich hingehen soll. Ich kann nirgendwo hin.

Und ich fühle mich verantwortlich.

Weil es Momente gibt, in denen die Wut verfliegt und nur ein dumpfer Schmerz in meinem Bauch zurückbleibt, und dann sehe ich die Welt und die Menschen und frage mich, wie alles so werden konnte, und ich denke über Hoffnung und Chancen und Möglichkeiten nach. Über Trinkgläser, die halb voll sind. Über Opfer, die man bringt. Und über Kompromisse. Ich denke darüber nach, was geschieht, wenn niemand sich zur Wehr setzt. Über eine Welt, in der sich keiner wehrt gegen Unrecht.

Und dann frage ich mich, ob die Leute von Omega Point nicht vielleicht Recht haben.

Ob man nicht wirklich kämpfen sollte.

Ob es unter Umständen legitim ist, Töten als Mittel zum Zweck zu betrachten. Und ich denke an Kenji. An seine Worte. Und frage mich, ob er mich immer noch so fantastisch fände, wenn *er* meine Beute wäre.

Wohl eher nicht.

26

Kenji wartet schon auf mich.

Er sitzt mit Winston und Brendan am selben Tisch, und ich rutsche auf die Bank.

»Er ist nicht da«, sagt Kenji mit vollem Mund.

»Was?« Ich finde Löffel und Gabel und den Tisch gerade ungemein faszinierend.

»Nicht hier«, wiederholt Kenji kauend.

Winston räuspert sich, kratzt sich am Kopf. Brendan bewegt sein Bein.

»Ah. Ich – ich, äm –« Das Blut steigt mir zu Kopf, als ich aufschaue. Ich will die drei fragen, wo Adam steckt, warum er nicht hier am Tisch sitzt, wie es ihm geht, ob er regelmäßig isst. Ich will eine Million Fragen stellen, auf die ich lieber verzichten sollte, aber es ist sonnenklar, dass keiner von ihnen über die Details meines Privatlebens reden möchte. Und ich will nicht mehr dieses erbärmliche traurige Mädchen sein. Ich will kein Mitleid. Ich will nicht dieses beklommene Mitgefühl in ihren Augen sehen.

Deshalb setze ich mich aufrecht hin. Räuspere mich.

»Was hört man von den Patrouillen?«, frage ich Winston. »Wird es schlimmer?«

Winston blickt überrascht auf. Schluckt sein Essen zu schnell hinunter und hustet ein paar Mal. Trinkt einen Schluck von dem teerschwarzen Kaffee und beugt sich vor. »Es wird jedenfalls immer seltsamer«, antwortet er.

»Inwiefern?«

»Wisst ihr noch, wie ich euch erzählt habe, dass Warner jeden Abend auftaucht?«

~~Warner. Ich werde das Bild von seinem lächelnden, lachenden Gesicht nicht mehr los.~~

Wir nicken alle.

»Tja.« Winston lehnt sich zurück. Hält die Hände hoch. »Gestern Abend? Nichts.«

»Nichts?« Brendans Augenbrauen schießen hoch. »Was meinst du mit ›nichts‹?«

»Ich meine, dass niemand da war.« Winston zuckt die Achseln. Greift wieder zu seiner Gabel. »Nicht ein einziger Soldat und Warner auch nicht. In der Nacht davor?« Er blickt in die Runde. »Irgendwas zwischen fünfzig und siebzig Soldaten.«

»Hast du das Castle berichtet?« Kenji hat aufgehört zu essen und starrt Winston an. Sein Blick ist extrem ernsthaft und konzentriert. Was mich beunruhigt.

»Hab ich.« Winston nickt und trinkt einen Schluck Kaffee. »Hab meinen Bericht vor einer Stunde eingereicht.«

»Du hast noch gar nicht geschlafen?«, frage ich verblüfft.

»Gestern«, antwortet Winston mit wegwerfender Handbewegung. »Oder vorgestern. Weiß nicht mehr genau. Gott, dieses Gebräu ist eklig.«

»Genau. Du solltest bestimmt weniger Kaffee trinken.« Brendan versucht sich Winstons Tasse zu greifen.

Winston schlägt ihm auf die Hand und wirft ihm einen finsteren Blick zu. »Nicht jeder hat Strom in den Adern«, sagt er. »Ich bin kein verdammtes Elektrizitätswerk, so wie du.«

»Ich hab nur einmal –«

»Zweimal!«

»– und es war eine Notlage«, vollendet Brendan den Satz, etwas verlegen.

»Worüber redet ihr?«, frage ich.

»Der Bursche hier«, Kenji weist mit dem Daumen auf Brendan, »kann seinen Körper tatsächlich *aufladen*. Er braucht keinen Schlaf. Absolut unglaublich.«

»Das ist nicht fair«, murmelt Winston und reißt ein Stück Brot entzwei.

Ich glotze Brendan fassungslos an. »Das ist nicht wahr, oder?«

Brendan nickt. Zuckt mit den Schultern. »Ich hab es nur einmal gemacht.«

»Zweimal!«, wiederholt Winston. »Und er ist auch so 'ne Art Fötus«, sagt er zu mir gewandt. »Er hat ohnehin schon viel zu viel Energie – wie ihr Kids hier alle –, und dann hat er auch noch eine wiederaufladbare Lebensbatterie abgekriegt.«

»Ich bin kein Fötus«, protestiert Brendan und wirft mir einen Blick zu. Er ist ziemlich rot geworden. »Er ist – das ist nicht – du bist doch ein verdammter Irrer«, sagt er und funkelt Winston böse an.

»Ganz recht«, erwidert Winston kauend. »Ich bin ein Irrer. Und ich bin auch noch stinksauer.« Er schluckt. »Echt mies gelaunt, weil ich müde bin. Und hungrig. Und mehr Kaffee brauche.« Er steht auf. »Ich hol mir noch welchen.«

»Ich dachte, du findest ihn eklig«, wende ich ein.

Er wirft mir einen Blick zu. »Schon, aber ich bin ein sehr trauriger Mann mit sehr niedrigen Ansprüchen.«

»Das stimmt«, wirft Brendan ein.

»Klappe, Fötus.«

»Mehr als eine Tasse ist nicht erlaubt«, sagt Kenji.

»Keine Sorge, ich sag denen immer, ich trinke deinen.« Winston schlendert von dannen.

Kenji lacht vor sich hin.

Brendan murmelt »Ich bin kein Fötus« und attackiert erbost sein Essen.

»Wie alt bist du eigentlich?«, frage ich ihn. Mit seinen

weißblonden Haaren und den wasserblauen Augen wirkt er irgendwie irreal. Wie jemand, der niemals altern, immer unverändert bleiben wird.

»Vierundzwanzig«, antwortet er, sichtlich dankbar über den Themenwechsel. »Grade geworden. Letzte Woche.«

»Oh.« Ich bin erstaunt. Er wirkt nicht viel älter als 18. Ich frage mich, wie es sich wohl anfühlt, seinen Geburtstag in Omega Point zu feiern. »Herzlichen Glückwunsch nachträglich«, sage ich und lächle ihn an. »Ich hoffe – ich wünsche dir ein gutes neues Lebensjahr. Und«, ich möchte ihm noch etwas Nettes sagen, »viele glückliche Tage.«

Brendan starrt mich jetzt an, belustigt, schaut mir direkt in die Augen. Grinst. »Danke«, sagt er, und das Grinsen wird noch breiter. »Vielen Dank.« Er wendet den Blick nicht ab.

Mein Gesicht fühlt sich heiß an.

Ich versuche zu verstehen, weshalb Brendan mich immer noch betrachtet, weshalb er immer noch lächelt, auch als er schließlich wegschaut. Weshalb Kenji aussieht, als müsse er sich das Lachen verkneifen. Ich bin irgendwie durcheinander und verlegen und suche krampfhaft nach einem Gesprächsthema.

»Was machen wir denn heute?«, frage ich Kenji und hoffe, dass meine Stimme normal und sachlich klingt.

Kenji trinkt sein Wasser aus. Wischt sich über den Mund. »Heute«, antwortet er, »werde ich dir Schießen beibringen.«

»Mit Schusswaffen?«

»Jawoll.« Er nimmt sein Tablett hoch und greift auch nach meinem. »Warte hier, ich bring die weg.« Er wendet sich zum Gehen, dreht sich aber noch einmal um und sagt zu Brendan: »Schlag dir das aus dem Kopf, Alter.«

Brendan sieht verwirrt aus. »Was?«

»Daraus wird nichts.«

»Wa–«

Kenji starrt ihn mit hochgezogenen Augenbrauen an.

Brendan presst die Lippen zusammen. Seine Wangen sind wieder rosa angelaufen. »Weiß ich.«

»Soso.« Kenji schüttelt den Kopf und geht weg.

Und Brendan hat es plötzlich sehr eilig, mit seinem Tagewerk zu beginnen.

27

»Juliette? Juliette!«

»Bitte wach auf –«

Ich fahre aus dem Schlaf hoch, keuchend, mit pochendem Herzen, blinzle wie wild, um etwas zu erkennen. »Was ist? Was ist los?«

»Kenji wartet draußen auf dich«, sagt Tana.

»Er sagt, er braucht dich«, fügt Randa hinzu. »Irgendwas ist passiert.«

Ich springe so schnell aus dem Bett, dass ich die Decke mitreiße. Taste im Dunkeln nach meinem Anzug – ich schlafe in einem Pyjama, den ich mir von Randa geliehen habe – und versuche nicht panisch zu werden. »Weißt du, was los ist?«, frage ich. »Weißt du – hat er dir irgendwas gesagt –«

Tana reicht mir meinen Anzug. »Nein, er meinte nur, es sei dringend, es sei etwas passiert, und wir sollten dich sofort wecken.«

»Bestimmt wird alles gut«, sage ich zu den beiden. Keine Ahnung, weshalb ich das sage und weshalb ich glaube, dass ausgerechnet ich sie beruhigen könnte. Ich wünschte, ich könnte Licht anmachen, aber das Licht hier unten wird zentral geschaltet. Indem man die Räume nur zu bestimmten Tageszeiten beleuchtet, spart man Energie – und sorgt außerdem für eine Art natürlichen Tagesrhythmus.

Ich schlüpfe in meinen Anzug, ziehe den Reißverschluss hoch und eile zur Tür. Randa ruft mir nach, reicht mir meine Stiefel.

»Danke – vielen Dank euch beiden«, sage ich.

Ziehe meine Stiefel an und renne hinaus.

Draußen pralle ich gegen etwas Festes.

Einen Menschen. Einen Mann.

Ich höre ihn scharf einatmen, seine Hände stützen mich, und mir gerinnt das Blut in den Adern. »Adam«, keuche ich.

Er hat mich nicht aufgegeben. Ich höre sein Herz klopfen, schnell und laut in der Stille zwischen uns, und er fühlt sich zu ruhig an, zu angespannt, als versuche er krampfhaft, seinen Körper zu beherrschen.

»Hi«, flüstert er, aber es klingt erstickt.

Mir bleibt fast das Herz stehen.

»Adam, ich –«

»Ich kann dich nicht aufgeben«, sagt er, und seine Hände zittern, als sei es zu anstrengend, mich festzuhalten. »Ich kann dich nicht aufgeben. Ich versuche es, aber –«

»Dann trifft es sich ja gut, dass ich auch noch da bin, nicht wahr?« Kenji reißt mich aus Adams Armen und holt tief Luft. »Herrje. Seid ihr jetzt fertig hier? Wir müssen los.«

»Was – ist passiert?«, stottere ich, will mir meine Verlegenheit nicht anmerken lassen. Ich wünschte wirklich, Kenji würde mich nicht immer in Momenten ertappen, in denen ich so verletzlich bin. Ich wünschte, er könnte mich stark und zuversichtlich erleben. Dann frage ich mich, seit wann ich Wert auf Kenjis Meinung über mich lege. »Stimmt was nicht?«

»Keine Ahnung«, antwortet Kenji, als er durch die dunklen Gänge vorausgeht. Er muss den Verlauf der Gänge im Kopf haben; ich sehe kaum etwas, und er geht so schnell, dass wir beinahe rennen müssen. »Aber«, fügt er hinzu, »ich nehme an, dass in großem Stil die Kacke am Dampfen ist. Castle hat mir vor fünfzehn Minuten eine Nachricht geschickt – ich soll dich und Kent sofort in sein Büro bringen. Was ich hiermit tue.«

»Aber – jetzt? Mitten in der Nacht?«

»So was passiert nicht nach Fahrplan, Prinzesschen.«

Ich beschließe, den Mund zu halten.

Wir folgen Kenji zu einer einzigen Tür am Ende eines schmalen Tunnels.

Er klopft 2mal, wartet. Klopft 3mal, wartet wieder. Klopft einmal.

Ich frage mich, ob ich mir diesen Code einprägen soll.

Die Tür öffnet sich von alleine, und Castle winkt uns herein.

»Schließen Sie bitte die Tür«, sagt er. Ich blinzle mehrmals, um meine Augen an das Licht zu gewöhnen. Auf Castles Schreibtisch steht eine Leselampe, die genügend Licht spendet, um den kleinen Raum zu erhellen. Ich schaue mich um.

Castles Büro ist mit wenigen Bücherregalen und einem einfachen Tisch ausgestattet, auf dem auch ein Computer steht. Sämtliches Mobiliar scheint aus gebrauchten Metallteilen angefertigt zu sein. Sein Schreibtisch war offenbar früher die Ladefläche eines Lieferwagens.

Der Boden ist mit Stapeln von Büchern und Papieren übersät, und in den Regalen liegen Maschinen- und Computerteile, aus denen Kabel und Drähte herausragen. Vielleicht sollen sie repariert werden oder gehören zu einem Projekt, an dem Castle arbeitet.

Anders ausgedrückt: Castles Büro ist ein einziges Chaos.

Was ich von jemandem, der so gut organisiert wirkt, nicht erwartet hätte.

»Nehmen Sie Platz«, sagt er. Ich halte Ausschau nach Stühlen, entdecke aber nur zwei umgedrehte Mülltonnen und einen Hocker. »Ich bin gleich bei Ihnen. Kleinen Moment noch.«

Wir nicken. Setzen uns. Warten. Schauen uns um.

Und da wird mir bewusst, weshalb Castle kein Problem hat mit diesem Tohuwabohu.

Er scheint intensiv an etwas zu arbeiten, aber ich kann nicht erkennen, woran, und es ist mir auch nicht wichtig. Ich bin zu beschäftigt damit, ihm zuzusehen. Seine Hände sind unentwegt in Bewegung, und alles, was er braucht, fliegt auf ihn zu. Eine bestimmte Unterlage. Ein Notizblock. Eine Uhr, die unter einem Stapel Bücher verborgen war. Er sucht einen Bleistift und hebt die Hand, um ihn aufzufangen. Er sucht nach seinen Aufzeichnungen und bewegt die Finger, damit die Papiere zu ihm gelangen.

Er muss nicht organisiert sein. Er hat ein ganz eigenes System.

Unfassbar.

Schließlich blickt er auf. Legt seinen Bleistift weg. Nickt. »Gut. Gut, dass Sie alle hier sind.«

»Ja, Sir«, sagt Kenji. »Sie sagten, Sie wollten mit uns sprechen.«

»Das will ich.« Castle faltet die Hände auf dem Tisch. »Dringend.« Er atmet langsam ein. »Der Oberste Befehlshaber«, sagt er, »ist im Hauptquartier von Sektor 45 eingetroffen.«

Kenji flucht.

Adam erstarrt.

Ich frage verwirrt: »Wer ist der Oberste Befehlshaber?«

Castles Blick ruht auf mir. »Warners Vater.« Er betrachtet mich mit verengten Augen. Prüfend. »Sie wussten nicht, dass Warners Vater oberster Militär des Reestablishment ist?«

»Oh«, keuche ich, außerstande, mir vorzustellen, wie schlimm Warners Vaters sein muss. »Doch – ich – das wusste ich. Ich kannte nur den Rang nicht.«

»Es gibt sechs Oberbefehlshaber auf der ganzen Welt«, erklärt Castle. »Einen für jede der sechs Divisionen: Nord-

171

amerika, Südamerika, Europa, Asien, Afrika und Ozeanien. Jede Division ist in 555 Sektoren unterteilt, es gibt also 3330 Sektoren weltweit. Warners Vater hat das Oberkommando über diesen Kontinent. Er ist außerdem einer der Gründer des Reestablishment und derzeit die größte Gefahr für uns.«

»Aber ich dachte, es gäbe 3333 Sektoren«, wende ich ein, »nicht 3330. Irre ich mich?«

»Die anderen drei sind Kapitole«, erwidert Castle. »Wir sind ziemlich sicher, dass sich eines davon irgendwo in Nordamerika befindet, aber niemand kennt die genaue Lage der Kapitole. Sie irren sich also nicht«, fügt er hinzu. »Das Reestablishment hat eine sonderbare Obsession mit exakten Zahlen. 3333 Sektoren insgesamt, 555 pro Kontinent. Sie wollen damit demonstrieren, dass alles gleich und gerecht aufgeteilt wird, aber das ist nur Lug und Trug.«

»Ah.« Jeden Tag merke ich aufs Neue, wie viel ich noch lernen muss. »Ist das also der Notfall? Dass Warners Vater hier ist und nicht in einem der Kapitole?«

Castle nickt. »Ja…« Er zögert. Räuspert sich. »Gut. Fangen wir ganz von vorne an. Es ist von höchster Wichtigkeit, dass Sie über alle Details im Bilde sind.«

»Wir sind ganz Ohr«, sagt Kenji. Er richtet sich auf, wirkt hellwach und konzentriert. »Schießen Sie los.«

»Er scheint schon einige Wochen in der Stadt zu sein«, beginnt Castle, »ist ganz unbemerkt, im Stillen eingetroffen. Offenbar hat er mitbekommen, was sein Sohn in letzter Zeit so alles angestellt hat, und war nicht begeistert. Er…« Castle atmet tief und ruhig ein. »Er ist… wohl besonders aufgebracht über die Ereignisse im Zusammenhang mit Ihnen, Ms Ferrars.«

»Mit mir?« Mein Herz pocht wild. Wild. Wild.

»Ja«, sagt Castle. »Von unseren Quellen wissen wir, dass er sehr wütend ist, weil Warner Sie hat entkommen lassen.

Und weil er dabei auch noch zwei Soldaten eingebüßt hat.«
Er nickt Adam und Kenji zu. »Hinzu kommt, dass nun in der
Bevölkerung Gerüchte umgehen über dieses Mädchen mit
der seltsamen Fähigkeit. Die Leute ahnen jetzt, dass es eine
Widerstandsbewegung gibt – uns. Was für Unruhe sorgt,
denn die Leute wollen sich uns nur zu gerne anschließen.«

Castle beugt sich vor. »Warners Vater ist also hier, um seinen Krieg voranzutreiben und alle Zweifel an der Macht des
Reestablishment auszuräumen.« Er blickt uns an. »Oder, anders ausgedrückt: um uns und seinen Sohn in einem Auf-
wasch zu bestrafen.«

»Ändert das etwas an unseren Plänen?«, fragt Kenji.

»Nicht direkt. Wir wussten ja, dass Kämpfe irgendwann
unvermeidlich sein würden, aber das… beschleunigt nun
alles. Da Warners Vater hier ist, wird der Krieg früher ausbre-
chen, als wir gehofft hatten«, antwortet Castle. »Und er wird
wohl schlimmer werden als angenommen.« Er sieht mich
ernst an. »Ms Ferrars, ich fürchte, wir benötigen Ihre Hilfe.«

Ich starre ihn verblüfft an. »Sie brauchen mich?«

»Ja.«

»Aber – sind Sie denn nicht immer noch wütend auf
mich?«

»Sie sind kein Kind mehr, Ms Ferrars. Ich verurteile Sie
nicht für eine Überreaktion. Kenji meint, dass Ihr jüngstes
Verhalten auf Unwissenheit und nicht auf bösartige Absichten zurückzuführen war, und ich vertraue seiner Einschät-
zung. Ich möchte, dass Sie Teamgeist lernen«, sagt er, »und
wir brauchen Ihre Fähigkeiten. Ihre Kräfte sind einmalig. Vor
allem jetzt, da Sie das Training mit Kenji begonnen haben
und mehr Kenntnisse über Ihre Gabe gewinnen, werden wir
Sie brauchen. Wir werden alles tun, was in unseren Kräften steht, um Sie zu unterstützen – wir werden Ihren Anzug
verstärken, Sie mit Waffen und Schutzvorrichtungen aus-

statten. Winston –« Seine Stimme wird rau, und er holt tief Luft. »Winston«, fährt er dann gefasster fort, »hat Ihre neuen Handschuhe soeben fertiggestellt.« Er schaut mich eindringlich an. »Wir wollen Sie in unserem Team«, sagt er. »Und wenn Sie mit mir zusammenarbeiten, verspreche ich Ihnen, dass Sie auch Ergebnisse sehen werden.«

»Natürlich«, flüstere ich. Halte seinem Blick stand. »Ich bin bereit.«

»Gut«, sagt Castle. »Das ist sehr gut.« Er sieht angestrengt aus, als er sich zurücklehnt und sich übers Gesicht streicht. »Vielen Dank.«

»Sir«, sagt Kenji jetzt, »ich möchte nicht aufdringlich sein, aber würden Sie mich bitte informieren, was zum Teufel hier los ist?«

Castle nickt. »Ja«, sagt er. »Ja, ja, natürlich. Ich – verzeihen Sie mir. Es war eine schwierige Nacht.«

»Was ist passiert?«, fragt Kenji mit gepresster Stimme.

»Er ... hat uns eine Nachricht zukommen lassen.«

»Warners Vater?«, frage ich. »Eine Nachricht an uns?« Ich werfe einen Blick auf Adam und Kenji. Adam blinzelt, völlig verstört. Kenji sieht aus, als sei ihm übel.

Mir wird angst und bange.

»Ja«, antwortet Castle. »Warners Vater. Er will ein Treffen. Er will ... reden.«

Kenji springt auf. Er ist kreideweiß im Gesicht. »Nein – Sir – das ist eine Falle – der will nicht *reden* – Sie müssen doch wissen, dass er lügt –«

»Er hat vier von unseren Leuten als Geisel genommen, Kenji. Ich fürchte, uns bleibt keine andere Wahl.«

28

»*Was?*« Kenji starrt ihn entsetzt an. Bringt nur ein heiseres Krächzen hervor, als er fragt: »Wer? Wie –«

»Winston und Brendan hatten heute Nacht Wache.« Castle schüttelt den Kopf. »Ich weiß nicht, was passiert ist. Sie müssen in einen Hinterhalt geraten sein. Sie waren zu weit entfernt, die Aufzeichnungen der Überwachungskameras zeigen nur, dass Emory und Ian etwas Auffälliges bemerkt haben und der Sache nachgegangen sind.« Er verstummt. Fügt dann hinzu: »Emory und Ian sind seither auch verschwunden.«

Kenji setzt sich wieder, schlägt die Hände vors Gesicht. Dann schaut er abrupt auf. »Aber Winston und Brendan – denen gelingt es doch bestimmt zu flüchten, oder? Die beiden – haben doch so viel Energie – zu zweit wird ihnen doch was einfallen?«

Castle wirft Kenji ein mitfühlendes Lächeln zu. »Ich habe keine Ahnung, wo man sie hingebracht hat und wie sie behandelt werden. Wenn man sie geprügelt hat, oder wenn er sie«, Castle zögert, »womöglich gefoltert hat, oder wenn sie durch Schusswunden schwer verletzt sind, können sie nicht flüchten. Und selbst wenn es den beiden möglich wäre«, ergänzt er noch, »würden sie die anderen niemals zurücklassen.«

Kenji presst die Fäuste auf seine Schenkel.

»Er will also reden.« Adam spricht zum ersten Mal, seit wir hier sind.

Castle nickt. »Lily hat das hier an der Stelle gefunden, wo

die beiden verschwunden sind.« Er wirft uns einen kleinen Tornister zu, und wir durchsuchen ihn nacheinander. Finden darin nur Winstons zerbrochene Brille und Brendans Funkgerät. Blutverschmiert.

Meine Hände zittern so heftig, dass ich sie festhalten muss.

Ich habe Emory und Ian gerade erst kennengelernt. Habe gerade erst begonnen, neue Freundschaften zu schließen, mich wohlzufühlen mit den Menschen in Omega Point. Ich hatte doch eben noch mit Brendan und Winston gefrühstückt. Ich werfe einen Blick auf die Uhr an Castles Wand; es ist 3.31 nachts. Ich habe die beiden vor circa 20 Stunden zuletzt gesehen.

Letzte Woche hatte Brendan Geburtstag.

»Winston wusste es«, höre ich mich plötzlich sagen. »Er wusste, dass etwas nicht stimmte. Er fand es beunruhigend, dass überall so viele Soldaten auftauchten –«

»Ich weiß«, erwidert Castle und schüttelt den Kopf. »Ich habe seine Berichte immer wieder gelesen.« Er massiert seinen Nasenrücken mit Daumen und Zeigefinger. Schließt die Augen. »Ich hatte gerade erst begonnen, mir einen Reim darauf zu machen. Zu spät. Ich habe zu lange gebraucht.«

»Haben Sie eine Theorie, was sie geplant haben könnten?«, fragt Kenji.

Castle seufzt. Lässt die Hand sinken. »Jetzt wissen wir jedenfalls, weshalb Warner jede Nacht mit seinen Soldaten unterwegs war – weshalb er seinen Stützpunkt so lange verlassen konnte.«

»Sein Vater«, sagt Kenji.

Castle nickt. »Ja. Ich denke, dass der Oberste Warner selbst losgeschickt hat. Damit intensiver nach uns gesucht wurde. Er wusste immer schon, dass es uns gibt«, sagt Castle zu mir gewandt. »Der Mann ist alles andere als dumm. Er hat den Gerüchten über uns immer schon Glauben geschenkt. Aber bislang haben wir keine Bedrohung für ihn dargestellt. Erst jetzt. Denn jetzt spricht das Volk über uns, und das gefährdet seine Macht. Die Leute gewinnen Kraft aus dem Wissen, dass es eine Widerstandsbewegung gibt. Und das kann sich das Reestablishment jetzt gar nicht leisten. Außerdem«, fährt er fort, »ist es wohl eindeutig so, dass sie den Eingang zu Omega Point nicht gefunden haben. Deshalb haben sie Geiseln genommen. Damit wir von alleine rauskommen.« Castle greift zu einem Blatt Papier auf seinem Schreibtisch. Hält es hoch. »Aber es gibt Bedingungen«, sagt er. »Wir haben genaue Anweisungen erhalten.«

»Welche denn?«, fragt Kenji angespannt.

»Nur Sie drei gehen zu dem Treffen. Alleine.«

Großer Gott.

»Was?« Adam starrt Castle fassungslos an. »Wieso denn nur wir?«

»Auf mich legt er offenbar keinen Wert«, antwortet Castle.

»Und das wollen Sie einfach so akzeptieren?«, fragt Adam. »Sie wollen uns einfach so losschicken?«

Castle beugt sich vor. »Selbstverständlich nicht.«

»Wie ist Ihr Plan?«, frage ich.

»Der Oberste will sich um exakt 12 Uhr mittags morgen – oder richtiger: heute – an einem bestimmten Ort im Sperrgebiet treffen. Die Details sind in dieser Mitteilung aufgeführt.« Er holt tief Luft. »Und obwohl ich weiß, dass er es genau darauf angelegt hat, meine ich, dass wir alle dort sein sollten. Wir sollten gemeinsam handeln. Dafür sind wir schließlich ausgebildet. Ich zweifle nicht daran, dass er böse Absichten hat; er hat sicher nicht vor, eine gepflegte Tasse Tee mit Ihnen zu trinken. Ich denke also, dass wir bereit sein sollten, uns gegen einen Angriff zu verteidigen. Ich vermute, dass seine Leute bewaffnet und kampfbereit sein werden, und ich bin bereit, auch meine Truppe in den Kampf zu schicken.«

»Wir sind also der Köder?«, fragt Kenji mit gerunzelter Stirn. »Wir sollen nicht mal kämpfen – sondern dienen nur als Ablenkungsmanöver?«

»Kenji –«

»Das ist Schwachsinn«, äußert Adam ungewohnt heftig. »Es *muss* eine andere Lösung geben. Wir sollten nicht nach seinen Regeln spielen. Wir sollten diese Gelegenheit nutzen, um sie aus dem Hinterhalt heraus zu überfallen oder – ich weiß nicht – sie irgendwie abzulenken, damit *wir* angreifen können! Ich meine, haben wir nicht irgendwen, der in Flammen stehen kann oder so? Gibt es nicht jemanden bei uns, der irgendetwas Verrücktes machen kann, um Chaos zu stiften? Um uns so einen Vorteil zu verschaffen?«

Castles Blick liegt auf mir.

Adam sieht aus, als wolle er Castle einen Fausthieb verpassen. »Sie sind wohl wahnsinnig.«

»Dann lautet die Antwort ›nein‹«, sagt Castle. »Wir haben niemand anderen, der etwas so… Weltbewegendes tun kann.«

»Finden Sie das auch noch witzig?«, knurrt Adam.

»Ich muss Ihnen sagen, dass ich mitnichten versuche, witzig zu sein, Mr Kent. Und Ihr Zorn ist uns keine Hilfe. Sie können zurückbleiben, aber ich werde – mit allem Respekt – Ms Ferrars um ihre Mitarbeit in dieser Sache bitten. Sie ist die Einzige, die der Oberste tatsächlich sehen möchte. Sie beide mitzuschicken war meine Idee.«

»*Was?*«

Wir sind alle drei völlig verblüfft.

»Wieso denn ich?«, frage ich.

»Ich wünschte, ich könnte es Ihnen erklären«, antwortet Castle. »Ich wünschte, ich wüsste mehr. Doch ich kann nur Rückschlüsse aus den wenigen Informationen ziehen, die mir zur Verfügung stehen. Und bislang konnte ich nur folgern, dass Warner einen schweren Fehler begangen hat, der wieder ausgebügelt werden soll. Und irgendwie sind Sie da hineingeraten.« Er hält inne. »Warners Vater«, fährt er dann fort, »hat im Austausch für die Geiseln gezielt nach Ihnen verlangt. Er schreibt, wenn Sie nicht zum verabredeten Zeitpunkt eintreffen, wird er unsere Leute umbringen. Und ich habe keinerlei Grund, seine Drohung anzuzweifeln. Unschuldige Menschen zu ermorden ist für den Obersten eine Selbstverständlichkeit.«

»Und Sie wollten Juliette einfach so in die Falle gehen lassen?« Adam springt so abrupt auf, dass die Mülltonne umfällt. »Und Sie hätten uns nicht einmal gesagt, dass die es eigentlich auf Juliette abgesehen haben? Haben Sie den Verstand verloren?«

Castle reibt sich die Stirn. Zwingt sich, ruhig einzuatmen. »Nein«, erwidert er betont langsam. »Ich wollte sie nicht einfach so in die Falle gehen lassen. Ich sage doch, dass wir alle zusammen kämpfen werden. Aber Sie beide begleiten Ms Ferrars. Sie haben schon zu dritt zusammengearbeitet, und sowohl Kenji als auch Sie haben eine militärische Ausbildung. Sie kennen sich mit Taktik aus. Sie können für Ms Ferrars' Sicherheit sorgen und zugleich als Überraschungselement dienen – Ihre Anwesenheit könnte uns den notwendigen Vorteil verschaffen. Wenn er versessen genug auf sie ist, muss er es schaffen, mit Ihnen dreien auf einmal fertigzuwerden –«

»Oder – keine Ahnung«, äußert Kenji lässig, »vielleicht knallt er uns beide auch einfach ab und schleppt Juliette weg, während wir zu tot sind, um ihn daran zu hindern.«

»Ist schon in Ordnung«, sage ich. »Ich mache es. Ich gehe hin.«

»Was?« Adam schaut mich mit panisch aufgerissenen Augen an. »Juliette – nein –«

»Ja, überleg dir das lieber noch mal«, wirft Kenji beunruhigt ein.

»Ihr müsst ja nicht mitkommen, wenn ihr nicht wollt«, erwidere ich. »Aber ich gehe.«

Castle lächelt, sichtlich erleichtert.

»Dafür sind wir doch schließlich hier, oder?« Ich schaue die anderen an. »Um zu kämpfen. Das ist unsere Chance.«

Castle strahlt, und ich sehe etwas in seinen Augen, das Stolz sein könnte. »Wir werden die ganze Zeit in Ihrer Nähe sein, Ms Ferrars. Darauf können Sie sich verlassen.«

Ich nicke.

Und mir wird plötzlich bewusst, dass ich vielleicht genau das tun soll. Dass ich vielleicht deshalb hier bin.

Um zu sterben.

29

Der Vormittag vergeht wie im Flug.

Es gibt so viel zu tun, so viel muss vorbereitet werden, all die Menschen, die sich bereit machen zum Kampf. Doch ich weiß, dass es im Grunde *mein* Kampf ist; es gibt Ungeklärtes, das endgültig geregelt werden muss. Ich weiß, dass dieses Treffen nichts mit dem Obersten zu tun hat. Er hat keinen Grund, mich so wichtig zu finden. Ich habe den Mann noch nicht mal kennengelernt; eigentlich sollte ich ihm einerlei sein.

Warner steckt dahinter.

Es muss Warner sein, der nach mir verlangt. Das Ganze hat nur mit mir und ihm zu tun; er gibt mir damit ein Zeichen, dass er mich immer noch will, dass er noch nicht aufgegeben hat. Und ich muss mich ihm stellen.

Ich frage mich bloß, wie er seinen Vater davon überzeugt hat, all diese Fäden für ihn zu ziehen.

Ich werde es wohl bald erfahren.

Jemand ruft meinen Namen.

Ich bleibe stehen.

Drehe mich um.

James.

Er kommt vor dem Speisesaal auf mich zugerannt. Die Haare so blond; die Augen so blau wie die seines großen Bruders. Er hat mir gefehlt. Und das hat nichts damit zu tun, dass er mich so sehr an Adam erinnert.

James ist ein ganz besonderes Kind. Sehr klug. Die Art von klugem Zehnjährigen, die immer unterschätzt wird. Und er fragt mich, ob er mit mir reden kann. Deutet auf einen der vielen Gänge.

Ich nicke. Folge ihm in einen menschenleeren Korridor.

Er bleibt stehen, wendet sich erst einmal ab. Blickt unbehaglich zu Boden. Ich bin erstaunt, dass er überhaupt mit mir sprechen will; ich habe seit 3 Wochen kein Wort mit ihm gewechselt. Schon kurz nach unserer Ankunft blieb er bei den anderen Kindern, und dann schlug irgendwie die Stimmung um. Er lächelte nicht mehr, wenn er mich sah, winkte mir im Speisesaal auch nicht mehr zu. Ich hatte angenommen, dass er von den anderen Kindern Gerüchte über mich gehört und beschlossen hatte, dass es besser für ihn wäre, sich von mir fernzuhalten. Und jetzt, nach allem, was mit Adam vorgefallen ist, erschüttert es mich, dass James mir etwas sagen will.

Er hat immer noch den Kopf gesenkt, als er flüsterte: »Ich war ganz doll böse auf dich.«

Und die Nähte in meinem Herzen platzen auf. Eine nach der anderen.

James schaut auf. Sieht mich so forschend an, als wolle er einschätzen, ob seine Worte mich in Rage bringen, ob ich ihn anschreien werde, weil er ehrlich mit mir war. Ich weiß nicht, was er in meinem Gesicht erkennt, aber es scheint ihn zu beruhigen. Er steckt die Hände in die Hosentaschen. Zeichnet mit der Schuhspitze Kreise auf den Boden. Murmelt: »Du hast mir nicht gesagt, dass du schon mal jemanden umgebracht hast.«

Ich atme stockend ein und frage mich, ob es auf so eine Bemerkung überhaupt eine Antwort gibt. Und ich frage mich, ob irgendjemand außer James so etwas noch einmal zu mir sagen wird. Wahrscheinlich nicht. Deshalb nicke ich einfach. Und sage: »Es tut mir wirklich leid. Ich hätte es dir sagen sol–«

»Warum hast du es dann nicht gemacht?«, schreit er plötzlich los. »Warum hast du es mir nicht gesagt? Warum wussten es alle, nur ich nicht?«

Einen Moment lang bin ich erschüttert über die Verletztheit in seiner Stimme, den Zorn in seinen Augen. Ich wusste nicht, dass James mich als Freundin betrachtet hat, und merke erst jetzt, dass das ein Fehler war. James hat nicht viele Menschen kennengelernt in seinem Leben – seine Welt bestand fast nur aus Adam. Und bevor wir nach Omega Point kamen, lernte er Kenji und mich kennen. Für ein Waisenkind, das so gelebt hat wie er, muss es viel bedeuten, Freunde zu finden. Doch ich war so mit mir selbst beschäftigt, dass ich gar nicht auf die Idee kam, James könne auch mit mir befreundet sein wollen. Mir war nie bewusst, dass mein Schweigen ihm wie Verrat erscheinen könnte. Dass der Klatsch, den er von den anderen Kindern hörte, ihn genauso verletzt haben muss wie mich.

Deshalb hocke ich mich einfach dort in dem Gang auf den Boden und bedeute James, dass er sich neben mich setzen soll. Und ich bin aufrichtig mit ihm. »Ich will nicht, dass du mich hasst.«

Er starrt auf den Boden. Sagt: »Das tu ich auch nicht.«

»Nein?«

Er zupft an seinen Schnürsenkeln. Seufzt. Schüttelt den Kopf. »Und ich fand es total blöd, was die über dich geredet haben«, sagt er, jetzt ruhiger. »Die anderen Kinder. Die haben gesagt, du seist fies und gemein. Ich hab gesagt, das stimmt nicht. Ich hab ihnen gesagt, du seist cool und nett. Und hast hübsche Haare. Dann haben die behauptet, ich würde lügen.«

Das trifft mich ins Herz. Ich schlucke schwer. »Findest du meine Haare wirklich hübsch?«

»Warum hast du ihn getötet?«, fragt James und schaut

mich mit großen fragenden Augen an. »Wollte er dir was tun? Hast du Angst gehabt?«

Ich muss mich kurz fassen, bevor ich antworte.

»Erinnerst du dich noch an das«, sage ich schließlich zögernd, »was Adam dir über mich erzählt hat? Dass ich niemanden berühren kann, ohne ihm Schmerzen zu verursachen?«

James nickt.

»So ist das passiert. Ich habe ihn angefasst, und er starb.«

»Aber warum?«, fragt James. »Ich meine, warum hast du ihn angefasst? Wolltest du, dass er stirbt?«

Mein Gesicht fühlt sich an wie gesprungenes Porzellan. »Nein.« Ich schüttle den Kopf. »Ich war noch sehr jung – nur wenige Jahre älter als du übrigens. Ich wusste nicht, was ich tat. Ich wusste nicht, dass ich Menschen töten kann, indem ich sie berühre. Der kleine Junge war im Supermarkt hingefallen, und ich wollte ihm beim Aufstehen helfen.« Ich verstumme. Dann sage ich: »Es war ein Unfall.«

James versinkt eine Weile in Schweigen.

Schaut auf mich, dann auf seine Schuhe, seine Knie, die er an die Brust gezogen hat. Starrt zu Boden. Flüstert schließlich: »Es tut mir leid, dass ich so böse auf dich war.«

»Es tut mir leid, dass ich dir nicht die Wahrheit gesagt habe«, flüstere ich im Gegenzug.

Er nickt. Kratzt sich an der Nase. Schaut mich wieder an. »Können wir jetzt wieder Freunde sein?«

»Du möchtest mit mir befreundet sein?« Ich blinzle heftig, weil meine Augen zu brennen anfangen. »Hast du denn keine Angst vor mir?«

»Wirst du gemein zu mir sein?«

»Niemals.«

»Und wieso sollte ich dann Angst vor dir haben?«

Ich lache – hauptsächlich, um die Tränen zu vertreiben.

Nicke mehrmals. »Ja«, sage ich. »Lass uns wieder Freunde sein.«

»Fein«, sagt James und springt auf. »Ich hab nämlich keine Lust mehr, mit den anderen Kindern zu essen.«

Ich stehe auch auf. Streiche über meinen Anzug. »Iss doch mit uns«, sage ich. »Du kannst jederzeit bei uns am Tisch sitzen.«

»Gut.« James nickt. Schaut beiseite. Zupft sich am Ohr. »Weißt du, dass Adam jetzt immer so traurig ist?« Die blauen Augen blicken mich unverwandt an.

Ich kann nicht sprechen. Bringe kein Wort hervor.

»Er sagt, es sei wegen dir.« James sieht aus, als warte er auf Widerspruch. »Hast du ihm auch aus Versehen weh getan? Er war in der Krankenstation, hast du das gewusst? Er war krank.«

Ich habe das Gefühl, als müsse ich auf der Stelle in Stücke brechen. Aber ich kann James nicht anlügen. »Ja«, sage ich. »Ich habe ihn aus Versehen verletzt, aber jetzt – j-jetzt halte ich mich von ihm fern. Damit ich ihm nicht mehr weh tun kann.«

»Warum ist er dann immer noch so traurig? Wenn du ihm doch gar nicht mehr weh tun kannst?«

Ich schüttle den Kopf, presse die Lippen zusammen, weil ich nicht weinen will und nicht weiß, was ich antworten soll. Und James scheint mich zu verstehen.

Er legt die Arme um mich.

Umfasst meine Taille. Sagt mir, dass ich nicht weinen soll, dass er mir glaubt. Dass ich Adam aus Versehen verletzt habe. Und auch den kleinen Jungen. Und dann sagt er: »Sei vorsichtig heute, ja? Aber du solltest die auch ordentlich in den Arsch treten, okay?«

Ich bin völlig verblüfft. Und begreife erst etwas verspätet, dass James nicht nur soeben ein unanständiges Wort benutzt, sondern mich auch zum ersten Mal berührt hat. Ich halte ihn so lange fest, wie es gut ist, ohne für ihn peinlich zu werden. Aber mein Herz muss noch irgendwo geschmolzen am Boden liegen.

Und da wird mir bewusst, dass alle Bescheid wissen.

Als James und ich zusammen den Speisesaal betreten, merke ich sofort, wie die Blicke sich verändert haben. Ich sehe Stolz, Kraft und Anerkennung in den Augen. Weder Angst noch Misstrauen. Ich bin jetzt offiziell eine von ihnen. Ich werde mit ihnen, für sie kämpfen, gegen denselben Feind.

Ich kann den Ausdruck in ihren Augen deuten, weil ich mich wieder an dieses Gefühl erinnern kann.

Hoffnung.

Süß wie ein Tropfen Honig, schön wie ein Tulpenfeld im Frühling. Milder Regen, eine geflüsterte Verheißung, wolkenloser Himmel, das perfekte Zeichen am Ende eines Satzes.

Und nur das erhält mich am Leben.

30

»Eigentlich sollte das alles anders ablaufen«, sagt Castle, »aber Pläne werden eben häufig zunichtegemacht.« Adam, Kenji und ich werden für den Kampf ausgestattet. Wir sind mit 5 anderen, die ich noch nie getroffen habe, in einem der größeren Trainingsräume. Die 5 sind für Waffen und Schutzausrüstung zuständig. Ich finde es beeindruckend, dass in Omega Point jeder Einzelne eine Aufgabe hat. Teil der Gruppe ist.

Alle arbeiten im Team.

»Wir wissen ja noch nicht genau, wann und wodurch Ihre speziellen Kräfte zum Einsatz kommen, Ms Ferrars«, fährt Castle fort, »aber ich hoffe, dass es zum richtigen Zeitpunkt geschehen wird. Diese Art von Extremstress ist ideal, um Ihre Energien zu aktivieren – übrigens haben auch achtundsiebzig Prozent aller Mitglieder von Omega Point berichtet, dass sie ihre Fähigkeit in Gefahrensituationen entdeckt haben.«

Macht Sinn, denke ich. Sage aber nichts.

Castle nimmt von einer der Frauen, Alia, etwas in Empfang. »Und Sie sollten sich keine Sorgen machen«, fügt er hinzu. »Wir sind immer in Ihrer Nähe, falls Sie Hilfe brauchen.«

Ich weise ihn nicht darauf hin, dass ich keinerlei Sorge zum Ausdruck gebracht habe. Jedenfalls nicht in Worten.

»Hier sind Ihre neuen Handschuhe«, verkündet Castle und reicht sie mir. »Probieren Sie mal, ob sie passen.«

Die neuen Handschuhe sind kürzer und weicher, reichen genau bis zum Handgelenk und lassen sich jeweils mit einem Druckknopf schließen. Sie fühlen sich dicker und etwas schwerer an, sitzen aber perfekt. Ich balle die Hand zur Faust. Lächle. »Die sind fantastisch«, sage ich. »Winston hat sie entwickelt, oder?«

Castles Miene wird ernst. »Ja«, sagt er leise. »Gestern hat er sie fertiggestellt.«

Winston.

Als ich damals in Omega Point erwachte, war sein Gesicht das Erste, was ich wahrnahm. Die schiefe Nase, die Plastikbrille, die rotblonden Haare. Ich denke an seine Kaffeesucht.

Und an die zerbrochene Brille in dem Tornister.

Ich frage mich, was Winston zugestoßen ist.

Alia kehrt mit etwas zurück, das wie ein Gurtzeug aus Leder aussieht. Ich muss die Arme hochheben, und sie hilft mir, das Ding anzulegen. Ein Holster. Die breiten Schultergurte teilen sich auf halber Höhe des Rückens, und unterhalb der Brüste umspannen zig schmale überlappende Lederbänder meinen Brustkorb. Das Ganze erinnert an einen BH ohne Körbchen oder an ein unvollständiges Bustier. Alia schließt die Schnallen für mich. Mir ist nicht klar, was ich da eigentlich anhabe.

Dann sehe ich die Pistolen.

»In der Mitteilung wurde nicht erwähnt, dass wir unbewaffnet sein müssen«, erklärt Castle, als Alia ihm zwei Pistolen reicht, die ich inzwischen kenne. Gestern noch habe ich damit Schießübungen gemacht.

Und habe verheerend abgeschnitten.

»Und ich sehe keinen Grund, weshalb Sie ohne Waffe unterwegs sein sollten«, ergänzt Castle. Erklärt mir den Umgang mit den Holstertaschen, zeigt mir, wo die Munition verstaut wird.

188

Dass ich keine Ahnung habe, wie man eine Schusswaffe lädt, behalte ich für mich. Zu diesem Teil des Unterrichts waren Kenji und ich noch nicht vorgedrungen. Kenji hatte schon alle Mühe damit, mir beizubringen, dass man nicht mit einer Pistole herumfuchtelt, während man spricht.

»Ich hoffe aber sehr, dass wir die Schusswaffen nicht zum Einsatz bringen müssen«, sagt Castle. »Sie verfügen über genügend natürliche Waffen und müssen hoffentlich auf niemanden schießen. Und für den Fall, dass Sie Ihre Zerstörungsenergien anwenden sollten, tragen Sie bitte das hier.« Er hält zwei Gegenstände aus Metall hoch. »Alia hat das für Sie angefertigt.«

Ich blicke von Alia zu Castle zu den unbekannten Objekten. Castle strahlt, und ich bedanke mich bei Alia für ihre Mühe. Sie stottert etwas und wird rot, als könne sie nicht fassen, dass ich überhaupt mit ihr spreche.

Was ich verblüffend finde.

Ich nehme die beiden Teile entgegen und betrachte sie. Die Unterseite besteht aus vier verbundenen Ringen, die ich über meine Handschuhe streifen kann. Die Oberseite ist eine Art kleiner Schutzschild aus zig Metallplättchen, die meine Knöchel, meine Finger, meinen Handrücken schützen. Ich probiere eines an und krümme die Finger. Die Plättchen passen sich der Bewegung an. Und das ganze Teil ist nicht annähernd so schwer, wie ich vermutet hatte.

Ich streife das andere über. Bewege die Finger. Greife zu den Pistolen in den Holstern.

Funktioniert bestens.

»Gefallen sie Ihnen?«, fragt Castle. Ich habe ihn noch nie so vergnügt grinsen sehen.

»Die sind fantastisch«, sage ich. »Perfekt. Vielen Dank.«

»Gut. Freut mich sehr. Und nun«, sagt er, »müssen Sie mich entschuldigen, ich habe noch allerhand zu erledigen, bevor wir aufbrechen. Bin in Kürze zurück.« Er deutet eine Verbeugung an und geht mit den anderen hinaus. Nur Kenji, Adam und ich bleiben zurück.

Ich drehe mich zu den Jungs um. Und mir bleibt der Mund offen stehen.

Kenji trägt einen Anzug.

Schwarz von Kopf bis Fuß, hauteng, die perfekte Ergänzung zu seinen rabenschwarzen Haaren und Augen. Der Anzug besteht aus einem Kunststoff, der auf den ersten Blick starr zu sein scheint. Doch dann dehnt sich Kenji, wippt auf den Zehenspitzen vor und zurück, und der Anzug bewegt sich so geschmeidig mit, als sei er flüssig. Kenji trägt Stiefel, aber keine Handschuhe, und sein Spezialholster hat er übergestreift wie einen Rucksack.

Und Adam.

Adam ~~sieht umwerfend aus~~ hat ein langärmliges dunkelblaues, eng anliegendes T-Shirt an, das seinen Brustkorb umspannt. Ich kann nicht anders, meine Augen tasten jede Linie seines Körpers ab. Und die Erinnerung an das Gefühl, in Adams Armen zu liegen, trifft mich wie ein Schock. ~~Ich sehne mich so nach ihm, als hätte ich ihn seit Jahren nicht gesehen.~~ Zu einer schwarzen Worker-Hose trägt er die schwarzen halbhohen Stiefel, die ich zum ersten Mal damals in der Anstalt gesehen habe. Das weiche glatte Leder schmiegt sich an seine Beine wie eine zweite Haut. Er scheint allerdings komplett unbewaffnet zu sein.

Ich will wissen, warum.

»Adam?«, sage ich.

Er schaut auf. Starrt mich verblüfft an, mit halb geöffnetem Mund und großen Augen. Mustert mich von Kopf bis Fuß, und sein Blick ruht auf dem Holster unter meinen Brüsten, wandert zu den Pistolen.

Er bleibt stumm. Wendet schließlich den Blick ab. Er sieht

aus, als habe ihm jemand in die Magengrube geschlagen, als ringe er um Luft. Fährt sich durch die Haare, presst sich den Handballen an die Stirn, murmelt, er käme gleich wieder. Hastet hinaus.

Mir wird fast übel.

Kenji räuspert sich lautstark. Schüttelt den Kopf. Sagt: »Herrje. Sag mal, versuchst du den Typen umzubringen?«

»Was?«

Kenji sieht mich an, als sei ich geistig minderbemittelt. »Du kannst doch nicht rumlaufen à la ›o schau nur, Adam, wie sexy ich aussehe in meinem neuen Anzug‹ und mit den Wimpern klimpern –«

»Spinnst du?«, fahre ich ihn an. »Was soll das? Ich klimpere nicht mit den Wimpern! Und den Anzug habe ich jeden Tag an!«

Kenji grunzt. Zuckt die Schultern und murmelt: »Sieht aber irgendwie anders aus.«

»Du bist völlig verrückt.«

»Ich meine doch bloß«, sagt Kenji und hebt die Hände hoch, als wolle er sich geschlagen geben, »wenn ich Adam wäre und du wärst mein Mädchen? Und du würdest so durch die Gegend laufen und ich dürfte dich nicht mal anfassen?« Er schaut beiseite. Zuckt wieder mit den Schultern. »Will nur sagen, dass ich den armen Kerl nicht beneide.«

»Ich weiß nicht, was ich dagegen tun kann«, flüstere ich erstickt. »Ich versuche doch, ihm nicht weh zu tun –«

»Ach, weiß der Henker. Vergiss alles, was ich gesagt habe.« Kenji wedelt mit der Hand. »Im Ernst. Das geht mich alles nichts an.« Er wirft mir einen Blick zu. »Und betrachte das jetzt bitte nicht als Aufforderung, mir deine geheimsten Gefühle zu offenbaren.«

Ich schaue ihn finster an. »Ich werde dir ganz bestimmt nichts über meine Gefühle erzählen.«

»Gut so. Ich will es nämlich auch nicht wissen.«

»Hattest du jemals eine Freundin, Kenji?«

»Was?« Er sieht tödlich beleidigt aus. »Hältst du mich für einen Typen, der noch nie eine Freundin hatte? Kennen wir uns überhaupt?«

Ich verdrehe die Augen. »Vergiss es.«

»Ich kann nicht glauben, was du da grade gesagt hast.«

»Du bist doch derjenige, der nie über Gefühle sprechen will«, fauche ich.

»Das stimmt so nicht. Ich habe gesagt, dass ich nicht über *deine* Gefühle sprechen will.« Er deutet auf mich. »Ich hab nicht das geringste Problem, über meine zu reden.«

»Willst du das jetzt?«

»Nee, schönen Dank auch.«

»Aber –«

»Nein.«

»Na gut.« Ich schaue beiseite. Zupfe an meinen Holstergurten. »Und was hat es mit deinem Anzug auf sich?«

»Was meinst du damit?« Er runzelt die Stirn. Streicht über den Anzug. »Das Ding ist der Hammer.«

Ich verkneife mir ein Grinsen. »Ich meine: Wieso hast du so einen Anzug an und Adam nicht?«

Kenji zuckt die Schultern. »Adam braucht keinen. Das hat mit der jeweiligen Fähigkeit zu tun. Mir ist der Anzug eine große Hilfe. Ich benutze ihn nur bei wichtigen Missionen. Wenn ich mich unsichtbar machen muss«, erklärt er, »ist das einfacher, wenn mein Äußeres einfarbig und eng anliegend ist. Dann muss ich mich bei der Verwandlung nicht auf zu viele Details konzentrieren. Kann ein besseres Chamäleon sein. Außerdem«, er beugt die Arme und lässt die Muskeln spielen, »sehe ich in diesem Outfit umwerfend sexy aus.«

Ich muss mich beherrschen, nicht laut zu lachen.

»Aber dass Adam weder Anzug noch Waffen bekommt, finde ich nicht gut«, wende ich ein.

»Ich habe Waffen«, sagt Adam, als er wieder hereinkommt. Er tritt zu uns, den Blick auf seine Hände gerichtet. Er ballt sie zu Fäusten und öffnet sie wieder. »Ihr könnt sie nur nicht sehen.«

Es gelingt mir wieder nicht, den Blick von ihm zu lösen.

»Unsichtbare Pistolen, wie?«, sagt Kenji grinsend. »Niedlich. Ich glaube, die Phase habe ich nie durchlaufen.«

Adam funkelt Kenji wütend an. »Im Moment befinden sich an meinem Körper neun verschiedene Waffen. Möchtest du dir selbst aussuchen, mit welcher ich dir ins Gesicht schieße? Oder soll ich das für dich übernehmen?«

»Herrje, Kent, das war ein *Scherz*. Kannst du nicht mal –«

»Es geht los.«

Wir fahren herum, als wir Castles Stimme hören.

Er mustert uns. »Sind Sie bereit?«

»Ja«, antworte ich.

Adam nickt.

Kenji murmelt: »Bringen wir die Scheiße hinter uns.«

»Folgen Sie mir«, sagt Castle.

31

Es ist 10.32 vormittags.

In einer Stunde und 28 Minuten soll das Treffen mit dem Obersten Befehlshaber stattfinden.

Der Plan ist folgender:

Castle und alle kampffähigen Mitglieder von Omega Point sind vor einer halben Stunde aufgebrochen und haben bereits Stellung bezogen. Sie verstecken sich in den verlassenen Gebäuden in der Umgebung des Treffpunkts und sind sofort kampfbereit, sollte Castle das Zeichen geben. Was er aber nur tun wird, wenn wir in akuter Gefahr schweben.

Adam, Kenji und ich werden zu Fuß unterwegs sein.

Kenji und Adam sind als Soldaten vertraut mit Sperrzonen. Das Betreten unserer einstigen Welt – Gassen, Seitenstraßen, ehemalige Restaurants und Bürogebäude – ist Zivilisten untersagt.

Der Treffpunkt befindet sich in einer der wenigen Vorstadtgegenden, die noch existieren, erklärt Kenji, der sich dort gut auskennt. Er hatte in diesem Gebiet mehrmals Botengänge erledigen müssen – Päckchen ohne Adressaufschrift in einem Briefkasten deponieren. Man erklärte ihm nicht, worum es ging, und er war nicht so dumm, danach zu fragen.

Es sei verwunderlich, sagt er, dass diese alten Häuser überhaupt noch bewohnbar sind. Das Reestablishment hat normalerweise dafür gesorgt, dass die Bewohner nicht mehr zurückkehren können. Die meisten Wohnsiedlungen wurden sogar direkt nach der Machtübernahme dem Erdboden gleichgemacht. Doch auf der Mitteilung steht eine normale Adresse:

1542 SYCAMORE

Wir werden den Obersten in einem ehemaligen Wohnhaus treffen.

»Und wie sollen wir das angehen?«, fragt Kenji. »An der Tür klingeln?« Er führt uns durch die halbdunklen Gänge zum Ausgang von Omega Point. Ich blicke starr geradeaus, versuche nicht an die 35 Spechte zu denken, die in meinem Bauch herumhacken. »Was meint ihr?«, fragt Kenji erneut. »Oder ist das übertrieben? Sollen wir einfach klopfen?«

Ich versuche zu lachen, aber es misslingt.

Adam bleibt stumm.

»Schon gut, schon gut«, sagt Kenji jetzt ernsthaft. »Wir wissen jedenfalls, was wir oben als Erstes machen. Wir halten uns an den Händen, und ich projiziere, um uns unsichtbar zu machen. Ich bin in der Mitte. Verstanden?«

Ich nicke, versuche Adam nicht anzuschauen.

Dies wird die erste Prüfung für Adams Umgang mit seiner Kraft sein: Er wird sie quasi ausschalten müssen, sobald er mit Kenji verbunden ist. Andernfalls bleibt Kenjis Projektion für Adam wirkungslos, und Adam ist sichtbar. Und damit in höchster Gefahr.

»Kent«, sagt Kenji, »du bist dir über die Risiken im Klaren, oder? Wenn du das nicht hinkriegst?«

Adam nickt. Sein Gesicht ist ausdruckslos. Er sagt, er habe täglich trainiert, um seine Fähigkeit steuern zu lernen. Er sagt, er wird es schaffen.

Während er das sagt, schaut er mich an.

Meine Gefühle springen aus einem Flugzeug. Ohne Fallschirm.

Wir nähern uns dem Ausgang, aber ich bin so geistesabwesend, dass ich es kaum merke. Kenji klettert eine Leiter hoch, wir folgen ihm. Dabei gehe ich in Gedanken immer wieder den Ablauf durch, den wir uns am frühen Morgen zurechtgelegt haben.

Zum Treffpunkt zu gelangen dürfte kein Problem sein.

Ins Haus zu kommen ist schon schwieriger.

Wir sollen so tun, als wollten wir tauschen – ich überwache die Freilassung unserer Geiseln und bleibe dann vor Ort. Es soll ein Austausch sein.

Ich gegen die anderen.

Aber in Wahrheit haben wir keine Ahnung, wie alles ablaufen wird. Wir wissen nicht einmal, wer uns die Tür aufmacht. *Ob* überhaupt jemand öffnet. Oder ob wir uns gar nicht *im* Haus, sondern davor treffen. Wir können auch nicht einschätzen, wie sie auf die Anwesenheit von Adam und Kent und unsere sichtbaren Waffen reagieren werden.

Vielleicht fangen sie sofort zu schießen an.

Dieses Szenario macht mir Angst. Ich sorge mich weniger um mich selbst als vielmehr um Adam und Kenji. Sie sind die Überraschungselemente. Die uns entweder den einzigen Vorteil in der Lage verschaffen. Oder sofort sterben werden. Ich habe zunehmend den Eindruck, dass unser Plan doch nicht so gut ist.

Und mir kommen heftige Zweifel, ob ich mich geirrt habe. Ob ich vielleicht doch nicht klarkommen werde.

Doch jetzt ist es zu spät, um auszusteigen.

32

»Wartet hier.«

Kenji streckt oben auf der Leiter den Kopf aus der Öffnung. Dann verschwindet er, um die Lage zu erkunden.

Adam und ich warten in kompletter Stille.

Ich bin zu nervös zum Reden.

Sogar zum Denken.

Ich schaffe es wir schaffen es wir müssen es schaffen, sage ich mir unentwegt.

»Kann losgehen«, hören wir Kenjis Stimme von oben. Adam und ich kraxeln den letzten Teil der Leiter hoch. Diesmal benutzen wir einen Ausgang von Omega Point, der laut Castle nur 7 Menschen bekannt ist. Eine zusätzliche Vorsichtsmaßnahme.

Adam und ich klettern ins Freie, und ich spüre sofort die Kälte. Kenji umfasst meine Taille. Kalt kalt kalt. Die eisige Luft fühlt sich an wie 1000 kleine Messer, die einem die Haut aufritzen. Ich schaue auf meine Füße, sehe nur einen kaum wahrnehmbaren Schimmer an der Stelle, wo zuvor meine Stiefel waren. Ich bewege die Finger vor den Augen.

Nichts.

Ich schaue mich um.

Kein Adam, kein Kenji. Ich spüre nur Kenjis Hand, jetzt in meinem Nacken.

Es funktioniert. Adam hat es geschafft. Ich bin so erleichtert, dass ich am liebsten singen würde.

»Könnt ihr mich hören?«, flüstere ich.

»Können wir.«

»Ja, ich bin hier«, raunt Adam.

»Gute Arbeit, Kent«, flüstert Kenji. »Ich weiß, dass das schwer sein muss.«

»Alles gut«, erwidert Adam. »Alles gut. Gehen wir.«

»Okay.«

Wir sind eine menschliche Kette.

Adam und ich flankieren Kenji, und er hält uns beide an der Hand und führt uns durch die Ödnis. Ich habe keine Ahnung, wo wir sind. Habe so viel Zeit in Isolation zugebracht, während meine Welt zerstört wurde, dass ich nahezu orientierungslos bin.

Nach einer Weile nähern wir uns der Hauptstraße und den Siedlungen. Ich kann schon die kastenförmigen Stahlbauten erkennen.

Kenji bleibt abrupt stehen.

Sagt nichts.

»Warum gehen wir nicht weiter?«, frage ich.

»Hört ihr das?«, flüstert Kenji.

»Was denn?«

Adam saugt scharf die Luft ein. »Scheiße. Da kommt jemand.«

»Ein Panzer«, stellt Kenji klar.

»Und nicht nur einer«, sagt Adam.

»Warum stehen wir dann noch hier –«

»Warte, Juliette –«

Und dann sehe ich sie. Mehrere Panzer auf der Hauptstraße. 6 an der Zahl.

Kenji flucht leise.

»Was hat es damit auf sich?«, frage ich.

»Es gab immer nur einen Grund, wenn Warner mehr als zwei Panzer zusammen losschickte«, erklärt Adam.

»Was –«

»Sie bereiten sich auf einen Kampf vor.«

Ich keuche erschrocken auf.

»Er weiß es«, sagt Kenji. »Verflucht! Natürlich weiß er es. Castle hatte Recht. Der Oberste weiß, dass wir mit Verstärkung kommen. *Scheiße.*«

»Wie viel Uhr ist es, Kenji?«, frage ich.

»Wir haben noch knapp fünfundvierzig Minuten.«

»Dann beeilen wir uns lieber«, sage ich. »Wir haben keine Zeit, um uns Sorgen zu machen über die Zeit danach. Castle ist vorbereitet – er hat das vorhergesehen. Es wird schon gut gehen. Aber wenn wir nicht rechtzeitig am Treffpunkt sind, werden Winston und Brendan und die anderen heute vielleicht umgebracht.«

»Könnte uns auch passieren«, erwidert Kenji.

»Ja. Schon möglich«, sage ich.

Wir bewegen uns jetzt schnell und geräuschlos vorwärts. Nähern uns den Resten der Zivilisation und kommen schließlich zu einer verlassenen Siedlung, die schmerzhaft vertraut auf mich wirkt: kleine Häuser mit kleinen quadratischen Vorgärten. Aber alles ist längst verwildert und mit Unkraut überwuchert. Das dürre gefrorene Gras knirscht unter unseren Füßen, eisig und harsch.

1542 Sycamore.

Wir haben es gefunden. Es ist nicht zu übersehen.

Das einzige Haus in der Straße, das noch intakt wirkt. Frisch gestrichen in einem schönen hellen Blau. Eine kleine Treppe führt zur Veranda, auf der 2 weiße Schaukelstühle und eine große Pflanzschale mit leuchtend bunten Blumen stehen. Vor der Tür liegt eine Fußmatte, ein Windspiel hängt von einem Balken. In einer Ecke Blumentöpfe. Eine Welt, die es für uns nicht mehr geben kann.

Hier *wohnt* jemand.

Unglaublich, dass so etwas noch existiert.

Ich ziehe Kenji und Adam zu dem Haus, überwältigt von Gefühlen. Vergesse beinahe, dass es uns nicht mehr gestattet ist, in dieser schönen alten Welt zu leben.

Jemand zerrt mich zurück.

»Das ist nicht das richtige Haus«, sagt Kenji. »Wir sind in der falschen Straße. *Scheiße*. Es ist zwei Straßen weiter –«

»Aber dieses Haus – es ist – ich meine, Kenji, hier *wohnt* jemand –«

»Nein«, erwidert er. »Hier wohnt niemand. Vermutlich eine Falle für uns oder für Leute, die in Sperrzonen herumstreifen. Los, komm schon«, er zieht mich weiter, »wir müssen uns beeilen. Wir haben nur noch sieben Minuten!«

Wir rennen los, aber ich muss mich noch einmal umdrehen. Vielleicht gibt es doch ein Anzeichen von Leben. Vielleicht kommt jemand heraus, um die Post zu holen. Oder um einem Vogel nachzublicken.

Wahrscheinlich bilde ich es mir ein.

Oder ich bin nun doch wahnsinnig geworden.

Aber ich hätte schwören können, dass sich im ersten Stock ein Vorhang bewegt hat.

33

Noch 90 Sekunden.

Das echte Haus Nummer 1542 in der Sycamore Street ist so heruntergekommen, wie ich es erwartet hatte. Halb verfallen, seit Jahren vernachlässigt. Wir spähen vorsichtig um die Straßenecke, obwohl wir immer noch unsichtbar sind. Nirgendwo ein Mensch zu sehen, und das Haus wirkt verlassen. Ich beginne mich zu fragen, ob das Ganze nicht vielleicht ein absurder Scherz ist.

75 Sekunden.

Mir kommt plötzlich eine Idee. »Bleibt weiter unsichtbar«, sage ich zu Kenji und Adam. »Er soll denken, dass ich alleine bin. Und wenn irgendwas schiefläuft, kommt ihr mir zu Hilfe.«

Die beiden schweigen einen Moment.

»Verdammt gute Idee«, sagt Kenji dann. »Hätte ich selbst drauf kommen können.«

Ich muss ein bisschen grinsen. »Ich lass dich jetzt los.«

»Hey – viel Glück«, sagt Kenji ungewohnt sanft. »Wir bleiben direkt hinter dir.«

»Juliette –«

Ich zögere, als ich Adams Stimme höre. Er scheint etwas sagen zu wollen, überlegt es sich dann aber offenbar anders. Räuspert sich. Flüstert: »Versprich mir, vorsichtig zu sein.«

»Mach ich«, erwidere ich leichthin. Verbiete mir, mich meinen Gefühlen hinzugeben. Nicht jetzt. Ich muss mich konzentrieren.

Ich atme tief ein.

Trete einen Schritt vor.

Lasse Kenjis Hand los.

Noch

10 Sekunden, und ich versuche ruhig zu atmen

9

ich spreche mir Mut zu

8

aber ich habe entsetzliche Angst

7

und ich weiß nicht, was mich hinter dieser Tür erwartet

6

bestimmt bekomme ich einen Herzinfarkt

5

aber es gibt kein Zurück mehr

4

denn ich bin da

3

die Tür ist direkt vor mir

2

ich muss nur klopfen

1

doch die Tür wird plötzlich aufgerissen.

»Oh, gut«, sagt er. »Sie sind pünktlich.«

34

»Sehr erfreulich«, fährt er fort, »dass die Jugend Pünktlichkeit noch zu schätzen weiß. Es frustriert mich immer, wenn man meine Zeit vergeudet.«

Spitze Glassplitter scheinen durch meinen Kopf zu wirbeln. Ich nicke wie in Zeitlupe, blinzle wie eine Idiotin, finde keine Worte, weil ich sie verloren habe oder weil es sie nie gab oder weil ich einfach nicht sprechen kann.

Ich weiß nicht, was ich erwartet habe.

Vielleicht, dass er alt und gebeugt und halb blind ist. Oder dass er eine Augenklappe trägt und am Stock geht. Braune Zähne, runzlige Haut, schütteres Haar hat. Oder vielleicht ein Zentaur, ein Einhorn, eine alte Hexe mit einem spitzen Hut ist. Alles alles alles, nur das nicht. Das ist nicht möglich. Das ist nicht normal. Ich kann es nicht begreifen. Was ich erwartet habe, war jedenfalls so absolut falsch, unglaublich und absurd und komplett falsch.

Vor mir steht ein atemberaubend schöner Mann.

Und er ist ein *Mann*.

Er muss mindestens 45 Jahre alt sein, ist groß und muskulös und trägt einen perfekt sitzenden Anzug. Seine Haare sind dicht und glatt und haselnussfarben; das Gesicht ist vollkommen symmetrisch, mit kantigem Kinn und markanten Wangenknochen. Doch am auffallendsten sind seine Augen. Noch nie habe ich solche unglaublichen Augen gesehen.

Sie sind beinahe aquamarinblau.

»Bitte«, sagt er und wirft mir ein charmantes Lächeln zu. »Kommen Sie herein.«

Und dann erst wird es mir richtig bewusst, weil plötzlich alles zusammenpasst. Das Aussehen; die Statur; das formvollendete Benehmen. All das verführt dazu zu vergessen, dass er ein böser Mensch ist – *dieser Mann*.

Dieser Mann ist Warners Vater.

Ich folge ihm in ein kleines Wohnzimmer. Abgewetzte Sofas und Sessel sind um einen kleinen Couchtisch angeordnet. Die vergilbte Tapete blättert ab, und es riecht so muffig und schimmlig, als seien die gesprungenen Glasfenster jahrelang nicht geöffnet worden. Der Teppichboden ist dunkelgrün, die Wände sind mit unechten Holztäfelungen verkleidet. Das Haus ist schäbig und geschmacklos, und ich frage mich, weshalb ein Mann wie Warners Vater sich hier aufhält.

»Ach, Augenblick«, sagt er. »Eine Sache noch.«

»Wa–«

Er presst mich an die Wand, drückt mir die Kehle zu. Seine Hände sind durch Lederhandschuhe geschützt. Er hat sich offenbar darauf vorbereitet, mich anzufassen, mich zu erwürgen, und ich bin ganz sicher, dass ich sterben werde. So muss sich das anfühlen. Ich versuche mit letzter Kraft nach ihm zu schlagen und zu treten, dann gebe ich auf, verfluche mich, weil ich so dumm war, mir einzubilden, ich könnte hier irgendetwas ausrichten – bis ich merke, dass er sämtliche Waffen aus meinem Holster gezogen und sie in seine Taschen gesteckt hat.

Er lässt mich los.

Ich sinke zu Boden.

Er sagt, ich solle doch Platz nehmen.

Ich schüttle den Kopf, huste, um den Schmerz aus meiner Lunge zu vertreiben, sauge mühsam die modrige Luft ein, keuchend und ächzend, würgend vor Schmerz. Ich war keine 2 Minuten im Haus, und er hat mich schon überwältigt. Ich muss mir etwas einfallen lassen, wie ich das Ganze lebend überstehen kann, ohne dass Adam und Kenji eingreifen müssen.

Ich schließe für einen Moment die Augen. Um mich auf das Atmen zu konzentrieren und einen klaren Gedanken zu fassen. Als ich schließlich aufschaue, sehe ich, dass Warners Vater sich auf einem der Sessel niedergelassen hat und mich amüsiert anstarrt.

»Wo sind die Geiseln?«, krächze ich.

»Denen geht es gut.« Der Mann, dessen Namen ich nicht kenne, macht eine gleichgültige Handbewegung. »Keine Sorge. Und Sie wollen sich wirklich nicht setzen?«

»Was –« Ich versuche mich zu räuspern und bereue es sofort, weil mich ein heftiger Schmerz durchfährt und ich mit den Tränen kämpfen muss. »Was wollen Sie von mir?«

Er beugt sich vor. Faltet die Hände. »Offen gestanden weiß ich es nicht mehr genau.«

»Wie?«

»Nun ja, Sie haben sicher erraten, dass all das hier«, er weist mit dem Kopf auf mich und das Zimmer, »nur ein Ablenkungsmanöver ist, nicht wahr?« Wieder dieses unglaubliche Lächeln. »Ihnen ist doch sicher bewusst, dass mein Ziel nur darin bestand, Ihre Leute auf mein Gebiet zu locken? Meine Truppen warten nur auf mein Zeichen. Ein Wort von mir, und sie werden alle Ihre kleinen Freunde, die hier innerhalb eines Kilometers Entfernung auf Sie warten, finden und vernichten.«

Eine Welle von Übelkeit erfasst mich.

Er lacht leise. »Wenn Sie glauben, ich wüsste nicht, was in meinem eigenen Land vor sich geht, junge Dame, dann irren Sie sich gewaltig.« Er schüttelt den Kopf. »Ich habe diese Kreaturen zu unbehelligt mitten unter uns leben lassen. Das war ein Fehler von mir. Sie verursachen zu viele Störungen, und nun ist der Zeitpunkt gekommen, um sie endgültig auszuschalten.«

»Ich bin eine dieser Kreaturen«, erwidere ich, bemüht, das Zittern in meiner Stimme zu unterdrücken. »Warum haben Sie mich hierherbestellt, wenn Sie uns nur alle umbringen wollen? Warum mich?«

»Sinnvolle Frage.« Er nickt. Steht auf, steckt die Hände in die Hosentaschen. »Ich bin aus verschiedenen Gründen hergekommen: um das Chaos zu beseitigen, das mein Sohn angerichtet hat, und um diesen Albernheiten einer Gruppe Abartiger endlich ein Ende zu setzen. Um sie alle aus dieser erbärmlichen Welt verschwinden zu lassen. Doch dann«, sagt er mit einem verächtlichen Grinsen, »als ich gerade begann, meine Pläne auszuarbeiten, erschien mein Sohn und bat mich, Sie nicht zu töten. Nur Sie.« Er schaut mich an. »Er hat mich regelrecht *angefleht*, Sie am Leben zu lassen.« Er lacht höhnisch. »Es war eine ebenso jämmerliche wie erstaunliche Szene. Und deshalb wollte ich Sie kennenlernen«, sagt er und starrt mich prüfend an. »*Ich muss dieses Mädchen kennenlernen, dem es gelungen ist, meinem Sohn den Kopf zu verdrehen!*, habe ich mir gesagt. Dieses Mädchen, das dafür gesorgt hat, dass er seinen Stolz – und seine *Würde* – so weit aufgibt, um mich um einen Gefallen zu bitten.« Er hält inne. »Wissen Sie«, fährt er dann fort, »wie oft mein Sohn mich um etwas gebeten hat?« Er legt den Kopf schräg. Wartet meine Antwort ab.

Ich schüttle den Kopf.

»Null mal.« Er holt tief Luft. »Noch nie zuvor in seinen neunzehn Lebensjahren hat er mich jemals um etwas gebeten. Schwer zu glauben, was?« Er lächelt. »Ich fühle mich dafür natürlich verantwortlich. Ich habe ihn gut erzogen. Habe ihm beigebracht, vollkommen autark und unabhängig zu sein, sich fernzuhalten von den Wünschen und Bedürfnissen, die andere Männer zum Stolpern bringen. Als ich dann diese erbärmlichen bittenden Worte aus seinem Mund vernehmen musste…« Er schüttelt den Kopf. »Tja, da war ich natürlich verwirrt. Und musste mir selbst ein Bild verschaffen. Ich wollte verstehen, was er in Ihnen sieht, was an Ihnen einen solchen kolossalen Verlust seiner Urteilskraft bewirken konnte. Ich muss allerdings gestehen«, fügt er hinzu, »ich hatte nicht damit gerechnet, dass Sie tatsächlich auftauchen würden.« Er nimmt eine Hand aus der Hosentasche, unterstreicht seine Worte mit Gesten. »Ich meine, ich habe gehofft, dass Sie kommen würden. Aber ich hatte erwartet, dass Sie dann auf jeden Fall mit Verstärkung erscheinen würden. Doch da sind Sie, in diesem monströsen Spandex-Teil«, er lacht lauthals, »und ganz alleine.« Er sieht mich forschend an. »Ausgesprochen dumm«, sagt er. »Aber mutig. Das gefällt mir. Ich habe viel übrig für Mut. Nun, jedenfalls habe ich Sie hierherbestellt, um meinem Sohn eine Lektion zu erteilen«, fährt er fort. »Ich wollte Sie umbringen.« Er beginnt durch den Raum zu schlendern. »Und zwar in seiner Anwesenheit. Krieg ist immer chaotisch«, sagt er und wedelt mit der Hand. »Da verliert man leicht den Überblick darüber, wer getötet wurde und wie und wer wen umgebracht hat et cetera et cetera. Diese Tötung sollte jedenfalls so schlicht und klar gestaltet werden wie die Botschaft, die ich damit vermitteln wollte. Dass es nicht gut ist für meinen Sohn, wenn er solche Bindungen aufbaut. Es ist meine Pflicht als Vater, diesem Unfug ein Ende zu machen.«

Unter meiner Zunge sitzt ein faustgroßer Stein, und ich kann ihn nicht ausspeien. Mir ist übel, so entsetzlich übel. Die Bosheit dieses Mannes übersteigt meine Vorstellungskraft.

Nur ein heiseres Flüstern kommt aus meiner Kehle, als ich frage: »Und warum töten Sie mich dann jetzt nicht?«

Er zögert. Antwortet: »Ich weiß nicht. Ich konnte mir nicht vorstellen, wie hübsch Sie sind. Ich fürchte, mein Sohn hat nie erwähnt, dass Sie wunderschön sind. Und etwas Schönes zu töten ist sehr schwierig.« Er seufzt. »Außerdem haben Sie mich überrascht. Sie sind pünktlich hier eingetroffen. Allein. Sie sind offenbar wirklich bereit, sich selbst zu opfern, um das Leben dieser wertlosen Kreaturen zu retten, die dumm genug waren, sich fangen zu lassen.«

Er saugt scharf die Luft ein. »Vielleicht könnten wir Sie einfach behalten. Wenn Sie sich nicht als nützlich erweisen, dann doch zumindest als unterhaltsam.« Er legt sinnend den Kopf schief. »Dann müssten Sie wohl allerdings mit mir ins Kapitol kommen, denn zu meinem Sohn habe ich keinerlei Vertrauen mehr. Er hat seine Chance gehabt.«

»Danke für das Angebot«, erwidere ich. »Da würde ich lieber von einer Klippe springen.«

Sein Lachen klingt wie 100 Glöckchen, fröhlich und herzhaft und ansteckend. »O je.« Er lächelt, breit und freundlich und entwaffnend aufrichtig. Schüttelt den Kopf. Ruft über die Schulter zu einem anderen Raum – der eine Küche sein könnte – hinüber: »Würdest du bitte reinkommen, Sohn?«

Und ich kann nur denken, dass ich manchmal sterbe, explodiere, 2 Meter tief unter der Erde liege und nach einem Fenster suche, und dann kommt jemand und übergießt mich mit Feuerzeugbenzin und hält mir ein Streichholz ans Gesicht.

Ich spüre, wie meine Knochen in Flammen stehen.

Warner ist hier.

35

Er erscheint in der Tür gegenüber. Sieht genauso aus, wie ich ihn in Erinnerung habe. Goldene Haare, makellose Haut, smaragdgrün schimmernde Augen. Ein erlesen schönes Gesicht, das er, wie ich nun weiß, von seinem Vater geerbt hat. Ein Gesicht von der Sorte, an die heutzutage niemand mehr glaubt – harmonisch und symmetrisch, so vollkommen, dass es beinahe ein Affront ist. So ein Gesicht wünscht man sich nicht. So ein Gesicht kündet von Aufruhr und Gefahr und Ausschweifung.

Es ist übertrieben.

Es ist zu viel.

~~Es macht mir Angst.~~

Schwarz, Grün, Gold sind seine Farben. Der pechschwarze Anzug schmiegt sich an den schlanken muskulösen Körper. Blütenweißes Hemd und schlichte schwarze Krawatte als ideale Ergänzung. Warner steht ganz aufrecht und reglos da. Auf andere Betrachter würde er imposant wirken, obwohl er den rechten Arm noch in einer Schlinge trägt. Er ist ein Junge, dem man gerade erst beigebracht hat, ein Mann zu sein, die Kindheit aus seinem Leben zu löschen. Seine Lippen wagen es nicht zu lächeln, seine Stirn ist glatt. Man hat ihn gelehrt, seine Gefühle zu verbergen, seine Gedanken bei sich zu behalten, nichts und niemandem zu vertrauen. Sich mit allen erdenklichen Mitteln das zu nehmen, was er haben will. Ich sehe das alles mit klarem Blick.

Doch auf mich wirkt er anders.

Er starrt mich an, und sein Blick ist entwaffnend. Gefährlich. Zu stark, zu tief. In seinen Augen liegt ein Ausdruck, den ich nicht erkennen will. Warner sieht mich an, als hätte ich ihn besiegt. Als hätte ich ihn ins Herz geschossen und zerstört, als hätte ich ihn sterben lassen, nachdem er mir seine Liebe offenbart hat. An die ich niemals geglaubt habe. Mein Atem stockt stockt stockt, als ich den Schmerz in seinen Augen sehe, ein Schmerz, auf den ich nicht gefasst war.

Und nun bemerke ich den Unterschied. Ich sehe, was anders ist.

Er bemüht sich nicht, seine Gefühle vor mir zu verbergen.

Meine Lunge ist eine Lügnerin, behauptet, sie könne sich nicht dehnen, um zu lachen, um sich über mich lustig zu machen, und meine Finger flattern, versuchen dem Gefängnis meiner Knochen zu entkommen. Als wollten sie schon seit 17 Jahren davonfliegen.

Flüchte, sagen meine Finger zu mir.

Atme, sage ich selbst zu mir.

Warner, das Kind. Warner, der Sohn. Warner, der Junge, der sein Leben nicht richtig bewältigen kann. Warner mit einem Vater, der seinem Sohn etwas beibringen will, indem er das Einzige umbringt, wonach der Junge jemals verlangt hat.

Warner, der Mensch, macht mir mehr Angst als alles andere.

Der Oberste wird ungeduldig. »Setz dich«, sagt er zu seinem Sohn und weist auf den Sessel, auf dem er selbst gerade gesessen hat.

Warner bleibt stumm.

Sein Blick verharrt auf meinem Gesicht, meinem Körper, den Riemen unter meiner Brust; schweift über meinen Hals, über die Spuren, die sein Vater dort vermutlich hinterlassen hat. Schließlich schluckt er mühevoll. Reißt den Blick los, bewegt sich vorwärts. Er ist seinem Vater so ähnlich, fällt mir auf. Sein Gang, seine Kleidung, das gepflegte Äußere. Dennoch hege ich keinerlei Zweifel, dass Warner den Mann verabscheut, dem er wider Willen so sehr gleicht.

»Ich hätte gerne eine detaillierte Schilderung Ihrer Flucht«, sagt der Oberste jetzt und sieht mich an. »Das interessiert mich brennend, und mein Sohn hat es mir sehr schwer gemacht, Genaueres in Erfahrung zu bringen.«

Ich blinzle verwirrt.

»Wie sind Sie geflüchtet?«, fragt er.

»Beim ersten oder beim zweiten Mal?«

»Zweimal? Sie haben es zweimal geschafft zu entkommen?« Er lacht lauthals, schlägt sich aufs Knie. »Unglaublich. Dann beide Male. Wie ist Ihnen das gelungen?«

Ich frage mich, wieso er so viel Zeit verschwendet. Warum er hier reden will, während so viele Leute draußen auf den Krieg warten, und ich kann nur hoffen, dass die anderen nicht schon erfroren sind. Und ich habe zwar keinen Plan, aber eine Vermutung. Ich glaube, dass die Geiseln in der Küche sein könnten. Deshalb beschließe ich, Warners Vater noch eine Weile bei Laune zu halten.

Ich berichte, dass ich beim ersten Mal aus dem Fenster geklettert bin. Und dass ich Warner beim zweiten Mal angeschossen habe.

Das Lächeln erstirbt. »Sie haben auf ihn *geschossen?*«

Ich werfe einen kurzen Blick auf Warner. Er starrt mich an, sein Gesicht ist ausdruckslos. Ich habe keine Ahnung, was er denkt. Und will das plötzlich so dringend wissen, dass ich seinen Vater provoziere.

»Ja«, antworte ich und schaue dabei Warner an. »Ich habe auf ihn geschossen. Mit seiner eigenen Pistole.« Warners Gesicht wirkt plötzlich angespannt, seine gesunde Hand ballt sich zur Faust.

Der Oberste fährt sich durchs Haar, reibt sich das Kinn. Zum ersten Mal seit meinem Eintreffen wirkt er beunruhigt, und ich frage mich, weshalb er nicht informiert ist über meine Flucht. Frage mich, ob Warner ihm vielleicht einen anderen Grund für den verletzten Arm genannt hat.

»Wie heißen Sie?«, frage ich, bevor ich mir selbst Einhalt gebieten kann. Ich sollte keine dämlichen Fragen stellen, aber ich möchte den Mann nicht weiter als den »Obersten« betrachten, als sei er eine unberührbare Größe.

Warners Vater schaut mich mit hochgezogenen Augenbrauen an. »Wie ich *heiße*?«

Ich nicke.

»Sie dürfen mich Oberbefehlshaber Anderson nennen«, antwortet er, sichtlich irritiert. »Wieso interessiert Sie das?«

»*Anderson*? Aber ich dachte, Ihr Nachname sei ›Warner‹?«

Anderson holt tief Luft und wirft einen angewiderten Blick auf seinen Sohn. »Keineswegs«, antwortet er. »Mein Sohn fand es gut, den Namen seiner Mutter anzunehmen, weil er eben auf solche dumme Ideen kommt. Er macht immer und immer wieder«, fährt er mit erhobener Stimme fort, »denselben Fehler – gibt seinen Gefühlen Vorrang vor seiner Pflicht. Erbärmlich«, sagt er mit schneidender Stimme zu Warner. »Weshalb, meine Liebe, ich Ihnen leider sagen muss, dass Sie ihn zu sehr ablenken – so gerne ich Sie leben lassen würde. Aber ich kann nicht zulassen, dass er eine Person schützen will, die versucht hat, ihn *umzubringen*.« Er schüttelt den Kopf. »Ich kann nicht fassen, dass ich ein solches Gespräch überhaupt führen muss. Dass er mich in so eine peinliche Lage gebracht hat.«

Anderson zieht eine Pistole aus der Tasche, richtet sie auf meine Stirn.

Überlegt es sich anders.

»Ich bin es leid, ständig hinter dir aufzuräumen«, fährt er Warner an und zerrt ihn aus dem Sessel hoch. Schiebt ihn zu mir, drückt ihm die Pistole in die unversehrte Hand.

»Erschieß sie«, sagt er. »Jetzt sofort.«

36

Warner fixiert mich.

Er sieht so gequält aus, dass er mir regelrecht fremd erscheint. Ich weiß nicht, ob ich ihn verstehe, weiß nicht, was er tun wird. Doch dann hebt er mit ruhiger Hand die Pistole und richtet sie auf mein Gesicht.

»Beeil dich«, sagt Anderson. »Je schneller du das erledigst, desto schneller kommst du hier weg. Nun mach schon –«

Doch Warner legt den Kopf schief. Dreht sich um.

Richtet die Waffe auf seinen Vater.

Ich keuche verblüfft auf.

Anderson sieht gelangweilt, gereizt, genervt aus. Streicht sich ungeduldig übers Gesicht, bevor er eine andere Pistole – *meine* zweite Pistole – aus der Tasche zieht. Eine absurde Situation.

Vater und Sohn, die sich gegenseitig erschießen wollen.

»Ziel auf die richtige Person, Aaron. Das ist albern.«

Aaron.

Inmitten dieses Irrsinns muss ich beinahe lachen.

Warner heißt mit Vornamen *Aaron*.

»Ich habe kein Interesse daran, sie zu töten«, entgegnet ~~Warner Aaron~~ er.

»Na schön.« Anderson zielt wieder auf mich. »Dann erledige ich das selbst.«

»Wenn du das tust«, sagt Warner, »jage ich dir eine Kugel in den Kopf.«

Ein Todesdreieck. Warner droht seinen Vater zu töten,

sein Vater will mich töten. Ich bin die Einzige ohne Waffe, und ich weiß nicht, was ich tun soll.

Wenn ich mich bewege, sterbe ich. Wenn ich mich nicht bewege, sterbe ich auch.

Anderson lächelt.

»Wie reizend«, sagt er mit lässigem Grinsen, trügerisch entspannt. »Was soll das? Gibt sie dir das Gefühl, mutig zu sein, Junge?« Er hält inne. »Oder kraftvoll und stark?«

Warner antwortet nicht.

»Ruft sie in dir den Wunsch hervor, ein besserer Mensch zu sein?« Anderson gluckst. »Oder setzt sie dir Träume von einer gemeinsamen Zukunft in den Kopf?« Jetzt lacht er laut.

»Du hast den Verstand verloren«, fährt er fort, »wegen einem dummen *Kind*, das zu feige ist, sich zu verteidigen. Das«, sagt er und kommt mit der Pistole näher, »ist das dumme kleine Mädchen, in das du dich verliebt hast.« Er stößt abrupt die Luft aus. »Ich weiß nicht, weshalb mich das erstaunt.«

Warner atmet ein wenig tiefer. Hält die Pistole etwas fester. Die einzigen Anzeichen, die eine Reaktion auf die Worte seines Vaters verraten.

»Wie oft«, fragt Anderson, »hast du mir schon gedroht, mich umzubringen? Wie oft bin ich nachts aufgewacht, weil du – sogar schon als kleiner Junge – versucht hast, mich zu erschießen?« Er runzelt die Stirn. »Zehnmal? Oder waren es fünfzehn Mal? Ich muss zugeben, dass ich den Überblick verloren habe.« Er starrt Warner an. Lächelt wieder. »Und wie oft«, sagt er jetzt lauter, »bist du damit durchgekommen? Und wie oft bist du in Tränen ausgebrochen, hast dich entschuldigt und mich umklammert wie ein schwachsinniges –«

»Halt den Mund«, sagt Warner gefährlich leise.

»Du bist schwach«, faucht Anderson angewidert. »Erbärmlich gefühlsduselig. Willst deinen Vater nicht umbringen? Hast du zu viel Angst, es würde dir das jämmerliche Herz brechen?«

Warner beißt die Zähne zusammen.

»Schieß doch«, höhnt Anderson mit amüsiertem Funkeln in den Augen. »Ich sagte *Schieß doch*!«, brüllt er dann und packt Warners verletzten Arm, drückt auf die Wunde, verdreht den Arm, bis Warner vor Schmerz um Luft ringt, heftig blinzelt, verzweifelt versucht, einen Aufschrei zu unterdrücken. Die Hand, mit der er die Pistole umfasst, beginnt leicht zu zittern.

Anderson lässt seinen Sohn los. Gibt ihm einen heftigen Stoß, der Warner aus dem Gleichgewicht bringt. Warner ist kreidebleich, und Blut sickert in die Schlinge an seinem Arm.

»So viel Gerede«, sagt Anderson kopfschüttelnd. »So viel Gerede und keine Taten. Du *blamierst* mich«, sagt er zu Warner und verzieht verächtlich das Gesicht. »Du machst mich *krank*.«

Ein scharfes Klatschen.

Anderson hat seinen Sohn mit dem Handrücken heftig ins Gesicht geschlagen, und Warner kommt wieder ins Schwanken, ohnehin schon geschwächt durch den Blutverlust. Doch er bleibt stumm.

Er gibt keinen einzigen Laut von sich.

Steht bloß da, erträgt die Schmerzen, blinzelt schnell, beißt die Zähne zusammen, starrt seinen Vater ausdruckslos an. Nur die rote Spur auf seiner Schläfe und einem Teil seiner Stirn lassen erahnen, dass er gerade geschlagen wurde. Doch die Schlinge an seinem Arm ist blutrot, und er sieht aus, als könne er jeden Moment umkippen.

Dennoch sagt er kein Wort.

»Willst du mich wieder bedrohen?« Anderson atmet jetzt schwer, während er spricht. »Denkst du immer noch, dass du deine kleine Freundin beschützen kannst? Und glaubst du vielleicht, ich lasse mir von deiner hirnrissigen Vernarrtheit mein Lebenswerk zerstören? Alles, was ich mir aufgebaut habe und wofür ich gearbeitet habe?« Anderson zielt nicht mehr auf mich. Er drückt den Lauf der Pistole an Warners Stirn, dreht ihn hin und her. »Habe ich dir *gar nichts* beibringen können?«, schreit er. »Hast du *gar nichts* von mir gelernt –«

Ich kann mir nicht erklären, was als Nächstes geschieht.

Ich weiß nur, dass ich Anderson plötzlich an die Wand presse und dass meine Hand seinen Hals zudrückt. Dass ich von einer so rasenden glühenden Wut erfüllt bin, als hätte mein Gehirn Feuer gefangen und würde im Zeitraffer zu Asche zerfallen.

Ich drücke noch fester zu.

Er spuckt. Keucht. Versucht kraftlos meine Arme oder einen anderen Teil meines Körpers zu erreichen. Läuft dabei rot und blau und lila an, und ich sehe das mit Freuden. Genieße es.

Ich glaube, ich lächle sogar.

Ich raune in sein Ohr: »Pistole fallen lassen.«

Er gehorcht.

Ich lasse ihn los und schnappe mir die Waffe.

Anderson wälzt sich röchelnd und hustend am Boden, versucht zu sprechen, versucht etwas zu greifen, womit er sich wehren kann, und seine Qualen erheitern mich. Ich schwebe in einer Wolke reinen puren Hasses gegenüber diesem Mann und allem, was er getan hat. Und ich würde mich am liebsten hinsetzen und Tränen lachen, bis ich meine Kraft aufgebraucht habe und ich zufrieden bin. Ich verstehe plötzlich so vieles. So vieles.

»Juliette –«

»Warner«, sage ich ganz leise und starre auf den verkrümmten Anderson am Boden, »du musst mich jetzt hier alleine lassen.«

Ich wiege die Pistole in Händen. Bewege behutsam den Auslöser. Versuche mich zu erinnern, was Kenji mir beigebracht hat. Wie man zielt. Den Arm ruhig hält. Den Rückstoß ausgleicht.

Ich lege den Kopf schief. Mustere Andersons Körperteile.

»Du«, röchelt er, »du –«

Ich schieße ihn ins Bein.

Er schreit. Das glaube ich jedenfalls. Ich höre nichts mehr. Meine Ohren scheinen voller Watte zu sein, ich könnte niemanden hören, der mit mir sprechen wollte, weil alles so gedämpft ist, und ich muss mich so angestrengt konzentrieren, dass ich auf nichts achten kann, was sich hinter mir abspielt. Ich höre nur den Schuss in meinem Kopf. Und beschließe, dass ich das wiederholen möchte.

Ich schieße ihn ins andere Bein.

So viel Geschrei.

Das Grauen in seinen Augen finde ich vergnüglich. Auch das Blut, das nun seine edle Kleidung durchtränkt. Ich würde ihm gerne sagen, dass er nicht gut aussieht, wenn er den Mund so aufreißt, aber er legt wohl sowieso keinen Wert auf meine Meinung. Ich bin ja nur ein dummes kleines Mädchen für ihn. Ein dummes kleines Mädchen, hübsch, aber zu feige, sich selbst zu verteidigen. Ach so, und er hätte mich gerne behalten. Als eine Art Spielzeug. Ich merke schlagartig, dass ich mich nicht mehr länger mit ihm befassen sollte. Es ist witzlos, Worte auf jemanden zu verschwenden, der ohnehin sterben wird.

Ich ziele auf seine Brust. Versuche mich zu erinnern, wo das Herz sitzt.

Nicht ganz links. Nicht ganz in der Mitte.

Genau – *hier*.

Perfekt.

37

Ich bin eine Diebin.

Ich habe dieses Notizheft und diesen Stift einem der Ärzte aus seinem Kittel gestohlen, als er nicht hinschaute, und beides schnell eingesteckt. Kurz bevor er diese Männer bestellte, die mich abholten. Die Männer mit den seltsamen Anzügen, dicken Handschuhen, Gasmasken. Ich dachte, das seien Aliens. Ich weiß noch, dass ich das dachte, weil sie unmöglich Menschen sein konnten, diese Typen, die mir hinter dem Rücken Handschellen anlegten, mich auf den Sitz fesselten. Sie haben mich mit Elektroschockpistolen gequält, weil sie mich schreien hören wollten. Aber ich habe nur gewimmert und kein Wort gesagt. Tränen rannen mir über die Wangen, aber ich weinte nicht.

Ich glaube, das hat die wütend gemacht.

Sie haben mir ins Gesicht geschlagen, um mich zu wecken, obwohl meine Augen offen waren, als wir ankamen. Jemand nahm mir die Fesseln, aber nicht die Handschellen ab und trat mich in beide Kniekehlen, bevor er mir befahl aufzustehen. Ich versuchte es. Ich versuchte es, aber es ging nicht, und schließlich schoben mich 6 Hände hinaus, und ich lag mit blutendem Gesicht eine Weile auf dem Asphalt. Ich kann mich nicht mehr daran erinnern, wie sie mich ins Gebäude schleiften.

Mir ist dauernd so kalt.

Ich fühle mich leer, als sei nichts mehr in mir außer diesem gebrochenen Herzen, diesem einzigen Organ in einer Hülle. Ich fühle das Pochen als Echo in meinen Knochen. Die Wissenschaft behauptet, ich hätte ein Herz. Die Gesellschaft behauptet, ich sei ein Monster.

Und das weiß ich, natürlich weiß ich es. Ich weiß, was ich getan habe. Ich erwarte kein Mitgefühl.

Doch manchmal frage ich mich – manchmal denke ich –, wenn ich tatsächlich ein Monster bin – würde ich das nicht spüren?

Dann wäre ich doch wütend und gemein und rachsüchtig. Ich wäre vertraut mit blinder Wut und Mordlust und würde mich rechtfertigen.

Doch ich fühle nur einen Abgrund in mir, der so tief und dunkel ist, dass ich nicht hineinblicken kann; ich kann nicht erkennen, was sich darin verbirgt. Ich weiß nicht, was ich bin und was mit mir geschehen wird.

Ich weiß nicht, ob ich es erneut tun werde.

38

Eine Explosion.

Splitterndes Glas.

Jemand reißt mich zurück, als ich den Abzug drücke, und die Kugel trifft ein Fenster.

Jemand dreht mich ruckartig um.

Kenji schüttelt mich, schüttelt mich so heftig, dass mein Kopf hin und her fliegt, und brüllt mich an, schreit, dass wir gehen müssen, dass ich die Pistole fallen lassen soll, keucht: »Wir müssen hier weg, Juliette, hörst du? Juliette? Verstehst du mich? Du musst die Pistole loslassen. Alles wird gut – es wird alles gut, Juliette, du musst nur –«

»Nein, Kenji –« Ich wehre mich, stemme die Füße fest auf den Boden, weil er mich nicht versteht. Er muss mich verstehen. »Ich muss ihn töten. Ich muss dafür sorgen, dass er tot ist«, sage ich. »Gib mir nur noch eine Sekunde –«

»Nein«, versetzt Kenji, »noch nicht, nicht jetzt«, und er schaut mich an, als bräche ihm das Herz, als hätte er etwas in meinen Augen gesehen, das er niemals sehen wollte. »Das geht nicht. Wir können ihn jetzt noch nicht töten. Es ist zu früh dafür, okay?«

Aber es ist überhaupt nicht okay, und ich verstehe gar nichts, aber Kenji packt meine Hand, löst meine Finger von der Pistole. Ich hatte nicht gemerkt, wie fest ich den Griff umklammert hielt. Ich blinzle wie wild, verwirrt und enttäuscht. Blicke an mir herunter. Auf meine Hände. Meinen Anzug. Kann nicht verstehen, wo das Blut herkommt.

Ich schaue auf Anderson.

Seine Augen sind verdreht. Kenji prüft seinen Puls. Schaut zu mir, sagt: »Er ist bewusstlos, glaube ich.« Und ich beginne so heftig zu zittern, dass ich mich kaum mehr auf den Beinen halten kann.

Was habe ich getan.

Ich weiche zurück, brauche eine Wand zum Anlehnen, etwas, das mich stützt, und Kenji kommt rasch zu mir, umfasst mich mit einem Arm, hält meinen Kopf mit dem anderen, und ich habe das Gefühl, als würde ich weinen wollen, aber es geht nicht. Ich kann nichts tun, außer dieses Beben zu ertragen, das meinen ganzen Körper erschüttert.

»Wir müssen los«, sagt Kenji und streicht mir über die Haare, eine für ihn ungewöhnlich zärtliche Geste. Ich schließe die Augen, lehne mich an seine Schulter, will Kraft ziehen aus seiner Wärme. »Meinst du, du kannst gehen?«, fragt er. »Das muss jetzt sein. Wir müssen auch rennen.«

»Warner«, keuche ich plötzlich, reiße mich los und blicke wild um mich. »Wo ist –«

Auch er ist bewusstlos.

Liegt am Boden. Die Hände hinter dem Rücken gefesselt. Eine leere Kanüle neben ihm auf dem Teppichboden.

»Um den habe ich mich gekümmert«, sagt Kenji.

Alles bricht schlagartig über mich herein. Die Gründe, warum wir hier sind, was wir erreichen wollten, was ich getan habe und was ich tun wollte. »Kenji«, keuche ich, »wo ist Adam? Was ist passiert? Wo sind die Geiseln? Wie geht es den anderen?«

»Adam geht's gut«, sagt er beruhigend. »Wir sind durch die Hintertür ins Haus und haben Ian und Emory gefunden.« Er schaut zu der Küchentür. »Sie sind in ziemlich schlechtem Zustand, aber Adam schleppt sie raus und versucht sie wach zu kriegen.«

»Und Brendan? U-und Winston?«

Kenji schüttelt den Kopf. »Wissen wir noch nicht. Aber ich habe das Gefühl, dass wir sie wiederkriegen werden.«

»Wie?«

Kenji weist mit dem Kopf auf Warner. »Wir werden den Burschen da als Geisel nehmen.«

»*Was?*«

»Die beste Lösung«, sagt Kenji. »Noch ein Austausch. Aber diesmal ein echter. Wird kein Problem sein. Dem goldhaarigen Knäblein hier muss man ja nur seine Waffen abnehmen, dann ist er völlig harmlos.« Er geht zu Warner hinüber. Stupst ihn mit dem Fuß an, nimmt ihn dann hoch und legt ihn sich über die Schulter. Warners Armschlinge ist komplett blutdurchtränkt.

»Komm schon«, sagt Kenji ruhig und betrachtet mich prüfend, um einzuschätzen, was er mir zumuten kann. »Wir müssen hier weg – da draußen tobt der Irrsinn, und wir haben nicht mehr viel Zeit, bis sie in diese Straße kommen –«

»Was?« Ich starre ihn an. »Was meinst du –«

Kenji sieht mich verständnislos an. »Der *Krieg*, Prinzessin. Die kämpfen da draußen, es geht um Leben und Tod –«

»Aber Anderson hat doch keinen Anruf gemacht – er sagte, die warten auf sein Zeichen –«

»Anderson hat nicht angerufen«, erwidert Kenji. »Aber Castle.«

Oh

Gott.

»Juliette!«

Adam stürmt herein, blickt wild um sich, und ich renne zu ihm, und er reißt mich in seine Arme, ohne zu bedenken, dass wir das nicht mehr tun dürfen, dass wir nicht mehr zusammen sind, dass er mich nicht mehr berühren soll. »Du lebst – du bist unverletzt –«

222

»LOS JETZT«, bellt Kenji. »Ich weiß, dass das eine gefühlsbetonte Situation ist oder was auch immer, aber wir müssen unsere Ärsche hier rausbewegen. Kent, ich schwöre –«

Kenji verstummt.

Blickt auf Adam.

Der auf die Knie gesunken ist, und auf seinem Gesicht spiegeln sich Angst und Schmerz und Grauen und Zorn und Panik im Wechsel, und ich versuche ihn zu schütteln, damit er sagt, was passiert ist, aber er kann sich nicht rühren, scheint erstarrt zu sein, und sein Blick ist auf Anderson gerichtet, seine Hände berühren Andersons Haare, und ich bitte Adam flehentlich, dass er sprechen soll, dass er erklären soll, was geschieht, und es ist, als wandle sich die Welt in seinen Augen, als sei alles, was zuvor grün war, nun braun, als sei alles von oben nach unten gekehrt, als könne niemals wieder etwas gut und richtig sein in der Welt, und seine Lippen bewegen sich.

Er versucht zu sprechen.

»Mein Vater«, sagt er. »Dieser Mann ist mein Vater.«

39

»*Scheiße.*«

Kenji kneift die Augen zusammen, als könne er all das nicht glauben. »Scheiße Scheiße *Scheiße.*« Er rückt Warner auf seiner Schulter zurecht, zögert, als sei er unentschieden, wie er handeln soll. Sagt dann: »Adam, tut mir leid, Mann, aber wir müssen jetzt wirklich hier weg –«

Adam richtet sich auf, blinzelt, als könne er damit tausend Gedanken, Erinnerungen, Sorgen vertreiben, und ich sage seinen Namen, aber er scheint mich nicht zu hören. Er ist vollkommen desorientiert und abwesend, und ich frage mich, wie Anderson Adams Vater sein kann. Adam hatte mir doch erzählt, dass sein Vater tot sei.

Doch das ist nicht der richtige Zeitpunkt für solche Gespräche.

In der Ferne detoniert etwas, der Boden bebt, die Fenster klirren, und Adam scheint schlagartig in die Realität zurückzukehren. Er packt mich am Arm, und wir folgen Kenji, der jetzt hinausstürmt.

Obwohl er Warner mitschleppt, schafft er es zu rennen und schreit uns über die Schulter zu, wir sollen dicht hinter ihm bleiben. Ich horche, versuche die Lage einzuschätzen. Die Schüsse sind nah viel zu nah viel zu nah.

»Wo sind Ian und Emory?«, frage ich Adam. »Hast du es geschafft, sie wegzubringen?«

»Ein paar von uns waren in der Nähe und hatten einen Panzer erobert – sie haben die beiden mitgenommen und wollen sie nach Omega Point bringen«, ruft er mir zu, damit ich ihn verstehen kann. »Haben das denkbar sicherste Transportmittel.«

Ich nicke keuchend, wir rasen durch die Straßen, und ich versuche die Geräuschkulisse zu deuten, versuche zu erahnen, wer siegen wird, ob wir Leute verloren haben. Wir biegen um eine Ecke.

Was hier geschieht, könnte auch als Massaker enden.

50 von unseren Leuten kämpfen gegen 500 von Andersons Soldaten, die unentwegt nachladen und auf alles feuern, was sich bewegt. Castle und die anderen halten stand, blutig und zum Teil verletzt, aber tapfer. Unsere bewaffneten Leute, Männer und Frauen, stürmen schießend vorwärts; andere unterstützen sie mit ihren eigenen Methoden: Ein Mann legt die Hände auf die Erde, lässt den Boden unter den Füßen der Soldaten gefrieren, damit sie ausrutschen. Ein anderer fegt wie ein Taifun zwischen den Soldaten hindurch, verwirrt sie, bringt sie zu Fall, nimmt ihnen die Waffen weg. Eine Frau sitzt in einem Baum und schleudert so schnell Messer oder Pfeile auf die Soldaten, dass sie getroffen werden, bevor sie überhaupt reagieren können.

Und mittendrin Castle, der die Arme erhoben hat und eine riesige Wolke aus Abfällen, Schutt und abgebrochenen Ästen erzeugt. Die anderen bilden eine Menschenmauer um ihn, schützen ihn, während er diesen Orkan erschafft, der nur noch mühsam zu beherrschen ist.

Dann

lässt Castle ihn frei.

Die Soldaten schreien, brüllen, rennen davon, suchen Deckung, doch die meisten sind zu langsam und gehen zu Boden, verletzt von Glassplittern, Steinen, Holz und Metallstücken. Dennoch wird diese Form der Verteidigung auf Dauer nicht funktionieren.

Jemand muss es Castle sagen.

Jemand muss ihm sagen, dass wir hier verschwinden sollten, dass Anderson vorerst außer Gefecht gesetzt ist, dass wir Warner als Geisel haben und zwei unserer Leute gerettet sind. Castle sollte unsere Leute wieder nach Omega Point zurückbringen, bevor Andersons Truppen auf die Idee kommen, irgendwelche Bomben zu zünden, die größere Zerstörung anrichten. Wir können hier nicht mehr lange durchhalten, und jetzt ist der ideale Moment, uns in Sicherheit zu bringen.

Ich sage das zu Kenji und Adam.

»Aber wie?«, schreit Kenji, um das Chaos zu übertönen. »Wie sollen wir zu Castle durchdringen? Wenn wir zu ihm rennen, sind wir tot. Wir bräuchten irgendeine Ablenkung –«

»Was?«, schreie ich zurück.

»Eine *Ablenkung*!«, brüllt er. »Irgendwas, womit wir die Soldaten lange genug verwirren können, um uns Castle zu greifen – viel Zeit haben wir nicht –«

Adam versucht, mich zu bremsen, mich abzuhalten von meinem Plan, fleht mich an, nicht zu tun, was ich wohl tun will, aber ich beruhige ihn. Sage ihm, dass er sich keine Sorgen zu machen braucht. Ich verspreche ihm, dass mir nichts zustoßen wird, aber er streckt die Hände nach mir aus, schaut mich flehentlich an, und ich gerate in Versuchung, nichts zu tun, bei ihm zu bleiben, doch dann gebe ich mir einen Ruck. Ich weiß nun endlich, was ich tun muss; ich bin endlich bereit zu helfen; ich glaube endlich, dass ich meine Kraft kontrollieren kann, und ich muss es versuchen.

Ich taumle rückwärts.

Schließe die Augen.

Lasse los.

Ich falle auf die Knie, presse die Handflächen auf die Erde, und die Kraft durchströmt mich, mischt sich in meinem Blut mit der Wut, der Leidenschaft, dem Lodern in mir, und ich denke daran, wie meine Eltern mich als Monster bezeichneten, als entsetzliche Missgeburt, und ich denke an all die Abende, an denen ich mich in den Schlaf weinte, und sehe all die Menschen, die mich gerne tot gewusst hätten, und dann rasen Bilder durch meinen Kopf wie bei einer Diashow: Männer, Frauen und Kinder, unschuldige Demonstranten, niedergemacht in den Straßen; Schüsse und Bomben, Brand und Zerstörung, so viel Leid Leid Leid, und ich will schreien, hinausschreien in die Atmosphäre, und ich wappne mich. Balle die Hand zur Faust. Ziehe den Arm zurück und

ich

z e r s c h m e t t e r e

was noch übrig ist

von diesem Planeten.

40

Ich bin noch da.

Öffne die Augen, verwirrt, verwundert, dass ich nicht tot oder hirngeschädigt oder schwer verletzt bin. Doch ich kann die Wirklichkeit um mich herum klar erkennen.

Der Boden unter meinen Füßen rumpelt und bebt und wird grollend lebendig. Ich bin auf die Knie gesunken, presse immer noch die Faust in die Erde, wage nicht aufzuhören. Schaue auf. Sehe, wie die Soldaten innehalten, panisch um sich blicken, ins Schwanken geraten. Wie der Asphalt unter ihren Füßen krachend zerbirst, als knirsche die Erde mit den Zähnen und gähne laut, als erwache sie, um Zeuge der Schmach zu sein, die wir Menschen über sie gebracht haben.

Und sie stöhnt und ächzt, entsetzt und bitter enttäuscht, als sie die Gewalt wahrnimmt, die Ungerechtigkeit, die Machtgier, die vor nichts und niemandem Halt macht und sich nährt am Blut der Schwachen, an den Schreien der Wehrlosen.

Adam rennt los.

Rast zwischen den Soldaten hindurch, die verwirrt herumstehen, reißt Castle zu Boden, um ihn vor einer verirrten Kugel zu retten, schreit den anderen Befehle zu, zieht Castle wieder hoch, und unsere Leute laufen los.

Die feindlichen Soldaten stolpern durcheinander, stürzen zu Boden, und ich frage mich gerade, wie lange ich noch durchhalten muss, als ich Kenji »Juliette!« rufen höre.

Ich fahre herum, höre ihn schreien, dass ich Schluss machen soll.

Ich lasse die Erde los.

Schlagartig kommt alles zur Ruhe, ist alles wieder an Ort und Stelle, und ich weiß einen Moment lang nicht mehr, wie die Welt aussieht, wenn sie nicht bebt und zerbricht.

Kenji zieht mich hoch, und wir rennen los, als Letzte unserer Gruppe, und er ruft mir zu, ob ich okay sei, und ich wundere mich, dass er Warner immer noch tragen kann. Kenji muss viel kräftiger sein, als er aussieht, und ich denke plötzlich, dass ich manchmal zu ungeduldig mit ihm bin und ihn nicht genügend schätze. Mir wird bewusst, dass er eigentlich einer meiner Lieblingsmenschen auf diesem Planeten ist, und ich bin so froh, dass er unversehrt ist.

So froh, dass er mein Freund ist.

Ich halte seine Hand fest, und er zieht mich zu einem verlassenen Panzer am Straßenrand, und mir fällt auf, dass ich Adam nicht mehr sehe, ich weiß nicht, wo er ist, und ich schreie panisch seinen Namen, bis ich spüre, wie seine Arme meine Taille umfassen, bis er mir etwas ins Ohr raunt, und wir rennen weiter, während hinter uns die letzten Schüsse knallen.

Klettern in den Panzer.

Schließen die Türen.

Verschwinden.

41

Warners Kopf liegt auf meinem Schoß.

So friedlich und ruhig wirkt sein Gesicht, wie ich es noch nie gesehen habe, und ich strecke fast die Hand aus, um seine Haare glatt zu streichen, als mir bewusst wird, wie absurd das wäre.

~~Mörder auf meinem Schoß~~

~~Mörder auf meinem Schoß~~

~~Mörder auf meinem Schoß~~

Ich schaue nach rechts.

Adam hält Warners Beine und scheint sich ebenso unwohl zu fühlen wie ich.

»Haltet durch, Leute«, sagt Kenji, der den Panzer Richtung Omega Point steuert. »Ich weiß, dass die Lage unsäglich grotesk ist, aber ich hatte nicht grade viel Zeit, mir einen besseren Plan auszudenken.«

Er wirft einen Blick auf uns, aber wir bleiben stumm bis –

»Ich bin so froh, dass euch beiden nichts zugestoßen ist.« Ich spreche diese Worte, als hätten sie zu lange in meinem Mund festgesessen und müssten jetzt hinausgestoßen werden. Und erst in diesem Moment wird mir klar, wie groß meine Angst war, dass wir 3 nicht lebend zurückkehren würden. »So froh.«

Einen Moment lang herrscht Schweigen.

»Wie fühlst du dich?«, fragt Adam dann. »Wie geht's deinem Arm? Alles gut?«

»Ja.« Ich bewege das Handgelenk und versuche nicht zusammenzuzucken. »Wäre vielleicht nicht schlecht, ihn eine Weile zu bandagieren. Aber im Wesentlichen ist alles okay. Die Handschuhe und dieses Schutzteil haben wirklich geholfen.« Ich bewege die Finger einzeln. Inspiziere meine Handschuhe. »Nichts kaputt.«

»Das war echt der Hammer«, sagt Kenji. »Du hast uns da eben alle gerettet.«

Ich schüttle den Kopf. »Kenji – was da in dem Haus passiert ist – es tut mir wirklich leid, ich –«

»Hey, lass uns jetzt nicht darüber reden, okay?«

»Was ist los?«, fragt Adam beunruhigt. »Was ist passiert?«

»Nichts«, sagt Kenji rasch.

Adam achtet nicht auf ihn, schaut nur mich an. »Was war los? Ist alles in Ordnung mit dir?«

»I-ich – h-habe –« Das Sprechen fällt mir schwer. »Was – mit Warners Va–«

Kenji flucht lautstark.

Ich verstumme sofort.

Mir wird heiß, als ich merke, was ich gesagt habe. Als mir wieder einfällt, was Adam gesagt hat, bevor wir aus dem Haus rannten. Er wird bleich, presst die Lippen zusammen und schaut aus dem winzigen Fenster rechts von ihm.

»Hör zu…« Kenji räuspert sich. »Wir müssen nicht darüber reden, okay? Es wäre mir sogar entschieden *lieber*, nicht darüber zu reden. Weil mir dieser Scheiß echt zu schräg ist, um –«

»Ich kann nicht verstehen, wie das überhaupt möglich ist«, flüstert Adam. Er blinzelt, starrt geradeaus, blinzelt wieder und wieder und »Ich denke immer wieder, es war ein Traum«, sagt er. »Ich denke immer wieder, dass ich mir das alles nur eingebildet habe. Aber andererseits«, er lacht bitter, »werde ich dieses Gesicht mein Leben lang nicht vergessen.«

»Bist du – bist du dem Obersten denn noch nie zuvor begegnet?«, frage ich zögernd. »Hast du noch nie ein Bild von ihm gesehen? Ist das bei der Armee denn nicht üblich?«

Adam schüttelt den Kopf.

Kenji sagt: »Anderson hat immer darauf geachtet, nicht gesehen zu werden. Er hatte irgendeine kranke Freude daran, diese unsichtbare Macht zu sein.«

»Aus Angst vor unbekannten Kräften?«

»So was in der Art, ja. Ich habe gehört, dass er glaubte, wenn die Leute sein Gesicht kennen würden – von Fotos oder öffentlichen Auftritten –, mache ihn das verwundbar. Menschlich. Und er fand immer Gefallen daran, den Menschen richtig Angst zu machen. Die höchste Macht und die größte Gefahr zu sein. Denn wie kann man etwas bekämpfen, das man nicht mal kennt? Wie kann man es dann überhaupt finden?«

»Deshalb war es vollkommen ungewöhnlich, dass er dort aufgetaucht ist«, denke ich laut.

»Ganz genau.«

»Aber du hast deinen Vater doch für tot gehalten«, sage ich zu Adam. »Oder nicht?«

»Nur damit ihr es wisst«, wirft Kenji ein. »Ich bin immer noch für die Wir-müssen-nicht-darüber-reden-Option. Ihr wisst schon. Möchte das nur klarstellen.«

»Das dachte ich ja auch«, antwortet Adam, den Blick noch immer starr geradeaus gerichtet. »Das hatte man mir gesagt.«

»Wer denn?«, fragt Kenji. Zuckt dann zusammen. »Scheiße. Na gut. Nicht zu ändern. Okay, ich *bin* neugierig.«

Adam zuckt die Achseln. »Ich fange allmählich an, alles zu begreifen. Alles, was mir unklar gewesen ist. Das ganze Chaos. Nach dem Tod meiner Mutter war mein Vater nie zuhause, außer wenn er betrunken war und jemanden verprügeln wollte. Wahrscheinlich hat er da schon ein ganz anderes Leben geführt und hat James und mich deshalb ständig allein gelassen.«

»Aber das ergibt doch keinen Sinn«, wendet Kenji ein. »Ich meine, dass dein Vater ein Arsch war, schon, aber der Rest. Denn wenn du und Warner Brüder seid, und du bist achtzehn und Warner ist neunzehn, und Anderson war immer mit Warners Mutter verheiratet –«

»Meine Eltern waren nie verheiratet«, sagt Adam, und seine Augen weiten sich, als würde ihm schlagartig etwas bewusst.

»Du bist ein uneheliches Kind?«, sagt Kenji angewidert. »Ich meine – entschuldige, das hat nichts mit dir zu tun –, aber die Vorstellung, wie Anderson irgendeine leidenschaftliche Affäre hat. Das ist voll eklig.«

Adam erstarrt. »Großer Gott«, flüstert er.

»Aber wieso sollte man überhaupt eine Affäre haben?«, fährt Kenji fort. »Ich hab diesen Scheiß nie verstehen können. Wenn es einem nicht gut geht, soll man sich trennen. Nicht betrügen. Hab ich Recht?« Er gluckst. »Natürlich hab ich Recht. Man muss kein Genie sein, um darauf zu kommen. Ich meine«, er zögert, »ich *nehme an*, dass es eine Affäre war.« Kenji schaut konzentriert geradeaus, kann Adams Miene nicht sehen. »Vielleicht war es auch keine *Liebes*affäre, sondern einfach nur so eine Arschloch-Nummer –« Er unterbricht sich. »Scheiße. Seht ihr, deshalb spreche ich lieber nicht mit Leuten über ihre privaten Probleme –«

»Es war Liebe«, erwidert Adam leise. »Ich weiß nicht, warum er meine Mutter nicht geheiratet hat. Aber er hat sie geliebt. James und ich waren ihm völlig egal. Aber nach ihr war er verrückt. An den wenigen Tagen, die er jeden Monat zuhause war, musste ich immer in meinem Zimmer bleiben und ganz still sein.« Er verstummt einen Moment, fährt dann fort. »Ich musste an meine eigene Tür klopfen und um Erlaubnis bitten, bevor ich rauskommen durfte, sogar wenn ich auf die Toilette musste. Und wenn meine Mutter mich rausgelassen hat, war er immer sauer. Er wollte mich nach Möglichkeit gar nicht sehen. Mom musste mir heimlich mein Essen bringen, damit er sich nicht darüber aufregte, dass sie mir zu viel zu essen gab und selbst nicht genug aß.« Er schüttelt den Kopf. »Und als James auf die Welt kam, wurde alles noch schlimmer.«

Adam blinzelt so heftig, als könnte er nichts mehr sehen.

»Und als sie starb«, sagt er und atmet tief ein, »als sie starb, gab er mir die Schuld an ihrem Tod. Behauptete, ich sei schuld daran, dass sie krank wurde und starb. Ich hätte zu viel gebraucht, sie hätte nicht genug gegessen, wäre krank geworden, weil es zu anstrengend für sie war, sich um uns zu kümmern, weil sie uns zu viel Essen gegeben hätte und alles andere auch. Mir und James.« Er runzelt die Stirn. »Und ich habe ihm so lange geglaubt. Ich dachte, deshalb wäre er so oft weg gewesen. Dass das die Strafe gewesen wäre, die ich verdient hätte.«

Ich bin so erschüttert, dass ich nichts sagen kann.

»Und dann… Ich meine, er ist ohnehin so gut wie nie da gewesen«, fährt Adam fort, »und ein Arschloch war er immer schon. Aber nach dem Tod meiner Mutter… drehte er regelrecht durch. Kam nur vorbei, um sich volllaufen zu lassen. Zwang mich dazu, mich vor ihn zu stellen, damit er mich mit leeren Flaschen bewerfen konnte. Und wenn ich zuckte – wenn ich zusammenzuckte –«

Adam schluckt mühsam.

»Das war alles«, sagt er dann, noch leiser. »Er kam nach Hause, betrank sich, verprügelte mich. Ich war vierzehn, als er nicht mehr auftauchte.« Adam dreht die Handflächen nach oben, starrt darauf. »Er hat jeden Monat Geld geschickt, damit wir durchkamen, und dann –« Er verstummt. »Zwei

Jahre später bekam ich einen Brief von unserer neuen Regierung, in dem stand, dass mein Vater tot sei. Ich dachte mir, er sei wahrscheinlich besoffen vor ein Auto gelaufen oder ins Meer gestürzt oder so was. War mir auch egal. Ich war froh, dass er tot war, aber ich musste deshalb mit der Schule aufhören. Hab mich dann zur Armee gemeldet, weil ich kein Geld mehr hatte und James versorgen musste und wusste, dass ich keinen anderen Job finden würde.«

Adam schüttelt wieder den Kopf. »Er hat uns nichts hinterlassen, nicht einen einzigen Cent, und nun sitze ich hier in diesem Panzer und flüchte vor einem Weltkrieg, den mein eigener *Vater* angezettelt hat«, er lacht, und es klingt blechern, »und der andere nichtsnutzige Mensch auf diesem Planeten liegt auf meinem Schoß.« Adam fängt jetzt richtig an zu lachen, rauft sich die Haare. »Und der ist mein *Bruder*. Blutsverwandt. Mein Vater führte ein Doppelleben, von dem ich nichts wusste, und anstatt tot zu sein, wie er es sein sollte, kriege ich von ihm auch noch einen *Bruder*, der mich in einem *Schlachthaus* beinahe zu Tode foltert –« Er streicht sich zittrig übers Gesicht, die Fassade bricht zusammen, er verliert die Fassung, seine Hände zittern jetzt so heftig, dass er sie zu Fäusten ballt, an die Stirn drückt und murmelt: »Er muss sterben.«

Und mir stockt der Atem, als Adam sagt:

»Mein Vater. Ich muss ihn töten.«

42

Ich verrate euch ein Geheimnis.

Ich bereue nicht, was ich getan habe. Ich bereue nichts.
   Im Gegenteil: Wenn ich dieselbe Chance noch einmal bekäme, würde ich es richtig machen. Ich würde Anderson ins Herz schießen.

Und es genießen.

43

Ich weiß nicht, wo ich anfangen soll.

Adams Leid fühlt sich an, als werfe man mir eine Handvoll spitze Kiesel ins Gesicht, als stopfe man mir Stroh in den Rachen. Adam hatte einen Vater, der ihn geschlagen und misshandelt und schließlich verlassen hat, um den Rest der Welt auch noch zu zerstören. Und der ihm nun auch noch einen neuen Bruder vorsetzt, der in jeder Hinsicht das Gegenteil von Adam ist.

Warner, dessen Vorname kein Geheimnis mehr ist. Adam, dessen Nachname nicht »Kent« lautet.

Kent ist sein zweiter Vorname, hat Adam mir erklärt. Er hatte nie etwas mit seinem Vater zu tun haben wollen und deshalb niemandem seinen wahren Nachnamen verraten. Wenigstens das hat er mit seinem Bruder gemein.

Adam und Aaron Anderson.

Brüder.

Ich sitze im Dunkeln in meinem Zimmer in Omega Point und versuche zu begreifen, dass Adam mit jemandem verwandt ist, der wie ein kleiner Junge ist, ein Kind, das seinen Vater hasst und deshalb einige sehr unkluge Entscheidungen getroffen hat im Leben. 2 Brüder. 2 sehr unterschiedliche Wege.

2 sehr unterschiedliche Lebensformen.

Heute Morgen – nachdem unsere Verletzten auf die Krankenstation gebracht wurden und etwas Ruhe eingekehrt – kam Castle zu mir und sagte: »Sie waren ausgesprochen mutig gestern, Ms Ferrars. Ich möchte meine Dankbarkeit für Ihren Einsatz zum Ausdruck bringen – möchte Ihnen danken, dass Sie uns unterstützt haben. Ohne Sie wären wir dort untergegangen.«

Ich lächelte, verlegen über das Kompliment, und nahm an, dass damit alles gesagt sei. Doch dann fuhr Castle fort: »Ich bin tatsächlich so beeindruckt von Ihrem Einsatz, dass ich Ihnen gerne Ihren ersten offiziellen Auftrag in Omega Point erteilen würde.«

Einen offiziellen Auftrag.

»Sind Sie interessiert daran?«, fragte er.

Ich antwortete ja ja ja, natürlich sei ich interessiert daran, extrem interessiert, damit ich endlich eine Aufgabe hätte – etwas leisten könnte –, und Castle lächelte und sagte: »Es freut mich sehr, das zu hören. Weil ich mir niemanden vorstellen kann, der für diese Aufgabe besser geeignet wäre als Sie.«

Ich strahlte.

Strahlte, als wollte ich Sonne und Mond und Sterne in den Schatten stellen. Dann fragte ich Castle nach den Details meines ersten Auftrags. Für den ich seiner Ansicht nach so gut geeignet war.

Und er antwortete

»Ich möchte, dass Sie die Betreuung und Befragung unseres neuen Gastes übernehmen.«

Mein Strahlen erlosch.

Ich starrte Castle an.

»Ich werde den Prozess natürlich begleiten«, fuhr Castle fort. »Sie können also jederzeit zu mir kommen, wenn es Fragen oder Probleme gibt. Aber wir müssen seine Anwesenheit hier zu unserem Vorteil nutzen. Und dazu müssen wir ihn zum Sprechen bringen.« Castle überlegte einen Moment. »Er … scheint eine spezielle Bindung an Sie zu haben, Ms

Ferrars, und – verzeihen Sie mir – es würde uns sehr gelegen kommen, wenn wir die nutzen könnten. Wir können es uns nicht leisten, jeden noch so kleinen Vorteil außer Acht zu lassen. Informationen über die Pläne seines Vaters oder den Aufenthaltsort der Geiseln wären von unschätzbarem Wert für uns. Und uns bleibt nicht viel Zeit«, fügte er hinzu. »Ich fürchte, ich muss Sie bitten, gleich anzufangen.«

Ich flehte die Erde an aufzuplatzen, sich zu öffnen, weil ich in einen Magmastrom stürzen und sterben wollte, doch die Erde konnte mich nicht hören, weil Castle weitersprach, und er sagte: »Vielleicht können Sie ihn irgendwie zur Vernunft bringen? Ihm klarmachen, dass wir ihm nichts antun wollen? Ihn überreden, dass er uns dabei hilft, unsere Geiseln zurückzuholen?«

»Oh«, sagte ich, »ist er in einer Zelle? Hinter Gittern oder so?«

Castle lachte, weil er die Bemerkung offenbar witzig fand, und erwiderte: »Ulkige Idee, Ms Ferrars, aber dergleichen gibt es hier nicht. Ich hatte nicht angenommen, dass wir in Omega Point jemals jemanden gefangen halten müssten. Aber ja, er hat ein eigenes Zimmer. Und, ja, das ist abgeschlossen.«

»Sie wollen, dass ich dort reingehe? Und mit ihm alleine bin?«

Ruhig bleiben. Ruhig bleiben. Aber ich bin zweifellos alles andere als ruhig.

Castle blickt mich besorgt an. »Ist das ein Problem für Sie? Ich dachte – weil er Sie nicht berühren kann – ich dachte mir, dass Sie sich weniger durch ihn bedroht fühlen würden als andere. Er weiß doch von Ihrer Fähigkeit, nicht wahr? Ich vermute, dass er schlau genug ist, sich von Ihnen fernzuhalten.«

Und es ist komisch, denn jemand scheint mir einen Eimer

Eiswasser über den Kopf zu schütten, und es tropft über meine Haut, dringt in die Poren, sickert in die Knochen, und nein, es ist überhaupt nicht komisch, denn ich muss sagen: »Ja. Natürlich. Sicher. Das hatte ich fast vergessen. Er kann mich nicht berühren«, selbstverständlich, Mr Castle, wo war ich nur mit meinen Gedanken.

Castle wirkte unendlich erleichtert.

Und nun sitze ich hier, genau in derselben Stellung wie vor 2 Stunden, und frage mich

wie lange

ich dieses Geheimnis

noch für mich behalten kann.

44

Das ist die Tür.

Hinter dieser Tür, vor der ich jetzt stehe, befindet sich Warner. Es gibt keine Fenster, man kann nicht in den Raum hineinschauen, und ich muss mir eingestehen, dass ich in einer ziemlich katastrophalen Lage bin.

Ich werde dort hineingehen, komplett unbewaffnet, denn ich selbst bin ja schon tödlich, wozu sollte ich also eine Waffe brauchen? Niemand, der bei Verstand ist, würde mich anfassen, niemand außer Warner natürlich, denn sein verzweifelter Versuch, meine Flucht durchs Fenster zu verhindern, führte zu der Entdeckung, zu seiner Entdeckung, dass er mich berühren kann, ohne Schaden zu nehmen.

Und das weiß bislang niemand außer mir.

Damals hatte ich gehofft, ich hätte mir das eingebildet, doch dann küsste Warner mich, gestand mir seine Liebe, und da wusste ich, dass ich mir nichts mehr einreden konnte. Doch seither sind nur etwa 4 Wochen vergangen, und ich wusste nicht, wie ich das zur Sprache bringen sollte. Ich hatte gehofft, das vermeiden zu können. Denn ich wollte es absolut nicht preisgeben.

Und jetzt: die Vorstellung, die anderen einzuweihen, Adam zu sagen, dass der Mensch, den er außer seinem Vater am meisten hasst, mich auch berühren kann; dass Warners Hände meinen Körper erkundet und seine Lippen meinen Mund gekostet haben – auch wenn ich das nicht wollte –: ausgeschlossen. Ich kann es nicht.

Nicht jetzt. Nach allem, was geschehen ist.

Ich bin selbst schuld an meiner Lage. Und nun muss ich auch alleine damit zurechtkommen.

Ich nehme meinen ganzen Mut zusammen und trete vor.

An der Tür stehen 2 Männer, die ich noch nie gesehen habe, und halten Wache. Was nicht viel zu bedeuten hat, mich aber doch ein bisschen beruhigt. Ich nicke beiden zu, und sie begrüßen mich so enthusiastisch, dass ich mich frage, ob sie mich mit jemandem verwechseln.

»Vielen Dank für Ihr Kommen«, sagt der eine. Er hat zottelige blonde Haare, die ihm in die Augen fallen. »Er führt sich schon den ganzen Morgen auf wie ein Irrer – wirft Sachen durch die Gegend, versucht die Wände einzutreten, droht, uns alle umzubringen. Er sagt, er will nur mit Ihnen sprechen, und er hat sich erst beruhigt, als wir ihm gesagt haben, dass Sie unterwegs sind.«

»Wir mussten das gesamte Mobiliar rausräumen«, fügt der andere hinzu, einen ungläubigen Blick in den weit aufgerissenen braunen Augen. »Er hat *alles* kaputt gemacht. Und nicht mal sein Essen zu sich genommen.«

Katastrophe.

Katastrophe.

Katastrophe.

Ich bringe irgendetwas wie ein Lächeln zustande und sage den beiden, dass ich versuchen werde, Warner zu beruhigen. Sie nicken eifrig, hoffen scheinbar auf etwas, das ich nicht leisten kann, und schließen die Tür auf. »Klopfen Sie einfach, wenn Sie rauswollen«, sagen sie. »Und rufen Sie uns.«

Ich nicke, ja, sicher, gewiss, und versuche nicht darauf zu achten, dass ich noch nervöser bin als vor der Begegnung mit Warners Vater. Mit Warner allein zu sein, nicht zu wissen, was er tun wird, wozu er fähig ist – ich bin völlig konfus, denn ich weiß nicht einmal, wer er wirklich ist.

Er besteht aus 100 unterschiedlichen Personen.

Er ist der Mann, der mich gezwungen hat, ein unschuldiges Kleinkind zu foltern. Er ist das Kind, das so gepeinigt und verstört war, dass es seinen eigenen Vater im Schlaf umbringen wollte. Er ist der Junge, der einem abtrünnigen Soldaten in den Kopf schießt; der Junge, der zu einem kalten herzlosen Mörder herangezogen wurde. Ich sehe Warner als Kind, das verzweifelt nach der Anerkennung seines Vaters sucht. Ich sehe Warner als Führer eines ganzen Sektors, als Mann, der mich erobern und gegen meinen Willen als Waffe benutzen will. Ich sehe ihn, wie er einen streunenden Hund füttert. Ich sehe ihn, wie er Adam fast zu Tode foltert. Und ich höre, wie er mir sagt, dass er mich liebt, fühle, wie er mich küsst, mit so unerwarteter Leidenschaft, mit solchem Verlangen, dass ich nicht weiß nicht weiß nicht weiß, was mir bevorsteht.

Ich weiß nicht, wer er dieses Mal sein wird. Welche Seite von sich er mir heute präsentiert.

Doch dann denke ich, dass es heute anders sein wird. Denn er befindet sich jetzt in meiner Welt, und ich kann jederzeit um Hilfe rufen, wenn etwas schiefläuft.

Das hoffe ich.

45

Ich gehe hinein.

Die Tür fällt hinter mir zu. Doch den Warner, den ich in diesem Raum vorfinde, erkenne ich kaum wieder. Er sitzt auf dem Boden, an die Wand gelehnt, die Beine ausgestreckt, die Knöchel verschränkt. Trägt nur Strümpfe, ein weißes T-Shirt, eine schwarze Hose. Das Sakko, seine Schuhe, sein elegantes Hemd sind im Zimmer verstreut. Sein Körper ist sehnig und muskulös, und seine blonden Haare sind – wohl zum ersten Mal in seinem Leben – komplett zerzaust.

Er schaut mich nicht an. Rührt sich nicht.

Ich habe mal wieder vergessen, wie man atmet.

Dann

»Hast du eine Ahnung«, sagt er leise, »wie oft ich das hier gelesen habe?« Er hebt die Hand, ohne aufzuschauen. Hält ein kleines abgewetztes Rechteck zwischen 2 Fingern.

Und ich frage mich, wie viele Schläge in die Magengrube man aushalten kann.

Mein Notizheft.

Er hat mein Notizheft in der Hand.

Natürlich.

Ich kann nicht fassen, dass ich das vergessen habe. Mein Notizheft war zuletzt bei ihm. Er hatte es mir abgenommen, als er es in der versteckten Tasche meines Kleides fand. Kurz vor der Flucht, kurz bevor Adam und ich aus dem Fenster kletterten und wegliefen. Kurz bevor Warner merkte, dass er mich berühren kann.

Und jetzt – kennt er meine düstersten Gedanken, meine intimsten Geständnisse, alles, was ich in völliger Isolation geschrieben habe, in dem Glauben, dass ich in dieser Zelle zu Grunde gehen und niemals jemand diese Aufzeichnungen lesen würde – er hat sie gelesen, all diese verzweifelt geflüsterten Botschaften aus den geheimsten Winkeln meines Geistes.

Ich fühle mich unerträglich entblößt.

Gelähmt.

Verletzlich.

Er schlägt das Notizheft irgendwo auf. Überfliegt die Seite. Sieht mich an, und seine Augen sind klarer, heller, leuchten in einem noch schöneren Grün als je zuvor, und mein Herz schlägt so schnell, dass ich es nicht mehr spüren kann.

Er beginnt vorzulesen.

»Nein –«, keuche ich entsetzt, aber es ist zu spät.

»Ich sitze hier jeden Tag«, fängt er an. *»Seit 175 Tagen. An einigen Tagen stehe ich auf und strecke mich, spüre die steifen Knochen, die knirschenden Gelenke, die zermalmte Seele. Ich dehne die Schultern, blinzle, zähle die Sekunden, die an den Wänden hinaufkriechen, die Minuten, die unter meiner Haut zittern, die Atemzüge, die ich nicht vergessen darf. Manchmal erlaube ich mir, den Mund ein wenig zu öffnen; ich streiche mit der Zunge über die Rückseite meiner Zähne, über den Rand meiner Lippen, und ich gehe in diesem kleinen Raum umher, betaste die Risse in den Wänden und überlege, überlege, wie es wohl wäre, laut zu sprechen und gehört zu werden. Ich halte die Luft an, horche, horche nach Lebenszeichen und denke an die Schönheit, die niemals mögliche Möglichkeit, einen anderen Menschen neben mir atmen zu hören.«*

Warner hat die Hand zur Faust geballt, presst den Handrücken einen Moment lang an den Mund, bevor er weiterliest.

»Ich halte inne. Ich bleibe still stehen. Ich schließe die Augen

und versuche mich an eine Welt außerhalb dieser Mauern zu er-
innern. Ich denke darüber nach, wie es wohl wäre zu wissen, dass
ich träume, dass dieses isolierte Dasein nur in meinem Kopf besteht.
Und«, fährt er fort, schließt die Augen, lehnt den Kopf an die
Wand, zitiert aus der Erinnerung, »*ich denke die ganze Zeit da-*
ran. Wie es wohl wäre, mich umzubringen. Weil ich es noch im-
mer nicht weiß, weil ich den Unterschied nicht kenne, weil ich nicht
sicher sein kann, ob ich lebe oder nicht. Deshalb sitze ich hier. Sitze
hier, tagaus, tagein.«

Ich bin am Boden angewachsen, erstarrt in meiner eigenen
Haut, außerstande, mich zu rühren, denn wenn ich mich bewege, könnte ich erwachen und merken, dass dies wirklich
geschieht. Und dann würde ich sterben vor Scham, weil jemand in meine Intimsphäre eingedrungen ist, und ich will
weglaufen laufen laufen laufen

»*Lauf weg, sagte ich mir.*« Warner liest wieder vor.

»Bitte«, flehe ich ihn an. »Bitte h-hör auf –«

Er hebt den Kopf, schaut mich an, als sehe er mich ganz
neu, als könne er in mein Inneres blicken, als wolle er, dass
ich in *sein* Inneres blicke, und dann senkt er den Blick, räuspert sich, liest einfach weiter.

»*Lauf weg, sagte ich mir. Lauf, bis deine Lunge versagt, bis der*
Wind sich in deinen zerfetzten Kleidern verfängt, bis du nur noch
ein verschwommener Schatten am Horizont bist.

Lauf, Juliette, lauf schneller, lauf, bis deine Knochen zerbrechen,
bis deine Schienbeine zersplittern, bis deine Muskeln schwinden
und dein Herz erstirbt, das immer schon zu groß für deinen Körper
war und zu lange zu schnell schlagen musste.

Lauf lauf lauf, bis du die Schritte hinter dir nicht mehr hören
kannst. Lauf, bis sie ihre Schlagstöcke fallen lassen und ihre Schreie
in der Luft verhallen. Lauf mit offenen Augen und geschlossenem
Mund, und bezwinge den Fluss, der aus deinen Augen strömen
will. Lauf, Juliette.

Lauf, bis du tot umfällst.

*Sorge dafür, dass dein Herz nicht mehr schlägt, bevor sie dich er-
greifen. Bevor sie dich berühren.*

Lauf, sagte ich.«

Ich balle die Fäuste, bis sie schmerzen, beiße die Zähne
zusammen, bis sie knirschen, alles alles, nur nicht mehr an
diese Erinnerungen rühren. Ich will mich nicht erinnern. Ich
will nicht mehr daran denken. Ich will nicht daran denken,
was ich geschrieben habe, was Warner nun über mich weiß,
was er über mich denkt. Er muss mich für erbärmlich einsam
und verzweifelt und weinerlich halten. ~~Ich weiß nicht, wieso
mir das überhaupt wichtig ist~~.

»Weißt du«, sagt er, klappt das Notizheft zu. Blickt darauf. Lässt die Hand darauf ruhen. Schützend. »Nachdem ich
diesen Eintrag gelesen hatte, konnte ich tagelang nicht mehr
schlafen. Ich fragte mich, wer dich jagte, vor wem du davonlaufen wolltest. Ich wollte die finden«, sagt er leise, »und
ihnen einzeln die Glieder ausreißen. Ich wollte sie ermorden,
so grausam, dass sogar du dich erschrecken würdest.«

Ich zittere jetzt am ganzen Körper. Flüstere: »Bitte, bitte,
gib mir das zurück.«

Er berührt seine Lippen mit den Fingerspitzen. Legt den
Kopf in den Nacken. Lächelt, seltsam und unfroh. Sagt:
»Du sollst wissen, dass es mir sehr leidtut. Dass ich –«, er
schluckt, »dass ich dich so geküsst habe. Ich konnte nicht ahnen, dass du deshalb auf mich schießen würdest.«

Mir fällt etwas auf. »Dein Arm«, hauche ich verblüfft.
Keine Schlinge mehr. Warner bewegt sich mühelos. Nirgendwo Schwellungen oder Narben zu erkennen.

Er lächelt matt. »Ja. Als ich hier in diesem Raum erwachte,
war der Arm geheilt.«

Tana und Randa. Haben ihm geholfen. Ich frage mich,
weshalb Warner hier so gut behandelt wird. Zwinge mich,

einen Schritt zurückzutreten. »Bitte«, sage ich erneut. »Mein Notizheft, ich –«

»Ich versichere dir«, erwidert er, »dass ich dich nicht geküsst hätte, wenn ich nicht das Gefühl gehabt hätte, dass du es wolltest.«

Ich bin so geschockt über diese Aussage, dass ich mein Notizheft einen Moment lang vergesse. Dass ich es wage, Warner anzusehen. Seinen durchdringenden Blick zu ertragen. Es gelingt mir, meine Stimme ruhig zu halten. »Ich hatte doch gesagt, dass ich dich *hasse.*«

»Ja.« Er nickt. »Du wärst erstaunt, wenn du wüsstest, wie oft ich das zu hören bekomme.«

»Nein, das erstaunt mich eher nicht.«

Seine Lippen zucken amüsiert. »Du hast versucht mich umzubringen.«

»Und das findest du komisch?«

»O ja«, antwortet er, und das Lächeln wird breiter. »Absolut faszinierend.« Er hält inne. »Möchtest du wissen, weshalb?«

Ich starre ihn wortlos an.

»Weil du immer zu mir gesagt hast, dass du niemanden verletzen wolltest. Dass du niemanden *töten* wolltest.«

»Das stimmt auch.«

»Aber mich wolltest du töten?«

Ich besitze keine Buchstaben mehr. Mir sind die Worte ausgegangen. Jemand hat mir meinen Wortschatz geraubt.

»Diese Entscheidung fiel dir leicht«, sagt er. »Du hattest eine Pistole. Du wolltest weglaufen. Du hast geschossen. Das war's.«

Ich bin eine Heuchlerin. Er hat Recht.

Ich versuche mir einzureden, dass ich niemanden töten will, aber irgendwie rechtfertige ich das Töten vor mir selbst, lege mir Gründe dafür zurecht.

Warner. Castle. Anderson.

Sie alle wollte ich umbringen. Und ich hätte es auch getan. *Was geschieht mit mir?*

Es war ein furchtbarer Fehler hierherzukommen. Diesen Auftrag anzunehmen. Ich kann nicht mit Warner allein sein. Nicht so. Wenn ich mit ihm allein bin, schmerzt etwas in mir. Auf eine Art, die ich nicht verstehen will.

Ich muss weg hier.

»Geh nicht«, flüstert er, den Blick wieder auf mein Notizheft gerichtet. »Bitte. Setz dich zu mir. Bleib bei mir. Ich möchte dich nur sehen. Du musst nicht mal sprechen.«

Irgendein irrer, verworrener Teil meines Hirns verlangt tatsächlich, dass ich mich zu ihm setze, ihn anhöre, doch dann muss ich an Adam denken, was würde er sagen, wenn er das wüsste, wenn er hier wäre und sehen könnte, dass ich mit dem Mann Zeit verbringen will, der ihn ins Bein geschossen, ihm die Rippen gebrochen und ihn in einem verlassenen Schlachthaus aufgehängt hat, wo er langsam verbluten sollte.

Ich muss wahnsinnig sein.

Dennoch rühre ich mich nicht von der Stelle.

Warner lehnt sich entspannt an die Wand. »Möchtest du, dass ich weiter vorlese?«

Ich schüttle den Kopf, kann nicht damit aufhören, flüstere: »Warum tust du das?«

Er sieht aus, als wolle er antworten, doch dann überlegt er es sich anders. Schaut beiseite. Blickt zur Decke hinauf und lächelt ein wenig. »Weißt du«, sagt er, »ich wusste es vom ersten Tag an, als ich dir begegnet bin. Etwas fühlte sich ganz besonders an. Der Ausdruck in deinen Augen. So zart. Und verletzlich. Als hättest du nicht gelernt, dein Herz vor der Welt zu verbergen.« Er nickt, nickt mehrmals, und ich weiß nicht, warum. »Das hier zu finden«, sagt er, und seine Stimme klingt sanft, als er mein Notizheft berührt,

»war so –«, er runzelt die Stirn, verwirrt und verwundert, »so extrem schmerzhaft.« Er schaut mich an. Sieht dabei aus wie ein ganz anderer Mensch. Als müsse er etwas Bitteres schlucken. Oder eine enorm schwierige Gleichung lösen. »Es fühlte sich an, als würde ich zum ersten Mal in meinem Leben einer verwandten Seele begegnen.«

~~Warum zittern meine Hände so sehr.~~

Er holt tief Luft. Senkt den Blick. Flüstert: »Ich bin so müde, Süße. So wahnsinnig müde.«

~~Warum rast mein Herz so sehr.~~

»Wie viel Zeit bleibt mir«, fragt er, »bis sie mich töten?«

»Töten?«

Er starrt mich an.

»Wir werden dich nicht töten«, sage ich. »Wir haben nicht die Absicht, dir etwas anzutun. Wir wollen dich nur benutzen, um unsere Leute zurückzuholen. Du bist unsere Geisel.«

Warners Augen werden groß, und er richtet sich auf. »Was?«

»Wir haben keinen Grund, dich zu töten«, erkläre ich. »Wir wollen dich nur austauschen –«

Warner lacht aus vollem Hals. Schüttelt den Kopf. Lächelt mich auf eine Art an, die ich nur einmal zuvor gesehen habe. Als sei ich das Entzückendste unter der Sonne.

~~Diese Grübchen.~~

»Liebes, süßes, wunderhübsches Mädchen«, sagt er. »Deine Leute überschätzen die Zuneigung meines Vaters zu mir gewaltig. Ich bedaure, dir das mitteilen zu müssen. Aber mein Hiersein verschafft euch nicht den Vorteil, auf den ihr gehofft habt. Ich bezweifle, dass mein Vater meine Abwesenheit überhaupt bemerken wird. Ich möchte euch deshalb ersuchen, mich entweder zu töten oder freizulassen. Aber bittet verschwendet nicht meine Zeit, indem ihr mich hier gefangen haltet.«

Ich suche verzweifelt nach greifbaren Wörtern und Sätzen, kann aber keine finden, nicht einmal ein Adverb, nicht einmal eine Präposition oder ein einsames Partizip, denn auf eine so absonderliche Bitte gibt es keine Antwort.

Warner grinst mich immer noch an, sichtlich amüsiert.

»Aber das ist doch kein Argument«, sage ich schließlich. »Niemand wird gerne als Geisel gehalten –«

Er holt Luft. Streicht sich durchs Haar. Zuckt mit den Schultern. »Deine Leute vergeuden nur Zeit«, sagt er. »Eine Entführung nützt euch gar nichts. Das kann ich euch garantieren.«

46

Mittagessen.

Kenji und ich sitzen auf der einen Seite des Tischs, Adam und James auf der anderen.

Seit einer halben Stunde erörtern wir mein Gespräch mit Warner. Mein Tagebuch habe ich vorsätzlich nicht erwähnt, frage mich aber jetzt, ob das ein Fehler ist. Und ob ich nicht endlich damit rauskommen sollte, dass Warner mich berühren kann. Doch jedes Mal, wenn ich Adam anschaue, verlässt mich der Mut. Ich weiß nicht einmal, *weshalb* Warner mich anfassen kann. Vielleicht ist Warner die glückliche Ausnahme, für die ich bislang Adam gehalten habe. Vielleicht ist das alles ein kosmischer Scherz auf meine Kosten.

Ich weiß noch nicht, was ich tun will.

Aber irgendwie empfinde ich die Details des Gesprächs mit Warner als zu intim, um sie den anderen zu offenbaren. Es wäre mir zum Beispiel peinlich, ihnen zu sagen, dass Warner mir seine Liebe gestanden hat. Und ich möchte ihnen auch nicht gestehen, dass Warner mein Tagebuch gelesen hat. Nur Adam weiß noch von der Existenz des Notizhefts. Er hatte es aus der Anstalt gerettet und mir wiedergegeben. Aber er war zurückhaltend, sagte mir, er habe es nie gelesen. Weil er meine Privatsphäre respektieren wolle.

Warner dagegen hat in meinem Kopf herumgewühlt.

Ich bin extrem angespannt, wenn ich an ihn denke. Ängstlich, nervös, fühle mich angreifbar. Ich finde es unerträglich, dass er meine intimsten Gedanken kennt.

Er sollte gar nichts über mich wissen.

Er sollte alles über mich wissen. Der Mann, der mir gegenübersitzt. Der mit den tiefblauen Augen und dunkelbraunen Haaren und den Händen, die mein Herz und meinen Körper berührt haben.

Es scheint ihm nicht gut zu gehen.

Adam sitzt vornübergebeugt da, mit gerunzelter Stirn, verkrampft gefalteten Händen. Sein Essen hat er noch nicht angerührt, und seit meinem Bericht über mein Treffen mit Warner hat er noch kein einziges Wort gesprochen. Kenji war ebenso schweigsam. Alle sind ziemlich ernst seit den Kämpfen; wir haben mehrere Leute aus unseren Reihen verloren.

Ich hole tief Luft und rede weiter.

»Was meint ihr also?«, frage ich. »Zu dem, was er über Anderson gesagt hat?« Ich benutze das Wort *Vater* nicht mehr für Anderson, vor allem nicht in Anwesenheit von James. Ich weiß nicht, ob Adam mit seinem Bruder darüber gesprochen hat, und es geht mich auch nichts an. Ich finde es allerdings beunruhigend, dass Adam seit unserer Rückkehr vor 2 Tagen auch kein weiteres Wort zu dem Thema verloren hat. »Glaubt ihr auch, dass es Anderson einerlei ist, ob wir Warner als Geisel haben?«

James verengt die Augen beim Kauen und schaut in die Runde, als wolle er sich jedes Wort einprägen, das gesprochen wird.

Adam reibt sich die Stirn. »Das«, sagt er dann schließlich, »könnte schon zutreffen.«

Kenji verschränkt die Arme, beugt sich vor. »Ja, es ist ziemlich sonderbar. Wir haben absolut nichts von denen gehört, und es sind schon achtundvierzig Stunden vergangen.«

»Wie denkt Castle darüber?«, frage ich.

Kenji zuckt die Achseln. »Ist vollkommen abgestresst. Ian

und Emory waren in üblem Zustand, als wir sie gefunden haben. Ich glaube, sie sind noch immer bewusstlos, obwohl Tana und Randa rund um die Uhr im Einsatz sind, um sie zu heilen. Ich glaube, Castle fürchtet, dass wir Winston und Brendan nicht mehr lebend wiedersehen.«

»Vielleicht«, bemerkt Adam, »rühren sie sich auch deshalb nicht, weil du Anderson in beide Beine geschossen hast. Vielleicht muss er sich erst erholen.«

Ich verschlucke mich fast an dem Wasser, das ich gerade trinke. Werfe einen Blick auf Kenji, um zu sehen, ob er Adam widersprechen will, aber er bleibt stumm.

Schließlich nickt er. Sagt: »Ja. Stimmt. Das hatte ich fast vergessen.« Er zögert. »Könnte hinkommen.«

»Du hast ihm in die Beine geschossen?«, fragt James und starrt Kenji mit großen Augen an.

Kenji räuspert sich, schaut mich aber nicht an. Ich frage mich, weshalb er mich deckt. Weshalb er es für besser hält, die Wahrheit nicht zu offenbaren. »Ja«, antwortet er und fährt fort zu essen.

Adam holt tief Luft. Schiebt seine Ärmel hoch, starrt auf die in seinen Unterarm geritzten konzentrischen Kreise, Zeichen aus seiner militärischen Vergangenheit.

»Aber warum?«, fragt James.

»Was meinst du?«, erwidert Kenji.

»Warum hast du ihn nicht umgebracht? Warum nur in die Beine geschossen? Hast du nicht gesagt, er ist der Böse? Wegen dem alles so schlimm ist?«

Kenji bleibt eine Weile stumm. Stochert mit dem Löffel in seinem Essen. Legt ihn schließlich hin und bedeutet James, dass er zu ihm kommen soll. Ich rutsche beiseite, um Platz zu machen. »Komm mal her«, sagt Kenji zu James und zieht ihn an sich. James legt die Arme um Kenji. Und Kenji wuschelt dem Jungen durch die Haare.

Ich wusste nicht, dass die beiden sich so nah sind.

Vergesse immer wieder, dass die 3 sich ein Zimmer teilen.

»Okay. Bist du bereit für eine kleine Unterrichtsstunde?«, fragt Kenji.

James nickt.

»Es ist so: Wir haben von Castle gelernt, dass man nicht einfach den Kopf abschlagen kann, verstehst du?« Er zögert, überlegt. »Wenn wir den Führer der Feinde umbringen – was würde dann passieren?«

»Frieden auf der ganzen Welt?«, antwortet James.

»Eben nicht. Totales Chaos.« Kenji schüttelt den Kopf. Reibt sich die Nasenspitze. »Und Chaos ist fast unmöglich zu bekämpfen.«

»Wie wollt ihr dann siegen?«

»Genau«, sagt Kenji. »Das ist genau die Frage. Den Anführer des Gegners können wir erst dann verschwinden lassen, wenn wir bereit zur Machtübernahme sind – wenn es also einen neuen Führer gibt, der an die Stelle des alten treten kann. Die Menschen brauchen jemanden, um den sie sich scharen können, verstehst du? Und wir sind eben noch nicht so weit.« Er zuckt die Achseln. »Wenn wir nur gegen Warner gekämpft hätten – ihn zu beseitigen wäre kein Thema gewesen. Aber hätten wir Anderson getötet, hätte komplette Anarchie geherrscht. Und bei Anarchie besteht die Gefahr, dass jemand anderer – der womöglich noch übler ist – vor uns die Herrschaft ergreift.«

James erwidert etwas, aber ich höre es nicht.

Adam starrt mich an.

Vollkommen unverhohlen. Er spricht nicht. Schaut auf meine Augen, meinen Mund, lässt den Blick zu lange dort verweilen. Wendet kurz den Kopf, fixiert mich dann aber sofort wieder. Jetzt ist sein Blick noch drängender. Verlangender.

Mein Herz beginnt zu schmerzen.

Ich sehe, wie er mühsam schluckt. Wie seine Brust sich hebt und senkt. Die Anspannung in seinem Kiefer, in seinem ganzen Körper. Und die ganze Zeit gibt er keinen einzigen Laut von sich.

~~Ich sehne mich so entsetzlich danach, ihn zu berühren.~~

»Klugscheißer.« Kenji gluckst, schüttelt den Kopf, belustigt über James' Bemerkung. »Du weißt, dass ich das so nicht gemeint habe. Außerdem«, er seufzt, »sind wir noch nicht ausreichend vorbereitet, um mit einem solchen Irrsinn umzugehen. Wir beseitigen Anderson, wenn wir bereit sind zur Machtübernahme. Das ist der einzig sinnvolle Weg.«

Adam steht abrupt auf. Schiebt das Essen weg, das er nicht angerührt hat, und räuspert sich. Schaut Kenji an. »Deshalb hast du ihn also nicht umgebracht, obwohl er direkt vor dir lag.«

Kenji kratzt sich am Hinterkopf. »Hör zu, Mann, wenn ich gewusst hätte –«

»Vergiss es«, unterbricht ihn Adam. »Du hast mir einen Gefallen getan.«

»Wie meinst du das?«, fragt Kenji. »Hey, Mann, wo gehst du hin –«

Doch Adam dreht sich nicht mehr um.

47

Ich laufe ihm nach.

Ich folge ihm einen menschenleeren Gang entlang, obwohl ich weiß, dass ich das nicht tun sollte. Ich sollte nicht
alleine mit ihm sprechen, sollte meine Gefühle für ihn nicht
noch bestärken, aber ich mache mir Sorgen. Ich kann nichts
dagegen tun. Er zieht sich in sich selbst zurück, verschwindet
in einer Welt, zu der ich keinen Zugang mehr habe, und ich
kann es ihm nicht einmal zum Vorwurf machen. Kann nur
erahnen, was er gerade durchmacht. Diese ganzen neuen Informationen könnten einen weniger gefestigten Menschen
in den Irrsinn treiben. Und es ist uns zwar gelungen zusam-
menzuarbeiten, aber wir haben keine Gelegenheit für ein
persönliches Gespräch gefunden.

Ich muss wissen, wie es ihm geht.

Ich kann nicht einfach aufhören, ihm innerlich nah zu
sein.

»Adam?«

Als er meine Stimme hört, bleibt er stehen. Starr vor Über-
raschung. Dreht sich um, und binnen Sekunden zeichnen
sich Hoffnung, Verwirrung, Sorge auf seinem Gesicht ab.
»Was ist los?«, fragt er. »Ist etwas passiert?«

Und plötzlich steht er vor mir, in seiner ganzen Größe,
und ich ertrinke in Gefühlen und Erinnerungen, die ich nie
vergessen wollte. Ich versuche mich mühsam zu entsinnen,
worüber ich mit ihm sprechen wollte. Warum ich ihm jemals
gesagt habe, dass wir nicht zusammen sein können. Warum

ich mir sogar 5 Sekunden in seinen Armen versage, und ich höre ihn fragen: »Juliette? Was ist denn? Ist etwas passiert?«

Ich möchte so gerne sagen, ja, schreckliche Dinge sind passiert, und ich bin völlig erschöpft, und ich möchte nur in deine Arme sinken und den Rest der Welt vergessen. Stattdessen zwinge ich mich aufzublicken, ihm in die Augen zu schauen. So ein dunkles abgründiges Blau. »Ich mache mir Sorgen um dich«, sage ich.

Sofort wirkt er anders, distanziert. Er versucht zu lachen und sagt: »Du machst dir also Sorgen um mich.« Er schnaubt. Fährt sich durchs Haar.

»Ich wollte nur wissen, ob es dir auch gut geht –«

Er schüttelt ungläubig den Kopf. »Was soll das?«, fragt er. »Willst du dich über mich lustig machen?«

»Was?«

Er schlägt sich mit der Faust an die Lippen. Schaut auf. Scheint nicht sprechen zu wollen, aber dann tut er es doch, und er klingt bedrückt und verletzt und verwirrt. »Du hast dich von mir getrennt«, sagt er. »Du hast uns aufgegeben – unsere gemeinsame Zukunft. Du hast mir förmlich das Herz aus dem Leib gerissen, und nun willst du wissen, ob es mir gut geht? Wie soll das wohl möglich sein, Juliette? Was ist das für eine Frage?«

Mir wird schwindlig.

»Ich wollte nicht –« Ich schlucke mühsam. »Weil i-ich – über deinen – Vater g-gesprochen habe – ich dachte, vielleicht – o Gott, es tut mir so leid – du hast Recht, ich bin so dumm – ich h-hätte dir nicht – folgen sollen – ich hätte –«

»Juliette«, sagt er drängend und umfasst meine Taille, als ich zurückweichen will. Er schließt die Augen. »Bitte«, murmelt er, »sag mir, was ich tun soll. Wie ich mich fühlen soll. Eine schlimme Sache nach der nächsten passiert, und ich gebe mir wirklich Mühe durchzuhalten – ich strenge mich echt an, aber es ist scheiß *schwierig*, und ich«, seine Stimme wird rau, »ich vermisse dich«, sagt er erstickt, »ich vermisse dich so sehr, dass ich fast daran sterbe.«

Meine Finger krallen sich in sein Hemd.

Mein Herz pocht laut in der Stille, gibt all meine Geheimnisse preis.

Ich sehe, wie schwer es Adam fällt, mich anzuschauen, wie schwer es ihm fällt, die Worte auszusprechen, als er flüstert: »Liebst du mich noch?«

Und ich muss jeden Muskel in meinem Körper anspannen, um nicht die Arme auszustrecken, um Adam nicht zu umarmen und zu küssen. »Adam – natürlich liebe ich dich noch –«

»Weißt du«, sagt er und sieht dabei so verletzlich aus, »so etwas wie mit dir habe ich noch nie erlebt. An meine Mutter kann ich mich kaum erinnern, und sonst hatte ich nur James und meinen beschissenen Vater. James hat mich auf seine Art immer geliebt, aber du – mit dir –« Er unterbricht sich. Schaut zu Boden. »Ich kann nicht mehr leben wie vorher«, sagt er. »Wie soll ich das Zusammensein mit dir vergessen? Wie soll ich vergessen, wie es sich anfühlt, von dir geliebt zu werden?«

Ich merke nicht einmal, dass ich weine, bis ich meine eigenen Tränen schmecke.

»Du sagst, dass du mich liebst«, fährt er fort. »Und ich weiß, dass ich dich liebe.« Er hebt den Kopf, sieht mich an. »Warum zum Teufel können wir dann nicht zusammen sein?«

Ich weiß nicht, was ich darauf erwidern kann außer »Es t-tut mir leid, es tut mir so leid, du kannst g-gar nicht ahnen, wie leid es mir tut –«

»Wieso können wir es nicht einfach versuchen?« Er klingt drängend, verzweifelt, packt mich an den Schultern, unsere Gesichter sind gefährlich nah. »Ich bin bereit, alles in Kauf zu nehmen, das schwöre ich dir, wenn ich dafür weiß, dass du in meinem Leben bist –«

»Es geht nicht«, antworte ich, wische mir übers Gesicht, will mich nicht beschämen lassen von meinen Tränen. »Unsere Gefühle alleine genügen nicht, Adam, und das weißt du auch. Eines Tages werden wir irgendeine Dummheit machen, uns in Gefahr begeben. Weil wir glauben, es wäre doch möglich. Und das wird nicht gut ausgehen.«

»Aber schau uns doch an«, widerspricht er. »Wir kriegen das hin – ich schaffe es, dir nahe zu sein, ohne dich zu küssen – ich brauche nur noch ein paar Monate Training –«

»Dein Training wird uns nicht helfen«, unterbreche ich ihn. Ich weiß, dass ich ihm jetzt alles gestehen muss. Er hat ein Recht darauf, alles zu wissen. »Denn je länger ich trainiere, desto mehr erfahre ich darüber, wie gefährlich ich wirklich bin. Und du – k-kannst nicht in meiner Nähe sein. Es ist nicht nur meine Haut. Ich könnte dich schon verletzen, indem ich nur deine Hand halte.«

»Was?« Er blinzelt verwirrt. »Wovon redest du?«

Ich hole tief Luft. Lege die Handfläche an die Wand. Drücke meine Finger in den Stein, greife mir eine Handvoll, zerdrücke ihn in der Faust, lasse den Sand durch die Finger rieseln.

Adam starrt mich verblüfft an.

»Ich war die Person, die auf deinen Vater geschossen hat«, gestehe ich. »Ich weiß nicht, warum Kenji mich gedeckt hat. Ich weiß nicht, weshalb er euch nicht die Wahrheit gesagt hat. Aber ich war so von dieser – weißglühenden Wut erfüllt, dass ich Anderson einfach nur umbringen wollte. Und ich habe ihn gefoltert«, flüstere ich. »Ich habe ihn in die Beine geschossen, um es möglichst lange hinauszuzögern. Weil ich diesen letzten Moment auskosten wollte. Die Kugel, die ich ihm ins Herz jagen wollte. Und ich war so kurz davor. Kenji hat mich weggezerrt. Weil er gesehen hat, dass ich wahnsinnig war. Ich habe keine Kontrolle mehr über mich«, flüstere ich heiser. »Ich weiß nicht, was mit mir los ist und was mit mir geschieht, und ich weiß noch nicht einmal, wozu ich tatsächlich fähig bin. Ich habe keine Ahnung, wie schlimm das noch werden kann. Jeden Tag erfahre ich etwas Neues über mich selbst, das mir Angst einjagt. Ich habe Menschen schreckliche Dinge angetan«, flüstere ich. Schlucke das Schluchzen in meiner Kehle hinunter, das aufsteigen will. »Ich bin nicht normal, Adam. Und in meiner Nähe wirst du immer gefährdet sein.«

Er starrt mich fassungslos an, bleibt stumm.

»Jetzt weißt du, dass die Gerüchte wahr sind«, flüstere ich. »Ich bin verrückt. Und ein Monstrum.«

»Nein«, haucht er. »Nein –«

»Doch.«

»Nein«, widerspricht er leidenschaftlich. »Das ist nicht wahr – du bist stärker als diese Kräfte – ich weiß es – ich *kenne* dich. Ich kenne dein Herz seit zehn Jahren«, sagt er, »und ich habe miterlebt, was du durchgemacht hast, und ich werde dich nicht aufgeben, nicht deshalb, nicht aus so einem Grund –«

»Wie kannst du so etwas sagen? Wie kannst du immer noch glauben – nach alldem –«

»Du«, erwidert er und umfasst meine Taille fester, »bist einer der stärksten und mutigsten Menschen, die ich kenne. Du hast ein gutes Herz und die besten Absichten –« Er hält inne. Atmet zittrig ein. »Du bist der beste Mensch, den ich jemals kennengelernt habe. Du hast Entsetzliches durchgemacht und bei alldem nicht deine Menschlichkeit eingebüßt. Wie um alles in der Welt«, sagt er, und nun bricht seine Stimme, »soll ich dich aufgeben? Wie soll ich dich verlassen?«

»Adam –«

»Nein«, erwidert er und schüttelt den Kopf. »Ich weigere mich zu glauben, dass es mit uns aus ist. Nicht, wenn du mich noch liebst. Weil du das nämlich alles durchstehen wirst. Und ich werde auf dich warten. Für mich gibt es niemand anderen«, sagt er. »Du bist die Einzige, die ich jemals wollte, und daran«, er schluckt, »wird sich niemals *niemals* etwas ändern.«

»Wie rührend.«

Adam und ich zucken zusammen. Blicken auf.

Da ist er.

Warner. Bleibt neben uns stehen. Seine Hände sind auf dem Rücken gefesselt. Er starrt uns an. Zornig, verletzt, angewidert. Castle ist hinter ihm, will Warner offenbar irgendwohin führen. Adam ist starr wie Stein, rührt sich nicht, spricht nicht, scheint auch nicht mehr zu atmen. Und ich bin sicher, dass ich schon verkohlt sein muss, so glühend heiß ist mir.

»Du siehst so entzückend aus, wenn du rot wirst«, sagt Warner zu mir. »Aber ich würde mir wirklich wünschen, dass du deine Gefühle nicht auf jemanden verschwendest, der um deine Liebe betteln muss.« Er legt den Kopf schief. »Wie bedauerlich für dich«, sagt er zu Adam. »Das muss schrecklich peinlich sein.«

»Du kranker Dreckskerl«, erwidert Adam mit tonloser Stimme.

»Ich besitze zumindest noch meine Würde«, versetzt Warner.

Castle schüttelt entnervt den Kopf. Schiebt Warner vorwärts. »Gehen Sie beide an Ihre Arbeit«, ruft er uns über die Schulter zu, während er weitergeht. »Sie vergeuden wertvolle Zeit.«

»Fahr zur Hölle, Warner«, schreit Adam den beiden hinterher.

»Und selbst dann«, schreit Warner zurück, »hast du Juliette noch lange nicht verdient.«

Adam erwidert nichts mehr.

Verfolgt die beiden nur mit Blicken, bis sie hinter der Ecke verschwunden sind.

48

James ist bei meiner Trainingsstunde vor dem Abendessen dabei.

Er hält sich seit unserer Rückkehr häufig in unserer Nähe auf, was allen gut bekommt. Er wirkt entspannend auf uns, und ich bin froh, dass er sich uns wieder angeschlossen hat.

Ich habe ihm gezeigt, wie leicht es mir inzwischen gelingt, Dinge zu zerstören.

Ziegelsteine fühlen sich für mich an, als zerdrücke ich ein Stück Kuchen. Metallrohre verbiege ich wie Strohhalme. Holz ist ein bisschen kniffliger, weil ich manchmal ein paar Splitter abkriege, wenn ich es auf die falsche Art zerbreche. Doch ich bewältige das alles inzwischen mühelos. Kenji untersucht mittlerweile neue Aspekte meiner Fähigkeiten; er will herausfinden, ob ich auch projizieren, das heißt meine Kraft aus weiterer Entfernung einsetzen kann.

Offenbar sind nicht alle Fähigkeiten zur Projektion geeignet. Lily zum Beispiel verfügt über dieses fantastische fotografische Gedächtnis, aber sie wird diese Kraft niemals auf jemanden übertragen können.

Projektion ist bislang die schwierigste Aufgabe, die mir gestellt wurde. Sie ist mental und körperlich extrem fordernd. Ich muss dabei absolut konzentriert sein, und mein Geist muss mit jedem Teil meines Körpers in Verbindung stehen, aus dem meine Kraft bezogen wird. Was bedeutet, dass ich die Quelle der Kraft genau spüren muss – und auch imstande sein muss, sie jederzeit anzuzapfen.

Das ist so anstrengend, dass mir davon der Kopf weh tut.

»Kann ich auch mal versuchen, was zu zerbrechen?«, fragt James. Nimmt sich einen Ziegel von dem Stapel und wiegt ihn in der Hand. »Vielleicht bin ich auch so superstark wie du.«

»Hast du dich jemals so gefühlt?«, fragt Kenji ihn. »Ich meine, außergewöhnlich stark?«

»Nee«, antwortet James. »Aber ich hab auch noch nie probiert, was zu zerbrechen.« Er blinzelt. »Meint ihr, ich könnte wie ihr sein? Auch eine besondere Kraft haben?«

Kenji betrachtet ihn forschend. Scheint zu überlegen. Dann sagt er: »Möglich wäre das auf jeden Fall. Dein Bruder hat jedenfalls etwas in seinen Genen. Das könnte also auf dich auch zutreffen.«

»Echt?« James hopst auf und ab vor Freude.

Kenji gluckst. »Keine Ahnung. Ich sag ja bloß, es wäre mö–nein, James«, schreit er, »tu das nicht –«

»Autsch.« James zuckt zusammen, lässt den Ziegel fallen und ballt die Hand zur Faust, um einen klaffenden Riss zu verstecken. »Ich glaub, ich hab zu fest gedrückt und bin dabei ausgerutscht –«

»Du *glaubst*?« Kenji schüttelt aufgeregt den Kopf. »Junge, du kannst dir nicht einfach so die Hand aufreißen. Ich krieg ja gleich einen Herzinfarkt. Komm her«, fügt er ruhiger hinzu. »Ich muss das mal anschauen.«

»Ist nichts«, erwidert James. Er ist rot geworden und versteckt die Hand hinter dem Rücken. »Gar nicht schlimm. Ist gleich wieder weg.«

»So eine Wunde heilt nicht so schnell«, widerspricht Kenji. »Nun zeig schon her –«

»Warte mal«, falle ich ihm ins Wort, weil mir auffällt, wie konzentriert James wirkt, wie fest er die Faust hinter dem Rücken ballt. »Was meinst du mit ›ist gleich wieder weg?‹, James? Meinst du, das heilt von selbst wieder?«

James blinzelt. »Ja, schon«, antwortet er. »Das geht immer ganz schnell.«

»Was? Was geht immer ganz schnell?« Kenji starrt James an, wirft mir dann einen Blick zu, weil er begreift, was ich vermute.

»Wenn ich mich verletze«, sagt James und schaut uns beide an, als seien wir nicht recht bei Trost. »Wenn du dich schneidest«, fragt er dann Kenji, »heilt das nicht gleich wieder?«

»Kommt auf den Schnitt an«, antwortet Kenji. »Aber eine Wunde von dieser Größe?« Er schüttelt den Kopf. »Die müsste ich säubern, um einer Entzündung vorzubeugen. Dann würde ich Salbe auftragen, damit sich keine Narbe bildet, und sie dann verbinden. Und dann«, fügt er hinzu, »würde es mindestens einige Tage dauern, bis sie verschorft. Danach beginnt dann der eigentliche Heilungsprozess.«

James sieht so verdattert aus, als habe er etwas derartig Absurdes noch nie zuvor gehört.

»Zeig mir deine Hand«, sagt Kenji.

James zögert.

»Du brauchst keine Angst zu haben«, sage ich zu ihm. »Ehrlich. Wir sind nur neugierig.«

Ganz langsam öffnet James die Faust. Löst die Finger und lässt uns dabei nicht aus den Augen. Und an der Stelle, an der kurz zuvor noch der breite Riss aufklaffte, sieht man nichts mehr außer makelloser rosa Haut und einem kleinen Blutstropfen.

»Heiliger Strohsack«, schnauft Kenji verblüfft. »Tut mir leid«, sagt er zu mir und packt dabei James' Arm, während sich ein Grinsen auf seinem Gesicht ausbreitet, »aber ich muss das Kerlchen hier auf die Krankenstation bringen. Geht das klar? Wir können morgen weitermachen –«

»Aber ich bin doch gar nicht mehr verletzt«, protestiert James. »Es ist alles wieder –«

»Weiß ich, aber glaub mir, du wirst Spaß daran haben.«

»Wieso?«

»Wie würde es dir gefallen«, sagt Kenji zu James, als sie rausgehen, »öfter mal mit zwei sehr süßen Mädchen Zeit zu verbringen…«

Dann sind sie weg.

Und ich lache.

Hocke mitten im Trainingsraum am Boden, als es hinter mir 2mal an der Tür klopft.

Ich ahne schon, wer hereinkommen wird.

»Ms Ferrars.«

Ich fahre herum. Nicht erstaunt über Castles Stimme, aber über seinen Tonfall. Castles Augen sind verengt, die Lippen schmal, und sein Blick lodert geradezu.

Er ist extrem wütend.

Mist.

»Tut mir leid wegen der Szene im Gang«, sage ich, »ich wollte nicht –«

»Wir können Ihre ungehörigen öffentlichen Gefühlsbekundungen später noch erörtern, Ms Ferrars. Zunächst möchte ich Ihnen eine enorm wichtige Frage stellen, und ich würde Ihnen raten, absolut aufrichtig zu sein.«

»Was –«, mir stockt der Atem, »worum geht es?«

Castle betrachtet mich prüfend. »Ich hatte soeben eine Unterredung mit Mr Warner. Er behauptet, er sei imstande, Sie ohne Folgen zu berühren. Und er behauptet ferner, dass Sie über diese Tatsache Bescheid wissen.«

Unglaublich. Ich werde es schaffen, mit 17 an einem Schlaganfall zu sterben.

»Ich muss wissen«, drängt Castle, »ob das zutrifft. Und ich muss es sofort wissen.«

In meinem Mund ist Klebstoff, und ich kann nicht sprechen, ich kann mich nicht rühren, ich bin sicher, dass ich gerade einen Hirnschlag oder einen Herzinfarkt oder irgendetwas in der Art hatte, aber ich kann es Castle nicht erklären, weil ich meine Lippen nicht mehr bewegen kann.

»*Ms Ferrars.*« Es wundert mich, dass ich seine Zähne nicht knirschen höre. »Ich glaube, Sie können die Bedeutung dieser Frage nicht ermessen. Ich brauche eine Antwort von Ihnen. Hätte sie schon vor dreißig Sekunden gebraucht.«

»Ich … ich –«

»Heute, ich brauche die Antwort *heute, jetzt sofort, in dieser Sekunde –*«

»Ja«, krächze ich, während Hitze durch meinen Körper kriecht und ich vor Peinlichkeit und Scham am liebsten im Erdboden versinken möchte, und ich kann nur an Adam denken, Adam Adam Adam, wie wird er auf diese Information reagieren, wieso muss das jetzt passieren, warum hat Warner das ausgeplaudert, ich möchte ihn umbringen, weil er das Geheimnis preisgegeben hat, das doch mir gehörte, das von mir verborgen und geschützt wurde.

Castle sieht aus wie ein Ballon, aus dem die Luft entweicht. »Es ist also wahr?«

Ich senke den Blick. »Ja. Es ist wahr.«

Castle muss sich setzen. Hockt sich vor mir auf den Boden. »Wieso ist das überhaupt möglich? Was glauben Sie?«

Weil Warner Adams Bruder ist, denke ich, ohne es auszusprechen. Denn das wiederum ist Adams Geheimnis, und ich werde erst darüber sprechen, wenn er es getan hat, obwohl alles in mir danach drängt, Castle zu erzählen, dass die Erklärung in ihrem Blut zu finden ist, dass sie beide die gleiche Gabe oder Energie besitzen oder oh oh *oh*

O Gott.

O nein.

Warner ist einer von uns.

49

»Das verändert alles.«

Castle starrt ins Leere. »Das – ich meine – das hat so viele Konsequenzen«, sagt er. »Wir müssen ihm alles sagen. Und wir müssen natürlich Tests durchführen, damit wir sicher sein können, aber ich halte das für die einzige Erklärung. Und ich werde ihm hier Asyl anbieten, wenn er es annehmen möchte – er würde ein normales Zimmer bekommen und mit uns allen leben. Ich kann ihn hier nicht gefangen halten – «

»Was – aber – *warum*? Er hat Adam fast umgebracht! Und Kenji!«

»Verstehen Sie doch – das hier kann seine gesamte Lebensperspektive verändern.« Castles Augen sind weit vor Staunen, er schüttelt den Kopf, legt eine Hand auf den Mund. »Kann sein, dass er es nicht gut aufnimmt – dass er begeistert ist – dass er wahnsinnig wird – dass er am nächsten Morgen als neuer Mann aufwacht. Sie würden sich wundern, wie sich jemand durch ein solches Wissen verändern kann. Omega Point«, fährt Castle fort, »wird für Menschen unserer Art immer ein Zufluchtsort sein. Das habe ich mir selbst vor vielen Jahren geschworen. Ich kann Warner nicht Essen und Unterkunft verweigern, falls er zum Beispiel von seinem Vater verstoßen wird.«

Das hier geschieht gerade nicht. Es darf einfach nicht geschehen.

»Aber was ich nicht verstehe«, sagt Castle unvermittelt

und schaut mich an. »Warum haben Sie das verschwiegen? Warum haben Sie es uns nicht gesagt? Das ist von großer Wichtigkeit, und Sie trifft doch keinerlei Schuld –«

»Ich wollte nicht, dass Adam es erfährt«, gestehe ich, erstmals. Mit einer Stimme aus nur 6 Bruchstücken Scham. »Ich wollte…« Ich schüttle den Kopf. »Ich wollte nicht, dass er das weiß.«

Castle sieht betroffen aus. »Ich wünschte, ich könnte Ihnen helfen, Ihr Geheimnis zu bewahren, Ms Ferrars, aber selbst wenn *ich* es tun würde, kann ich nicht für Warner garantieren.«

Ich betrachte die Matten am Fußboden. Die Wörter bleiben mir fast im Hals stecken, als ich frage: »Warum hat er es Ihnen überhaupt erzählt? Wie sind Sie darauf zu sprechen gekommen?«

Castle reibt sich nachdenklich das Kinn. »Er fing von sich aus damit an. Ich hatte mich freiwillig angeboten, ihn bei seinen täglichen Gängen zu begleiten – zur Toilette etc. –, weil ich ihm Fragen zu seinem Vater stellen und herausfinden wollte, was er über den Zustand unserer Geiseln weiß. Es schien ihm gut zu gehen. Er sah sogar erheblich besser aus als bei seinem Eintreffen hier. War gesprächsbereit, fast höflich. Doch seine Stimmung änderte sich schlagartig, nachdem wir Ihnen und Adam im Flur begegnet waren –« Er verstummt, reißt plötzlich die Augen auf, und ich sehe, wie er fieberhaft überlegt. Dann starrt er mich an, auf eine Art, die ich noch nie gesehen habe bei Castle – vollkommen fassungslos.

Ich weiß nicht, was ich davon halten soll.

»Er ist verliebt in Sie«, flüstert Castle, als ihm die Erkenntnis dämmert. Er lacht ungläubig. Schüttelt den Kopf. »Er hat Sie gefangen gehalten und sich dabei in Sie verliebt.«

Ich studiere die Struktur der Matten am Boden, als hätte

ich in meinem ganzen Leben noch nie etwas Faszinierenderes gesehen.

»Oh, Ms Ferrars«, sagt Castle jetzt. »Ich beneide Sie nicht. Ich verstehe jetzt, wie schwierig Ihre Lage sein muss.«

Ich möchte sagen: Castle, Sie haben keine Ahnung. Sie haben keine Ahnung, weil Sie nicht die ganze Geschichte kennen. Weil Sie nicht wissen, dass die beiden *Brüder* sind, Brüder, die sich *hassen*, Brüder, die nur eine einzige Sache verbindet, und das ist der Wunsch, ihren gemeinsamen Vater zu töten.

Doch all das sage ich nicht. Ich sage gar nichts.

Ich hocke auf diesen Matten, den Kopf in die Hände gestützt, und frage mich, was wohl noch alles schiefgehen kann. Frage mich, wie viele Fehler ich wohl noch machen muss, bevor alles in Ordnung kommt.

Falls das überhaupt jemals möglich ist.

50

Ich fühle mich furchtbar gedemütigt.

Habe die ganze Nacht nachgedacht und bin heute früh zu dem Schluss gekommen, dass Warner vorsätzlich gehandelt hat. Er hat es Castle erzählt, weil er mit mir spielt. Weil er sich nicht geändert hat, weil er noch immer versucht, mir seinen Willen aufzuzwingen. Weil er mich noch immer zu seinem Projekt machen möchte. Und mich noch immer verletzen will.

Das werde ich nicht zulassen.

Ich werde nicht zulassen, dass Warner mich belügt, dass er meine Gefühle manipuliert, um sein Ziel zu erreichen. Ich begreife nicht, wie ich weich werden und Mitgefühl empfinden konnte, als ich ihn mit seinem Vater sah – wie ich ihm glauben konnte, als er mir seine Gedanken über mein Tagebuch offenbarte. Ich bin eine naive Idiotin.

Es war hirnrissig von mir zu glauben, dass Warner jemals zu menschlichen Gefühlen fähig sein würde.

Ich habe Castle vorgeschlagen, diese Aufgabe, *meine* Aufgabe, jemand anderem zu übertragen; habe ihm gesagt, dass es gefährlich sein könnte, jetzt, wo er weiß, dass Warner mich berühren kann. Aber Castle lachte und lachte und sagte dann: »Oh, Ms Ferrars, ich bin mir sehr *sehr* sicher, dass Sie imstande sein werden, sich zu verteidigen. Sie sind vermutlich besser als jeder andere hier gegen Warner gewappnet. Und außerdem ist die Situation doch geradezu ideal. Wenn Warner tatsächlich in Sie verliebt ist, müssten Sie das doch zu unseren Gunsten nutzen können. Wir brauchen Ihre Hilfe«, fügte er dann hinzu, nun wieder ernst. »Wir brauchen jede Unterstützung, die wir bekommen können, und Sie haben derzeit die besten Chancen, ihm die Informationen zu entlocken, die wir brauchen. Bitte. Versuchen Sie so viel wie möglich in Erfahrung zu bringen. Das Leben von Winston und Brendan steht auf dem Spiel.«

Er hat Recht.

Ich lasse also meine Vorbehalte außer Acht, weil Winston und Brendan irgendwo leiden und wir sie finden müssen. Ich will behilflich sein, sie aufzuspüren.

Was heißt, dass ich erneut mit Warner sprechen muss.

Ich werde ihn wie einen Gefangenen behandeln. Keine Gespräche, die nichts mit der Sache zu tun haben. Kein Einlassen auf seine Verwirrungsmanöver. Nicht immer wieder dasselbe Spiel. Diesmal werde ich schlauer sein.

Und ich will mein Notizheft zurück.

Die Wachen schließen mir auf, ich marschiere ins Zimmer, schließe die Tür hinter mir, will die Ansprache halten, die ich innerlich geübt habe. Bleibe abrupt stehen.

Weiß nicht mehr, was ich eigentlich erwartet habe.

Womöglich hatte ich mir vorgestellt, dass er versucht, ein Loch in die Wand zu graben oder das Ableben sämtlicher Bewohner von Omega Point plant oder ich weiß nicht ich weiß nicht ich weiß nichts mehr, ich weiß nur, wie ich eine wütende Kreatur, ein überhebliches Monster bekämpfen kann, aber ich weiß nicht, was ich mit dem tun soll, was ich hier vor mir sehe.

Er schläft.

Jemand hat ihm eine Matratze gegeben, sie ist dünn und abgenutzt, aber besser als der Fußboden, und Warner liegt darauf, nackt bis auf schwarze Boxershorts.

Inmitten seiner Kleider.

Hose, Hemd, Socken sind knittrig und leicht feucht, offenbar von Hand gewaschen und zum Trocknen auf dem Boden ausgelegt; sein Sakko wurde ordentlich über seine Stiefel gebreitet, die Handschuhe obenauf.

Warner rührt sich nicht.

Er liegt auf der Seite, das Gesicht ruht auf dem angewinkelten linken Arm, der rechte Arm an seinem Körper, der ~~perfekt~~ muskulös und glatt ist und einen schwachen Duft nach Seife verströmt. Ich weiß nicht, warum ich nicht aufhören kann, ihn anzustarren. Ich weiß nicht, weshalb Gesichter im Schlaf so weich und unschuldig werden, so friedlich und wehrlos. Ich will den Blick abwenden und bin doch außerstande dazu. Ich weiß nicht mehr, was ich mir vorgenommen habe, die mutigen Worte, die ich mir ausgedacht hatte, sind vergessen. Denn da ist etwas an Warner – da war schon *immer* etwas, das mich fasziniert hat, und das verstehe ich nicht. Ich wünschte, es wäre nicht so, aber ich kann es nicht ignorieren.

Ich schaue ihn an und denke, dass es vielleicht nur an mir liegt. Vielleicht bin ich einfach zu arglos.

Dennoch sehe ich schimmerndes Gold und Grün, ich sehe einen Menschen, der niemals die Chance bekam, menschlich zu sein, und ich frage mich, ob ich nicht ebenso grausam bin wie meine Unterdrücker, wenn ich glaube, dass manche Menschen verloren sind, dass sie nicht mehr umkehren können, dass sie keine zweite Chance verdienen, aber ich kann nicht anders kann nicht anders kann nicht anders

ich muss an etwas anderes glauben.

Ich muss daran glauben, dass man mit 19 noch nicht aufgegeben werden sollte, dass man mit 19 noch am Anfang ist, dass man mit 19 noch nicht für immer und ewig als böse verdammt werden darf.

Und ich frage mich, wie mein Leben verlaufen wäre, wenn man mir eine zweite Chance gegeben hätte.

Deshalb weiche ich zurück. Will hinausgehen.

Ihn schlafen lassen.

Dann halte ich inne.

Auf der Matratze, halb verdeckt von Warners Hand, liegt mein Notizheft. Die ideale Gelegenheit, es mir zurückzuholen. Wenn ich vorsichtig und leise genug bin.

Auf Zehenspitzen nähere ich mich, dankbar, dass meine weichen Stiefel für lautloses Gehen entworfen wurden. Und dann fällt mir noch etwas auf.

Ein kleines schwarzes Rechteck, auf Warners Rücken.

Ich beuge mich vorsichtig vor.

Verenge die Augen.

Blinzle.

Ein Tattoo.

Kein Bild. Nur ein Wort. Ein einziges Wort, unterhalb des Nackens. Schwarze Tinte.

ENTFLAMME

Und die gesamte Haut ist von Narben übersät.

Mir schießt so schnell das Blut in den Kopf, dass mir schwindlig wird. Übel. Als müsste ich mich in dieser Sekunde übergeben. Ich will panisch herumschreien, jemanden schütteln, die Gefühle verstehen, die mich würgen, weil ich mir nicht vorstellen nicht vorstellen nicht annähernd vorstellen kann, welche Schmerzen er durchlitten haben muss.

Sein Rücken ist eine Landkarte der Qualen.

Dicke, dünne, wulstige, entsetzliche Narben. Narben wie Straßen ins Nirgendwo. Gezackte Spuren, die ich nicht begreifen kann, Zeichen von Foltern, die ich nicht einmal erahnen kann. Sie sind die einzigen Makel an seinem Körper, verborgene Makel, die ihre eigenen Geheimnisse bergen.

Und nicht zum ersten Mal wird mir bewusst, dass ich nicht weiß, wer Warner wirklich ist.

»Juliette?«

Ich erstarre.

»Was machst du hier?« Er sieht mich erschrocken an.

»I-ich wollte mit d-dir sprechen –«

»Großer Gott«, keucht er entnervt und springt auf. »Ich fühle mich ja sehr geschmeichelt, Süße, aber du hättest mir zumindest Gelegenheit geben können, meine Hose anzuziehen.« Er hat sich an die Wand gelehnt, macht aber keine Anstalten, sich anzuziehen. Schaut zwischen mir und der Hose hin und her, als könne er sich nicht entscheiden, was er tun will. Er scheint unbedingt seinen Rücken vor meinen Blicken verbergen zu wollen.

»Ich würde mich gern anziehen«, sagt er und weist mit dem Kopf auf seine Kleider vor meinen Füßen. Sein lässiger Tonfall kann seine Anspannung nicht verbergen. »Ziemlich kühl hier drin.«

Doch ich starre ihn weiter an, mustere ihn von Kopf bis Fuß, staune darüber, wie vollkommen er von vorne aussieht. Stark, schlank, sehnig und muskulös, ohne zu kräftig zu wirken. Helle Haut, die aber nicht bleich ist, die genügend Sonne erlebt hat, um gesund zu wirken. Ein perfekter Jungenkörper.

Wie sehr das Äußere trügen kann.

Was für eine furchtbare Lüge.

Sein Blick ruht auf mir, die grünen Flammen, die nicht erlöschen, und seine Brust hebt und senkt sich so schnell so schnell so schnell.

»Was ist mit deinem Rücken passiert?«, höre ich mich flüstern.

Das Blut weicht aus seinem Gesicht. Er schaut beiseite, streicht sich über Mund, Kinn, Hals.

»Wer hat dich verletzt?«, frage ich, kaum hörbar. Ich kenne allmählich das seltsame Gefühl, das sich bei mir einstellt, bevor ich etwas Schreckliches tue. Jetzt ist es wieder da. Ich habe das Gefühl, als könnte ich jemanden umbringen.

»Juliette, bitte, meine Kleider –«

»War das dein Vater?«, frage ich, in schärferem Tonfall. »Hat er dir das angetan –«

»Nicht wichtig«, erwidert Warner abweisend.

»Und ob das wichtig ist!«

Er schweigt.

»Dieses Tattoo«, sage ich zu ihm, »dieses Wort –«

»Ja«, sagt er leise. Räuspert sich.

»Ich verstehe nicht …« Ich blinzle. »Was bedeutet das?«

Warner schüttelt den Kopf, streicht sich durchs Haar.

»Ist das aus einem Buch?«

»Wieso willst du das wissen?«, fragt er, wendet wieder den Blick ab. »Wieso interessierst du dich plötzlich so für mein Leben?«

Weiß ich nicht, möchte ich antworten. Doch das ist nicht die Wahrheit.

Denn ich spüre sie. Ich spüre das Klicken und Knirschen einer Million Schlüssel, die eine Million Türen in meinem Kopf öffnen. Es ist, als erlaubte ich mir zum ersten Mal, meine wahren Gedanken, meine wahren Gefühle zu sehen, als entdeckte ich endlich meine ureigensten Geheimnisse. Ich forsche in Warners Augen nach etwas, das ich nicht benennen kann. Und merke, dass ich nicht mehr seine Feindin sein möchte.

»Es ist vorbei«, sage ich. »Ich bin nicht mehr mit dir auf deinem Stützpunkt. Ich werde niemals deine Waffe sein, und es wird dir niemals gelingen, mich umzustimmen. Ich denke, das weißt du inzwischen.« Ich blicke zu Boden. »Weshalb kämpfen wir also immer noch gegeneinander? Warum versuchst du immer noch, mich zu manipulieren? Warum glaubst du immer noch, dass ich auf deine Tricks hereinfallen werde?«

»Ich habe keine Ahnung«, erwidert er und schaut mich an, als sei ich eine Ausgeburt seiner Fantasie, »wovon du redest.«

»Warum hast du Castle erzählt, dass du mich berühren kannst? Es stand dir nicht zu, das zu verraten.«

»Ja.« Er seufzt. »Natürlich.« Er wirkt jetzt gefasster. »Hör mal, Süße, ob du mir wohl wenigstens mein Sakko zuwerfen könntest? Wenn du schon hierbleibst, um mir all diese Fragen zu stellen?«

Ich werfe ihm das Sakko zu. Er fängt es auf. Rutscht an der Wand nach unten, legt das Sakko über seinen Schoß, anstatt es anzuziehen. Schließlich sagt er: »Ja, ich habe Castle erzählt, dass ich dich berühren kann. Er hat ein Recht darauf, das zu wissen.«

»Das geht ihn gar nichts an.«

»Aber sicher«, erwidert Warner. »Diese gesamte Welt hier unten, die er geschaffen hat, lebt von solchen Informationen. Und du lebst hier. Er muss das wissen.«

»Muss er nicht.«

»Warum ist das denn so wichtig?«, fragt Warner und betrachtet mich forschend. »Warum soll niemand wissen, dass ich dich berühren kann? Warum muss das geheim bleiben?«

Ich suche mühsam nach Worten, finde aber keine.

»Machst du dir Sorgen wegen Kent? Glaubst du, dass er ein Problem damit hätte?«

»Ich wollte nicht, dass er es auf diese Art erfährt –«

»Aber was ist denn so schlimm daran?«, bohrt Warner weiter. »Wieso regst du dich so auf wegen einer Sache, die an deinem Leben gar nichts ändert? Wenn du immer noch sicher bist, dass du mich hasst, bleibt doch alles beim Alten. Das hast du doch gesagt, nicht wahr? Dass du mich hasst?«

Ich hocke mich Warner gegenüber auf den Boden. Ziehe die Knie an die Brust. Betrachte die Steinplatten. »Ich hasse dich nicht.«

Warner scheint die Luft anzuhalten.

»Ich meine manchmal sogar, dich verstehen zu können«, sage ich. »Wirklich. Aber immer, wenn ich glaube, erfasst zu haben, wer du bist, verblüffst du mich. Und ich weiß nie wirklich, wer du bist oder sein wirst.« Ich blicke auf. »Aber ich weiß jetzt, dass ich dich nicht mehr hasse. Ich habe es versucht. Ich wollte es unbedingt. Weil du so viele schreckliche Dinge getan hast. Mit unschuldigen Menschen. Mit mir. Aber jetzt weiß ich zu viel über dich. Ich habe zu viel gesehen. Du bist zu menschlich.«

Seine Haare sind so golden. Seine Augen so grün. Seine Stimme klingt gepeinigt, als er spricht. »Willst du damit sagen, dass du mit mir befreundet sein willst?«

»I-ich weiß nicht.« Ich fühle mich wie gelähmt bei dieser Vorstellung. »Darüber habe ich nicht nachgedacht. Ich wollte nur sagen, dass ich nicht mehr weiß«, ich zögere, atme tief ein, »dass ich nicht mehr weiß, wie ich dich hassen soll. Selbst wenn ich es wollte. Ich will es wirklich und weiß, dass ich es tun sollte. Aber es ist mir einfach nicht möglich.«

Er schaut beiseite.

Lächelt.

Ein Lächeln, das mich alles andere vergessen lässt, und ich kann nur noch blinzeln und blinzeln und verstehe nicht, was mit mir geschieht. Ich weiß nicht, wie ich meine Augen davon überzeugen soll, etwas anderes zu betrachten.

Ich weiß nicht, warum mein Herz den Verstand verliert.

Er berührt gedankenverloren mein Notizheft. Streicht einmal, 2mal über den Umschlag. Als er merkt, dass ich ihn beobachte, hält er inne.

»Hast du wirklich all diese Wörter geschrieben?« Seine Finger streichen wieder über das Papier. »Jedes einzelne?«

Ich nicke.

Er sagt: »Juliette.«

Ich halte die Luft an.

Er sagt: »Ich würde mir das sehr wünschen. Mit dir befreundet zu sein«, sagt er. »Das wäre sehr schön.«

Und ich habe keinerlei Ahnung mehr, was in meinem Gehirn vor sich geht.

Vielleicht hat es damit zu tun, dass er kaputt ist und ich dumm genug bin zu glauben, ich könnte ihn reparieren. Oder ich sehe mich, die 3-, 4-, 5-, 6-, 17-jährige Juliette verlassen, vernachlässigt, misshandelt, missbraucht zu Zwecken, auf die sie keinen Einfluss hat, und ich halte Warner für jemanden wie mich, jemanden, der nie eine Chance im Leben bekommen hat. Ich denke daran, dass alle ihn hassen, dass es bereits eine Selbstverständlichkeit ist, ihn zu hassen.

Warner ist schrecklich.

Es gibt keine Diskussionen, keine Vorbehalte, keine offenen Fragen. Es wurde bereits entschieden, dass er ein verabscheuungswürdiges Wesen ist, dem nur nach Macht und Mord und Folter gelüstet.

Doch ich möchte es wissen. Ich will es wissen. Ich muss es wissen.

Ob es wirklich so einfach ist.

Denn wenn ich eines Tages den Halt verliere? Wenn ich einbreche und niemand mir zu Hilfe kommt? Was wird dann mit mir geschehen?

Deshalb schaue ich ihm in die Augen. Hole tief Luft.

Und renne los.

Zur Tür hinaus.

51

Nur einen Moment noch.

Nur 1 Sekunde, 1 Minute, 1 Stunde oder 1 Wochenende vielleicht, um es zu durchdenken, das ist nicht so viel nicht so schwer mehr verlangen wir gar nicht nur eine simple Bitte.

Doch die Momente die Sekunden die Minuten die Stunden die Tage und Jahre sind ein großer Fehler, eine außergewöhnliche Gelegenheit ist uns durch die Finger geglitten, weil wir uns nicht entscheiden konnten, weil wir nicht verstanden haben, weil wir mehr Zeit brauchten, nicht wussten, was wir tun sollten.

Wir wissen nicht einmal, was wir getan haben.

Wir haben keine Ahnung, wie wir hierhergekommen sind, wo wir doch nur morgens aufwachen und abends einschlafen und auf dem Heimweg vielleicht ein Eis essen wollten, und diese eine Entscheidung, diese eine zufällige Gelegenheit hat alles vernichtet, was wir jemals wussten und woran wir glaubten, und was tun wir?

Was sollen wir
denn nun tun?

52

Die Lage spitzt sich zu.

Und die Bewohner von Omega Point werden von Stunde zu Stunde nervöser. Wir haben versucht, Kontakt zu Andersons Leuten aufzunehmen, haben aber nichts von ihnen gehört. Keine Nachricht von unseren Geiseln. Doch auch die Bürger von Sektor 45 – dem Sektor, der früher von Warner verwaltet wurde – werden zusehends unruhig. Die Gerüchte über unseren Widerstand verbreiten sich in Windeseile.

Das Reestablishment hat versucht, den jüngsten Kampf als eine der üblichen Aktionen gegen Rebellen abzutun, aber das Volk lässt sich nicht mehr so leicht täuschen. Es gibt Aufstände, die Leute verweigern die Arbeit, setzen sich gegen die Obrigkeit zur Wehr, flüchten aus den Siedlungen und verstecken sich in Sperrgebieten.

Was jedoch nie ein gutes Ende nimmt.

Es gibt zu viele Verluste, und Castle will etwas unternehmen. Wir haben das Gefühl, dass wir in Kürze wieder aufbrechen müssen. Es gibt auch keine Nachricht von Andersons Tod, was vermutlich bedeutet, dass er überlebt hat und nun auf der Lauer liegt und einen bestimmten Zeitpunkt abwartet – oder, wie Adam meint, noch mit seiner Verletzung kämpft. Andersons Stillschweigen ist jedenfalls kein gutes Zeichen.

»Was machen Sie hier?«, fragt mich Castle.

Ich habe gerade mein Essen geholt und mich mit Adam, Kenji und James an unserem üblichen Tisch niedergelassen. Jetzt schaue ich verwirrt zu Castle auf.

»Was ist los?«, fragt Kenji.

»Alles in Ordnung?«, erkundigt sich Adam.

»Verzeihen Sie, Ms Ferrars«, sagt Castle, »ich wollte Sie nicht beim Essen stören. Ich muss nur gestehen, dass ich etwas erstaunt bin, Sie hier vorzufinden. Denn Sie haben doch derzeit einen Auftrag.«

»Oh.« Ich blicke verlegen auf mein Essen und schaue dann wieder zu Castle hoch. »Ich – na ja, ich – aber ich habe schon zweimal mit Warner gesprochen – erst gestern –«

»Ah, das ist eine gute Nachricht, Ms Ferrars. Sehr gut.« Castle sieht erleichtert aus und faltet die Hände. »Und was konnten Sie in Erfahrung bringen?« Seine Miene ist so hoffnungsvoll, dass ich mich regelrecht schäme.

Alle starren mich an, und ich weiß nicht, was ich sagen soll.

Schüttle den Kopf.

»Oh.« Castle lässt die Hände sinken. Blickt zu Boden. Nickt. »Sie haben also beschlossen, dass diese beiden Besuche ausreichend sind?« Er vermeidet es, mich anzusehen. »Wie ist Ihre professionelle Meinung, Ms Ferrars? Halten Sie es für richtig, sich in dieser Lage möglichst viel Zeit zu lassen? Glauben Sie, dass Winston und Brendan es sich irgendwo gemütlich machen, bis Sie in Ihrem überfüllten Terminplan eine Lücke finden, um die einzige Person zu verhören, die uns helfen kann, die beiden zu finden? Denken Sie, dass –«

»Ich gehe sofort wieder zu ihm.« Ich nehme mein Tablett und springe auf. »Es – tut mir leid – ich habe nur – wir sehen uns beim Frühstück«, sage ich zu den anderen und laufe los.

Brendan und Winston
Brendan und Winston
Brendan und Winston, wiederhole ich stumm.
Ich höre Kenji hinter mir lachen, als ich zur Tür hinauseile.

Offenbar bin ich eine ziemliche Versagerin, was Verhöre angeht.

Ich habe so viele Fragen an Warner, aber keine hat mit unseren Geiseln zu tun. Jedes Mal wenn ich glaube, die richtigen Fragen stellen zu können, gelingt es Warner, mich abzulenken. Es hat fast den Anschein, als habe er eine Vorahnung und versuche das Gespräch absichtlich in eine andere Richtung zu lenken.

Das macht mich völlig konfus.

»Hast du ein Tattoo?«, fragt er und lehnt sich bequem an die Wand; heute trägt er Unterhemd, Hose, Socken, keine Schuhe. »Heutzutage hat doch fast jeder eins.«

Ich hätte nie geglaubt, dass ich einmal mit Warner über so etwas sprechen würde.

»Nein«, antworte ich. »Hat sich nie ergeben. Außerdem wird sich wohl niemand meiner Haut nähern wollen.«

Er betrachtet seine Hände. Lächelt. »Irgendwann vielleicht.«

»Schon möglich.«

Schweigen.

»Und dein Tattoo?«, frage ich dann. »Wieso ENTFLAMME?«

Das Lächeln wird breiter. Die Grübchen tauchen wieder auf. Er schüttelt den Kopf. »Warum nicht?«

»Versteh ich nicht.« Ich lege den Kopf schräg, schaue ihn fragend an. »Willst du dich daran erinnern, dich selbst in Brand zu stecken?«

Er gluckst. »Eine Handvoll Buchstaben ergibt nicht immer ein Wort, Süße.«

»Ich… weiß nicht, was du damit sagen willst.«

Er holt tief Luft. Setzt sich aufrechter hin. »Hast du früher viel gelesen?«, fragt er.

Die Frage ist so seltsam – ich weiß nicht, ob sie wieder ein Trick ist. Ob die Antwort riskant ist. Dann rufe ich mir in Erinnerung, dass Warner *meine* Geisel ist, nicht umgekehrt. »Ja«, antworte ich. »Hab ich.«

Das Lächeln schwindet, sein Blick wird berechnender, seine Miene ist beinahe ausdruckslos. »Und wann hattest du Gelegenheit dazu?«

»Wie meinst du das?«

Er zuckt die Achseln, schaut ins Leere. »Es wundert mich nur, dass ein Mädchen, das sein Leben lang so isoliert war, Zugang zu Büchern hatte. Vor allem in unserer Gesellschaft.«

Ich bleibe stumm.

Er auch.

Ich lasse ein paar Atemzüge verstreichen, bevor ich antworte.

»Ich… konnte mir keine Bücher aussuchen.« Ich frage mich, weshalb ich so nervös bin, dass ich beinahe flüstere. »Ich habe gelesen, was mir in die Finger kam. In den Schulen gab es immer kleine Büchereien, und meine Eltern hatten einiges zuhause. Und später…« Ich zögere. »Später war ich einige Jahre in ~~Kliniken und Psychiatrien und~~ einer J-Jugendstrafanstalt.« Ich werde wieder einmal rot, immer noch jederzeit bereit, mich meiner selbst, meiner Vergangenheit, meiner Zukunft zu schämen.

Doch es ist seltsam.

Ein Teil von mir tut sich schwer damit, so aufrichtig zu sein. Aber ein anderer fühlt sich wohl bei diesem Gespräch mit Warner. Entspannt. Vertraut.

Denn er weiß ohnehin schon alles über mich.

Jede Einzelheit aus meinem 17-jährigen Leben. Er kennt

meine Krankenakten, weiß Bescheid über alle Zwischen-
fälle mit der Polizei, über die schlimme Beziehung, die ich
zu meinen Eltern ~~habe~~ hatte. Und nun hat er auch noch mein
Notizheft gelesen.

Nichts aus meiner Vergangenheit könnte ihn überraschen,
erschüttern, schockieren. Ich fürchte nicht, dass er mich ver-
urteilen oder vor mir davonlaufen wird.

Diese Erkenntnis erschreckt mich.

~~Und erleichtert mich.~~

»Man kam immer irgendwie an Bücher«, fahre ich fort,
kann mich jetzt nicht mehr bremsen. Starre auf den Boden. »In der Strafanstalt. Die meisten waren alt und zerlesen
und hatten keinen Einband, so dass ich manchmal Titel und
Autor nicht herausfinden konnte. Ich las einfach alles, was
ich bekommen konnte. Märchen und Krimis und historische
Bücher und Gedichte, und alles immer wieder von vorn. Die
Bücher… haben mir dabei geholfen, nicht komplett verrückt
zu werden.« Ich verstumme. Gebiete mir Einhalt, als ich
merke, wie sehr ich mich ihm öffnen will. Warner.

Dem schrecklichen Warner, der versucht hat, Adam und
Kenji zu töten. Der mich zu seinem Werkzeug machen
wollte.

Ich bin entsetzt, dass ich mich sicher genug fühle, so aufrichtig zu sein. Dass Warner der einzige Mensch ist, vor dem
ich nichts verbergen will. Adam will ich unwillkürlich immer
vor mir beschützen, vor der grauenhaften Geschichte, die
mein Leben ist. Ich versuche ständig, ihn nicht zu erschrecken, ihm nichts Falsches zu erzählen, damit er es sich nicht
anders überlegt, damit ihm nicht bewusst wird, wie gefährlich es ist, mir zu vertrauen, mir Zuwendung zu geben.

Doch vor Warner habe ich nichts zu verbergen.

Ich möchte seinen Gesichtsausdruck sehen, möchte wissen, was er jetzt empfindet, nachdem ich mich geöffnet,

ihm Einblick in meine Vergangenheit gewährt habe, aber ich kann mich nicht dazu bringen aufzublicken. Ich sitze nur erstarrt da, Scham hockt auf meinen Schultern, und Warner gibt keinen Ton von sich, bewegt sich nicht. Sekunden fliegen vorbei, flattern durch den Raum, und ich möchte sie alle verscheuchen; möchte sie fangen und in meine Taschen stecken, um die Zeit anzuhalten.

Dann bricht Warner das Schweigen.

»Ich lese auch gern«, sagt er.

Ich schaue erstaunt auf.

Er streicht sich durchs Haar. Lässt die Hand sinken. Sieht mich an. Dieses leuchtende Grün.

»Du liest gerne?«, frage ich.

»Wundert dich das?«

»Ich dachte, das Reestablishment will all das vernichten. Ich dachte, Lesen wäre illegal.«

»Ist es auch«, erwidert er, bewegt die Beine ein wenig. »Und die Bücher werden auch bald alle vernichtet sein. Sie haben ja schon damit begonnen.« Er sieht aus, als wäre ihm das unangenehm. »Seltsamerweise«, sagt er, »habe ich erst zu lesen begonnen, als die Vernichtungspläne vorlagen. Ich sollte Listen durchgehen und meine Meinung dazu kundtun, was man behalten könnte, um es für künftige Kampagnen und so etwas zu nutzen, und was vernichtet werden sollte.«

»Findest du das in Ordnung?«, werfe ich ein. »Dass die Kultur – die Sprachen – all diese Texte zerstört werden? Bist du damit einverstanden?«

Er spielt wieder mit meinem Notizheft. »Es ... gibt vieles, was ich anders machen würde, wenn ich entscheiden könnte«, antwortet er. Holt tief Luft. »Aber ein Soldat muss nicht immer zustimmen, um zu gehorchen.«

»Was würdest du anders machen?«, frage ich. »Wenn du könntest?«

Er lacht. Seufzt. Schaut mich an, ein kleines Lächeln im Augenwinkel. »Du stellst zu viele Fragen.«

»Ich kann nicht anders«, erwidere ich. »Du wirkst so verändert auf mich. Und alles, was du sagst, erstaunt mich.«

»Inwiefern?«

»Ich weiß nicht. Du bist so ... ruhig. Weniger verrückt.«

Er lacht, lautlos, nur sein Brustkorb bewegt sich, und erwidert: »Mein bisheriges Leben hat aus Kampf und Zerstörung bestanden. Hier zu sein, fern von Verpflichtungen, Verantwortung, Tod«, er starrt auf die Wand gegenüber, »das ist wie Urlaub für mich. Ich muss nicht dauernd nachdenken. Ich muss nichts tun, mit niemandem reden, nirgendwo hingehen.« Er lächelt. »Ich konnte noch nie so viel *schlafen*. Das ist richtig erholsam für mich. Ich glaube, ich möchte öfter mal Geisel sein«, fügt er, halb zu sich selbst, hinzu.

Ich kann nicht anders, ich muss ihn ansehen.

Ich betrachte sein Gesicht so eingehend, wie ich es noch nie zuvor gewagt habe. Und mir wird bewusst, dass ich nicht die geringste Ahnung habe, wie es sich wohl anfühlt, er zu sein. Er hatte mir einmal gesagt, dass ich mir sein Leben nicht vorstellen könnte, dass ich die seltsamen Gesetze seiner Welt nicht verstehen würde. Und ich begreife erst jetzt, wie Recht er damit hatte. Weil ich absolut nichts weiß über diese Art von brutalem, reglementiertem Dasein. Doch plötzlich möchte ich etwas darüber erfahren.

Ich will verstehen lernen.

Ich beobachte Warners Bewegungen. Er versucht lässig und entspannt zu wirken, doch er tut nichts unbewusst, sondern alles mit Kalkül. Behält die Tür im Auge, betrachtet die Scharniere, den Knauf. Horcht auf jedes noch so kleine Geräusch wie ein Scharren oder entfernte Stimmen, und reagiert darauf mit leichter Anspannung. Er ist immer achtsam, angespannt, kampfbereit. Ich frage mich, ob er sich jemals sicher und geborgen gefühlt hat. Ob er jemals eine Nacht in Ruhe schlafen konnte. Ob er jemals unterwegs sein konnte, ohne sich unentwegt umzudrehen.

Er hat die Hände gefaltet.

Spielt mit einem Ring am kleinen Finger seiner linken Hand, dreht ihn dreht ihn dreht ihn. Ich kann nicht glauben, dass ich den Ring noch nie zuvor bemerkt habe – er ist aus blassgrüner Jade, die perfekte Entsprechung zu Warners Augenfarbe. Und plötzlich fällt mir ein, dass ich den Ring doch schon einmal gesehen habe.

Nur ein einziges Mal.

An dem Tag, nachdem ich Jenkins verletzt hatte. Als Warner morgens in sein Zimmer kam, um mich abzuholen. Ich hatte auf den Ring gestarrt, und er hatte die Hände hinter dem Rücken verschränkt.

Ein Déjà-vu-Erlebnis.

Warner bemerkt meinen Blick und ballt die linke Hand schnell zur Faust, bedeckt sie mit der rechten.

»Was –«

»Nur ein Ring«, sagt er. »Hat nichts zu bedeuten.«

»Weshalb versteckst du ihn dann?« Ich bin so begierig, mehr über ihn zu erfahren, ihn zu öffnen, zu begreifen, was in seinem Kopf vorgeht.

Er seufzt.

Bewegt die Finger. Spreizt sie. Starrt auf die Oberfläche seiner Hände. Zieht den Ring ab und hält ihn ins Licht der Neonlampe. Betrachtet ihn. Ein kleines grünes O. Dann wirft Warner mir einen raschen Blick zu. Lässt den Ring in seine Hand fallen, ballt sie zur Faust.

»Du willst es mir nicht sagen?«, frage ich.

Er schüttelt den Kopf.

»Warum nicht?«

Er reibt sich den Nacken, massiert die Stelle über seinem

oberen Rücken, als wolle er verspannte Muskeln lösen. Ich kann den Blick nicht abwenden. Frage mich unwillkürlich, wie es sich anfühlt, so massiert und von Schmerzen befreit zu werden. Warners Hände sehen so kraftvoll aus.

Ich habe fast vergessen, worüber wir gesprochen hatten, als er unvermittelt sagt: »Ich besitze diesen Ring seit über zehn Jahren. Damals passte er noch an meinen Zeigefinger.« Er wirft mir einen Blick zu, schaut dann wieder weg. »Und ich spreche nie über ihn.«

»Niemals?«

»Nein.«

»Oh.« Ich beiße mir auf die Unterlippe. Enttäuscht.

»Magst du Shakespeare?«, fragt er.

Seltsamer Themenwechsel.

Ich schüttle den Kopf. »Ich weiß über den nur, dass er meinen Namen geklaut und falsch geschrieben hat.«

Warner starrt mich einen langen Moment an und bricht dann in schallendes Gelächter aus – versucht sich zu beruhigen, doch es will ihm nicht gelingen.

Ich fühle mich plötzlich unwohl, fehl am Platz in Gegenwart dieses sonderbaren Jungen, der sich ausschüttet vor Lachen und geheimnisvolle Ringe trägt und mich nach Büchern und Theaterstücken ausfragt. »Das sollte kein Witz sein«, sage ich.

Warner gluckst noch immer verstohlen, als er sagt: »Keine Sorge. Bis vor etwa einem Jahr wusste ich auch nicht viel über ihn. Das meiste, was er geschrieben hat, verstehe ich auch nicht, den größten Teil werden wir also wohl vernichten. Aber ein Satz von ihm gefällt mir wirklich gut.«

»Welcher?«

»Möchtest du ihn sehen?«

»*Sehen?*«

Warner springt auf und beginnt den Reißverschluss seiner Hose zu öffnen, und ich frage mich beunruhigt, was nun wohl passiert und ob er wieder irgendein krankes Spielchen mit mir spielen will. Er bemerkt meinen panischen Gesichtsausdruck und hält inne. Sagt: »Keine Sorge, Süße. Ich ziehe mich nicht splitternackt aus, das verspreche ich dir. Nur ein weiteres Tattoo.«

»Wo?«, krächze ich. Will wegschauen und doch nicht wegschauen.

Er gibt keine Antwort.

Seine Hose ist jetzt offen, hängt auf den Hüften. Die Boxershorts sind sichtbar, und er schiebt den Bund nach unten, bis er unterhalb des Hüftknochens sitzt.

Ich erröte bis unter die Haarwurzeln.

Ich habe noch nie zuvor diesen Teil eines männlichen Körpers gesehen und kann den Blick nicht abwenden. Meine intimen Momente mit Adam haben im Dunkeln stattgefunden und wurden immer unterbrochen; ich habe nie Gelegenheit gehabt, seinen Körper genauer zu betrachten. Und nun steht Warner direkt vor mir im Licht, und ich bin vollkommen fasziniert. Bewundere die schmalen Hüften, die sehnigen Lenden, die in dem schmalen Stück Stoff münden. Möchte wissen, wie es sich anfühlt, einen Mann ohne diese störenden Stoffschichten zu erleben.

So intim, so nah.

Ich möchte die Geheimnisse in seinen Ellbogen entdecken und das Flüstern in seinen Kniekehlen. Will den Linien seines Körpers mit den Augen und den Fingerspitzen folgen. Will die Flüsse und Täler entlang der straffen Muskeln erkunden.

Meine Gedanken verstören mich.

In meinem Bauch macht sich ein aufgebrachtes Glühen bemerkbar, das ich nicht spüren will. In meiner Brust flattern Schmetterlinge, deren Existenz ich leugnen möchte. In meinem Innersten tobt ein Schmerz, den ich nicht benennen will.

~~Wunderschön.~~

~~Er ist so *wunderschön*.~~

Ich muss wahnsinnig sein.

»Er ist interessant«, sagt Warner. »So… bedeutsam, finde ich. Auch wenn er vor so langer Zeit geschrieben wurde.«

»Was?« Ich muss mich zwingen, den Blick von seinem Unterleib zu lösen, meine Fantasien zu zügeln. Starre nur auf die Worte auf Warners Haut. »Ah. Ja.«

2 Zeilen. Buchstaben wie von einer Schreibmaschine, in seinen Unterbauch geritzt.

Die Höll' ist ledig
und alle Teufel hier

Ja. Interessant. Ja. Gewiss.

Ich glaube, ich muss mich hinlegen.

»Bücher«, fährt Warner fort, zieht die Boxershorts hoch und schließt den Reißverschluss, »kann man leicht vernichten. Doch die Worte bleiben so lange am Leben, wie Menschen sich an sie erinnern. Und Tätowierungen zum Beispiel kann man schwer wieder vergessen.« Er schließt den Hosenknopf. »Ich denke, es hat mit der Unbeständigkeit unserer Zeit zu tun, dass wir uns etwas in die Haut ritzen lassen«, sagt er. »Es erinnert uns daran, dass wir von der Welt gezeichnet und noch am Leben sind. Dass wir niemals vergessen werden.«

»Wer *bist* du?«

Ich kenne diesen Warner nicht. Ich werde niemals imstande sein, diesen Warner zu erkennen.

Er lächelt in sich hinein. Setzt sich wieder. Sagt: »Das muss keiner erfahren.«

»Wie meinst du das?«

»Ich weiß ja, wer ich bin«, antwortet er. »Das genügt mir.«

Ich bleibe einen Moment lang stumm. Betrachte stirnrunzelnd den Boden. »Muss schön sein, wenn man mit so viel Selbstvertrauen durchs Leben gehen kann«, sage ich dann.

»Du hast doch auch Selbstvertrauen«, erwidert er. »Du bist hartnäckig und ausdauernd. So mutig. So stark. So unmenschlich schön. Du könntest die Welt erobern.«

Ich muss lachen und blicke auf. Sehe ihn an. »Ich weine zu oft. Und ich habe kein Interesse daran, die Welt zu erobern.«

»Das«, sagt er, »werde ich nie verstehen.« Er schüttelt den Kopf. »Du hast nur Angst. Du fürchtest dich nur vor dem Fremden in dir selbst. Du machst dir zu viele Gedanken darüber, ob du andere enttäuschen könntest. Und so«, fügt er hinzu, »lässt du dein Potential verkümmern. Weil du versuchst, die Erwartungen anderer zu erfüllen. Und dich an die Regeln zu halten.« Er schaut mich eindringlich an. »Ich wünschte, du würdest das ändern.«

»Und ich wünschte, du würdest nicht mehr von mir erwarten, dass ich meine Kräfte einsetze, um Menschen zu töten.«

Er zuckt die Achseln. »Ich habe nie gesagt, dass du das tun solltest. Aber es wird ohnehin passieren – im Krieg ist das unvermeidlich. Statistisch ausgeschlossen, es nicht zu tun.«

»Das ist nicht dein Ernst, oder?«

»Doch, natürlich.«

»Man kann immer vermeiden, Menschen zu töten, Warner. Zum Beispiel, indem man nicht an einem Krieg teilnimmt.«

Er lächelt plötzlich, scheint mir nicht zugehört zu haben. »Ich liebe es, wenn du meinen Namen aussprichst«, sagt er. »Kann nicht mal erklären, weshalb.«

»Aber du heißt doch gar nicht Warner«, wende ich ein. »Sondern Aaron.«

Das Lächeln wird noch breiter. »Gott, wie wunderbar.«

»Dein Name?«

»Nur aus deinem Munde.«

»Aaron? Oder Warner?«

Er schließt die Augen. Lehnt den Kopf an die Wand. Die Grübchen sind wieder da.

Mir wird unvermittelt bewusst, was ich hier eigentlich tue. Ich sitze mit Warner herum, als hätten wir endlos viel Zeit. Als sei die Welt außerhalb dieser Mauern nicht in schrecklichem Aufruhr. Ich habe keine Ahnung, weshalb ich mich immer wieder ablenken lasse, und nehme mir fest vor, das Gespräch diesmal unter Kontrolle zu behalten. Aber als ich den Mund öffne, sagt Warner:

»Dein Notizheft bekommst du nicht wieder.«

Ich schließe den Mund wieder.

»Ich weiß, dass du es zurückhaben willst«, sagt er, »aber ich fürchte, ich muss es für immer und ewig behalten.« Er hält es hoch. Grinst. Steckt es in seine Hosentasche. Einen Ort, den ich nicht zu berühren wage.

»Warum?« Ich muss es wissen. »Warum liegt dir so viel daran?«

Er sieht mich lange an. Ohne zu antworten. Schließlich sagt er:

»*An den dunkelsten Tagen muss man nach einem Hauch von Licht suchen, an den kältesten Tagen nach einem Hauch von Wärme; an den trostlosesten Tagen muss man die Augen nach vorne und nach oben richten, und an den traurigsten Tagen muss man die Augen offenhalten, um sie weinen zu lassen. Und dann trocknen zu lassen. Damit der Schmerz hinausfließen kann und sie wieder frisch und klar werden.*«

»Ich kann einfach nicht glauben, dass du dir diese Texte gemerkt hast«, flüstere ich.

Er lehnt sich wieder zurück. Schließt die Augen. Murmelt: »*Nichts in diesem Leben wird mir jemals sinnvoll erscheinen, aber*

ich werde dennoch weiterhin das Kleingeld sammeln und hoffen,
dass es genug ist, um für unsere Fehler zu bezahlen.«

»Das hab ich auch geschrieben?« Ich kann nicht fassen, dass er jene Worte ausspricht, die von meinen Lippen in meine Fingerspitzen geglitten und auf Papier getropft sind. Will einfach nicht glauben, dass er nun Zugang hat zu meinen verborgensten Gedanken, Gefühlen, die ich mit gequältem Geist ergriffen und zu Worten gezimmert habe, aus denen ich Sätze bildete, Ideen, die ich mit Ausrufezeichen zusammengeheftet habe, Zeichen, die keinen Nutzen haben außer anzuzeigen, wo ein Gedanke endet und ein anderer beginnt.

Dieser blonde Junge hat meine Geheimnisse in seinem Mund.

»Du hast vieles geschrieben«, sagt er, ohne mich anzusehen. »Über deine Eltern, deine Kindheit, deine Erlebnisse mit anderen Menschen. Du sprichst über Hoffnung und Erlösung und die Vorstellung, dass ein Vogel vorbeifliegen könnte. Du schreibst über Schmerz. Und wie es sich anfühlt, sich als Monster zu betrachten. Von allen verurteilt zu werden, bevor man auch nur ein einziges Wort mit ihnen gesprochen hat.« Ein langer Atemzug. »Und es kam mir immer wieder vor, als lese ich über mich selbst«, flüstert er. »Als hättest du all das aufgeschrieben, was ich niemals zum Ausdruck bringen kann.«

Ich wünschte, mein Herz würde still sein still sein still sein still sein.

»Tagtäglich tut es mir leid«, sagt er so leise, dass ich ihn kaum hören kann. »Dass ich geglaubt habe, was man über dich erzählt. Dass ich dich verletzt habe, obwohl ich glaubte, dir zu helfen.« Er holt tief Luft. »Für mich selbst kann ich mich nicht entschuldigen. Ein Teil von mir ist längst zerstört. Aber ich bedaure, dass ich dich nicht besser verstanden habe.

Ich wollte dir mit allem, was ich getan habe, nur helfen, stärker zu werden. Ich wollte, dass du lernst, deinen Zorn als Werkzeug einzusetzen, als Waffe, um deine innere Kraft zu schützen. Ich wollte, dass du bereit bist, gegen die Welt zu kämpfen. Ich habe dich absichtlich provoziert«, flüstert er. »Habe dich zu heftig und zu weit gedrängt, habe absichtlich schreckliche Dinge getan, um dich zu erschrecken und anzuwidern. Denn so habe ich gelernt, mich gegen das Grauen der Welt zu wappnen. So hat man mir beigebracht, mich zu wehren. Und das wollte ich dich lehren. Ich wusste, dass in dir das Potential steckt, mehr zu sein, so viel mehr. Ich konnte deine innere Größe erkennen.«

Er sieht mich an. Schaut tief in mich hinein.

»Du wirst weiterhin Unglaubliches vollbringen«, fügt er hinzu. »Das wusste ich immer schon. Ich wollte wohl nur daran teilhaben.«

Ich bemühe mich. Ich versuche krampfhaft mich zu erinnern, warum ich ihn hassen soll, versuche mich all der furchtbaren Dinge zu entsinnen, die er getan hat. Doch ich bin gequält, weil ich zu genau weiß, wie es sich anfühlt, gequält zu sein. Etwas zu tun, weil man zu wenig weiß. Weil man etwas für richtig hält, da einem niemand beigebracht hat, dass es falsch ist.

Weil es so schwer ist, gut zur Welt zu sein, wenn man immer nur Hass empfunden hat.

Weil es so schwer ist, Gutes in der Welt zu sehen, wenn man immer nur in Angst und Schrecken gelebt hat.

Ich möchte ihm etwas sagen. Etwas Tiefes Umfassendes Unvergessliches, doch er scheint zu verstehen. Er lächelt, sonderbar unsicher, ein Lächeln, das seine Augen nicht erreicht, aber so viel aussagt.

Dann

»Informiere deine Leute«, sagt er. »Sie sollen sich auf Krieg vorbereiten. Falls mein Vater seine Pläne nicht inzwischen geändert hat, wird er übermorgen Befehl zum Angriff auf Zivilisten geben. Was ein Massaker zur Folge haben wird. Und das ist auch die einzige Gelegenheit, eure Männer zu retten. Sie werden irgendwo in den Kellern des Hauptquartiers von Sektor 45 gefangen gehalten. Ich fürchte, mehr kann ich dir nicht sagen.«

»Wieso –«

»Ich weiß, warum du hier bist, Süße. Ich bin nicht dumm. Ich weiß, weshalb man dich zwingt, mich aufzusuchen.«

»Aber wieso gibst du diese Information so bereitwillig preis?«, frage ich. »Aus welchem Grund willst du uns helfen?«

In seinen Augen flackert etwas auf, zu kurz, um es zu deuten. Und obwohl seine Miene dann betont neutral wirkt, fühlt sich etwas zwischen uns plötzlich anders an. Als sei die Luft mit etwas aufgeladen.

»Geh jetzt«, antwortet er und runzelt die Stirn. »Du musst es ihnen sofort sagen.«

53

Adam, Kenji und ich sitzen bei Castle im Büro zur Strategiebesprechung.

Am Abend zuvor lief ich sofort zu Kenji, der mich zu Castle brachte. Castle wirkte sowohl entsetzt als auch erleichtert, hat die Informationen aber wohl immer noch nicht ganz verkraftet.

Er sagte, er wolle am nächsten Morgen zu Warner gehen und versuchen, ihn zu genaueren Aussagen zu überreden (was dann misslang), und Kenji, Adam und ich sollten um die Mittagszeit in sein Büro kommen.

Und nun sitzen wir also dicht gedrängt mit 7 anderen in diesem kleinen Raum. Die Gesichter der anderen sind mir noch in Erinnerung von der Mission im Lagerhaus des Reestablishment; es müssen also wichtige Mitglieder von Omega Point sein. Und ich frage mich, seit wann ich eigentlich zu Castles Kerntruppe gehöre.

Ich gestehe mir ein, dass ich ein bisschen stolz bin. Zu denen zu gehören, auf die man vertraut. Etwas beizutragen.

Ich bin selbst erstaunt darüber, wie sehr ich mich in so kurzer Zeit verändert habe. Wie sehr mein Leben sich verändert hat. Wie viel stärker und schwächer zugleich ich mich inzwischen fühle. Frage mich, ob wohl alles anders verlaufen wäre, wenn Adam und ich eine Möglichkeit gefunden hätten zusammenzubleiben. Ob ich dann jemals die Sicherheit aufgegeben hätte, die mit ihm in mein Leben kam.

Ich denke über vieles nach.

Aber wenn ich aufschaue und sehe, wie er mich anstarrt, verfliegen alle Gedanken, und ich spüre nur noch meine schmerzliche Sehnsucht nach ihm. Und wünsche mir, er würde nicht sofort den Blick abwenden, wenn ich ihn ansehe.

Das war meine eigene elende Entscheidung. Ich habe es mir selbst zuzuschreiben.

Castle sitzt an seinem Schreibtisch, die Ellbogen aufgestützt, das Kinn in den gefalteten Händen. Er hat die Stirn gerunzelt und die Lippen geschürzt und studiert die Papiere, die vor ihm liegen.

Seit fünf Minuten hat er kein Wort gesprochen.

Schließlich schaut er auf. Sieht Kenji an, der vor ihm sitzt, zwischen mir und Adam. »Was meinen Sie?«, fragt er. »Offensive oder Defensive?«

»Guerillakampf«, antwortet Kenji, ohne zu zögern. »Es gibt keine Alternative.«

Ein tiefer Atemzug. »Ja«, sagt Castle. »Das denke ich auch.«

»Wir müssen uns aufteilen«, sagt Kenji. »Wollen Sie die Gruppen bilden, oder soll ich das machen?«

»Ich mache eine erste Aufstellung und möchte dann, dass Sie das durchgehen und unter Umständen Änderungen vornehmen.«

Kenji nickt.

»Bestens. Und Waffen –«

»Meine Aufgabe«, sagt Adam. »Ich sorge dafür, dass alle sauber, geladen, einsatzbereit sind. Bin bereits vertraut mit dem Arsenal.«

Davon wusste ich nichts.

»Hervorragend. Eine Gruppe soll ins Hauptquartier eindringen und Winston und Brendan suchen; alle anderen verteilen sich in den Siedlungen. Die Mission ist ganz einfach:

so viele Zivilisten wie möglich retten. So wenige Soldaten wie möglich töten. Wir kämpfen nicht gegen die Truppen, sondern gegen die Anführer – das dürfen wir nie vergessen. Kenji«, sagt Castle, »Sie übernehmen bitte das Kommando über die Truppen in den Siedlungen. Ist Ihnen das recht?«

Kenji nickt.

»Ich werde die Truppe zum Hauptquartier anführen«, fährt Castle fort. »Sie und Mr Kent sind am besten dafür geeignet, Sektor 45 zu unterwandern, und ich möchte, dass Sie Ms Ferrars mitnehmen; Sie drei arbeiten gut zusammen, und ihre Kräfte können bei dieser Aufgabe sehr nützlich sein. So«, sagt er und breitet die Papiere vor sich aus, »ich habe mich die ganze Nacht mit diesen Plänen –«

Jemand klopft heftig an das Glasfenster in der Tür.

Ein junger Mann mit hellbraunen Augen und Haaren, die so kurz geschoren sind, dass man die Farbe nicht erkennen kann. Er sieht aufgeregt und angespannt aus. »Sir!«, schreit er, was sich gedämpft anhört, der Raum ist offenbar schallisoliert.

Kenji springt auf und öffnet rasch die Tür.

»Sir!«, keucht der junge Mann. Er muss den ganzen Weg gerannt sein. »Bitte, Sir –«

»Samuel?« Castle eilt auf den jungen Mann zu, packt ihn an den Schultern, schaut ihm ins Gesicht. »Was ist los?«

»Sir«, wiederholt Samuel, der langsam wieder zu Atem kommt, »wir – wir haben – ein Problem.«

»Sagen Sie jetzt alles, Sie dürfen nichts verschweigen –«

»Es hat nichts mit draußen zu tun, Sir, es ist nur –« Sein Blick huscht für einen Moment zu mir. »Unser – Gast – er – er – leistet Widerstand, Sir, er – er macht den Wachen Probleme –«

»Was genau tut er?« Castle verengt die Augen.

»Er hat eine Delle in die Tür geschlagen, Sir«, antwortet

Samuel in gedämpftem Tonfall. »In die Stahltür, Sir, und er droht den Wachen, und die sind jetzt beunruhigt –«

»*Ms Ferrars*.«

Nein.

»Ich brauche Ihre Hilfe«, sagt Castle, ohne mich anzusehen. »Ich weiß, dass Sie das vermeiden möchten. Aber Sie sind der einzige Mensch, auf den er hören wird, und wir können uns so eine Ablenkung in der gegenwärtigen Lage nicht erlauben.« Seine Stimme klingt so tonlos und angespannt, als würde sie gleich zerreißen. »Bitte tun Sie, was immer in Ihren Kräften steht, um ihn zu beruhigen. Wenn die Heilerinnen dann ohne Gefahr den Raum betreten könnten, könnte man ihn vielleicht sedieren.«

Mein Blick wandert unwillkürlich zu Adam. Er sieht alles andere als froh aus.

»Ms Ferrars.« Castles Miene verhärtet sich. »Bitte. Gehen Sie jetzt.«

Ich nicke. Wende mich zum Gehen.

»Und alle anderen sollten sich auch bereit machen«, verkündet Castle, als ich hinausgehe. Seine Stimme klingt zu weich für die Worte, die dann folgen. »Wenn wir nicht getäuscht wurden, wird der Oberste morgen unbewaffnete Zivilisten umbringen, und wir können es uns nicht erlauben anzunehmen, dass Warner uns eine falsche Information gegeben hat. Wir brechen im Morgengrauen auf.«

54

Die Wachen führen mich wortlos in Warners Zimmer.

Das Herz schlägt mir bis zum Hals, ich balle die Fäuste, in meinen Ohren ein Hämmern Hämmern Hämmern. Etwas läuft schief. Etwas muss passiert sein. Warner war vollkommen normal, als ich am Vorabend wegging, und ich kann mir nicht vorstellen, was ihn dazu bewogen haben könnte durchzudrehen. Aber ich habe Angst.

Jemand hat ihm einen Stuhl gegeben. Nun verstehe ich, wie er die Stahltür attackieren konnte. Man hätte ihm keinen Stuhl geben dürfen.

Warner sitzt darauf, mit dem Rücken zu mir. Ich sehe nur seinen Hinterkopf.

»Du bist zurückgekommen«, sagt er.

»Natürlich«, erwidere ich und gehe langsam auf ihn zu. »Was ist denn los? Ist etwas passiert?«

Er lacht. Fährt sich durch die Haare. Schaut zur Decke auf.

»Was ist passiert?« Ich bin völlig verstört. »Bist du – ist dir etwas zugestoßen? Was stimmt denn nicht?«

»Ich muss hier raus«, antwortet er. »Ich muss weg hier. Ich kann hier nicht mehr bleiben.«

»Warner –«

»Weißt du, was er zu mir gesagt hat? Hat er dir das erzählt?«

Stille.

»Kam heute früh einfach so hier hereinspaziert. Kam rein und sagte, er wolle sich mit mir unterhalten.« Warner lacht wieder, laut, zu laut. Schüttelt den Kopf. »Sagte mir, ich könne mich verändern. Sagte, ich hätte vielleicht eine *Gabe* wie alle anderen hier – eine *besondere Fähigkeit*. Sagte, ich könnte anders sein. Dass er glaubt, ich könnte *anders* sein, wenn ich es nur *wollte*.«

Castle.

Warner steht auf, dreht sich aber nicht vollständig um. Sein Oberkörper ist nackt, und es scheint ihn auch nicht zu stören, dass ich seinen vernarbten Rücken, das Wort ENT-FLAMME sehen kann. Seine Haare sind zerzaust, fallen ihm ins Gesicht, seine Hose ist zwar geschlossen, aber nicht zugeknöpft. Ich habe ihn noch nie in so vernachlässigtem Zustand gesehen. Er stützt sich mit den Händen an die Steinwand, den Kopf gesenkt, als bete er, starrt ins Leere, und mir wird klar, dass er allmählich verrückt wird hier.

»Ist das zu fassen?«, fragt er. »Ist es zu glauben, dass er denkt, ich könnte eines Morgens aufwachen und so mir nichts, dir nichts *anders* sein? Fröhliche Liedchen trällern und Spenden an die Armen verteilen und die Welt anflehen, mir meine Taten zu vergeben? Hältst du das auch für möglich? Glaubst du, dass ich mich von Grund auf ändern kann?«

Jetzt dreht er sich zu mir um, und seine Augen lachen, glitzern wie Smaragde in der Abendsonne, und sein Mund zuckt, als er sich das Lächeln zu verkneifen versucht. »Meinst du, ich könnte vollkommen *anders* sein?« Er geht ein paar Schritte auf mich zu, und ich weiß nicht, weshalb ich nicht mehr atmen kann. Nicht mehr weiß, wo mein Mund ist.

»Das ist nur eine Frage«, sagt er, steht jetzt direkt vor mir, und ich weiß nicht einmal mehr, wie er dorthin gekommen ist. Er schaut mich an, die Augen so konzentriert und so beunruhigend, strahlend, erleuchtet von etwas, das ich nie deuten kann.

Mein Herz es hält nicht still es hüpft hüpft hüpft

»Sag es mir, Juliette. Ich würde zu gern wissen, was du über mich denkst.«

»Warum?« Ein ersticktes Flüstern, um Zeit zu schinden.

Warners Lippen zucken, weiten sich zu einem Lächeln, öffnen sich ein wenig, begleitet von einem seltsamen neugierigen Blick. Er antwortet nicht. Sagt kein Wort. Er tritt nur noch näher, betrachtet mein Gesicht, und ich kann mich nicht mehr rühren, mein Mund ist angefüllt mit all den Sekunden, in denen er nicht spricht, und ich kämpfe gegen alle Atome in meinem Körper, all die dummen Zellen in mir, weil sie sich so sehr zu ihm hingezogen fühlen.

Oh.

Gott.

~~Ich fühle mich so sehr zu ihm hingezogen.~~

Schuld wächst in mir heran, türmt sich auf, lastet auf meinen Knochen, sprengt mich entzwei. Sie ist ein Kabel, das mir die Kehle zuschnürt, eine Raupe, die mir über den Bauch kriecht. Sie ist Nacht und Mitternacht und Zwielicht der Gespaltenheit. Zu viele Geheimnisse, die ich nicht mehr bei mir behalten kann.

~~Ich kann nicht begreifen, warum ich das will.~~

Ich bin ein schrecklicher Mensch.

Und es ist, als könne er meine Gedanken *sehen*, die Veränderungen in meinem Kopf spüren, denn er wird plötzlich anders. Ruhiger, und seine Augen sind tief, sorgenvoll, zärtlich, seine Lippen empfindsam und weich, und es gibt zu wenig Luft in diesem Raum, und zu viel Blut flutet in meinen Kopf, überschwemmt jeglichen Rest von Vernunft.

Würde mir nur jemand erklären, wie man atmet.

»Weshalb kannst du meine Frage nicht beantworten?« Sein Blick dringt so tief in mich, dass ich beinahe in die Knie gehe, und plötzlich verstehe ich, in diesem Moment, dass alles an Warner ungeheuer intensiv ist. Nichts an ihm ist leicht zu handhaben oder einzuordnen. Er ist zu viel. Alles an ihm ist zu heftig. Seine Gefühle, sein Verhalten, seine Wut, seine Aggression.

~~Seine Liebe~~.

Er ist gefährlich, elektrisch, nicht zu erfassen. Sein Körper verströmt eine Energie, die so stark ist, dass man sie sogar dann fast noch greifen kann, wenn er relativ ruhig wirkt. Diese Energie führt ein Eigenleben.

Doch ich habe einen befremdlichen, beängstigenden Glauben an Warners wahres Wesen und sein Potential zur Veränderung entwickelt. Ich möchte den 19-jährigen Jungen wiederfinden, der einen streunenden Hund füttert. Ich will den Jungen verstehen, der eine entsetzliche Kindheit mit einem brutalen Vater durchlitten hat. Ich will diesen Jungen begreifen. Ich will ihn enthüllen.

Ich möchte glauben, dass er mehr ist als die Form, in die er gepresst wurde.

»Ja, ich glaube, dass du dich verändern kannst«, höre ich mich sagen. »Ich glaube, dass jeder Mensch das kann.«

Und er lächelt.

Ein langsames frohes Lächeln. Ein Lächeln, das zu einem Lachen wird und sein Gesicht erhellt und ihm einen Seufzer entlockt. Er schließt die Augen. Sieht gerührt und belustigt aus. »Das ist so reizend«, sagt er. »So unerträglich süß. Denn du glaubst das wirklich.«

»Natürlich.«

Er öffnet die Augen, sieht mich an. Flüstert: »Aber du irrst dich.«

»Was?«

»Ich bin herzlos«, sagt er. Seine Stimme klingt hohl, tonlos, nach innen gewandt. »Ich bin ein herzloser Dreckskerl und eine grausame, bösartige Kreatur. Die Gefühle anderer sind mir komplett einerlei. Ebenso einerlei wie ihre Ängste, ihre Zukunft, ihre Wünsche, ihr Leben. Und es tut mir auch nicht leid. Mir tut nie etwas leid.«

Ich brauche ein paar Momente, um einen klaren Gedanken zu fassen. »Aber du hast dich doch entschuldigt bei mir«, widerspreche ich. »Gestern Abend –«

»Du bist anders«, unterbricht er mich. »Du zählst nicht.«

»Ich bin nicht wirklich anders. Und du hast bewiesen, dass du etwas bedauern kannst. Dass du mitfühlend und fürsorglich –«

»Das bin ich nicht.« Seine Stimme klingt jetzt plötzlich hart, zu kraftvoll. »Und ich werde mich auch nicht mehr ändern. Ich kann die verfluchten neunzehn Jahre meines Lebens nicht ungeschehen machen. Ich kann die Erinnerungen an meine Taten nicht einfach irgendwo liegen lassen. Ich kann nicht eines Morgens aufwachen und beschließen, mit geborgten Hoffnungen und Träumen zu leben. Fremden Versprechungen für eine bessere Zukunft. Und ich will dich nicht belügen«, fügt er hinzu. »Andere Menschen waren mir immer gleichgültig, und ich bringe für nichts und niemanden Opfer, und ich gehe keinerlei Kompromisse ein. Ich bin nicht gut, nicht gütig, nicht anständig und werde all das auch niemals sein. Ich bin nicht dazu fähig. Denn es wäre entsetzlich *peinlich*, wenn ich das auch nur versuchen würde.«

»Wie kannst du bloß so denken?« Ich würde ihn am liebsten schütteln. »Was ist peinlich daran, ein besserer Mensch zu werden?«

Doch er hört mir nicht zu. Er lacht. Sagt: »Kannst du dir das vorstellen? Wie ich kleine Kinder anlächle und bei Geburtstagsfeiern Geschenke verteile? Wie ich wildfremden Menschen behilflich bin? Mit dem Hund der Nachbarn spiele?«

»Ja«, antworte ich. »Ich kann mir das vorstellen.« Und ich habe es schon gesehen. Doch das sage ich nicht.

»Nein.«

»Und weshalb nicht?«, erwidere ich. »Was ist so schwer daran?«

»So ein Leben«, sagt er, »ist für mich ausgeschlossen.«

»Aber warum denn?«

Warner ballt die Hand zur Faust, öffnet sie wieder. Fährt sich durchs Haar. »Weil ich das fühle«, sagt er, jetzt ruhiger. »Ich habe das schon immer fühlen können.«

»Was denn?«

»Was die Leute über mich denken.«

»Was ...?«

»Ihre Gefühle – ihre Energie – es – ich weiß nicht, was das ist«, sagt er entnervt, schüttelt den Kopf, tritt ein paar Schritte zurück. »Ich wusste das immer schon. Wie sehr mich alle verabscheuen und hassen. Ich weiß, wie sehr mein Vater mich verachtet. Ich kenne die Qualen meiner Mutter. Und ich weiß, dass du nicht wie alle anderen bist.« Seine Stimme wird rau. »Ich weiß, dass du mich wahrhaftig nicht hasst. Ich weiß, dass du mich hassen willst, aber außerstande dazu bist. Weil du keinen Groll gegen mich hegst in deinem Herzen. Wenn es so wäre, würde ich es wissen. Ebenso wie ich weiß«, er klingt erstickt, »dass du etwas empfunden hast, als ich dich geküsst habe. Du hast dasselbe empfunden wie ich und schämst dich dafür.«

Panik tropft mir aus allen Poren.

»Woher weißt du das?«, frage ich. »W-wie – so etwas kann man doch nicht einfach *wissen* –«

»Niemand hat mich je so angesehen wie du«, flüstert er. »Niemand spricht mit mir so wie du, Juliette. Du bist anders. So anders. Du würdest mich verstehen. Aber der Rest der Welt legt keinen Wert auf mein Mitgefühl. Auf mein Lächeln. Castle ist der einzige Mensch unter der Sonne, der eine Ausnahme darstellt, und seine Bereitschaft, mir zu vertrauen und mich zu akzeptieren, beweist lediglich, wie schwach eure Widerstandsbewegung ist. Ihr wisst hier alle nicht, was ihr tut, und werdet elend niedergemetzelt werden –«

»Das ist nicht wahr – das *kann* nicht wahr sein –«

»Hör mich an«, sagt Warner drängend. »Du musst das verstehen – die einzigen Menschen, die in dieser miesen Welt das Sagen haben, sind die mit echter Macht. Und du«, er unterbricht sich, »du besitzt Macht. Du verfügst über Kräfte, die diesen Planeten erschüttern könnten – du könntest ihn erobern. Aber vielleicht ist es noch zu früh, vielleicht brauchst du mehr Zeit, um dein eigenes Potential zu erkennen. Ich werde jedenfalls immer auf dich warten. Ich werde dich immer an meiner Seite haben wollen. Denn wir zwei – wir zwei.« Er verstummt. Sagt dann atemlos: »Kannst du dir das vorstellen?« Starrt mich durchdringend an. Forschend. »Natürlich kannst du das«, flüstert er. »Du denkst dauernd daran.«

Ich keuche erschrocken auf.

»Du gehörst nicht hierher«, sagt er. »Du gehörst nicht zu diesen Leuten. Die werden dich mit in den Untergang reißen, mit denen wirst du *getötet* werden –«

»Ich habe keine andere Wahl!«, erwidere ich aufgebracht. »Ich will lieber hier sein, bei diesen Menschen, die etwas verbessern wollen! Die töten zumindest keine unschuldigen Zivilisten –«

»Du glaubst, deine neuen Freunde hätten noch nie Menschen getötet?«, schreit Warner und deutet zur Tür. »Glaubst du vielleicht, Kent hätte noch nie jemanden umgebracht? Kenji hätte noch nie jemandem eine Kugel in den Leib gejagt? Die waren *meine* Soldaten!«, fügt er hinzu. »Ich hab ihnen mit eigenen Augen dabei zugesehen!«

»Sie mussten überleben«, entgegne ich, beginne zu zittern, versuche die grausamen Bilder zu verdrängen, die sich einstellen. »Sie standen nie auf Seiten des Reestablishment –«

»Ich stehe auch nicht auf Seiten des Reestablishment«, versetzt Warner, »sondern auf Seiten von denen, die wissen, wie man überlebt. Ich habe nur zwei Optionen in diesem Spiel, Süße.« Er atmet schwer. »Töten. Oder getötet zu werden.«

»Nein«, sage ich, weiche zurück, wehre mich gegen die aufsteigende Übelkeit. »So muss es nicht sein. Du kannst etwas ändern. Du könntest dich lösen von deinem Vater, diesem Leben. Du musst nicht so sein, wie er es will –«

»Zu spät«, erwidert er. »Zu viel zerstört. Ich habe mein Schicksal bereits akzeptiert.«

»Nein – Warner –«

»Ich verlange nicht von dir, dass du dir meinetwegen Sorgen machst«, sagt er. »Ich weiß genau, wie meine Zukunft aussieht, und ich habe sie akzeptiert. Ich bleibe gerne allein. Ich fürchte mich nicht davor, den Rest meines Lebens nur mit mir selbst zu verbringen. Ich habe keine Angst vor der Einsamkeit.«

»Du musst so nicht leben«, wiederhole ich. »Du musst nicht allein sein.«

»Ich werde nicht hierbleiben«, entgegnet er. »Ich möchte, dass du das weißt. Ich werde eine Möglichkeit finden, hier rauszukommen, und zwar bald. Mein Urlaub«, sagt er, »ist nun offiziell beendet.«

55

Tick tack.

Castle hat ein Treffen einberufen, um alle auf den morgigen Kampf vorzubereiten; in weniger als 12 Stunden werden wir aufbrechen. Wir haben uns im Speisesaal versammelt, weil dort alle Platz finden.

Eine letzte Mahlzeit, angespannte Gespräche, 2 Stunden Vortrag, während dem immer wieder kurzes Lachen aufbrandet, das halb erstickt klingt. Tana und Randa kommen zuletzt herein, winken mir kurz zu, bevor sie sich setzen. Dann beginnt Castle zu sprechen.

Jeder muss sich am Kampf beteiligen.

Alle körperlich einsatzfähigen Männer und Frauen. Wer nicht kämpfen kann, bleibt bei den Kindern. Zu denen auch James und seine Freunde zählen.

James hält Adams Hand so fest, dass er sie fast zerquetscht.

Anderson wendet sich jetzt gegen das Volk, berichtet Castle. Viele Leute haben Aufstände angezettelt, weil unser Kampf ihnen Hoffnung gegeben hat. Sie hatten bislang nur Gerüchte von einer Widerstandsbewegung gehört, und das letzte Gefecht hat ihnen nun den Beweis geliefert. Die Bürger erwarten, dass wir sie unterstützen, und wir werden dabei erstmals offen unsere Fähigkeiten nutzen.

In den Siedlungen.

Wo uns die Zivilisten so sehen werden, wie wir sind.

Castle erklärt uns, dass mit Gewalt von beiden Seiten zu

rechnen ist. Sagt, dass Menschen manchmal – vor allem, wenn sie sich fürchten – auf unsereins nicht positiv reagieren. Der vertraute Terror ist ihnen dann noch lieber als das Fremde, Unerklärliche, und durch unsere sichtbare Anwesenheit könnten wir uns womöglich neue Feinde machen.

Darauf sollten wir vorbereitet sein.

»Und warum sollten wir uns dann um die kümmern?«, schreit eine Frau von hinten. Als sie aufsteht, sehe ich, dass ihre glänzenden tintenschwarzen Haare ihr bis zur Hüfte reichen. Ihre Augen glitzern im Neonlicht. »Wenn die uns dann nur hassen werden, warum sollen wir sie dann verteidigen? Das ist doch Unsinn!«

Castle holt tief Luft. »Wir können nicht alle leiden lassen, weil einer sich dumm verhält.«

»Aber es ist nicht nur einer, oder?«, meldet sich eine andere Stimme. »Wie viele werden sich gegen uns wenden?«

»Das können wir nicht voraussehen«, antwortet Castle. »Es könnte nur einer sein oder gar niemand. Ich rate Ihnen allen nur zur Vorsicht. Sie dürfen nicht vergessen, dass diese Zivilisten unschuldig und unbewaffnet sind. Nur weil sie es gewagt haben, Gerechtigkeit zu verlangen, sollen sie ermordet werden. Sie sind halb verhungert, haben ihr Zuhause, ihre Familien verloren. Das kommt Ihnen doch sicher bekannt vor, nicht wahr? Viele von Ihren Familien sind auch auseinandergerissen worden, oder?«

Zustimmendes Gemurmel.

»Sie müssen sich vorstellen, dass es um Ihre Mutter geht. Um Ihren Vater. Ihre Geschwister. Sie leiden und werden angegriffen. Wir sollten wenigstens versuchen, ihnen zu helfen. Wir sind deren einzige Hoffnung.«

»Und was ist mit unseren eigenen Leuten?« Ein kräftiger untersetzter Mann steht auf. »Wer garantiert uns, dass wir Winston und Brendan zurückbekommen?«

Castle senkt nur für eine Sekunde den Blick. Ich weiß nicht, ob nur ich den Schmerz in seinen Augen gesehen habe. »Es gibt keine Garantie, mein Freund. Nie. Aber wir werden unser Bestes tun. Wir werden nicht aufgeben.«

»Aber was hat es uns dann genützt, diesen Jungen als Geisel zu nehmen?«, wendet der Mann ein. »Warum töten wir ihn nicht einfach? Wieso erhalten wir ihn am Leben? Er hat uns nichts gebracht, aber verbraucht hier Vorräte, die uns zustehen!«

Ein Tumult bricht aus. Alle schreien Dinge wie »Tötet ihn!«, »Zeigt's dem Obersten!«, »Wir müssen ein Zeichen setzen!« und »Er soll sterben!«.

Mir wird eng ums Herz. Ich fange fast an zu hyperventilieren und merke zum ersten Mal, dass die Vorstellung von Warners Tod mitnichten erstrebenswert für mich ist.

Sie versetzt mich vielmehr in Angst und Schrecken.

Ich schaue zu Adam, in der Hoffnung, dass er anders reagiert, aber ich weiß nicht, was ich mir dabei gedacht habe. Es ist dumm von mir, mich über seine angespannte Miene, die verkniffenen Lippen zu wundern. Es ist dumm von mir, etwas anderes als Hass von Adam zu erwarten. Natürlich hasst Adam Warner. Was auch sonst.

Warner hat versucht, Adam zu *ermorden*.

Natürlich will auch er Warner tot sehen.

Mir ist übel.

»Bitte!«, schreit Castle. »Ich weiß, dass Sie alle aufgeregt sind! Dem morgigen Tag ins Auge zu blicken ist nicht einfach, aber wir können unseren Zorn nicht an einer einzigen Person auslassen. Wir müssen ihn als Antrieb für unseren Kampf nutzen, und wir müssen zusammenhalten. Wir dürfen uns nicht entzweien. Nicht jetzt!«

6 Sekunden Stille.

»Ich kämpfe erst, wenn der tot ist!«

»Heute Nacht bringen wir ihn um!«

»Lasst es uns jetzt sofort erledigen!«

Die Leute toben, hassverzerrte Gesichter, wild und unmenschlich in ihrer Wut. Mir war nicht bewusst, dass sich in Omega Point so viel Zorn aufgestaut hat.

»HALT!« Castle reißt beide Hände hoch, mit flammendem Blick. Sämtliche Tische und Stühle im Raum haben zu rasseln begonnen, und die Leute schauen verwirrt und nervös um sich.

Castles Autorität wollen sie nun doch nicht in Frage stellen. Jedenfalls im Moment noch nicht.

»Unsere Geisel«, sagt Castle, »ist keine Geisel mehr.«

Unmöglich.

Ausgeschlossen.

Das kann nicht sein.

»Er ist vorhin erst bei mir gewesen«, fährt Castle fort, »und hat um Asyl in Omega Point gebeten.«

Mein Hirn rast, wütet gegen die 15 Worte, die Castle gerade gesprochen hat.

Das kann nicht sein. Warner hatte mir gesagt, dass er verschwinden will. Dass er eine Möglichkeit finden wird, hier herauszukommen.

Doch die anderen sind noch schockierter als ich. Adam neben mir bebt förmlich vor Wut. Ich wage nicht, ihm ins Gesicht zu schauen.

»RUHE! BITTE!« Castle hebt die Hand, um die empörte Menge zum Schweigen zu bringen.

»Wir haben jüngst festgestellt«, verkündet er, »dass auch Warner eine Gabe hat. Und er sagt, er will sich uns anschließen. Er will morgen mit uns kämpfen. Will gegen seinen Vater kämpfen und uns helfen, Brendan und Winston zu finden.«

Chaos

Chaos
Chaos
bricht aus.

»Er ist ein Lügner!«

»Beweisen Sie es!«

»Dem kann man doch nicht glauben!«

»Der verrät seine eigenen Leute! Der wird auch uns verraten!«

»Niemals kämpfe ich mit dem zusammen!«

»Vorher bringe ich ihn um!«

Castles Augen funkeln wütend, verengen sich, und seine Hände bewegen sich blitzschnell durch die Luft, ziehen jeden Teller, Löffel, Becher im Raum zu sich. Dann hält er das alles in der Luft fest und wartet ab, ob noch jemand zetern, schreien, sich beklagen möchte.

»Niemand krümmt ihm auch nur ein Haar«, sagt er bestimmt. »Ich habe einen Eid abgelegt, Menschen von unserer Art zu helfen, und ich werde ihn nicht brechen. Denken Sie doch mal nach!«, ruft er. »Denken Sie an den Tag, an dem Ihnen Ihre Gabe bewusst wurde! Denken Sie an die Einsamkeit, die Isolation, die Angst! Denken Sie daran, wie Sie von Ihren Familien und Freunden geächtet wurden! Glauben Sie nicht, dass auch er sich ändern kann? Was ist mit euch passiert, Freunde? Ihr verurteilt ihn! Ihr verurteilt einen von eurer Art, der um Zuflucht bittet!«

Castle sieht angewidert aus.

»Sollte er irgendetwas tun, das uns schadet und seine Glaubwürdigkeit in Frage stellt – dann könnt ihr über ihn urteilen. Aber zuerst geben wir ihm eine Chance.« Castle bemüht sich nicht, seinen Zorn zu verbergen. »Er sagt, er will uns helfen, unsere Leute zu finden! Er sagt, er will gegen seinen Vater kämpfen! Er verfügt über wichtige Informationen, die wir nutzen können! Wieso sollten wir uns diese Gelegenheit entgehen lassen? Er ist nur ein neunzehnjähriger Junge! Er ist nur einer, und wir sind viele!«

Die Leute raunen und murmeln, und ich höre Gesprächsfetzen wie »naiv« und »lächerlich« und »Er wird uns alle umbringen!«, aber niemand wird laut, wofür ich dankbar bin. Meine Gefühle überfordern mich komplett, und ich wünschte, es wäre mir egal, was mit Warner geschieht.

Ich wünschte, ich könnte seinen Tod begrüßen. Ich wünschte, ich würde nichts für ihn empfinden.

Doch das ist nicht möglich. Nicht möglich. Nicht möglich.

»Woher wissen Sie das?«, fragt jemand. Eine neue Stimme, ruhig, bemüht um Sachlichkeit.

Die Stimme neben mir.

Adam steht auf. Schluckt. Sagt: »Woher wissen Sie, dass er eine Gabe hat? Haben Sie ihn getestet?«

Castle starrt mich an, als erwarte er etwas von mir, und Adam schaut auf mich, und es kommt mir vor, als hätte ich die gesamte Luft in diesem Raum aufgesogen, als werde ich in kochendes Wasser geworfen, als könne ich meinen Herzschlag nie mehr wiederfinden, und ich flehe bete hoffe wünsche, dass Castle die Worte nicht aussprechen wird, aber er tut es.

Natürlich tut er es.

»Ja«, sagt Castle. »Wir wissen, dass er, wie Sie auch, Ms Ferrars berühren kann.«

56

Es kommt mir vor, als bräuchte ich 6 Monate für einen Atemzug.

Als hätte ich vergessen, wie man die Muskeln bewegt, als durchlebte ich jeden Schockmoment meines Lebens noch einmal, als versuchte ich Splitter aus meiner Haut zu ziehen. Als wäre ich in ein Kaninchenloch gefallen und ein blondes Mädchen in einem blauen Kleid fragt mich immer wieder nach dem Weg, aber ich kann nicht antworten, weil mein Hals voller Regenwolken ist. Als hätte jemand einen Ozean voller Stille in diesen Raum geschüttet.

So fühlt es sich an.

Niemand spricht. Niemand bewegt sich. Alle starren.

Auf mich.

Auf Adam.

Der mich anstarrt.

Seine Augen sind weit aufgerissen, er blinzelt heftig, über sein Gesicht laufen in rascher Folge Verwirrung, Wut und Schmerz, eine Ahnung von Verrat, Argwohn, komplette Konfusion und neuerlicher Schmerz, und ich japse wie ein Fisch kurz vorm Ableben.

Ich wünschte, Adam würde etwas sagen. Ich wünschte, er würde etwas fragen, mir etwas vorwerfen, etwas verlangen. Doch er bleibt stumm, betrachtet nur mein Gesicht, und ich sehe, wie das Licht aus seinen Augen verschwindet, wie der Schmerz den Zorn verdrängt und die Fassungslosigkeit sich Bahn bricht, und er sinkt auf seinen Stuhl.

Schaut mich nicht mehr an.

»Adam –«

Er springt auf. Springt auf und rennt hinaus, und ich fahre hoch, folge ihm und höre, wie hinter mir die Hölle losbricht, wütender Tumult, und ich pralle beinahe auf Adam, keuchend, und er fährt herum und sagt:

»Ich verstehe das nicht.« Seine tiefblauen Augen. So verletzt.

»Adam, ich –«

»Er hat dich angefasst.« Das ist keine Frage. Adam kann mir nicht in die Augen schauen und scheint die nächsten Worte kaum über die Lippen zu bringen. »Er hat deine Haut berührt.«

Wenn es nur das wäre. Wenn es nur so einfach wäre. Wenn da nur nicht dieses Pulsieren in meinem Blut wäre und Warner in meinem Kopf und *weshalb bin ich nur so verwirrt*

»Juliette.«

»Ja.« Ich bewege die Lippen kaum. Die Antwort auf diese Nichtfrage lautet Ja.

Adam legt die Fingerspitzen an den Mund, blickt auf, schaut beiseite, gibt einen absonderlichen, ungläubigen Laut von sich. »Wann?«

Ich sage es ihm.

Ich erzähle, wann es passiert ist, wie es begann, ich erzähle, wie Warner mein Bein berührt hat, bevor ich aus dem Fenster kletterte, und wie nichts passiert ist.

Ich erzähle ihm, wie ich mir eingeredet habe, dass ich mir das einbilde, bis Warner uns wieder gefangen nahm.

Ich erzähle nicht, wie Warner mir sagte, dass er mich vermisst hat, dass er mich liebt. Wie er mich küsste, so wild und dreist und leidenschaftlich. Ich erzähle nicht, dass ich vorgab, seine Zärtlichkeiten zu erwidern, damit ich in seine Jacke greifen und die Pistole herausziehen konnte. Dass ich erschüttert darüber war, wie es sich anfühlte, von Warner umarmt zu werden, und dass ich diese sonderbaren Gefühle verdrängt habe, weil ich Warner hasste. Dass ich ihn umbringen wollte, weil ich so entsetzt darüber war, was er Adam angetan hatte.

Adam weiß nur, dass ich das beinahe getan hätte. Dass ich Warner beinahe getötet hätte.

Und jetzt blinzelt Adam verwirrt, versucht zu verarbeiten, was ich ihm erzähle, und ahnt nicht, was ich ihm verschweige. ~~Ich bin wahrhaftig ein Monster.~~

»Ich wollte nicht, dass du das weißt«, sage ich. »Ich dachte, es würde alles zwischen uns beiden so kompliziert machen – und wir haben es doch ohnehin schon so schwer – ich dachte einfach, es sei besser, es zu ignorieren, und – ich weiß nicht.« Ich suche verzweifelt nach Worten. »Es war so dumm von mir. Ich war dumm. Ich hätte es dir sagen sollen. Es tut mir leid. Es tut mir so furchtbar leid. Ich wollte nicht, dass du es auf diese Art erfährst.«

Adam atmet schwer, reibt sich den Hinterkopf, fährt sich durch die Haare. Dann sagt er: »Ich – ich verstehe das nicht – ich meine – wissen wir denn, warum er dich berühren kann? Ist das so wie bei mir? Kann er dasselbe tun wie ich? Ich – *Gott*, Juliette, und du musstest so viel Zeit mit ihm alleine verbringen –«

»Dabei ist nichts passiert«, sage ich. »Ich habe nur mit ihm geredet. Er hat nicht versucht, mich anzufassen. Und ich habe nicht die geringste Ahnung, warum er das kann – ich glaube, niemand weiß es bislang. Castle hat ihn noch nicht getestet.«

Adam seufzt, streicht sich übers Gesicht und sagt so leise, dass ich ihn kaum hören kann: »Ich weiß nicht mal, warum mich das überrascht. Wir haben dieselben verfluchten Gene.« Er flucht leise. »Ist denn nie Schluss?«, sagt er anklagend. »Wird das denn nie aufhören, dass mir ständig irgendwelcher Scheiß um die Ohren fliegt? Großer Gott. Das ist ja, als würde dieser Irrsinn nie ein Ende nehmen.«

Ich bin versucht, ihm zu sagen, dass es wohl so sein wird.

»Juliette.«

Ich erstarre, als ich diese Stimme höre.

Ich kneife die Augen fest zu, will meinen Ohren nicht trauen. Warner kann nicht hier sein. Natürlich ist er nicht hier. Er *kann* ja gar nicht hier draußen herumlaufen. Doch dann fällt es mir ein. Warner ist keine Geisel mehr.

Castle muss ihn freigelassen haben.

Oh.

Oh, nein.

Das kann nicht wahr sein. Warner steht jetzt nicht dicht neben mir und Adam, nicht schon wieder, nicht so, nach allem, was geschehen ist,

aber Adam blickt über meine Schulter, auf die Person, die ich so sehr zu vergessen versuche, und ich kann nicht aufschauen. Ich will nicht sehen, was passiert.

Adams Tonfall ist schneidend, als er sagt: »Was zum Teufel hast du hier zu suchen?«

»Schön, dich wiederzusehen, Kent.« Ich höre das Lächeln in Warners Stimme. »Wir sollten uns mal wieder unterhalten. Vor allem angesichts dieser neuen Entdeckung. Wusste gar nicht, dass wir so viel gemein haben.«

Du hast doch überhaupt keine Ahnung, liegt mir auf der Zunge.

»Du krankes Stück Scheiße«, sagt Adam langsam und ruhig.

»Unerfreuliches Vokabular.« Warner schüttelt den Kopf. »Nur wer sich nicht intelligent artikulieren kann, muss auf eine derart verrohte Sprache zurückgreifen.« Er hält inne. »Hast du das nötig, weil ich dich verunsichere, Kent? Mache ich dich nervös?« Warner lacht. »Du scheinst um Fassung zu ringen.«

»Ich bring dich um –« Adam stürzt sich auf Warner und will ihm an die Gurgel gehen, aber plötzlich ist Kenji da, drängt sich zwischen die beiden und schiebt sie mit absolut angewiderter Miene auseinander.

»Was fällt euch ein?«, herrscht er sie wütend an. »Ich weiß nicht, ob euch das aufgefallen ist, aber ihr steht direkt vor der Tür, und du versetzt die kleinen Kinder darin in Angst und Schrecken, Kent. Ich muss dich jetzt also bitten, dich verdammt noch mal abzuregen.« Adam will widersprechen, aber Kenji lässt ihn nicht zu Wort kommen. »Hör zu, ich habe keinen blassen Schimmer, was Warner hier draußen zu suchen hat, aber es geht mich auch nichts an. Castle hat hier das Kommando, und das müssen wir respektieren. Du kannst nicht hier rumrennen und Leute umbringen, nur weil dir grade der Sinn danach steht.«

»Der Typ hat versucht mich zu Tode zu foltern!«, brüllt Adam. »Er hat dich von seinen Leuten kurz und klein schlagen lassen! Und jetzt soll ich mit dem hier leben? Mit ihm zusammen kämpfen? So tun, als sei alles schön und gut? Hat Castle den *Verstand* verloren –«

»Castle weiß, was er tut«, fährt Kenji ihn an. »Von dir wird keine Meinung erwartet. Du hast dich nach seinem Beschluss zu richten.«

Adam wirft aufgebracht die Hände in die Luft. »Das gibt's doch nicht! Das muss doch ein Witz sein! Wer macht denn so was? Wer behandelt Geiseln, als seien sie im Luxushotel?«, schreit er unvermindert laut. »Der könnte doch wieder zu seinen Leuten gehen und denen genau verraten, wo wir sind – im Detail!«

»Nein, das kann ich nicht«, wirft Warner ein. »Ich habe keine Ahnung, wo wir hier sind.«

Adam wendet sich abrupt wieder Warner zu, schreit irgendetwas, sieht aus, als wolle er sich erneut auf Warner stürzen, und Kenji versucht ihn zurückzuhalten, aber ich höre kaum, was um mich herum vor sich geht. Mein Herzschlag dröhnt in meinem Kopf, und meine Augen haben das Blinzeln verlernt, weil Warner mich ansieht, nur mich, so intensiv, so herzerweichend eindringlich, so tief, dass ich mich nicht mehr rühren kann.

Warners Brust hebt und senkt sich. Er achtet nicht auf den Tumult im Speisesaal, auf Adams Angriff, hat sich keinen Zentimeter gerührt. Er wird den Blick nicht abwenden, und ich weiß, dass ich das für ihn übernehmen muss.

Ich schaue weg.

Kenji brüllt Adam an, dass er sich beruhigen soll, und ich ergreife Adam am Arm. Lächle ein wenig, und er beruhigt sich. »Komm schon«, sage ich. »Lass uns wieder reingehen. Castle ist noch nicht fertig, wir müssen mitkriegen, was er sagt.«

Adam ringt um Fassung. Holt tief Luft. Nickt mir kurz zu, lässt sich von mir führen. Ich konzentriere mich auf Adam, damit ich so tun kann, als sei Warner nicht da.

Aber Warner findet diesen Plan nicht gut.

Er stellt sich vor uns, versperrt uns den Weg, und trotz meiner besten Absichten schaue ich ihn nun unwillkürlich an. Und erblicke etwas in seinem Gesicht, das ich noch nie bei ihm gesehen habe. Zumindest nicht in diesem Ausmaß.

Schmerz.

»Verschwinde«, knurrt Adam, aber Warner scheint es nicht zu hören.

Er sieht mich an. Schaut auf meine Hand, die Adams Arm umklammert, und die Qual in seinen Augen verkrüppelt mich, und ich kann nicht mehr sprechen, ich sollte nicht sprechen, ich wüsste auch nichts zu sagen, wenn ich sprechen könnte, und dann sagt Warner meinen Namen. Wiederholt ihn. »Juliette –«

»Beweg dich!«, schreit Adam, verliert endgültig die Fassung und stößt Warner mit voller Wucht an. Doch der stürzt nicht zu Boden, stolpert nur ein bisschen rückwärts, aber die Bewegung scheint irgendetwas in ihm auszulösen, irgendeinen schlummernden Zorn zum Leben zu erwecken, und er hechtet sich auf Adam, und ich überlege blitzschnell, was ich tun kann, um ihn aufzuhalten, und ich handle, und ich bin dumm.

Dumm genug, zwischen die beiden zu treten.

Adam packt mich und will mich zurückziehen, aber ich drücke Warner die Hand auf die Brust, weiß nicht, was ich mir dabei denke, ich denke wohl nichts, und das ist der Fehler. Da stehe ich eingekeilt zwischen 2 Brüdern, die sich gegenseitig umbringen wollen, und ich kann nicht einmal wirklich eingreifen.

Sondern Kenji ist derjenige, der handelt.

Er packt die beiden am Arm und versucht sie auseinanderzureißen, doch dann ist da ein reißendes Geräusch in seinem Hals, das so entsetzlich ist, so grauenvoll, dass ich wünschte, ich könnte es aus meinem Hirn verbannen.

Kenji geht zu Boden.

Bleibt liegen.

Würgend und keuchend windet er sich, ringt um Luft, bis er plötzlich erschlafft, reglos daliegt, und ich glaube, dass ich schreie, ich berühre meine Lippen, um festzustellen, wo dieser Laut herkommt, und ich falle auf die Knie, versuche Kenji wachzurütteln, doch er rührt sich nicht, reagiert nicht, und ich weiß nicht, was gerade passiert ist.

Ich weiß nicht, ob Kenji tot ist.

57

Zweifellos schreie ich.

Jemand zieht mich hoch, und ich höre Stimmen und Geräusche, um die ich mich nicht kümmere, weil das hier nicht passieren darf, nicht Kenji, nicht meinem witzigen komplizierten Freund, der hinter seinem Lächeln Geheimnisse verbirgt, und ich reiße mich los, entwinde mich dem Zugriff der Hände, stürze blindlings in den Speisesaal, sehe zig verschwommene Gesichter, denn ich suche nur nach einem, dem Mann mit dem dunkelblauen Sakko und den zusammengebundenen Dreadlocks.

»Castle!«, schreie ich. Meine Knie beginnen zu schmerzen, ich weiß nicht mehr, ob ich zu Boden gestürzt bin, aber es ist mir auch ganz egal egal egal – »Castle! Kenji – bitte – er braucht Hilfe –«

Ich habe Castle noch nie zuvor rennen sehen.

Mit übermenschlichem Tempo rast er durch den Speisesaal, an mir vorbei, in den Gang hinaus. Alle anderen springen auf, schreien panisch durcheinander, und ich folge Castle, und Kenji liegt da immer noch. Reglos.

Viel zu reglos.

»Wo sind die Mädchen?«, schreit Castle. »Jemand soll die Mädchen holen!« Er versucht den schweren Körper hochzuziehen, bettet Kenjis Kopf in seinen Schoß. So habe ich Castle noch nie erlebt, nicht einmal, als er über unsere vermissten Jungs sprach. Ich blicke um mich und sehe Schmerz in den Augen der Einwohner von Omega Point; einige weinen, umarmen sich tröstend, und ich merke, dass ich Kenji niemals vollständig begriffen habe. Ich habe das Gewicht seiner Autorität nie ermessen können. Ich habe nie verstanden, wie viel er den Menschen hier bedeutet.

Wie sehr sie ihn lieben.

Adam ist einer von etwa 50 Leuten, die Kenji aufheben, und nun laufen sie los, hoffen wider alle Vernunft, und jemand ruft: »Sie sind auf der Krankenstation! Bereiten alles vor!« Es ist wie eine Stampede, alle rennen hinterher, wollen erfahren, was passiert ist, niemand achtet auf mich, und ich löse mich aus der Menge, verschwinde um eine Ecke, flüchte in einen düsteren Gang. Schmecke die Tränen, die in meinen Mund fallen, zähle die salzigen Tropfen, weil ich nicht verstehe, wie das passieren konnte, wie es möglich ist, denn ich habe ihn doch gar nicht berührt, ich konnte ihn doch gar nicht anfassen, bitte bitte bitte das ist doch nicht möglich, doch dann erstarre ich. Eiszapfen auf meinen Armen, als ich merke:

Ich trage meine Handschuhe nicht.

Ich habe vergessen, meine Handschuhe anzuziehen. Ich hatte es so eilig, heute Abend pünktlich hier zu sein, dass ich meine Handschuhe im Zimmer gelassen habe, nachdem ich aus der Dusche kam, und das kann nicht wahr sein, es kann nicht möglich sein, dass ich das getan habe, dass ich das vergessen habe, dass ich den Verlust eines weiteren Lebens verschuldet habe und ich ich ich

sinke zu Boden.

»Juliette.«

Ich schaue hoch. Springe auf.

Sage: »Bleib weg von mir«, zitternd. Versuche die Tränen zu unterdrücken, versinke ins Bodenlose, weil ich denke, das war's jetzt. Das muss meine ultimative Bestrafung sein. Ich habe diesen Schmerz verdient, ich habe es verdient, einen meiner wenigen Freunde getötet zu haben, und ich möchte einschrumpfen und für immer verschwinden. »Geh weg –«

»Juliette, *bitte*«, sagt Warner und tritt näher. Sein Gesicht liegt im Schatten. Der Gang ist kaum beleuchtet, und ich weiß nicht, wo er hinführt. Ich weiß nur, dass ich nicht mit Warner allein sein will.

Jetzt nicht. Und niemals wieder.

»Ich habe gesagt, bleib weg von mir.« Meine Stimme ist unstet. »Ich will nicht mit dir reden. Bitte – lass mich einfach in Ruhe!«

»Ich kann dich doch hier nicht so zurücklassen!«, protestiert er. »Nicht, wenn du weinst!«

»Du verstehst dieses Gefühl doch sowieso nicht«, fauche ich. »Weil es dir nichts ausmacht, Menschen zu töten!«

Er atmet schwer. Zu schnell. »Wie meinst du das?«

»Ich meine Kenji!«, fauche ich. »Ich war das! Das ist meine Schuld! Ich bin schuld an dem Streit zwischen dir und Adam, und ich bin schuld daran, dass Kenji schlichten wollte, und ich bin schuld –« Meine Stimme bricht. »Ich bin schuld daran, dass er tot ist!«

Warners Augen werden groß. »Sei nicht dumm«, sagt er. »Kenji ist nicht tot.«

Ich bin vollkommen außer mir.

Ich schluchze, dass ich schuld bin, und natürlich ist er tot, hast du ihn nicht gesehen, er hat sich nicht mehr bewegt, und ich habe ihn umgebracht. Warner ist absolut still, gibt keinen Ton von sich, während ich ihn schrecklich beschimpfe und ihm vorwerfe, dass er viel zu kaltherzig ist, um zu begreifen, was Trauer ist, und ich merke erst, dass er mich in seine Arme gezogen hat, als ich an seiner Brust liege, und ich wehre mich nicht. Ich wehre mich kein bisschen. Ich klammere mich an ihn, weil ich diese Wärme brauche, weil ich das Gefühl so sehr vermisst habe, von starken Armen gehalten zu werden, und mir wird erst jetzt bewusst, wie schnell ich dazu übergegangen war, Zuflucht zu der Heilwirkung einer kraftvollen Umarmung zu nehmen.

Und wie entsetzlich ich sie vermisst habe.

Und Warner hält mich einfach nur fest. Glättet mein Haar, streichelt mir sanft den Rücken, und ich höre sein Herz in einem seltsamen verrückten Rhythmus schlagen, der für einen Menschen viel zu schnell zu sein scheint.

Er umfasst mich mit beiden Armen, als er sagt: »Du hast ihn nicht getötet, Süße.«

»Du hast vielleicht nicht gesehen, was ich gesehen habe«, erwidere ich.

»Du hast die Situation ganz falsch verstanden. Du hast nichts getan, was ihn verletzt hat.«

Ich schüttle den Kopf, an seiner Brust. »Was redest du da?«

»Du hast nichts damit zu tun. Das weiß ich.«

Ich löse mich von ihm. Suche seinen Blick. »Und woher willst du das wissen?«

»Weil nicht du Kenji verletzt hast«, antwortet er. »Sondern ich.«

58

»*Was?*«

»Er ist nicht tot«, sagt Warner. »Nur schwer verletzt. Ich gehe davon aus, dass man ihn heilen kann.«

»Was«, Angst durchfährt mich, »wovon redest –«

»Bitte, setz dich«, erwidert Warner. »Ich erkläre es dir.« Er lässt sich am Boden nieder und klopft auf die Stelle neben sich. Ich weiß nicht, was ich anderes tun sollte, als auf ihn zu hören. Außerdem sind meine Beine jetzt so zittrig, dass sie mich nicht mehr tragen wollen.

Meine Glieder ziehen mich zu Boden, ich lehne mich neben Warner an die Wand. Unsere Schultern sind nur getrennt durch eine dünne Luftschicht.

1

2

3 Sekunden verstreichen.

»Ich wollte Castle nicht glauben, als er mir sagte, dass ich vielleicht auch eine … eine *Gabe* habe«, beginnt Warner. Er spricht so leise, dass ich angestrengt horchen muss, obwohl ich direkt neben ihm sitze. »Zuerst habe ich noch gehofft, dass er mich einfach nur in den Irrsinn treiben wollte.« Er seufzt. »Aber als ich darüber nachdachte, ergab das schon irgendwie Sinn. Castle hat mir auch von Kent erzählt. Dass er dich berühren kann und wie sie herausgefunden haben, weshalb. Im ersten Moment dachte ich, dass ich vielleicht so eine ähnliche Fähigkeit habe. Etwas vergleichbar Sinnloses. Und Nutzloses.« Er lacht. »Ich wollte es jedenfalls nicht wirklich glauben.«

»Es ist keine nutzlose Fähigkeit«, höre ich mich sagen.

»Ach ja?« Er schaut mich von der Seite an. Unsere Schultern berühren sich beinahe. »Erzähl mal, Süße. Was kann er denn machen?«

»Er kann Dinge außer Kraft setzen. Die Fähigkeiten anderer.«

»Stimmt. Und wozu soll ihm das nützen? Dass er die Kräfte seiner eigenen Leute außer Kraft setzen kann? Das ist doch absurd. Verschwendung. Absolut keine Hilfe in diesem Krieg.«

Seine Äußerung macht mich wütend, aber ich beschließe, nicht darauf zu reagieren. »Was hat das alles mit Kenji zu tun?«

Warner blickt geradeaus. Seine Stimme klingt weicher, als er sagt: »Würdest du mir glauben, wenn ich dir sage, dass ich deine Energie jetzt im Moment ganz genau spüren kann? Ihre Beschaffenheit? Ihr Gewicht?«

Ich starre ihn an. Betrachte prüfend sein Gesicht, horche auf den ernsten behutsamen Tonfall. »Ja«, antworte ich. »Ich würde dir wohl glauben.«

Warner lächelt, beinahe wehmütig. »Ich kann«, sagt er und holt tief Luft, »deine Gefühle extrem stark spüren. Und weil ich dich kenne, kann ich diese Gefühle auch zuordnen. Ich weiß zum Beispiel, dass die Angst, die du jetzt gerade empfindest, nichts mit mir, sondern mit dir selbst zu tun hat. Mit deinen Befürchtungen, was du Kenji angetan haben könntest. Ich spüre dein Zögern – dein Widerstreben zu glauben, dass es nicht deine Schuld war. Und ich kann deine Traurigkeit, deinen Kummer spüren.«

»Ist das wahr?«, frage ich.

Er nickt, ohne mich anzusehen.

»Ich wusste nicht, dass so was möglich ist«, sage ich.

»Ich auch nicht – und ich war mir meiner Fähigkeit auch

nicht bewusst«, sagt Warner. »Ich hielt es für normal, die Gefühle anderer deutlich spüren zu können, und dachte nur, dass ich vielleicht eine etwas ausgeprägtere Wahrnehmung habe. Das war auch ein wichtiger Grund, weshalb mein Vater mir das Kommando über Sektor 45 anvertraut hat«, erklärt er. »Weil ich die Fähigkeit besitze, genau zu merken, ob jemand etwas verbirgt, sich schuldig fühlt oder – ganz entscheidend – lügt.« Er hält inne. »Ein weiterer Grund«, fährt er fort, »ist die Tatsache, dass ich imstande bin, ohne Skrupel zu handeln, falls die Situation es erfordert. Erst als Castle mir nahegelegt hat, dass es zu dieser Fähigkeit vielleicht eine andere Geschichte geben könnte, begann ich darüber nachzudenken. Und bin fast durchgedreht.« Er schüttelt den Kopf. »Ich habe fieberhaft nachgedacht und versucht seine Theorie entweder zu beweisen oder zu widerlegen. Trotz sorgfältigster Erwägungen konnte ich sie einfach nicht glauben. Und obwohl es mir – für dich, nicht für mich selbst – leidtut, dass Kenji vorhin dumm genug war, sich einzumischen, halte ich es doch für eine glückliche Fügung. Denn nun habe ich tatsächlich den Beweis. Dass ich mich geirrt habe. Und dass Castle Recht hat.«

»Wie meinst du das?«

»Ich habe deine Energie sozusagen übernommen«, antwortet er, »obwohl ich nicht wusste, dass ich das kann. Aber als wir vier verbunden waren, habe ich es ganz deutlich gespürt. Adam war unzugänglich – was übrigens auch die Erklärung dafür ist, dass ich ihn früher nie als Verräter im Verdacht hatte. Seine Gefühle waren immer verborgen, abgeschirmt. Ich war so naiv anzunehmen, dass er einfach eine dumpfe Persönlichkeit ohne lebendige Emotionen sei. Er hat mich ausgeschlossen, und ich habe mich täuschen lassen. Ich war so überzeugt von mir selbst, dass ich mir eine Schwachstelle in meinem System gar nicht vorstellen konnte.«

Am liebsten hätte ich gesagt: Adams Fähigkeit ist also doch nicht so nutzlos, nicht wahr?

Aber ich halte den Mund.

»Und Kenji«, sagt Warner nach kurzem Schweigen. Reibt sich die Stirn. Lacht ein bisschen. »Kenji war ... sehr klug. Viel klüger, als ich ihn eingeschätzt hatte – was, wie sich nun herausstellt, genau seine Taktik war. Kenji«, er schnaubt, »hat sich vorsätzlich dauernd als greifbare Bedrohung – im Gegensatz zu einer schleichenden – dargestellt. Er hat ständig für Stress gesorgt – verlangte bei den Mahlzeiten Extraportionen, fing Streit mit den anderen Soldaten an, hielt sich nicht an das Ausgangsverbot. Er verstieß immer wieder gegen Vorschriften, um auf sich aufmerksam zu machen. Damit ich ihn in erster Linie als nervenden Störfaktor und als nichts anderes betrachtete. Ich hatte immer das Gefühl, dass etwas mit ihm nicht stimmte, habe das aber auf sein Rowdy-Benehmen und seine Unfähigkeit im Umgang mit Regeln zurückgeführt«, erklärt er. »Ich hielt ihn für einen schlechten Soldaten. Für jemanden, den man niemals befördern würde. Der ziemlich unbrauchbar ist.« Er schüttelt den Kopf. Zieht die Augenbrauen hoch. »Brillant«, sagt er fast anerkennend. »Brillante Taktik. Sein einziger Fehler«, fügt Warner hinzu, »war seine zu offensichtliche Freundschaft mit Kent. Und dieser Fehler hat ihm dann auch beinahe das Leben gekostet.«

»Und jetzt? Wolltest du ihn heute Abend endgültig erledigen?« Ich bin immer noch völlig verwirrt, versuche das alles zu begreifen. »Hast du ihn absichtlich verletzt?«

»Nein.« Warner schüttelt den Kopf. »Ich wusste zuerst gar nicht, was ich eigentlich tat. Bislang hatte ich die Energie immer nur *gespürt*; ich wusste nicht, dass ich sie auch *übernehmen* konnte. Aber mit deiner Energie kam ich direkt in Kontakt, indem ich dich berührte – es war alles so heftig, dass sie mir förmlich zuflog. Als Kenji mich am Arm packte«, sagt er,

»waren wir noch verbunden, du und ich. Und ich ... habe es irgendwie geschafft, deine Energie in seine Richtung zu lenken. Zufällig, aber ich spürte, als es passierte. Ich spürte, wie deine Kraft in mich strömte. Und wieder hinaus.« Er schaut auf. Sieht mich an. »Das war das Verrückteste, was ich jemals erlebt habe.«

Wenn ich nicht schon am Boden säße, würde ich jetzt umfallen.

»Du kannst also – die Kräfte anderer übernehmen?«, frage ich.

»Scheint so.«

»Und du bist sicher, dass du Kenji nicht absichtlich verletzt hast?«

Warner lacht und sieht mich belustigt an. »Wenn ich die Absicht gehabt hätte, ihn zu töten, dann hätte ich das getan. Und ich hätte dazu nicht so eine aufwendige Prozedur benötigt. Ich habe kein Faible für Dramen«, sagt er. »Wenn ich jemanden verletzen will, brauche ich dafür nur meine eigenen zwei Hände.«

Ich bin wortlos vor Erstaunen.

»Ich wundere mich übrigens«, sagt Warner, »wie du solche Energiemengen in dir haben kannst, ohne sie irgendwo rauszulassen. Ich konnte sie kaum aushalten. Die Übertragung von meinem Körper in den von Kenji war gar nicht zu vermeiden. Ich konnte diese Kräfte nicht lange ertragen.«

»Und ich kann dich nicht verletzen?« Ich blinzle verwirrt. »Kein bisschen? Meine Kraft fließt einfach in dich? Du nimmst sie einfach so auf?«

Er nickt. Sagt: »Möchtest du es sehen?«

Und ich sage ja mit meinem Kopf und meinen Augen und meinen Lippen, obwohl ich furchtbare Angst habe. »Was muss ich tun?«, frage ich.

»Nichts«, sagt er leise. »Berühr mich einfach.«

Mein Herz hämmert pocht rast durch meinen Körper, und ich versuche mich zu konzentrieren. Versuche ruhig zu bleiben. Es wird schon gut gehen, sage ich mir. Es geht gut. Es ist nur ein Experiment. Du musst dich nicht so aufregen, nur weil du wieder jemanden berühren kannst, sage ich mir.

~~Aber oh, ich bin so wahnsinnig aufgeregt.~~

Warner streckt mir die entblößte Hand hin.

Ich ergreife sie.

Und warte, ob sich ein Schwächegefühl einstellt, das Gefühl, dass Energie aus mir schwindet, dass eine Übertragung in einen anderen Körper stattfindet, aber ich spüre nichts dergleichen. Ich fühle mich genau wie vorher. Doch ich beobachte Warner, der die Augen schließt, um sich zu konzentrieren. Dann packt er meine Hand fester und keucht.

Er reißt die Augen auf, und seine freie Hand dringt mühelos in den Boden ein.

Ich zucke entsetzt zurück. Kippe seitwärts, kann mich gerade noch auf meine wieder freien Hände aufstützen. Bestimmt bilde ich mir das ein. Bestimmt bilde ich mir das Loch im Boden ein, nur zehn Zentimeter von Warner entfernt. Ich hatte bestimmt eine Halluzination, als ich sah, wie seine Handfläche im Boden versank. Bestimmt ist das alles eine Halluzination. Ich träume und wache sicher bald auf. So muss es sein.

»Hab keine Angst –«

»W-wie«, stammle ich, »hast du d-das gemacht –«

»Keine Sorge, Süße, es ist alles gut, wirklich – für mich ist das auch neu –«

»Meine – meine Kraft? Hat dir nicht – du hast keine Schmerzen gehabt?«

Er schüttelt den Kopf. »Im Gegenteil. Fühlt sich an wie ein unglaublicher Adrenalinrausch – so etwas habe ich noch nie erlebt. Mir ist auch ein bisschen schwindlig«, sagt er, »aber auf eine gute Art.« Er lacht. Lächelt vor sich hin. Stützt den Kopf in die Hände. Schaut auf. »Können wir das noch mal machen?«

»Nein«, sage ich hastig.

Er grinst. »Ganz sicher?«

»Ich kann nicht – ich – ich meine, ich kann immer noch nicht fassen, dass du mich berühren kannst. Dass du – ich meine –«, ich schüttle den Kopf, »es gibt nicht doch einen Haken? Keine Bedingungen? Du berührst mich, und niemand nimmt Schaden? Und nicht nur das, sondern es fühlt sich auch noch *gut* an? Du *magst* das Gefühl, mich anzufassen?«

Warner blinzelt und starrt mich mit leerem Blick an, als wisse er keine Antwort auf meine Frage.

»Und?«

»Ja«, sagt er, aber es klingt atemlos.

»Ja was?«

In der Stille zwischen uns höre ich sogar sein Herz schlagen. »Ja«, wiederholt er. »Ich mag das Gefühl.«

Unmöglich.

»Du brauchst nie Scheu zu haben, mich anzufassen«, sagt er. »Es wird mir nicht weh tun. Es gibt mir Kraft.«

Ich möchte am liebsten eins dieser schrillen, hohen, irren Lachen von mir geben, das man von Menschen hört, die den Verstand verlieren. Weil diese Welt einen schrecklichen Humor hat. Immer scheint sie mich auszulachen. Amüsiert sich auf meine Kosten. Macht mein Leben dauernd noch komplizierter. Ruiniert meine ausgeklügeltsten Pläne, indem sie alles immer noch verwirrender werden lässt.

Ich kann den Jungen, den ich liebe, nicht berühren.

Aber ich kann meine Berührung nutzen, um den Jungen zu stärken, der meinen Liebsten töten wollte.

Niemand findet das komisch, würde ich der Welt gerne mitteilen.

»Warner«. Ich schaue abrupt auf, weil mir ein Gedanke kommt. »Du musst das Castle sagen.«

»Wieso denn?«

»Weil er es wissen muss! Es würde Kenjis Lage erklären und uns morgen helfen! Du wirst doch mit uns kämpfen, und da wäre das praktisch –«

Warner lacht.

Er lacht und lacht und lacht, und seine Augen glitzern, sogar in diesem matten Licht. Er lacht, bis er kaum mehr atmen kann, bis er nur noch seufzt, bis das Lachen sich zu einem Grinsen wandelt. Er grinst mich an, dann grinst er vor sich hin, und als sein Blick auf meine Hand fällt, die in meinem Schoß liegt, zögert er kurz. Dann streicheln seine Fingerspitzen die weiche dünne Haut über meinen Knöcheln.

Ich atme nicht.

Ich spreche nicht.

Ich bewege mich nicht.

Er scheint abzuwarten, ob ich die Hand wegziehe, und ich sollte es tun, ich weiß, dass ich es tun sollte. Aber ich rühre mich nicht. Deshalb ergreift er meine Hand. Betrachtet sie. Streicht über die Linien in meiner Handfläche, die Falten an meinen Gelenken, den empfindlichen Punkt zwischen Daumen und Zeigefinger. Und seine Berührung ist so sanft und behutsam und zärtlich, und sie fühlt sich so gut an, dass sie schmerzt. Sie schmerzt tatsächlich. Und mein Herz kann das nicht verkraften.

Ich ziehe die Hand weg, mit einer ruckartigen ungeschickten Bewegung. Mein Gesicht ist rot, mein Puls kommt ins Stolpern.

Warner reagiert nicht. Er schaut nicht auf. Er wirkt nicht einmal überrascht. Starrt nur auf seine leere Hand, als er spricht. »Weißt du«, sagt er, und seine Stimme klingt sanft und fremd zugleich, »ich glaube, Castle ist lediglich ein optimistischer Narr. Er versucht zu angestrengt, zu viele Leute einzubinden, und das wird schiefgehen, weil man es nämlich nie allen recht machen kann.« Er hält inne. »Er ist das perfekte Beispiel eines Menschen, der die Regeln dieses Spiels nicht verstanden hat. Er denkt mit dem Herzen und klammert sich verzweifelt an irgendeine fantastische Vorstellung von Hoffnung und Frieden. Was ihm nicht helfen wird.« Warner seufzt. »Sondern sein Untergang sein wird, dessen bin ich mir ziemlich gewiss. Aber etwas an dir«, fährt er fort, »an der Art, wie *du* dich der Hoffnung hingibst, ist so naiv, dass es schon wieder liebenswert ist.« Er schüttelt den Kopf. »Du glaubst den Leuten tatsächlich, was sie sagen. Du willst nett sein.« Er lächelt ein wenig. Schaut auf. »Das amüsiert mich sehr.«

Ich komme mir vor wie eine Idiotin. »Du wirst morgen nicht mit uns kämpfen.«

Warner lächelt jetzt breit. Sein Blick ist herzlich. »Ich werde hier verschwinden.«

»Du wirst verschwinden.« Ich fühle mich wie betäubt.

»Ich gehöre nicht hierher.«

Ich schüttle den Kopf, sage: »Ich verstehe das nicht – wie kannst du das tun? Du hast Castle doch gesagt, dass du morgen bei unserem Kampf dabei sein wirst – weiß er, dass du verschwinden willst? Weiß es überhaupt irgendjemand?«, frage ich und blicke ihn forschend an. »Was hast du vor? Was willst du tun?«

Er antwortet nicht.

»Was wirst du *tun*, Warner –«

»Juliette«, flüstert er, und sein Blick ist plötzlich drängend, gepeinigt. »Ich muss dich etwas frag–«

Jemand kommt den Gang entlanggerannt.

Ruft meinen Namen.

Adam.

335

59

Ich springe panisch auf, sage zu Warner, dass ich gleich wiederkomme.

Und ich sage, geh noch nicht, geh nirgendwohin, ich bin gleich wieder da, aber seine Antwort warte ich nicht ab, ich renne auf den hell erleuchteten Gang zu und pralle mit Adam zusammen. Er richtet mich auf, zieht mich in seine Arme, hält mich ganz fest, scheint immer wieder zu vergessen, dass er mich so nicht berühren sollte, und er ist ganz aufgeregt und sagt »Geht es dir gut?« und »Es tut mir so leid« und »Ich habe dich überall gesucht« und »Ich dachte, du würdest mitkommen zur Krankenstation« und »Es war nicht deine Schuld, ich hoffe, du weißt das –«

Es trifft mich wie ein Schlag ins Gesicht, auf den Kopf, in den Rücken, diese Erkenntnis, wie wichtig er mir ist. Und ich weiß, wie wichtig ich für ihn bin. Ihm so nahe zu sein ist eine schmerzhafte Erinnerung. An alles, wovon ich mich selbst fortzerren musste. Ich hole tief Luft.

»Adam«, sage ich, »wie geht es Kenji?«

»Er ist noch nicht bei Bewusstsein«, antwortet er, »aber Tana und Randa glauben, dass er sich erholen wird. Sie werden die ganze Nacht bei ihm bleiben.« Er verstummt kurz. »Niemand weiß, was passiert ist«, sagt er dann. »Aber du hast nichts damit zu tun.« Er schaut mich eindringlich an. »Das weißt du, nicht wahr? Du hast ihn nicht mal berührt. Ich weiß das genau.«

Und obwohl ich 1000mal den Mund öffnen will, um zu

sagen »Warner war es. Warner hat das getan. Er hat Kenji verletzt, ihr müsst ihn fangen und einsperren, er belügt euch alle! Er will morgen flüchten!«, bleibe ich stumm. Und ich weiß nicht, weshalb.

Ich weiß nicht, warum ich Warner schütze.

Vielleicht, weil ich fürchte, dass die Worte dann wahr werden. Ich weiß noch immer nicht, ob Warner wirklich flüchten will, und wenn ja, wie; ich weiß nicht einmal, ob es überhaupt möglich wäre. Und ich weiß nicht, ob ich jetzt jemandem von Warners Fähigkeit erzählen kann; ich möchte Adam nicht erklären müssen, dass ich – während sich alle um Kenji kümmerten – mit unserer Geisel, unserem Feind, in einem dunklen Tunnel hockte und dessen Hand hielt, um seine Kräfte zu testen.

Ich wünschte, ich wäre nicht so entsetzlich verwirrt.

Ich wünschte, ich würde mich wegen meiner Erlebnisse mit Warner nicht so entsetzlich schuldig fühlen. Nach jedem Gespräch mit Warner, jedem Augenblick, den ich in seiner Nähe verbracht habe, fühle ich mich, als hätte ich Adam betrogen – obwohl wir ja eigentlich gar nicht mehr zusammen sind. Mein Herz fühlt sich immer noch so sehr an Adam gebunden; als müsste ich wiedergutmachen, dass ich ihn bereits so sehr verletzt habe. Ich will nicht der Grund für den Schmerz in Adams Augen sein, nicht schon wieder. Und deshalb habe ich wohl beschlossen, dass ich meine Geheimnisse bewahren muss, um ihn nicht zu verletzen. Aber in meinem tiefsten Inneren weiß ich, dass das nicht richtig ist. Dass es übel enden kann.

Doch ich bin außerstande, mich anders zu verhalten.

»Juliette?« Adam hält mich noch immer in den Armen, so nah und warm und wunderbar. »Alles in Ordnung mit dir?«

Und ich weiß nicht, was mich zu der Frage treibt, aber ich muss es plötzlich wissen.

»Wirst du es ihm jemals sagen?«

Adam schaut mich an, ohne mich loszulassen. »Was?«

»Warner. Wirst du ihm die Wahrheit sagen? Über euch beide?«

Adam blinzelt verblüfft, überrumpelt von dieser Frage. »Nein«, antwortet er schließlich. »Niemals.«

»Warum nicht?«

»Weil man viel mehr braucht als Blut, um verwandt zu sein«, sagt er. »Und ich will nichts mit dem zu tun haben. Ich würde ihn gerne sterben sehen, ohne auch nur im Geringsten Reue oder Mitleid zu empfinden. Er ist ein menschliches Monstrum.« Adam hält inne. »Wie mein Vater«, fügt er dann hinzu. »Und ich will lieber tot umfallen, als den als meinen Bruder anzuerkennen.«

Ich fühle mich, als würde ich gleich ohnmächtig werden.

Adam umfasst meine Taille, sucht meinen Blick. »Du stehst noch unter Schock«, sagt er. »Du musst was essen – oder Wasser trinken –«

»Es geht schon«, erwidere ich. »Alles okay.« Ich gönne mir noch einen letzten Moment in seinen Armen, bevor ich mich löse, weil ich tief Luft holen muss. Versuche mir einzureden, dass Adam Recht hat, dass Warner entsetzliche Dinge getan hat und ich ihm nicht vergeben darf. Ich sollte Warner nicht anlächeln. Ich sollte nicht einmal mit ihm sprechen. Und dann möchte ich am liebsten laut schreien, weil ich diese gespaltene Person nicht mehr ertragen kann, zu der ich mich in letzter Zeit entwickle.

Ich sage Adam, ich bräuchte einen Moment Zeit. Ich müsste noch mal auf die Toilette, bevor wir zur Krankenstation gehen, und er sagt, kein Problem, er würde auf mich warten.

Bis ich bereit sei.

Und ich husche in den dunklen Tunnel zurück, um Warner

zu sagen, dass ich gehen muss, dass ich nicht zurückkommen werde. Doch als ich in die Dunkelheit spähe, kann ich nichts erkennen.

Ich schaue mich um.

Er ist verschwunden.

60

Wir müssen nichts tun für unseren Tod.

Unser Leben lang können wir uns in einem Schrank unter der Treppe verstecken, und er wird uns dennoch finden. Der Tod wird in einem unsichtbaren Umhang erscheinen, mit einem Zauberstab fuchteln und uns wegzerren, wenn wir am wenigsten damit rechnen. Er wird jede Spur unserer Existenz auf Erden tilgen, und das alles kostenfrei. Er verlangt keine Gegenleistung. Bei unserer Bestattung wird er sich verbeugen und die Lobpreisung für gut getane Arbeit entgegennehmen. Dann wird er verschwinden.

Das Leben ist etwas fordernder. Eines müssen wir nämlich immer tun. Atmen.

Ein und aus, jede Sekunde Minute Stunde jeden Tages müssen wir uns Luft zuführen, ob es uns gefällt oder nicht. Selbst wenn wir uns vornehmen, unsere Hoffnungen und Träume zu ersticken, müssen wir immer noch atmen. Selbst wenn wir verfallen und dem Mann an der Ecke unsere Würde verhökern, atmen wir noch. Wir atmen, wenn wir uns irren, wir atmen, wenn wir Recht haben, wir atmen sogar, wenn wir in einen Abgrund stürzen und unser Leben verfrüht ein Ende nimmt. Man kann das Atmen nicht weglassen.

Also atme ich.

Ich zähle alle Stufen, die ich hinaufgestiegen bin zu der Schlinge, die von der Decke meines Daseins baumelt, und ich zähle all die Gelegenheiten, bei denen ich mich dumm benommen habe, und mir gehen die Zahlen aus.

Kenji ist heute fast gestorben.

Wegen mir.

Denn immerhin war ich daran schuld, dass Adam und Warner in Streit gerieten. Ich habe den Fehler begangen, zwischen die beiden zu treten. Und ich bin daran schuld, dass Kenji die beiden trennen wollte, und wenn ich nicht zwischen ihnen gestanden hätte, wäre Kenji nicht verletzt worden.

Und nun stehe ich da. Und starre ihn an.

Er atmet nur schwach, und ich flehe ihn an, das Eine zu vollbringen. Das einzig Wichtige. Er muss durchhalten, aber er hört mir nicht zu. Er kann mich nicht hören, aber er muss durchhalten. Er muss es schaffen. Er muss atmen.

Ich brauche ihn.

Castle hatte nicht viel mehr zu sagen.

Einige standen in der Krankenstation, andere draußen, als er seine Ansprache hielt. Er sagte, wir seien eine Familie und müssten zusammenhalten, denn wen hätten wir schließlich außer uns selbst? Es sei ganz natürlich, Angst zu haben, aber wir müssten uns nun gegenseitig unterstützen. Uns zusammentun und zur Wehr setzen. Um unsere Welt zurückzuerobern.

»Denn wir wollen leben«, sagte er.

»Morgen werden wir noch alle gemeinsam frühstücken«, erklärte er. »Wir müssen gemeinsam losziehen in den Kampf. Auf uns selbst und die anderen vertrauen. Nehmt euch am Morgen ein wenig Zeit, um in euch selbst Frieden zu finden. Nach dem Frühstück brechen wir auf. Alle zusammen.«

»Und Kenji?«, fragte jemand. Eine Stimme, die mir vertraut ist.

James. Er hatte die Hände zu Fäusten geballt, sein Gesicht war tränenverschmiert, seine Unterlippe zitterte, obwohl er sichtlich versuchte, tapfer zu sein.

Mein Herz zersprang in Stücke.

»Was meinst du?«, fragte Castle.

»Wird er morgen auch in den Kampf ziehen?«, fragte James, schniefend und mit zitternden Fäusten. »Er will kämpfen. Er hat mir gesagt, dass er kämpfen will.«

Castle rang um Fassung. Es dauerte eine Weile, bis er antworten konnte. »Ich … ich fürchte, Kenji wird uns morgen nicht begleiten können. Aber vielleicht könntest du bei ihm bleiben und ihm Gesellschaft leisten?«

James schwieg. Starrte Castle nur an. Dann schaute er auf Kenji. Blinzelte ein paar Mal. Drängte sich dann durch die Menge, kletterte auf Kenjis Bett. Kuschelte sich an ihn und schlief auf der Stelle ein.

Das nahmen alle als Zeichen zum Aufbruch.

Bis auf mich, Adam, Castle und die Mädchen. Ich finde es eigenartig, dass alle Tana und Randa als »die Mädchen« bezeichnen, als seien sie die einzigen Mädchen in Omega Point – was sie natürlich nicht sind. Ich weiß nicht, wie sie zu diesem Namen gekommen sind und würde eigentlich gerne fragen, bin aber zu erschöpft.

Ich beuge mich vor, schaue auf Kenji, der mühsam atmet. Stütze den Kopf auf die Faust, kämpfe gegen den Schlaf an, der mich zu überwältigen droht. Ich verdiene es nicht zu schlafen. Ich sollte die ganze Nacht hierbleiben und auf Kenji aufpassen.

»Sie beide sollten unbedingt schlafen gehen.«

Ich fahre hoch, merke erst jetzt, dass ich kurz weggedöst war. Castle schaut mich mit seltsam mitfühlendem Blick an.

»Ich bin nicht müde«, lüge ich.

»Gehen Sie ins Bett«, sagt er. »Morgen ist ein wichtiger Tag. Sie müssen schlafen.«

»Ich kann sie rausbringen«, sagt Adam und steht auf. »Ich komme dann gleich –«

»Bitte«, unterbricht Castle ihn. »Gehen Sie beide schlafen. Die Mädchen sind ja auch hier.«

»Aber Sie brauchen den Schlaf dringender als wir«, wende ich ein.

Castle lächelt traurig. »Ich fürchte, ich werde heute Nacht ohnehin kein Auge zutun.«

Er blickt auf Kenji, und etwas wie schmerzliche Zärtlichkeit huscht über seine Züge. »Wussten Sie«, sagt Castle zu uns, »dass ich Kenji kenne, seit er ein kleiner Junge war? Ich habe ihn gefunden, kurz nach der Gründung von Omega Point. Er ist hier aufgewachsen. Als ich ihn zum ersten Mal sah, wohnte er in einem Einkaufswagen, den er am Straßenrand gefunden hatte.« Er hält inne. »Hat er Ihnen die Geschichte jemals erzählt?«

Adam setzt sich wieder. Und ich bin schlagartig hellwach. »Nein«, sagen wir beide wie aus einem Munde.

»Ah – verzeihen Sie mir.« Castle schüttelt den Kopf. »Ich sollte Ihre Zeit nicht mit so etwas verschwenden. Ich habe einfach zu viel im Kopf im Moment. Und vergesse, was ich für mich behalten sollte.«

»Nein – bitte – ich möchte das gerne hören«, sage ich. »Wirklich.«

Castle starrt auf seine Hände. Lächelt ein wenig. »Es ist keine lange Geschichte. Kenji hat mir nie erzählt, was mit seinen Eltern geschehen ist, und ich habe mich bemüht, ihn nicht zu fragen. Er hat mir nur seinen Namen und sein Alter gesagt. Ich habe ihn durch Zufall gefunden. Ein Junge, der in einem Einkaufswagen saß, fern der Zivilisation. Nur mit einem alten T-Shirt und einer zu großen Jogginghose bekleidet, mitten im Winter. Er sah halb erfroren und verhungert aus. Ich konnte ihn nicht einfach seinem Schicksal überlassen«, sagt Castle. »Ich habe ihn gefragt, ob er Hunger hat.«

Er verstummt, versinkt in seinen Erinnerungen.

»Zuerst hat er keinen Ton gesagt«, fährt Castle dann fort. »Hat mich nur angestarrt. Ich wollte fast wieder weggehen, weil ich dachte, ich hätte ihn furchtbar erschreckt. Aber da packte er plötzlich meine Hand und schüttelte sie wie wild. Und sagte: ›Guten Tag, Sir. Mein Name ist Kenji Yamamoto, und ich bin neun Jahre alt. Ich freue mich sehr, Sie kennenzulernen.‹« Castle lacht, aber in seinen Augen stehen Tränen. »Muss furchtbaren Hunger gehabt haben, der arme Kleine. Er war immer schon«, sagt Castle, schaut zur Decke und blinzelt heftig, »ein Mensch mit einem starken Willen. Und so stolz. Nicht aufzuhalten, der Junge.«

Wir versinken alle in Schweigen.

»Ich hatte keine Ahnung«, sagt Adam schließlich, »dass Sie beide sich so nahestehen.«

Castles Lächeln ist angestrengt. »Ja«, sagt er. »Nun gut, ich denke, Kenji wird sich erholen. Morgen geht es ihm bestimmt schon besser. Deshalb sollten Sie beide jetzt unbedingt schlafen gehen.«

»Sind Sie si–«

»Ja. Bitte. Mir geht es gut hier mit den Mädchen, ganz bestimmt.«

Wir stehen auf. Und Adam schafft es, James hochzunehmen, ohne dass er aufwacht.

Beim Hinausgehen schaue ich noch einmal zurück.

Castle sinkt auf einen Stuhl und schlägt die Hände vors Gesicht. Dann streckt er zittrig eine Hand aus und legt sie auf Kenjis Bein, und mir wird plötzlich bewusst, dass ich immer noch so wenig weiß über die Menschen, mit denen ich hier lebe. Und dass ich mich so lange verweigert habe, an ihrer Welt Anteil zu haben.

Jetzt weiß ich, dass ich das ändern möchte.

61

Adam bringt mich zu meinem Zimmer.

Seit etwa einer Stunde ist Schlafenszeit, und wir bewegen uns nur im schwachen Schein der Notleuchten vorwärts. Die Wachen auf Patrouille ermahnen uns, auf direktem Wege zu unseren getrennten Zimmern zu gehen.

Adam und ich sprechen nicht, bis wir im Wohnbereich der Frauen ankommen. Zwischen uns gibt es so viele Spannungen, unausgesprochene Sorgen, Befürchtungen. So viele Gedanken zu heute und morgen und den vielen Wochen, die wir zusammen verbracht haben. So vieles, was wir nicht wissen über unsere Gegenwart und unsere Zukunft. Und ihm so nahe und zugleich so fern zu sein ist schmerzhaft.

Ich sehne mich danach, die Lücke zwischen unseren Körpern zu schließen. Jeden Teil seines Körpers mit den Lippen zu berühren, den Duft seiner Haut zu atmen, die Kraft seiner Glieder, seines Herzens zu spüren. Mich zu umhüllen mit der Wärme und Geborgenheit, die mir Sicherheit spendet.

Aber.

Andererseits ist mir klar geworden, dass ich durch das Getrenntsein von ihm gelernt habe, Sicherheit in mir selbst zu finden. Angst nicht zu unterdrücken, weil ich weiß, dass ich sie alleine bewältigen kann. Ich musste ohne Adam trainieren, kämpfen, muss gegen Warner und Anderson und das Chaos in meinem Kopf antreten. Und fühle mich jetzt anders. Ich fühle mich stärker, seit ich mich von Adam entfernt habe.

Und ich weiß nicht, was das zu bedeuten hat.

Ich weiß nur, dass es für mich nie wieder in Frage kommen wird, mich komplett auf jemand anderen zu verlassen, abhängig zu sein von der Selbstbestätigung durch einen anderen Menschen. Ich kann Adam lieben, aber er kann nicht meine Stütze sein. Ich werde niemals ich selbst sein, wenn ich jemanden brauche, der mich förmlich zusammenhält.

In meinem Kopf herrscht Chaos. Jeden Tag fürchte ich aufs Neue, dass ich Fehler machen, die Beherrschung oder den Zugang zu mir selbst verlieren könnte. Doch ich muss mich diesen Herausforderungen stellen. Denn ich werde für den Rest meines Lebens immer stärker sein als alle anderen.

Wenigstens in dieser Hinsicht muss ich mich nicht fürchten.

»Geht es dir so weit okay?«, fragt Adam schließlich. Ich schaue auf, kann auch im Halbdunkel erkennen, dass er mich mit besorgtem Blick betrachtet.

»Ja«, antworte ich. »Alles okay so weit.« Ich lächle, aber es fühlt sich angespannt an, und ich kann es kaum aushalten, ihm so nahe zu sein, ohne ihn zu berühren.

Adam nickt. Zögert. Sagt dann: »War ein höllischer Abend.«

»Und der Tag morgen wird nicht besser«, flüstere ich.

»Ja«, sagt Adam und sieht mich an, als suche er nach etwas, nach der Antwort auf eine unausgesprochene Frage. Ich frage mich, ob er etwas Neues in meinen Augen entdeckt hat. Er grinst ein bisschen. Sagt: »Ich sollte wohl mal gehen« und weist mit dem Kopf auf den schlafenden James in seinen Armen.

Ich nicke. Weiß nicht, was ich sonst tun soll. Was ich sagen soll.

Alles ist so unklar.

»Wir stehen das durch«, sagt Adam, als habe er meine Gedanken gelesen. »Das alles. Wir schaffen es. Und Kenji wird wieder gesund.« Er berührt meine Schulter, streicht leicht über meinen Arm, hält vor meiner unbedeckten Hand inne.

Ich schließe die Augen, versuche den Moment zu genießen.

Und dann streifen seine Finger meine Haut, und ich reiße die Augen auf, und mein Herz tobt in meiner Brust.

Er starrt mich an, als würde er noch etwas ganz anderes tun wollen, wenn er nicht James im Arm hätte.

»Adam –«

»Ich werde einen Weg finden«, sagt er. »Ich werde einen Weg finden, wie wir das hinkriegen. Ich verspreche es dir. Ich brauche nur ein bisschen Zeit.«

Ich wage es nicht zu sprechen. Weil ich nicht weiß, was ich sagen oder tun könnte. Weil ich mich fürchte vor der Hoffnung, die in mir heranwächst.

»Gute Nacht«, flüstert er.

»Gute Nacht.«

Hoffnung ist für mich allmählich nur noch etwas Gefährliches, das mir Angst macht.

62

Ich bin vollkommen erschöpft, als ich in mein Zimmer komme, und ziehe halb benommen die Sachen an, in denen ich jetzt schlafe: ein Trägerhemd und eine Pyjamahose. Beides habe ich von Randa bekommen. Tana und Randa meinen, dass ich meinen Anzug nachts ausziehen und Luft an meine Haut lassen soll.

Ich will gerade unter die Decke schlüpfen, als es leise an der Tür klopft.

Adam

ist mein erster Gedanke.

Aber als ich dann die Tür einen Spalt öffne, muss ich sie sofort wieder zumachen.

Das kann nur Einbildung sein,

»Juliette?«

Oh. Gott.

»Was machst du hier?«, raune ich durch die geschlossene Tür.

»Ich muss mit dir sprechen.«

»Jetzt sofort. Du musst jetzt sofort mit mir sprechen.«

»Ja. Es ist wichtig«, antwortet Warner. »Ich habe gehört, wie Kent sagte, dass diese Zwillinge heute Nacht in der Krankenstation bleiben würden, und dachte mir, das wäre ein guter Moment für eine ungestörte Unterhaltung mit dir.«

»Du hast mein Gespräch mit Adam mitgehört?« Ich frage mich panisch, wie viel er wohl mitbekommen hat.

»Ich habe nicht das geringste Interesse an deinen Unterredungen mit Kent«, sagt Warner, und seine Stimme klingt jetzt flach und neutral. »Sobald ich gehört habe, dass du heute Abend hier alleine sein wirst, habe ich mich entfernt.«

»Oh.« Ich atme aus. »Und wie bist du überhaupt an den Wachen vorbeigekommen?«

»Du solltest vielleicht die Tür öffnen, damit ich es dir erklären kann.«

Ich rühre mich nicht von der Stelle.

»Bitte, Süße, ich werde dir nichts antun. Das solltest du doch inzwischen wissen.«

»Ich gebe dir fünf Minuten. Dann muss ich schlafen, okay? Ich bin völlig erledigt.«

»Geht klar«, erwidert er. »Fünf Minuten.«

Ich hole tief Luft. Öffne die Tür einen Spalt. Blinzle.

Er lächelt. Scheint keinerlei Schuldgefühle zu haben.

Ich schüttle den Kopf.

Warner drängt sich an mir vorbei ins Zimmer, findet mein Bett und setzt sich.

Ich schließe die Tür und setze mich auf Tanas Bett. Mir wird plötzlich bewusst, wie wenig ich anhabe und dass ich mich extrem entblößt fühle. Ich verschränke die Arme vor der Brust – obwohl Warner mich im Dunkeln gar nicht genau sehen kann – und versuche nicht zu frösteln. Ich vergesse immer, wie präzise mein Anzug meine Körpertemperatur regelt.

Der Anzug war eine geniale Erfindung von Winston.

Winston.

Winston und Brendan.

Oh, ich hoffe so sehr, dass sie wohlauf sind.

»Also … worum geht es?«, frage ich in die Dunkelheit hinein. »Du bist abgehauen, vorhin im Tunnel. Obwohl ich dich gebeten hatte zu warten.«

Stille.

»Bequemes Bett«, sagt er leise. »Viel bequemer als meines. Mit Kissen. Und sogar mit einer Decke.« Er lacht. »Du lebst hier wie eine Königin. Man behandelt dich gut.«

»Warner.« Ich bin nervös. Ängstlich. Beunruhigt. Zittere ein bisschen, aber nicht nur wegen der Kälte. »Was ist los? Weshalb bist du hier?«

Nichts.

Schweigen.

Dann plötzlich.

Ein tiefer Atemzug.

»Ich möchte, dass du mitkommst.«

Die Welt hört auf, sich zu drehen.

»Wenn ich morgen verschwinde«, sagt er. »Ich möchte, dass du mitkommst. Vorhin kam ich nicht dazu, dich zu fragen, und morgen früh hielt ich für einen schlechten Zeitpunkt.«

»Du willst, dass ich mitkomme.« Ich weiß nicht genau, ob ich noch atme.

»Ja.«

»Du willst, dass ich mit dir durchbrenne.« Das kann nicht wahr sein.

Kurzes Schweigen. »Ja.«

»Das kann ich einfach nicht glauben.« Ich schüttle den Kopf, scheine gar nicht mehr damit aufhören zu können. »Jetzt bist du ernsthaft verrückt geworden, oder?«

»Wo ist dein Gesicht?«, sagt er, und es hört sich an, als lächle er. »Kommt mir vor, als rede ich mit einem Geist.«

»Ich bin hier.«

»Wo?«

Ich stehe auf. »Hier.«

»Ich kann dich immer noch nicht sehen«, sagt er, aber seine Stimme ist näher als zuvor. »Kannst du mich sehen?«

»Nein«, lüge ich. Versuche die Spannung, das Zittern in der Luft zwischen uns nicht zu spüren.

Ich trete einen Schritt zurück.

Dann spüre ich seine Hände auf meinen Armen, seine Haut an meiner Haut, und halte die Luft an. Rühre mich nicht. Gebe keinen Ton von mir, als seine Hände zu meiner Taille wandern, zu dem dünnen Stoff, der meinen Körper kaum verhüllt. Seine Finger streichen über die weiche Haut an meinem Rücken, und ich weiß nicht mehr, wie oft mein Herz aussetzt.

Ich habe Mühe, Sauerstoff in meine Lunge zu befördern.

~~Ich habe Mühe, meine Hände bei mir zu behalten.~~

»Ist es möglich«, flüstert er, »dass du dieses Feuer zwischen uns nicht spürst?« Seine Hände gleiten wieder über meine Arme, ganz leicht, tasten sich unter die Träger des Shirts, und etwas zerreißt mich fast, schmerzt im tiefsten Inneren, pulsiert in jeder Zelle meines Körpers, und ich versuche verzweifelt, nicht den Kopf zu verlieren, als ich spüre, wie die Träger herunterrutschen, und alles kommt zum Stillstand.

Die Luft bewegt sich nicht.

Meine Haut hat Angst.

Sogar meine Gedanken flüstern nur noch.

2

4

6 Sekunden vergesse ich zu atmen.

Dann spüre ich seine Lippen an meiner Schulter, weich und brennend und zart, so sanft, dass ich glauben könnte, ein leichter Windhauch küsse mich und nicht ein Junge.

Wieder.

Diesmal auf meinem Schlüsselbein, und es ist wie im Traum, die Liebkosung einer vergessenen Erinnerung, ein Schmerz, der gelindert werden will, ein dampfender Topf, der in Eiswasser landet, eine erhitzte Wange an einem kühlen Kissen in einer heißen heißen heißen Nacht, und ich denke, *ja*, ich denke *das*, ich denke *danke danke danke* bevor mir einfällt, dass sein Mund über meinen Körper wandert und ich nichts tue, um ihn davon abzuhalten.

Er weicht ein wenig zurück.

Meine Augen wollen nicht aufgehen.

Sein Finger berührt meine Unterlippe.

Zeichnet die Form meines Mundes nach, die Linien, die Täler, die Hügel, und meine Lippen teilen sich, obwohl ich sie gebeten hatte, das nicht zu tun, und er kommt mir noch näher. Erfüllt die Luft um mich her, als gäbe es nichts außer ihm und der Hitze seines Körpers, dem Duft von frischer Seife und etwas Rätselhaftem, süß und doch nicht süß, echt und hitzig, etwas, das nach *ihm* riecht, das ihm zu gehören scheint, als sei er eine Flüssigkeit, in der ich nun ertrinke, und ich merke nicht einmal, dass ich mich an ihn lehne, den Duft an seinem Hals einatme, bis ich spüre, dass seine Finger nicht mehr auf meinen Lippen verweilen, sondern auf meiner Taille liegen, und er sagt

»Du«, und er flüstert das Wort, prägt es in meine Haut. Zögert.

Dann.

Noch sanfter.

Seine Brust bebt. Er keucht die Worte. »Du *zerstörst* mich.« Ich zerfalle in seinen Armen.

Meine Fäuste umklammern Unglückspfennige, und mein Herz ist eine Jukebox, die nach ein paar Nickels verlangt, und mein Hirn wirft Münzen Kopf oder Zahl Kopf oder Zahl Kopf oder Zahl

»Juliette«, sagt er, und er haucht meinen Namen nur, gießt flüssige Lava in meine Glieder, und ich wusste gar nicht, dass man auch durch Schmelzen zu Tode kommen kann.

»Ich will dich«, sagt er. »Ganz und gar«, sagt er. »Ich will dich innen und außen, und ich will deinen Atem einsaugen, und ich will, dass du dich so nach mir verzehrst wie ich nach dir.« Seine Stimme klingt so kehlig, als wolle er mich mit warmem Honig überschütten, und er sagt: »Es war nie ein Geheimnis. Ich habe nie versucht, das vor dir zu verbergen. Ich habe niemals so getan, als wäre ich mit weniger zufrieden.«

»Du – du hast gesagt, du wolltest mit mir b-befreundet sein –«

»Ja«, erwidert er, schluckt. »Das habe ich gesagt. Und das will ich auch.« Ich spüre den leichten Luftzug, als er nickt. »Ich will der Freund sein, in den du bis über beide Ohren verliebt bist. Der Freund, den du in deine Arme und in dein Bett und in die geheime Welt in deinem Kopf nimmst. So ein Freund will ich für dich sein«, sagt er. »Einer, der sich deine Worte einprägt und die Form deiner Lippen, wenn du diese Worte aussprichst. Ich will jede Rundung, jede Sommersprosse, jedes Beben deines Körpers kennen, *Juliette* –«

»Nein«, keuche ich. »Sag – d-das – nicht –«

Ich weiß nicht, was ich tun werde, wenn er weiterspricht, ich weiß nicht, was ich tun werde, und ich traue mir nicht über den Weg

»Ich will wissen, wo ich dich berühren soll«, sagt er. »Wie ich dich berühren soll. Ich will wissen, wie ich dich davon überzeugen kann, ein Lächeln ganz allein für mich zu finden.« Ich spüre, wie seine Brust sich hebt und senkt, auf und ab auf und ab und »Ja«, sagt er. »Ich will dein Freund sein«, sagt er. »Dein bester Freund auf der ganzen Welt.«

Ich kann nicht denken

Ich kann nicht *atmen*

»Ich will so vieles«, flüstert er. »Ich will deinen Geist. Deine Kraft. Ich will kostbar sein für dich.« Seine Finger streifen den Saum meines T-Shirts, und er sagt: »Ich will das nach oben ziehen.« Er zupft am Bund der Hose und sagt: »Ich will das nach unten ziehen.« Er legt die Finger an meine Seiten und sagt: »Ich will fühlen, wie deine Haut Feuer fängt.

Ich will dein rasendes Herz an meinem Herz spüren, und ich will wissen, dass es rast, weil du mich willst. Weil du willst«, raunt er, »dass ich niemals aufhöre. Ich will jede Sekunde. Jeden Millimeter deiner Haut. Das alles will ich.«

Ich falle tot um.

»Juliette.«

Ich verstehe nicht, weshalb ich ihn noch sprechen höre, da ich doch tot bin, längst tot bin, zig Tode gestorben bin

Er schluckt schwer, und seine Stimme ist nur ein heiseres Flüstern, als er sagt: »Ich bin – ich bin so unendlich verliebt in dich –«

Ich bin im Boden verwurzelt, drehe mich, während ich stillstehe, mein Blut brodelt, und meine Knochen zittern, und ich atme, als sei ich das erste menschliche Wesen, das fliegen gelernt hat, als atme ich Sauerstoff, den es nur in den Wolken gibt, und ich weiß nicht, wie ich meinen Körper davon abhalten soll, auf ihn zu reagieren, auf seine Worte, auf das verzweifelte Verlangen in seiner Stimme.

Er berührt meine Wange.

So behutsam, als wisse er nicht, ob ich real sei, als fürchte er, wenn er mir zu nahe käme, o schau, sie ist weg, ganz plötzlich verschwunden. 4 Finger streichen langsam über meine Wange, so langsam, bevor sie hinter meinen Kopf gleiten, sich in die Kuhle über meinem Nacken schmiegen. Sein Daumen streichelt meine Wangenknochen.

Er scheint zu warten, ob ich ihm helfen, ihm Anweisungen geben oder protestieren werde, als warte er darauf, dass ich schreien oder weinen oder weglaufen würde, doch ich tue nichts. Ich könnte das wohl gar nicht, denn ich will nicht. Ich will hierbleiben. Genau hier. Ich will mich dem Bann des Augenblicks ergeben.

Er rückt noch ein wenig näher. Seine freie Hand legt sich an meine andere Wange.

Er hält mich, als bestünde ich aus Federn.

Er hält mich, als könne er nicht glauben, diesen Vogel gefangen zu haben, der stets wegfliegen wollte. Seine Hände zittern ein klein wenig, und ich spüre die Bewegung an meiner Haut. Verschwunden ist der Junge mit den Pistolen und den Leichen im Keller. Diese Hände haben niemals eine Waffe gehalten. Diese Hände haben niemals den Tod berührt. Diese Hände sind perfekt und liebevoll und zärtlich.

Er neigt sich zu mir, vorsichtig, atmet flach, und Herzen trommeln zwischen uns, und er ist mir so nah, so nah, und ich spüre meine Beine nicht mehr. Ich spüre meine Finger nicht mehr und die Kälte und die Leere und Dunkelheit. Ich spüre nur noch ihn, überall, er füllt alles aus, und er flüstert

»Bitte.«

Er sagt: »Bitte schieß jetzt nicht auf mich.«

Und er küsst mich.

Seine Lippen sind weicher als alles, was ich jemals gespürt habe, weich wie erste Schneeflocken, Zuckerwatte, wie Schmelzen und Treiben und gewichtlos sein im Wasser. Es ist süß, so mühelos süß.

Und dann wird es anders.

»O *Gott* –«

Er küsst mich wieder, diesmal heftiger, so drängend, als wolle er mich verschlingen, als müsse er sich meine Lippen für immer einprägen. Sein Geschmack treibt mich in den Irrsinn; er schmeckt nach Hitze und Verlangen und Pfefferminz, und ich will mehr davon. Ich habe mich gerade entschlossen, mich zu ergeben, ihn an mich zu ziehen, als er sich löst.

Atmet, als sei er wahnsinnig, als sei etwas in ihm zerbrochen, als habe er gerade gemerkt, dass seine Alpträume doch nicht wahr sind, dass er wach und in Sicherheit ist, und alles gut sein wird und

ich falle.

Ich zerfalle und stürze in sein Herz, und ich bin eine Katastrophe.

Er wartet wohl, auf ja oder nein oder ein Zeichen, und ich will in ihm ertrinken. Ich will, dass er mich küsst, bis ich in seinen Armen zusammenbreche, bis ich meine Knochen abgeworfen habe und in eine neue Sphäre geschwebt bin, die nur für uns bestimmt ist.

Keine Worte.

Nur seine Lippen.

Wieder.

Tief und hastig, als könne er sich keine Zeit mehr lassen, als wolle er so viel erspüren und es gäbe nicht genügend Jahre dafür. Seine Hände gleiten über meinen Rücken, erkunden jede Rundung, und er küsst meinen Nacken, meinen Hals, meine Schultern, und sein Atem wird schneller und härter, seine Hände packen meine Haare, und alles dreht sich, mir ist schwindlig, ich bewege mich, greife nach oben, umfasse seinen Nacken, hänge mich an ihn, und da ist eiskalte Hitze, eine Gier, die jede Zelle meines Körpers attackiert. Ein Verlangen, das so hemmungslos ist, eine so exquisite Begierde, dass jeder glückliche Moment, den ich jemals zu kennen glaubte, dagegen reizlos erscheint.

Ich werde an die Wand gedrängt.

Er küsst mich, als rolle die Welt von einer Klippe und er müsse sich an mir festhalten, als sei er völlig ausgehungert nach Leben und Liebe und hätte nicht gewusst, dass es sich so gut anfühlt, jemandem so nahe zu sein. Als empfinde er zum ersten Mal diesen Hunger und wisse nicht, wie er sich mäßigen kann, wie er kleine Happen zu sich nehmen, wie er irgendetwas mit Ruhe und Muße tun kann.

Meine Hose sinkt zu Boden, und seine Hände haben das zu verantworten.

Ich liege in seinen Armen, nur bekleidet mit Höschen und

dem Trägerhemd, und er murmelt »du bist schön«, »du bist so unglaublich schön«, sagt er und hebt mich hoch und trägt mich zu meinem Bett, und plötzlich liege ich auf meiner Decke, und er setzt sich auf mich, und sein Hemd ist nicht mehr an seinem Körper, es ist verschwunden, und ich weiß nicht, wohin. Ich weiß nur, dass es nichts gibt, was ich an diesem Augenblick ändern möchte.

Er hat hunderttausend Millionen Küsse, und er schenkt sie mir alle.

Er küsst meine Oberlippe.

Er küsst meine Unterlippe.

Er küsst mein Kinn, meine Nasenspitze, meine ganze Stirn, beide Schläfen, meine Wangen, meinen Kiefer. Meinen Hals, die Stelle hinter meinen Ohren, meinen Hals und

seine Hände

gleiten

an meinen Seiten

hinunter. Sein Körper fügt sich an meinen Körper, verschiebt sich, und plötzlich ist sein Brustkorb über meinen Hüften. Ich spüre seine Schultern, seinen Rücken, als er atmet. Seine Hände streicheln meine nackten Schenkel, wandern wieder nach oben zu meinen Rippen, nach hinten über meinen Rücken und wieder nach unten. Verhaken sich im Bund meines Höschens, und ich keuche.

Seine Lippen berühren meinen Bauch.

Es ist nur ein gehauchter Kuss, aber etwas in meinem Schädel hakt aus. Diese federleichte Berührung seiner Lippen an dieser Stelle. In meinem Kopf tausenderlei Sprachen, die ich nicht verstehe.

Und ich spüre, wie seine Lippen nach oben wandern.

Eine feurige Spur auf meiner Haut hinterlassen, ein Kuss nach dem anderen, und ich glaube, ich kann nicht mehr davon ertragen; ich glaube, ich kann das nicht überleben. In meiner Kehle entsteht ein Wimmern, das freigelassen werden will, und meine Finger krallen sich in sein Haar, und ich ziehe ihn hoch, zu mir, auf mich.

Ich muss ihn küssen.

Meine Hände gleiten über seinen Hals, seinen Brustkorb, seinen ganzen Oberkörper, und ich merke, dass ich mich noch nie zuvor so gefühlt habe; als könne jeder Moment explodieren, als könne jeder Atemzug unser letzter sein, als könne jede Berührung die Welt in Brand stecken. Ich vergesse alles, vergesse die Gefahr und das Grauen und die Angst vor morgen, und ich weiß nicht einmal mehr, *warum* ich vergesse, *was* ich vergesse, und dass es einmal etwas gab, das ich scheinbar schon vergessen habe. Es kann nichts mehr geben, das wichtiger wäre als seine nackte Haut, sein perfekter Körper.

Und er übersteht meine Berührung unversehrt.

Er hat die Ellbogen neben meinem Kopf aufgestützt, um nicht zu schwer zu sein für mich, und ist mir jetzt so nah, dass ich sein Gesicht erkennen kann, und ich lächle ihn an, weil ich sein Lächeln sehe, doch er lächelt, als sei er versteinert, atmet, als habe er vergessen, dass man das tun muss, schaut auf mich herunter, als wisse er nicht, ob er sich so zeigen kann. Als habe er selbst nicht geahnt, wie verletzlich er sein kann.

Doch da ist er.

Und hier bin ich.

Warners Stirn ruht auf meiner, seine Haut glüht, seine Nasenspitze berührt meine. Er stützt sich auf, streichelt meine Wange mit seiner freien Hand, schmiegt sie so behutsam an mein Gesicht, als sei es gläsern, und ich merke, dass ich noch immer die Luft anhalte und mich nicht erinnern kann, wann ich zuletzt geatmet habe.

Sein Blick wandert zu meinen Lippen und wieder zurück. So viel Ausdruck, Hunger, Gefühl liegt darin. Ich hätte niemals geglaubt, dass Warner so umfassend, so menschlich, so real sein kann. Doch ich sehe es. Auf seinen Zügen, so unverhüllt, als habe er es sich gerade aus der Brust gerissen.

Sein Herz. Er schenkt mir sein Herz.

Und flüstert ein einziges Wort. Drängend.

»Juliette.«

Ich schließe die Augen.

Er sagt: »Bitte nenn mich nicht mehr Warner.«

Ich öffne die Augen wieder.

»Ich will, dass du mich kennenlernst«, sagt er, atemlos, und streicht mir eine Haarsträhne aus der Stirn. »Mit dir will ich nicht Warner sein«, sagt er. »Das soll sich jetzt ändern. Ich möchte, dass du mich Aaron nennst.«

Und ich will erwidern, ja, natürlich, das verstehe ich vollkommen, aber eine Stille entsteht, die mich verwirrt; dieser Augenblick, dieser Name sprechen zu anderen Teilen meines Gehirns, und da lauert etwas, zieht und zerrt an meiner Haut, versucht mich zu erinnern, will mir etwas mitteilen, und

es schlägt mich ins Gesicht

es versetzt mir einen Kinnhaken

es wirft mich in einen Ozean.

»Adam.«

Meine Knochen sind mit Eis angefüllt. Mein gesamter Körper will sich erbrechen. Ich winde mich unter Warner hervor, suche Abstand, stürze beinahe, und dieses Gefühl, dieses überwältigende Gefühl von absolutem Selbsthass steckt mir im Bauch wie ein Messer, eine große scharfe Klinge, so tödlich, dass ich mich kaum mehr auf den Beinen halten kann, und ich schlinge die Arme um mich selbst, unterdrücke das Weinen und sage nein, nein, nein, das darf nicht sein, das kann nicht sein, ich liebe Adam, mein Herz ist bei Adam, ich kann ihm das nicht antun und Warner sieht aus, als hätte ich erneut auf ihn geschossen, als hätte ich ihm die Kugel mit bloßen Händen ins Herz gedrückt, und er steht auf, doch er zittert von Kopf bis Fuß und sieht mich an, als wolle er etwas sagen, aber er scheint nicht sprechen zu können.

»Es – t-tut mir leid«, stammle ich. »Es tut mir so leid – das sollte nie passieren – ich habe nicht nachgedacht –«

Doch er hört mir nicht zu.

Er schüttelt unentwegt den Kopf und schaut auf seine Hände, als sollten sie ihm versichern, dass er sich das alles einbilde, und er flüstert: »Was geschieht mit mir? Träume ich?«

Und mir ist so elend, ich bin so konfus, denn ich will ihn, ich will ihn, und ich will auch Adam, und ich will zu viel, und ich habe mich noch nie mehr wie ein Monster gefühlt als heute.

Der Schmerz auf seinem Gesicht ist unverhüllt, und er bringt mich um.

Ich kann es spüren. Ich fühle, wie er mich umbringt.

Ich versuche so angestrengt wegzuschauen, zu vergessen, aus meinem Gedächtnis zu löschen, was geschehen ist, doch ich kann nur denken, dass das Leben wie eine zerbrochene Schaukel ist, ein ungeborenes Kind, eine Handvoll Knochen. Mögliche Wege, auf denen wir richtige und falsche Schritte in eine Zukunft machen, für die es keine Garantie gibt, und ich, ich gehe immer nur in die Irre. All meine Schritte sind falsch, immer falsch. Ich bin der wandelnde Irrtum.

Weil das niemals hätte passieren dürfen.

Das war ein schlimmer Fehler.

»Du entscheidest dich für ihn?«, sagt Warner, und er scheint kaum zu atmen, sieht aus, als könne er jeden Moment umfallen. »Ist das jetzt wirklich gerade passiert? Dass du Kent mir vorziehst? Ich glaube nämlich, dass ich nicht verstehe, was gerade passiert ist, und du musst jetzt etwas sagen, du musst mir erklären, was zum Teufel grade mit mir geschieht –«

»Nein«, keuche ich, »nein, ich entscheide mich nicht – ich – ich –«

Doch genau das tue ich. Und ich weiß nicht einmal, wie es dazu kam.

»Warum?«, fragt er. »Weil du dich mit ihm sicherer fühlst? Weil du ihm etwas *schuldig* bist? Du machst einen gewaltigen Fehler«, sagt er, jetzt lauter. »Du hast Angst. Du willst dich nicht für den schwierigeren Weg entscheiden und läufst weg vor mir.«

»Vielleicht – will ich g-gar nicht mit dir zusammen sein.«

»Ich weiß, dass du das willst!«, explodiert er.

»Du irrst dich.«

O mein Gott, was sage ich da, ich weiß nicht einmal, wo ich diese Wörter finde, wo sie herkommen, von welchem Baum ich sie gepflückt habe. Sie wachsen irgendwie in meinem Mund heran, und dann beiße ich auf ein Adverb oder ein Pronomen, und manchmal sind die Wörter bitter, manchmal auch süß, aber jetzt gerade schmeckt alles nach Liebe und Reue und Lügen Lügen Lügen haben kurze Beine.

Warner starrt mich an.

»Im Ernst?« Er versucht sich zu beherrschen und tritt näher, viel näher, und nun sehe ich sein Gesicht noch deutlicher, den Zorn, den Schmerz, die Ungläubigkeit, in seine Züge geritzt, und ich bin mir gar nicht sicher, ob ich noch auf meinen Beinen stehen sollte. Ich glaube, sie können mich nicht mehr tragen.

»J-ja.« Ich pflücke ein weiteres Wort von dem Lügenbaum in meinem Mund, Lügen Lügen Lügen auf meinen Lippen.

»Ich irre mich also.« Er sagt diese Worte ganz leise. »Ich bilde mir nur ein, dass du mich willst. Dass du mit mir zusammen sein willst.« Seine Finger streichen über meine Schultern, meine Arme; seine Hände gleiten an meinen Seiten hinunter, ganz langsam, und ich presse die Lippen zusammen, damit die Wahrheit nicht aus meinem Mund fällt, aber ich scheitere scheitere scheitere, denn ich kenne nur noch die eine Wahrheit, dass ich nämlich gleich wahnsinnig werde.

»Sag mir etwas, Süße.« Seine Lippen flüstern an meiner Wange. »Bin ich auch blind?«

Ich werde sterben, fraglos.

»Du wirst mich nicht zum Narren halten!« Er rückt von mir ab. »Ich werde dir nicht erlauben, dich über meine Gefühle lustig zu machen! Dass du auf mich geschossen hast, ringt mir noch eine gewisse Achtung ab, aber – das – das –, was du gerade getan hast –« Seine Stimme versagt. Er streicht sich übers Gesicht, durch die Haare, sieht aus, als wolle er schreien, etwas zerbrechen, als sei er kurz davor, wirklich und wahrhaftig den Verstand zu verlieren. Als er schließlich spricht, bringt er nur ein heiseres Raunen zustande. »Das ist das Spiel eines feigen Menschen«, sagt er. »Ich hatte dich für besser gehalten.«

»Ich bin nicht feige –«

»Dann sei aufrichtig mit dir selbst!«, versetzt er. »Und mit mir! Sag mir die Wahrheit!«

Mein Kopf rollt auf dem Boden umher, dreht sich wie ein Kreisel, rundherum und herum und herum, ich kann ihm nicht Einhalt gebieten. Ich kann die Welt nicht anhalten, und meine Verwirrung vermengt sich mit Schuld, und daraus wird Wut, und plötzlich steigt sie blubbernd rasend tobend an die Oberfläche, und ich schaue Warner an. Balle die Fäuste. »Die Wahrheit«, sage ich, »ist, dass ich nie weiß, was ich von dir halten soll! Deine Taten, dein Benehmen – du bist nie verlässlich! Du behandelst mich grauenvoll, und dann bist du nett zu mir und sagst mir, dass du mich liebst, und dann fügst du den Menschen Schaden zu, die mir am meisten am Herzen liegen! Und du bist ein Lügner«, fauche ich und weiche zurück. »Du behauptest, dass andere Menschen dich nicht kümmern und auch nicht, was du ihnen antust, aber ich glaube dir nicht. Ich denke, dass du dich versteckst. Unter all der Zerstörung versteckst du dein wahres Selbst, und ich glaube, dass du besser bist als das Leben, das du für dich gewählt hast. Ich denke, du könntest anders sein. Und du tust mir leid!«

Diese Worte diese dummen dummen Worte, die quellen einfach aus meinem Mund.

»Es tut mir leid, dass du so eine schlimme Kindheit hattest. Und dass du so einen entsetzlichen bösen Vater hast und dass niemand je Interesse an dir hatte. Es tut mir leid, dass du so üble Entscheidungen getroffen hast, die dir jetzt anhängen und dir das Gefühl geben, ein Monster zu sein, das sich nicht mehr ändern kann. Aber am meisten«, ende ich, »tut es mir leid, dass du dir selbst nicht vergeben kannst!«

Warner zuckt zusammen, als hätte ich ihn ins Gesicht geschlagen.

Die Stille zwischen uns hat 1000 unschuldige Sekunden gemetzelt, und als Warner schließlich spricht, ist seine Stimme kaum vernehmbar und rau.

»Du bemitleidest mich.«

Mir stockt der Atem. Meine Entschiedenheit gerät ins Wanken.

»Du glaubst, ich sei eine Art kaputtes Projekt, das man reparieren kann.«

»Nein – ich –«

»Du hast nicht die *geringste* Ahnung, was ich getan habe!« Wütend tritt er auf mich zu. »Du hast keine Ahnung, was ich erlebt habe, woran ich teilhaben musste. Du hast keine Ahnung, wozu ich fähig bin oder wie viel Mitgefühl ich verdiene. Ich kenne mein eigenes Herz«, sagt er aufgebracht. »Ich weiß, wer ich bin. Wage es nicht, mich zu bemitleiden!«

Oh, meine Beine funktionieren wirklich nicht mehr.

»Ich habe geglaubt, du könntest mich so lieben, wie ich bin«, sagt er. »Ich habe geglaubt, du würdest der einzige Mensch auf dieser gottverlassenen Welt sein, der mich so akzeptiert, wie ich bin! Ich habe geglaubt, dass du als einziger Mensch mich verstehen würdest.« Sein Gesicht ist ganz dicht vor mir, als er sagt: »Ich habe mich geirrt. Ich habe mich furchtbar geirrt.«

Er weicht zurück. Nimmt sein Hemd und will hinausgehen, und ich sollte nichts dagegen tun, ich sollte ihn zur Tür hinaus und aus meinem Leben gehen lassen, aber ich kann es nicht, ich packe ihn am Arm, ziehe ihn zurück und sage: »Bitte – so habe ich es nicht gemeint –«

Er fährt herum und faucht: »Ich will kein *Mitleid* von dir –«

»Ich wollte dich nicht verletzen –«

»Die Wahrheit«, sagt er, »ist eine schmerzhafte Erinnerung daran, weshalb ich lieber mit Lügen lebe.«

Ich kann den Ausdruck seiner Augen nicht verkraften, den wüsten, schlimmen Schmerz, den zu verhehlen er sich nicht bemüht. Ich weiß nicht, was ich sagen kann, um das wieder gutzumachen. Ich weiß nicht, wie ich meine Worte zurücknehmen soll.

Ich weiß nur, dass er nicht weggehen soll.

Nicht so.

Er sieht aus, als wolle er etwas sagen; überlegt es sich anders. Atmet kurz ein, presst die Lippen zusammen, als dürften die Worte nicht entkommen, und ich will etwas sagen, will es noch einmal versuchen, als er zittrig einatmet und sagt: »Lebewohl, Juliette.«

Und ich weiß nicht, weshalb mich das beinahe umbringt,

ich verstehe meine plötzliche Angst nicht, und ich muss es wissen, ich muss es aussprechen, ich muss die Frage stellen, die keine Frage ist, und ich sage: »Ich sehe dich nicht wieder.«

Ich sehe, wie er um Worte ringt, wie er sich mir zuwendet, wieder abwendet, und für den Bruchteil einer Sekunde erkenne ich, was geschehen ist, erkenne ich den Unterschied in seinen Augen, die Gefühle, zu denen ich ihn für außerstande gehalten hatte, und ich weiß, ich verstehe, weshalb er mich nicht anschaut, und ich kann es nicht glauben. Ich will zu Boden sinken, als er mit sich kämpft, um Worte kämpft, gegen das Zittern in seiner Stimme ankämpft, als er dann schließlich hervorbringt: »Ich hoffe nicht.«

Und das war's.

Er geht hinaus.

Ich bin in 2 Hälften gespalten, und er ist verschwunden.

Für immer.

63

Das Frühstück ist eine einzige Tortur.

Warner ist verschwunden und hat ein großes Chaos hinterlassen.

Niemand weiß, wie er flüchten konnte, wie er aus Omega Point entkommen konnte, und alle geben Castle die Schuld. Alle sagen, es sei idiotisch gewesen, Warner zu vertrauen, ihm eine Chance zu geben, zu glauben, er könne sich geändert haben.

Wut ist gar kein Ausdruck für die angestaute Aggression im Raum.

Aber ich werde nicht die Person sein, die allen erzählt, dass Warner gestern Nacht bereits frei herumlief. Ich werde nicht berichten, dass er den Ausgang vermutlich nicht lange suchen musste. Ich werde nicht erklären, dass er alles andere als dumm ist.

Ich bin mir sicher, dass es ein Leichtes für ihn war, den Ausgang zu finden. Und an den Wachen vorbeizukommen.

Jetzt sind alle zum Kampf bereit, aber aus den falschen Gründen. Sie wollen Warner umbringen – zum einen wegen seiner Taten, zum anderen wegen des Verrats. Und alle fragen sich besorgt, ob er wichtige Informationen weitergeben könnte. Ich weiß nicht, was Warner in Omega Point in Erfahrung gebracht hat, aber was jetzt geschehen wird, kann so oder so nichts Gutes sein.

Die meisten rühren ihr Frühstück kaum an.

Wir sind in voller Montur und bewaffnet, bereit, dem Tod

ins Auge zu blicken, und ich fühle mich wie betäubt. Ich konnte nachts keine Minute schlafen, so innerlich zerrissen war ich, und nun spüre ich meine Glieder nicht, schmecke das Essen nicht, kann nichts klar erkennen und mich nicht auf die Dinge konzentrieren, die man mir sagt. Ich kann nur an all die künftigen Opfer des Krieges denken ~~und an Warners Lippen auf meinem Hals, seine Hände auf meinem Körper, den Schmerz und die Leidenschaft in seinen Augen~~ und die vielerlei Arten, auf die ich heute zu Tode kommen könnte. Ich denke nur an ~~Warner, an seine Berührungen, Küsse, die quälenden Verheißungen seines Herzens~~ Adam, der neben mir sitzt und nicht weiß, was ich getan habe.

Nach dem heutigen Tag wird das vielleicht auch keine Bedeutung mehr haben.

Vielleicht komme ich um, und dann waren all die Qualen der letzten 17 Jahre umsonst. Vielleicht verschwinde ich für immer vom Angesicht dieser Erde, und all meine jugendlichen Ängste werden nur noch ein lachhafter Nachgedanke sein, eine alberne Erinnerung.

Aber vielleicht überlebe ich auch.

Vielleicht überlebe ich und muss mich mit den Folgen meines Verhaltens befassen. Dann werde ich aufhören müssen, mich selbst zu belügen. Werde eine echte Entscheidung treffen müssen.

Ich muss mich der Tatsache stellen, dass ich Gefühle für einen Mann habe, der jemandem ohne Skrupel eine Kugel in den Kopf jagt. Ich muss der Möglichkeit ins Auge blicken, dass ich nun wirklich zu einem Monster werde. Zu einer grauenhaften, selbstsüchtigen Kreatur, die nur an sich selbst denken kann.

Vielleicht hatte Warner von Anfang an Recht.

Vielleicht sind er und ich wirklich füreinander geschaffen.

Fast alle haben den Speisesaal verlassen. Die Leute verabschieden sich von ihren Alten und Jungen, die sie zurücklassen. James und Adam haben sich heute früh schon ausführlich Lebewohl gesagt. Und Adam und ich müssen in etwa 10 Minuten aufbrechen.

»Verdammt. Ist jemand gestorben?«

Ich fahre herum. Kenji. Er steht vor uns. Neben unserem Tisch. Sieht aus, als könne er jeden Moment umfallen, aber er ist aufgewacht. Er *lebt*.

Er atmet.

»Scheiße noch mal.« Adam glotzt Kenji mit offenem Mund an. »Das kann doch nicht wahr sein.«

»Ich freu mich auch, dich zu sehen, Kent.« Kenji grinst schief. Er nickt mir zu. »Bereit für die große Keilerei heute?«

Ich schubse ihn.

»Hey – schönen Dank, ja – das ist – äm –« Er räuspert sich. Weicht aus, und ich zucke zusammen. Alles an mir bis auf mein Gesicht ist bedeckt; ich trage meine Handschuhe und die Schutzringe, und mein Anzug ist bis obenhin zugezogen. Normalerweise weicht Kenji nie vor mir zurück.

»Öm, wär vielleicht gar nicht schlecht, wenn du mich mal ein Weilchen nicht anfassen würdest.« Kenji versucht zu lächeln und den Satz wie einen Scherz klingen zu lassen, aber ich spüre das Gewicht seiner Worte, die Anspannung und den Anflug von Furcht, den er angestrengt zu verbergen versucht. »Ich bin noch nicht allzu sicher auf den Beinen.«

Mir wird flau, und ich fühle mich schwach.

»Sie kann nichts dafür«, sagt Adam. »Du weißt, dass sie dich gar nicht angefasst hat.«

»So genau weiß ich das nicht, nein«, erwidert Kenji. »Und ich gebe ihr ja auch keine Schuld – ich sage nur, dass sie vielleicht projiziert, ohne es zu wissen. Denn ich wüsste nicht, welche Erklärung es sonst geben könnte für den gestrigen

Abend. Du hast jedenfalls nichts damit zu tun«, sagt er zu Adam, »und dass Warner Juliette berühren kann, könnte auch reiner Zufall sein. Wir wissen nicht genug über ihn.« Er sieht uns an. »Oder hat Warner einen magischen Hasen aus seinem Arsch hervorgezaubert, während ich gestern Nacht damit beschäftigt war, tot zu sein?«

Adam blickt finster. Ich schweige.

»Genau«, sagt Kenji. »Dachte ich mir schon. Deshalb halte ich es für am besten, mich von dir fernzuhalten, solange keine dringende Notwendigkeit besteht.« Er sieht mich an. »Okay? Du bist nicht beleidigt, oder? Ich meine, ich bin ja wirklich fast gestorben. Da könntest du schon ein bisschen nachsichtig sein.«

Ich kann meine eigene Stimme kaum hören, als ich sage: »Ja, klar.« Ich versuche zu lachen. Ich versuche zu begreifen, warum ich ihnen nichts von Warner erzähle. Warum ich ihn immer noch schütze. ~~Vermutlich weil ich ebenso schuldig bin wie er.~~

»Also gut«, sagt Kenji. »Wann geht's los?«

»Du bist doch wohl vollkommen irre«, erwidert Adam. »Du gehst nirgendwohin.«

»Und ob.«

»Du kannst dich doch kaum auf den Beinen halten!«, widerspricht Adam.

Er hat Recht. Kenji muss sich am Tisch festhalten.

»Lieber sterbe ich da draußen als hier herumzuhocken wie ein Idiot.«

»Kenji –«, beginne ich.

»Hey«, unterbricht mich Kenji. »Ich hab da ein sehr lautes Raunen gehört, dass Warner sich gestern Nacht von hier verpisst hat. Was ist da dran?«

Adam gibt einen seltsamen Laut von sich. »Ja«, sagt er. »Ich hielt es gleich für eine schlechte Idee, ihn hier als Geisel zu halten. Und für eine noch schlechtere Idee, ihm zu vertrauen.«

»Du machst also erst mal meine Idee und dann auch noch die von Castle runter, wie?« Kenji zieht die Augenbrauen hoch.

»Es waren eben keine guten Einfälle«, erwidert Adam. »Und nun haben wir mit den Folgen zu kämpfen.«

»Und woher sollte ich wohl wissen, dass Anderson bereit war, seinen Sohn in der Hölle verrotten zu lassen?«

Adam zuckt zusammen, und Kenji macht einen Rückzieher.

»Oh, hey – tut mir leid, Mann – so hab ich das nicht gemeint –«

»Vergiss es«, unterbricht ihn Adam. Sein Gesicht ist plötzlich hart, kalt, verschlossen. »Vielleicht solltest du jetzt auf die Krankenstation zurückgehen. Wir müssen gleich los.«

»Ich gehe nirgendwohin außer *raus aus Omega Point*.«

»Kenji, bitte –«

»Kommt nicht in Frage.«

»Das ist doch völlig unvernünftig«, wende ich ein. »Dieser Einsatz ist keine Kleinigkeit. Menschen werden sterben.«

Kenji lacht und schaut mich an, als hätte ich eine enorm witzige Bemerkung gemacht. »Entschuldige bitte, versuchst du grade, *mich* über das Kriegsgeschehen aufzuklären?« Er schüttelt den Kopf. »Hast du vergessen, dass ich in Warners Armee Soldat war? Hast du eine Ahnung, wie viel Irrsinn ich mitgemacht habe?« Er deutet auf Adam und dann auf sich. »Ich weiß genau, womit heute zu rechnen ist. Warner ist vollkommen krank im Kopf. Und wenn Anderson doppelt so schlimm ist wie sein Sohn, können wir uns gleich auf ein Blutbad gefasst machen. Ich kann euch da nicht im Stich lassen.«

Ich hänge an einem Satz fest. An einem Wort. Ich muss fragen. »War er wirklich so schlimm?«

»Wer?« Kenji starrt mich an.

»Warner. War er wirklich so skrupellos?«

Kenji lacht laut. Bekommt einen regelrechten Lachanfall. Krümmt sich vor Lachen. Dann sagt er ächzend: »Skrupellos? Juliette, der Mann ist ein gemeingefährlicher Irrer. Eine Bestie. Ich glaube, der hat nicht einmal eine Ahnung, was es heißt, menschlich zu sein. Wenn es da draußen eine Hölle geben sollte, dann ist sie speziell für ihn erschaffen worden.«

Es ist so schwer, mir dieses Schwert wieder aus dem Bauch zu ziehen.

Eilige Schritte draußen.

Alle haben Anweisung, nacheinander durch die Gänge zum Ausgang zu marschieren. Kenji, Adam und ich scheinen die Einzigen zu sein, die noch nicht aufgebrochen sind.

Wir stehen auf.

»Hey, weiß Castle, was du vorhast?« Adam schaut Kenji fragend an. »Ich glaube kaum, dass er einverstanden wäre, wenn du heute mit uns losziehst.«

»Castle möchte, dass ich glücklich bin«, antwortet Kenji nüchtern. »Und wenn ich hierbleibe, bin ich nicht glücklich. Es gibt viel Arbeit für mich da draußen. Menschen retten. Damen beeindrucken. Er würde das verstehen.«

»Und alle anderen?«, frage ich. »Alle haben sich solche Sorgen um dich gemacht – hast du die überhaupt schon gesehen? Und ihnen zumindest gesagt, dass du wohlauf bist?«

»Nee«, sagt Kenji. »Die würden sich vor Angst in die Hose machen, wenn sie wüssten, dass ich da rausgehe. Ich hielt es für besser, das für mich zu behalten. Und Tana und Randa, die Ärmsten, sind völlig erledigt. Ich bin daran schuld, dass sie so erschöpft sind, und sie reden immer noch davon, dass sie heute mitkommen wollen. Wollen kämpfen, obwohl sie alle Hände voll zu tun haben werden, wenn wir mit Andersons Armee fertig sind. Ich hab versucht, sie zum Hierbleiben zu überreden, aber sie können verdammt starrsinnig sein. Dabei müssten sie sich schonen. Sie haben schon so viel Kraft auf mich verschwendet.«

»Das ist doch keine *Verschwendung* –«, widerspreche ich.

»Jedenfalls«, fährt Kenji fort, »können wir dann jetzt bitte endlich los? Ich weiß, dass du scharf darauf bist, Anderson zu jagen«, sagt er zu Adam, »aber ich persönlich würde ja zu gerne Warner erwischen. Diesem wertlosen Stück Scheiße eine Kugel in den Leib jagen, und das war's dann.«

Jemand schlägt mir so wuchtig in die Magengrube, dass ich fast erbreche. Ich habe Punkte vor den Augen, kann mich kaum auf den Beinen halten, versuche das Bild vom blutüberströmten toten Warner aus meinem Kopf zu vertreiben.

»Hey – alles in Ordnung?« Adam zieht mich beiseite. Betrachtet mich forschend. Runzelt besorgt die Stirn.

»Ja, alles klar«, lüge ich. Nicke zu oft. Schüttle ein-, zweimal den Kopf. »Hab nur letzte Nacht nicht genügend geschlafen. Aber das wird schon.«

Adam zögert. »Bist du sicher?«

»Absolut«, lüge ich erneut. Zögere. Packe ihn am Hemd. »Hey – sei vorsichtig da draußen, ja?«

Er atmet langsam aus. Nickt einmal. »Mach ich. Und du auch.«

»Los los los!«, drängelt Kenji. »Heute ist ein guter Tag zum Sterben, Leute.«

Adam stupst ihn ein bisschen an.

»Oh, und nun wird das schwächliche Kind gehauen oder was?« Kenji richtet sich auf und boxt Adam auf den Arm. »Heb dir dein Adrenalin fürs Schlachtfeld auf, Bruder. Da wirst du's brauchen.«

Wir hören den schrillen Ton einer Trillerpfeife.

Zeit zum Aufbruch.

64

Es regnet.

Die Welt weint, weil sie ahnt, was geschehen wird.

Wir sollen uns in kleine Gruppen aufteilen und separat kämpfen, damit wir nicht alle zugleich getötet werden können. Da wir nicht genügend Leute für eine Offensive sind, müssen wir verdeckt kämpfen. Und ich bin froh, dass Kenji bei uns ist, auch wenn ich mich dieses Gefühls ein wenig schäme. Aber ohne ihn wären wir schwächer gewesen.

Doch als Erstes müssen wir dem Regen entkommen.

Wir sind schon ziemlich durchnässt. Kenji und ich tragen zwar unsere Anzüge, die uns vor einigem schützen, aber Adam ist nur mit Baumwollsachen bekleidet, und ich fürchte, dass wir so nicht lange durchhalten werden. Die aufgeteilten Kampfgruppen haben sich bereits zerstreut, denn die kahle Ebene oberhalb von Omega Point bietet uns keinerlei Schutz.

Zum Glück haben wir Kenji bei uns. Wir 3 sind schon unsichtbar.

Die feindlichen Truppen sind nicht weit entfernt.

Seit Anderson hier eingetroffen ist, hat er alles getan, um die Macht und den eisernen Zugriff des Reestablishment zu demonstrieren. Jegliche Opposition, so schwach oder harmlos sie auch sein mochte, wurde brutal unterdrückt. Er ist wütend, dass wir die Rebellion gestärkt haben, und nun will er zum Gegenschlag ausholen und uns alle vernichten.

Die armen Zivilisten sind nur Bauernopfer.

Schüsse.

Wir bewegen uns automatisch in diese Richtung. Stumm. Wir wissen genau, was wir zu tun haben. Unsere Mission besteht darin, uns dem Kampfgeschehen zu nähern und so viele feindliche Soldaten wie möglich zu töten. Um die Unschuldigen zu schützen und unsere Truppen zu stärken.

Dabei sollten wir möglichst nicht sterben.

In der Ferne tauchen die Umrisse der Siedlungen auf, aber der Regen erschwert die Sicht. Alles verschwimmt, und ich muss angestrengt blinzeln, um überhaupt etwas zu erkennen. Ich taste nach den Pistolen in meinen Rückenholstern. Muss unwillkürlich an meine letzte Begegnung mit Anderson – meine einzige Begegnung mit diesem entsetzlichen, widerwärtigen Menschen – denken und frage mich, was wohl aus ihm geworden ist. Ob Adam Recht hat mit seiner Annahme, dass Anderson schwer verletzt ist und sich noch erholen muss. Und ich frage mich, ob Anderson wohl auf dem Schlachtfeld auftauchen wird. Oder ob er zu feige ist, um in seinen eigenen Kriegen zu kämpfen.

Schreie. Wir nähern uns dem Kampfgeschehen.

Die Landschaft, durch die wir uns bewegen, besteht aus verwischten Grautönen, und die wenigen Bäume, die überlebt haben, recken ihre kahlen zitternden Äste gen Himmel, als wollten sie beten um ein Ende dieser Tragödie, der auch sie nicht entkommen können. Die Tiere und Pflanzen sind zu bedauern.

Sie sind unschuldig am üblen Zustand der Welt.

Kenji führt uns zum Rand der Siedlungen, und wir stellen uns unter den Dachvorsprung von einem der kleinen quadratischen Häuser, wo wir halbwegs geschützt sind vor dem gnadenlosen Regen.

Der Wind peitscht gegen die Wände, rüttelt an den Fenstern, und die Regentropfen auf dem Dach knallen wie Popcorn-Mais beim Aufplatzen.

Die Botschaft von dort oben ist unmissverständlich: Wir sind furchtbar wütend.

Wir sind wütend, und wir werden euch bestrafen, weil ihr so bereitwillig Blut vergießt. Wir werden uns das nicht mehr länger untätig ansehen. Wir machen euch fertig, sagt der Himmel.

Wie konntet ihr mir das antun?, raunt der Wind.

Ich habe euch alles gegeben.

Nichts wird mehr wie früher sein.

Ich frage mich, wieso die Armee nirgendwo zu sehen ist. Und auch niemand von Omega Point. Überhaupt keine Menschenseele. Diese Siedlung kommt mir etwas zu friedlich vor.

Als ich gerade vorschlagen will weiterzuziehen, hören wir, wie eine Tür aufgerissen wird.

»Das ist die Letzte«, brüllt jemand. »Hat sich hier versteckt.« Ein Soldat zerrt eine weinende Frau aus dem Haus, an dem wir lehnen. Sie schreit, fleht um Gnade, fragt nach ihrem Mann, und der Soldat fährt sie an, dass sie still sein soll.

Ich muss mich beherrschen, damit meine Gefühle nicht aus meinen Augen, meinem Mund quellen.

Ich bleibe stumm.

Halte die Luft an.

Ein anderer Soldat kommt angerannt. Schreit etwas, macht eine Handbewegung, die ich nicht verstehe. Ich spüre, wie Kenji neben mir erstarrt.

Etwas stimmt nicht.

»Schmeiß sie zu den anderen«, schreit der zweite Soldat. »Dann ist die Gegend hier sauber.«

Die Frau kreischt hysterisch, kratzt und schlägt um sich. Sie hat nichts getan, schreit sie, sie versteht das alles nicht, wo ist ihr Mann, sie hat überall nach ihrer Tochter gesucht, und was ist los? Sie weint und schreit und trommelt mit Fäusten auf den Soldaten ein.

Der drückt ihr den Lauf seiner Pistole an den Hals. »Wenn du nicht ruhig bist, erschieß ich dich auf der Stelle.«

Die Frau wimmert, dann erschlafft ihr Körper. Sie ist ohnmächtig, und der Soldat schleift sie mit angewiderter Miene außer Sichtweite. Ich verstehe nicht, was hier geschieht.

Wir folgen den Soldaten.

Wind und Regen werden heftiger, und wir sind weit genug entfernt, um unbemerkt sprechen zu können. Kenji ist noch immer verbunden mit Adam und mir, projiziert seine Kraft, damit wir alle unsichtbar sind. Ich drücke Kenjis Hand. »Was passiert hier?«, raune ich.

Er antwortet nicht sofort.

»Sie treiben die Leute zusammen«, sagt er dann. »In Gruppen, damit sie möglichst viele auf einmal töten können.«

»Die Frau –«

»Ja.« Er räuspert sich. »Ja, sie und alle, die an den Aufständen beteiligt waren. Sie töten nicht nur die Anführer, sondern auch deren Freunde und Familienmitglieder. Das ist eine bekannte Methode, um Angst zu verbreiten und Widerstand zu ersticken.«

Ich muss heftig schlucken, um meine Übelkeit niederzuringen.

»Es muss doch eine Möglichkeit geben, sie zu befreien«, sagt Adam. »Vielleicht können wir die Wachsoldaten ausschalten.«

»Ja, aber ihr wisst, dass ich euch jetzt loslassen muss, oder? Ich verliere schon Kraft; meine Energie lässt schneller nach als sonst. Ihr werdet also sichtbar sein«, sagt Kenji. »Und damit gefährdeter.«

»Welche Möglichkeiten bleiben uns denn?«, frage ich.

»Wir könnten sie aus dem Hinterhalt erledigen«, antwortet Kenji. »Wir müssen nicht in den Nahkampf gehen.« Er hält inne. »Juliette, du warst noch nie in einer solchen Situation. Falls du dich nicht direkt am Kampfgeschehen beteiligen willst, habe ich volles Verständnis dafür. Nicht jeder kann das verkraften, was wir vielleicht zu sehen kriegen, wenn wir diesen Soldaten folgen. Es ist nicht ehrenrührig, wenn du das vermeidest.«

Ich habe einen metallischen Geschmack im Mund, als ich lüge. »Ich werd das schon hinkriegen.«

Er bleibt einen Moment stumm. »Nur – okay – aber scheu dich nicht, deine Kräfte zur Verteidigung einzusetzen«, sagt er. »Ich weiß, dass du da diese komischen Vorbehalte hast, von wegen, du willst niemandem weh tun und so, aber diese Typen fackeln nicht lange. Die werden versuchen, dich umzubringen.«

Ich nicke, obwohl Kenji mich nicht sehen kann. »Ja«, sage ich. »Mach ich.« Aber ich kann vor Angst nicht mehr klar denken.

»Ich bin bereit«, flüstere ich.

65

Ich spüre meine Knie nicht mehr.

Auf einem kahlen Feld sind 27 Menschen in einer Reihe aufgestellt. Männer, Frauen, Kinder, alle unterschiedlichen Alters. Ihnen gegenüber steht ein Erschießungskommando, bestehend aus 6 Soldaten. Der Regen stürzt vom Himmel, bombardiert uns mit Tropfen, so hart wie meine Knochen, und der Wind tobt.

Die Soldaten beraten, was sie tun sollen. Wie sie die Leute töten sollen. Wie sie 27 Augenpaare, die sie anstarren, vernichten wollen. Einige der Menschen schluchzen, schlottern vor Angst und Grauen, andere halten sich aufrecht, stoisch im Angesicht des Todes.

Einer der Soldaten schießt.

Ein Mann stürzt zu Boden, und ich fühle mich, als träfe mich ein Peitschenschlag. In diesen wenigen Sekunden durchlaufe ich so viele Gefühle zugleich, dass mir schwarz vor Augen wird, doch ich kämpfe wie ein Tier dagegen an, schlucke die Tränen hinunter, versuche den stechenden Schmerz in meinem Inneren nicht zu spüren.

Ich verstehe nicht, weshalb niemand sich bewegt, warum wir nichts tun, warum die Zivilisten nicht zu fliehen versuchen. Und dann wird mir klar, dass ein Fluchtversuch vollkommen sinnlos wäre. Sie haben keinerlei Chance. Sie sind unbewaffnet.

Das gilt für mich nicht.

Ich habe eine Waffe.

2, genau genommen.

Das ist der Moment, in dem wir loslassen müssen, in dem wir alleine kämpfen müssen, nur wir 3, 3 alte Kinder, die kämpfen, um 26 Menschen zu retten oder aber um bei diesem Versuch zu sterben. Mein Blick ist auf ein kleines Mädchen gerichtet, das kaum älter sein kann als James. Ihre Augen sind weit aufgerissen vor Angst, und es zerreißt mir fast das Herz, und ich greife nach meiner Pistole und sage Kenji, dass ich bereit bin.

Derselbe Soldat richtet die Waffe auf das nächste Opfer, als Kenji uns loslässt.

3 Pistolen schussbereit, und ich höre die Schüsse, und ich sehe, wie eine Kugel sich in den Hals eines Soldaten bohrt, und ich weiß nicht, ob sie von mir kam.

Das spielt auch keine Rolle.

Es sind immer noch 5 Soldaten übrig, und sie können uns jetzt sehen.

Wir rennen los.

Weichen den Kugeln aus, die in unsere Richtung sausen, und ich sehe, wie Adam sich zu Boden wirft, weiter feuert, aber nicht trifft. Kenji ist wieder unsichtbar, wofür ich dankbar bin, und plötzlich sinken 3 Soldaten zu Boden. Adam nutzt die Verwirrung der anderen und erschießt einen von ihnen. Den fünften erledige ich mit einem Schuss in den Rücken.

Ich weiß nicht, ob ich ihn getötet habe.

Wir schreien den Leuten zu, dass sie uns folgen sollen, dass wir sie zu den Siedlungen führen werden, wo sie sich verstecken sollen. Dass Verstärkung im Anmarsch ist und dass wir alles versuchen werden, um sie zu schützen, und sie wollen uns danken, uns die Hand geben, doch dafür ist keine Zeit. Wir müssen versuchen, die Gruppe zumindest vorübergehend in Sicherheit zu bringen, und dann nach den Orten suchen, an denen andere Aktionen dieser Art stattfinden.

Ich kann den Mann nicht vergessen, den wir nicht retten konnten. Nummer 27.

Ich will dafür sorgen, dass so etwas nie wieder geschieht.

Wir hasten den anderen voraus über das weite Gelände. Haben noch nicht gesprochen darüber, was wir getan haben, was wir jetzt tun wollen. Wissen nur, dass wir in Bewegung bleiben müssen.

Kenji läuft voraus.

Führt uns in die Überreste einer Siedlung, die offenbar angegriffen wurde. Nirgendwo ein Lebenszeichen. Die kleinen Metallhütten sind vollkommen zerstört, und wir wissen nicht, ob sich noch Menschen darin befanden, als das geschehen ist.

Kenji sagt, wir sollen weitersuchen.

Wir bewegen uns zwischen diesen zerstörten Baracken hindurch, als wir plötzlich Schritte und ein mechanisches Surren hören.

Panzer.

Sie werden mit Strom betrieben, damit sie leiser sind und sich unbemerkt annähern können, aber ich kenne dieses Geräusch. Adam und Kenji kennen es auch.

Wir gehen in Richtung des Surrens.

Kämpfen gegen den Wind an, der unser Vorwärtskommen offenbar verhindern will – als wolle er uns schützen vor etwas, das uns vielleicht auf der anderen Seite dieser Siedlung erwartet. Er will, dass wir das nicht sehen müssen. Er will nicht, dass wir heute sterben müssen.

Etwas detoniert.

Ein explodierender Feuerball zerreißt die Luft, keine 20 Meter von uns entfernt. Die Flammen züngeln am Boden entlang, verschlingen den Sauerstoff, und nicht einmal der Regen kann sie sofort löschen. Das Feuer rast im Wind, wehrt sich noch, bis es sich schließlich klein macht, duckt, vom Himmel zur Unterwerfung gezwungen.

Wir müssen dorthin. Etwas ist dort passiert.

Unsere Füße suchen nach Halt auf dem schlammigen Boden, und ich spüre Kälte und Nässe nicht, als wir losrennen, spüre nur das Adrenalin in meinen Gliedern, das mich vorwärtstreibt, die Pistole fest umklammert, bereit zum Zielen, zum Schießen.

Doch als wir zur Stelle der Explosion kommen, lasse ich die Pistole beinahe fallen.

Ich traue meinen Augen nicht.

66

Tote Tote Tote überall.

So viele Körper in der schlammigen Erde, dass ich nicht weiß, ob das unsere Leute oder die Feinde sind, und ich weiß nicht, was es zu bedeuten hat, zweifle an mir und der Waffe in meiner Hand, frage mich, ob diese Soldaten einfach nur wie Adam waren, wie Millionen andere gequälte verwaiste Seelen, die nur überleben wollten und den einzigen Job annahmen, den sie bekommen konnten.

Mein Gewissen hat den Krieg gegen sich selbst eröffnet.

Ich blinzle an gegen Tränen und Regen und Grauen, und ich weiß, dass ich meine Beine bewegen muss, dass ich weiterlaufen und mutig sein muss, dass ich kämpfen muss, ob ich will oder nicht, denn so etwas wie das hier darf nicht mehr passieren.

Jemand wirft mich von hinten zu Boden.

Drückt mein Gesicht in die Erde, und ich versuche mich zu wehren und zu schreien, aber jemand entwindet mir die Pistole, drückt mir einen Ellbogen in den Rücken, und ich weiß, dass Adam und Kenji verschwunden sind, irgendwo kämpfen, und dass ich jetzt sterben werde. Ich weiß, dass es aus ist, und das fühlt sich irgendwie nicht real an, sondern als hörte ich eine Geschichte von jemand anderem, als wäre der Tod ein seltsames fernes Ding, das nur Menschen widerfährt, die man nicht kennt, aber ganz gewiss nicht mir, dir, uns.

Doch da ist er.

Ein Pistolenlauf an meinem Hinterkopf und ein Stiefel in meinem Nacken und Erde im Mund und eine Million wertloser Momente, in denen ich niemals wirklich gelebt habe, und ich sehe sie alle vor mir. Klar und deutlich.

Jemand dreht mich um.

Derselbe, der mir die Pistole an den Kopf gehalten hat, zielt jetzt auf mein Gesicht, betrachtet mich prüfend, und ich verstehe diese wütenden grauen Augen und den verbissenen Mund, aber der Mann drückt nicht ab. Er hat nicht vor, mich zu erschießen, und das macht mir noch mehr Angst.

Ich muss unbedingt meine Handschuhe ausziehen.

Der Soldat schreit jemandem etwas zu, das ich nicht verstehe, und ich nutze diesen Moment der Ablenkung, um den Schutzring an meiner linken Hand abzustreifen. Ich muss den Handschuh loswerden. Ich muss den Handschuh loswerden, denn nur so kann ich überleben, aber der Regen hat das Leder durchnässt, und es haftet an meiner Haut, lässt sich nicht leicht abstreifen, und jetzt merkt der Soldat, was ich tue, reißt mich hoch, nimmt mich in den Schwitzkasten und hält mir die Pistole an den Kopf. »Ich weiß, was du da machst, du kleine Ratte«, sagt er. »Ich weiß Bescheid über dich. Beweg dich einen Millimeter, und ich knall dich ab.«

Doch irgendwie glaube ich ihm nicht.

Ich glaube nicht, dass er mich erschießen soll, denn sonst hätte er es längst tun können. Er wartet vielmehr auf etwas. Ich weiß nicht, auf was, aber ich muss schnell handeln. Ich brauche einen Plan, habe aber keine Ahnung, was ich tun soll, und ich umklammere seinen Arm, den er mir an den Hals presst, und er schüttelt mich und brüllt, ich soll damit aufhören, und drückt mir noch mehr die Kehle zu, und meine Finger krallen sich um seinen Unterarm und versuchen den eisernen Griff zu lösen, und ich kann nicht mehr atmen und gerate in Panik, bin doch nicht mehr sicher, ob er mich nicht umbringen wird, und merke nicht, was ich getan habe, bis ich ihn schreien höre.

Ich habe ihm sämtliche Knochen im Arm gebrochen.

Er fällt zu Boden, lässt seine Waffe fallen, um nach seinem Arm zu greifen, und schreit vor Schmerzen so laut, dass ich meine Tat beinahe bereue.

Doch ich schaffe es loszurennen.

Komme aber nur wenige Meter weit, weil sich dann 3 Soldaten auf mich hechten, die gemerkt haben, was ich mit ihrem Kameraden gemacht habe, und als sie mein Gesicht sehen, wird mir klar, dass sie mich erkennen. Einer von ihnen mit dichten braunen Haaren kommt mir auch entfernt bekannt vor. Aus der Zeit, als Warner mich gefangen hielt und überall herumzeigte. Kein Wunder, dass mich diese Soldaten wiedererkennen.

Und sie lassen mich nicht mehr los.

Drücken mich wieder mit dem Gesicht in die Erde, halten meine Arme und Beine so fest, dass ich glaube, sie wollen mir die Glieder ausreißen. Ich versuche mich immer noch zu wehren, versuche mich zu konzentrieren, um meine Kraft zu aktivieren, und habe es schon beinahe geschafft, sie wegzustoßen, aber

jemand schlägt mir auf den Kopf, und ich sinke in eine Art Bewusstlosigkeit.

Höre nur noch Stimmengewirr, sehe keine Farben mehr, spüre meine Beine nicht mehr. Weiß nicht, ob ich laufe oder getragen werde, aber ich spüre den Regen. Spüre, wie er mir übers Gesicht rinnt, und dann höre ich Metall auf Metall, ein vertrautes Surren, und der Regen hört auf, verschwindet, und ich weiß nur zweierlei, und davon eine Sache ganz sicher.

Ich bin in einem Panzer.

Ich werde sterben.

67

Ich höre ein Windspiel.

Ein Windspiel, zum Irrsinn getrieben von einem Sturm, und ich kann nur denken, dass diese Klingeltöne mir so unglaublich vertraut sind. Mir ist furchtbar schwindlig, aber ich muss unbedingt wach bleiben. Ich muss wissen, wo die mich hinbringen. Ich muss erfahren, wo ich bin, und ich versuche etwas zu erkennen, ohne mir anmerken zu lassen, dass ich bei Bewusstsein bin.

Die Soldaten sprechen nicht.

Ich hatte gehofft, dass ich ihren Gesprächen irgendetwas entnehmen könnte, aber sie sagen kein Wort. Sie sind wie Maschinen, wie Roboter, die auf eine bestimmte Aufgabe programmiert sind, und ich würde zu gern wissen, warum ich vom Schlachtfeld weggeschleppt wurde, um getötet zu werden. Ich frage mich, weshalb mein Tod so etwas Besonderes sein muss. Ich frage mich, warum man mich aus dem Panzer gezerrt hat und nun einem wütenden Windspiel aussetzt, und ich blinzle ein wenig und muss mich beherrschen, um nicht verblüfft zu keuchen.

Es ist das Haus.

Das Haus im Sperrgebiet, das hellblaue Haus, das einzig bewohnbare Gebäude weit und breit. Das Haus, das Kenji für eine Falle hielt, das Haus, in dem ich vermutet hatte, Warners Vater zu treffen, und dann trifft mich eine Art Schlag. Mit der Wucht eines Vorschlaghammers. Eines rasenden Zugs. Die Wahrheit.

Anderson muss hier sein. Er will mich selbst umbringen. Ich bin eine Speziallieferung.

Sie klingeln sogar an der Tür.

Ich höre drinnen Schritte. Knarren und Knirschen. Ich höre den peitschenden Wind, und dann sehe ich meine Zukunft, in der Anderson mich zu Tode foltert, und ich frage mich, wie um alles in der Welt ich entkommen kann. Anderson ist zu schlau. Er wird mich vermutlich an den Boden ketten lassen und mir nach und nach die Gliedmaßen abschneiden. Genüsslich.

Er öffnet die Tür.

»Ah! Meine Herren. Vielen Dank«, sagt er. »Bitte folgen Sie mir.« Und ich spüre, wie der Soldat meinen schlaffen, feuchten, plötzlich schweren Körper trägt. Eine eisige Kälte kriecht in meine Knochen, und ich merke, dass ich zu lange durch den strömenden Regen gerannt bin.

Ich zittere, aber nicht vor Angst.

Mir ist heiß, aber nicht vor Wut.

Ich habe so hohes Fieber, dass ich nicht einmal wüsste, ob ich noch imstande wäre, mich zu wehren. Erstaunlich, auf welch vielfältige Weise ich an diesem Tag zu Tode kommen könnte.

Anderson riecht würzig und erdig; ich kann ihn riechen, obwohl ich von jemand anderem getragen werde, und der Geruch ist verstörend angenehm. Als die Soldaten mich absetzen, befiehlt er ihnen, wieder auf ihre Posten zurückzukehren. Was in anderen Worten heißt, noch mehr Menschen zu töten.

Ich glaube, dass ich jetzt Halluzinationen habe.

Ich sehe einen offenen Kamin von der Sorte, wie ich sie nur aus Büchern kenne. Ein Wohnzimmer mit weichen Sofas und einem dicken Perserteppich. Fotos auf einem Kaminsims, die ich nicht genau erkennen kann. Und Anderson sagt zu mir, ich solle aufwachen, ich müsse baden, ich sei ja wohl recht schmutzig, nicht wahr, und das ginge schließlich nicht, oder? Sie müssen wach und vollkommen bei sich sein, sonst macht das alles keinen Spaß, sagt er. Und ich bin mir recht sicher, dass ich jetzt dabei bin, den Verstand zu verlieren.

Ich spüre, wie ich wieder hochgenommen und eine Treppe hinaufgetragen werde. Eine quietschende Tür, andere Schritte, und Worte, die ich nicht verstehen kann. Jemand sagt etwas, und ich werde auf kaltem hartem Boden abgelegt.

Wimmere.

»Vorsicht, ihre Haut nicht berühren«, verstehe ich jetzt. Und »Bad«, »Schlafen«, »morgen früh«, »nein, glaube ich nicht« und »sehr gut«. Dann schließt sich eine Tür.

Jemand versucht mir den Anzug auszuziehen.

Ich reiße so abrupt die Augen auf, dass es weh tut; ein reißender Schmerz in meinem Körper und Kopf, und mir wird plötzlich bewusst, was ich alles durchgemacht habe. Ich habe ewig nicht mehr richtig gegessen und seit über 24 Stunden nicht geschlafen. Ich bin vollkommen durchnässt und ausgekühlt, mein Kopf pocht, mein Körper ist misshandelt worden, und ich habe millionenfache Schmerzen aller Art. Aber ich werde keinem fremden Mann erlauben, mich auszuziehen. Nur über meine Leiche.

Doch die Stimme, die ich höre, gehört nicht zu einem Mann. Sie klingt weich und sanft, mütterlich. Spricht zu mir in einer Sprache, die ich nicht verstehe, aber vielleicht liegt das auch an meinem Kopf, der nichts mehr begreifen kann. Die Frau macht beruhigende Töne, massiert meinen Rücken in kleinen Kreisen. Ich höre Wasser rauschen und spüre Hitze auf der Haut, das muss Dampf sein, ein Badezimmer, eine Wanne, und mir fällt ein, dass ich zuletzt in Warners Hauptquartier warm duschen konnte.

Ich versuche die Augen zu öffnen, doch es gelingt mir nicht.

Ambosse scheinen auf meinen Lidern zu lasten, alles ist schwarz und chaotisch und konfus und anstrengend, und ich kann mir nur ungefähr erklären, wo ich bin. Durch einen winzigen Schlitz, den meine Augen bereit sind freizugeben, sehe ich schimmernde Keramik, wohl eine Badewanne, ziehe mich irgendwie hoch und lasse mich hineinsinken.

Komplett bekleidet, mit Handschuhen, Stiefeln, Anzug, und dann empfinde ich ein Wohlbehagen, das ich mir nicht zu erträumen gewagt hätte.

Meine Knochen beginnen aufzutauen, und meine Zähne hören auf zu klappern, und meine Muskeln lernen, sich zu entspannen. Meine Haare schweben auf dem Wasser und kitzeln mich an der Nase.

Ich lasse mich nach unten sinken.

Ich schlafe ein

68

Ich erwache in einem himmlischen Bett. In Jungenkleidung.

Es ist warm und behaglich in diesem Bett, aber ich spüre immer noch das Ächzen in meinen Knochen, den Schmerz in meinem Kopf, die Verwirrung, die meinen Geist vernebelt. Ich setze mich auf. Schaue mich um.

Ich befinde mich in einem Schlafzimmer.

Auf der orangeblauen Bettwäsche sind kleine Baseball-Handschuhe abgebildet. An einer Wand ein kleiner Schreibtisch mit Stuhl, daneben ein Kasten mit Schubladen, auf dem ordentlich Plastiktrophäen aufgereiht sind. Eine Holztür mit einem alten Messingknauf, die nach draußen führt. Eine Spiegelwand, hinter der sich wohl ein Schrank befindet. Rechter Hand ein Nachttisch, auf dem ein Wecker und ein Glas Wasser stehen.

Ich trinke das Wasser rasch aus, beschämt über meine Gier.

Als ich aufstehe, stelle ich fest, dass ich eine dunkelblaue kurze Sporthose trage, die mir fast von den Hüften rutscht. Dazu ein viel zu großes graues T-Shirt mit irgendeinem Logo drauf. Keine Strümpfe. Keine Handschuhe. Keine Unterwäsche.

Ich frage mich, ob ich wohl das Zimmer verlassen darf, und beschließe, dass ich es wagen will. Habe keine Ahnung, was ich hier mache. Und wieso ich nicht schon tot bin.

Als ich an der Spiegeltür vorbeikomme, erstarre ich.

Meine Haare sind gewaschen worden und fallen in weichen, glänzenden Wellen über meine Schultern. Meine Haut schimmert und ist – von ein paar Schrammen abgesehen – weitgehend unversehrt. Und meine grünblauen Augen blicken mir groß und erstaunlich furchtlos entgegen.

Doch mein Hals.

Eine entstellte purpurfarbene Masse, die jegliche andere Wirkung zerstört. Ich kann mich kaum daran erinnern, dass ich gestern – ich glaube jedenfalls, dass es gestern war – beinahe erwürgt worden wäre, und merke erst jetzt, wie sehr das Schlucken schmerzt. Ich atme tief ein und gehe weiter. Muss einen Weg finden, hier rauszukommen.

Die Tür öffnet sich sofort, als ich sie berühre.

Ich blicke den Flur entlang. Habe keine Ahnung, wie viel Uhr es ist und in welcher Lage ich mich befinde. Ob noch irgendwer sonst außer Anderson – und der Person aus dem Badezimmer – im Haus ist. Aber ich muss mir einen Überblick über meine Lage verschaffen. Muss herausfinden, wie gefährlich meine Situation ist, bevor ich einen Fluchtplan entwerfe.

Ich versuche lautlos die Treppe hinunterzuschleichen.

Was nicht funktioniert.

Die Stufen knarren, und ich kann keinen Rückzieher mehr machen, als er meinen Namen ruft. Er ist dort unten.

Anderson.

»Nur keine Schüchternheit«, sagt er. Ich höre Papier rascheln. »Ich habe hier was zu essen für Sie. Sie müssen ja halb verhungert sein.«

Das Herz schlägt mir bis zum Hals. Ich überlege rasch, welche Optionen ich habe. Und komme zu dem Schluss, dass ich mich in Andersons eigenem Versteck wohl schlecht vor dem Mann verstecken kann.

Ich gehe nach unten.

Anderson sieht unverändert schön aus. Die Haare liegen makellos, die Kleidung ist exquisit, tadellos sauber, perfekt gebügelt. Er sitzt im Wohnzimmer in einem der bequemen Sessel, eine Decke auf den Knien, neben sich einen mit kunstvollen Schnitzereien verzierten Gehstock. Hält einen Stapel Papiere in Händen.

Es riecht nach Kaffee.

»Bitte nehmen Sie Platz«, sagt er. Mein seltsames Outfit scheint ihn nicht zu erstaunen.

Ich setze mich.

»Wie fühlen Sie sich?«, fragt er.

Ich schaue auf. Antworte nicht.

Er nickt. »Ja, ich vermute, Sie sind sehr überrascht, mich hier vorzufinden. Entzückendes kleines Haus, nicht wahr?« Er blickt um sich. »Ich habe mir das angeeignet, nachdem ich meine Familie in die Gegend gebracht hatte, die heutzutage der Sektor 45 ist – der ja mein Sektor sein sollte. Und dieses Haus erwies sich als ideal, um meine Frau unterzubringen.« Er wedelt mit der Hand. »In den Siedlungen kam sie offenbar nicht gut zurecht«, sagt er, als müsse ich wissen, wovon er redet.

Seine Frau *unterzubringen?*

Ich weiß nicht, weshalb mich überhaupt noch irgendetwas überrascht, was aus seinem Mund kommt.

Anderson bemerkt mein Erstaunen und blickt belustigt. »Deute ich das richtig, dass mein liebeskranker Sohn Ihnen nichts von seiner verehrten Frau Mutter erzählt hat? Er hat Sie nicht gelangweilt mit endlosen Schilderungen seiner erbärmlichen Liebe für die Kreatur, die ihn geboren hat?«

»Was?« Mehr fällt mir dazu nicht ein.

»Das schockiert mich«, sagt Anderson lächelnd, obwohl er nicht im mindesten schockiert aussieht. »Er hat wahrhaftig nicht erwähnt, dass er eine kränkliche Mutter hat, die in diesem Haus lebt? Er hat Ihnen nicht berichtet, warum er unbedingt diesen Sektor übernehmen wollte? Nein? Nichts dergleichen?« Er legt den Kopf schief. »Wie erschütternd.«

Ich versuche mein rasendes Herz zu beruhigen, versuche zu begreifen, aus welchem Grund er mir das erzählt, versuche ihn zu durchschauen, aber es gelingt ihm verdammt gut, mich komplett zu verwirren.

»Als ich zum Obersten Befehlshaber ernannt wurde«, fährt Anderson fort, »wollte ich Aarons Mutter hierlassen und den Jungen mit mir ins Kapitol nehmen. Aber er wollte seine Mutter nicht verlassen. Wollte sich um sie kümmern. Er *musste* bei ihr bleiben wie ein dummes *Kind*«, sagt er, lauter, verliert einen Moment die Beherrschung. Dann schluckt er. Fasst sich wieder.

Und ich warte.

Auf den Amboss, der wohl gleich auf meinen Kopf niedersausen wird.

»Hat er Ihnen nicht berichtet, wie viele andere hervorragend geeignete Kandidaten sich für das Kommando von Sektor 45 beworben hatten? Und er war erst achtzehn!« Anderson lacht. »Alle dachten, er habe den Verstand verloren. Aber ich habe ihm eine Chance gegeben. Weil ich glaubte, es könnte ihm guttun, diese Verantwortung zu übernehmen.«

Ich warte noch immer.

Ein tiefer zufriedener Seufzer. »Und er hat Ihnen wohl auch nie erzählt, was er tun musste, um sich für diese Aufgabe zu qualifizieren?«

Jetzt kommt es.

»Er hat Ihnen nie offenbart, wie er sich den Posten angeeignet hat?«

Ich bin innerlich tot.

»Nein«, sagt Anderson, und sein Blick ist viel zu leuchtend. »Diesen Teil seiner Vergangenheit hat er wohl unterschlagen, nicht wahr?«

Ich will das nicht hören. Ich will das nicht wissen. Ich will nicht mehr zuhören –

»Keine Sorge«, sagt Anderson. »Ich werde Ihnen das jetzt nicht aufdrängen. Das soll er Ihnen am besten selbst erzählen.«

Diese Ankündigung versetzt mich nun endgültig in Panik.

»Ich werde bald wieder zum Hauptquartier aufbrechen«, sagt Anderson, sortiert seine Unterlagen. Es scheint ihn nicht zu stören, dass diese Unterhaltung ausgesprochen einseitig ist. »Ich ertrage es nicht lange, mit seiner Mutter unter einem Dach zu leben – ich ertrage Kranke generell leider nicht sehr gut –, aber dieses Haus hat mir als Zwischenstation in dieser Gegend gute Dienste erwiesen. Von hier aus kann ich das Geschehen in den Siedlungen gut im Auge behalten.«

Die Schlacht.

Die Kämpfe.

Das Blutvergießen und Adam und Kenji und Castle und alle anderen

Wie konnte ich sie nur vergessen

Grauenhafte Bilder schießen mir durch den Kopf. Ich weiß nicht, was sich inzwischen ereignet hat. Ob sie noch am Leben sind. Ob sie wissen, dass ich noch am Leben bin. Ob es Castle gelungen ist, Brendan und Winston zu retten.

Ob jemand, den ich kenne, umgekommen ist.

Ich blicke wie wild um mich. Springe auf, weil ich plötzlich sicher bin, dass ich in einer Falle sitze, dass mich gleich jemand hinterrücks attackieren wird, dass in der Küche jemand mit einem Hackebeil auf mich wartet, und ich bekomme keine Luft mehr, keuche und überlege panisch, was ich tun soll tun soll tun soll und sage: »Was mache ich überhaupt hier? Wieso haben Sie mich hergebracht? Wieso haben Sie mich noch nicht getötet?«

Anderson schaut mich an. Legt den Kopf schief. Sagt: »Ich

bin sehr böse auf Sie, Juliette. Ganz ganz böse. Sie haben etwas ganz Schlimmes gemacht.«

»Was? Wovon reden Sie?« Einen verrückten Moment lang bilde ich mir ein, dass er weiß, was sich zwischen Warner und mir abgespielt hat. Erröte beinahe.

Doch er holt tief Luft. Greift nach dem Gehstock. Nur mit großer Mühe gelingt es ihm aufzustehen. Und er zittert trotz des Stocks.

Er ist verkrüppelt.

»Das haben Sie mir angetan. Sie haben mir in die Beine geschossen. Und beinahe ins Herz. Und Sie haben meinen Sohn entführt.«

»Nein«, keuche ich, »das war nicht –«

Er lässt mich nicht ausreden. »Sie haben mir das angetan. Und jetzt will ich Rache.«

69

Atmen. Das Atmen nicht vergessen.

»Es ist bemerkenswert«, fährt Anderson fort, »was Sie geschafft haben. Wir waren ja nur zu dritt in diesem Raum.
Sie, ich, mein Sohn. Meine Soldaten haben das gesamte Gelände überwacht, weil wir damit gerechnet hatten, dass Sie
mit Unterstützung kommen würden. Aber Sie waren ganz
alleine.« Er hält einen Moment inne. »Ich hatte auch angenommen, dass Sie Verstärkung mitbringen würden, wissen
Sie«, fährt er dann fort. »Ich hätte nicht gedacht, dass Sie
mutig genug seien, mir alleine entgegenzutreten. Doch dann
haben Sie mich im Alleingang entwaffnet und Ihre Geiseln
befreit. Sie mussten zwei Männer – außer meinem Sohn – in
Sicherheit bringen. Wie Ihnen das gelingen konnte, entzieht
sich vollkommen meinem Verständnis.«

Mir wird klar: Ich habe nur 2 Möglichkeiten.

Entweder ich sage ihm die Wahrheit über Kenji und Adam –
dann wird man sie verfolgen. Oder ich nehme alles auf mich.

Ich sehe Anderson an.

Nicke. Sage: »Sie haben mich als dummes kleines Mädchen
bezeichnet. Sagten, ich sei zu feige, um mich zu wehren.«

Zum ersten Mal scheint er sich unwohl zu fühlen. Als
würde ihm bewusst, dass ich ihm wohl erneut etwas antun
könnte, auch jetzt sofort.

Und ich denke, ja, eigentlich eine prima Idee.

Aber vorher möchte ich wissen, was er von mir will. Weshalb er überhaupt mit mir spricht. Im Moment habe ich

keine Angst, dass er mich angreifen wird. Ich weiß, dass ich im Vorteil bin. Ich könnte ihn mühelos unschädlich machen.

Anderson räuspert sich.

»Ich wollte eigentlich ins Kapitol zurückkehren«, sagt er. Seufzt. »Aber meine Arbeit hier ist noch nicht beendet. Ihre Leute verkomplizieren alles entsetzlich, und es ist extrem schwierig, all diese Zivilisten einfach so umzubringen.« Er hält einen Moment inne. »Oder nein, das stimmt so nicht. Es ist nicht schwer, sie umzubringen – es erweist sich nur als zusehends unpraktisch.« Er sieht mich an. »Wenn ich sie nämlich alle umbringe, habe ich keine Untertanen mehr, nicht wahr?«

Er lacht doch tatsächlich. Als hätte er etwas besonders Witziges gesagt.

»Und was haben Sie mit mir vor?«, frage ich.

Er holt tief Luft. Lächelt. »Ich muss zugeben, Juliette, dass ich außerordentlich beeindruckt bin. Sie haben mich ganz allein überwältigt. Sie waren geistesgegenwärtig genug, meinen Sohn als Geisel zu nehmen. Sie haben zwei Ihrer Leute befreit. Und um den Rest Ihrer Truppe zu retten, haben Sie ein Erdbeben hervorgerufen!« Er lacht und lacht, kann sich gar nicht mehr beruhigen.

Ich fühle mich nicht bemüßigt, ihm zu erklären, dass nur 2 seiner Vermutungen richtig sind.

»Ich habe jetzt eingesehen, dass mein Sohn Recht hat. Sie könnten uns tatsächlich von Nutzen sein, vor allem jetzt. Sie kennen sich besser in deren Zentrale aus als Aaron.«

Warner hat also seinen Vater aufgesucht.

Und unsere Geheimnisse verraten. Natürlich. Ich verstehe nicht, weshalb ich so überrascht bin.

»Sie«, sagt Anderson, »könnten mir bei der Vernichtung all Ihrer kleinen Freunde helfen. Sie könnten mir alles erzählen, was ich wissen muss. Sie könnten mir berichten, was diese ganzen anderen Monster zu tun vermögen, wo deren Stärken und Schwächen liegen. Sie könnten mich zu ihrem Versteck führen. Sie könnten alles tun, was ich von Ihnen verlange.«

Ich würde ihm gerne ins Gesicht spucken.

»Lieber sterbe ich«, sage ich. »Oder lasse mich bei lebendigem Leib verbrennen.«

»Ach, das bezweifle ich doch sehr«, erwidert er. Verlagert sein Gewicht auf dem Stock, um besser stehen zu können. »Ich glaube, Sie würden es sich anders überlegen, wenn Sie spüren, wie Ihnen die Gesichtshaut wegschmilzt. Aber«, fügt er hinzu, »ich bin ja kein Unmensch. Wir können diese Möglichkeit natürlich in Erwägung ziehen, wenn Sie das so verlockend finden.«

Was für eine entsetzliche Kreatur.

Er lächelt breit, sichtlich zufrieden über mein Schweigen. »Das dachte ich mir doch.«

Die Haustür fliegt auf.

Ich bewege mich nicht. Ich drehe mich nicht um. Ich weiß nicht, ob ich sehen möchte, was mir widerfahren wird. Doch dann höre ich, wie Anderson den Besucher begrüßt. Ihn hereinbittet. Ihn auffordert, mir Guten Tag zu sagen.

Warner tritt in mein Blickfeld.

Ich spüre Schwäche in allen Knochen, mir ist speiübel, und ich möchte gerne im Erdboden versinken. Warner sagt kein Wort. Er trägt wieder einen perfekt sitzenden Anzug, seine Haare sehen fantastisch aus, und er wirkt wie der Warner, den ich anfangs kennengelernt habe; nur sein Blick ist anders. Er starrt mich an und sieht so schockiert aus, als würde er gleich in Ohnmacht fallen.

»Ihr beiden kennt euch ja wohl, oder?« Anderson ist der Einzige, der sich amüsiert. Warner keucht, als hätte er mehrere Berge bestiegen, als könnte er nicht verstehen, was er sieht und warum, und er starrt auf meinen Hals, auf den schlimmen Bluterguss, der meine Haut verunziert, und der Ausdruck auf seinem Gesicht ist eine Mischung aus Wut und Entsetzen und Schmerz. Sein Blick wandert über das T-Shirt und die Shorts, und seine Lippen öffnen sich, doch dann reißt er sich zusammen, bemüht sich um eine neutrale Miene. Er versucht sich zu beherrschen, aber seine Brust hebt und senkt sich immer noch heftig. Und seine Stimme klingt nicht so kraftvoll wie gewohnt, als er sagt: «Was macht sie hier?«

»Ich habe sie für uns herschaffen lassen«, antwortet Anderson lediglich.

»Warum?«, fragt Warner. »Du hast doch gesagt, du wolltest sie nicht –«

»Nun«, erwidert Anderson sinnend, »das stimmt so nicht ganz. Ich könnte sie gewiss nutzbringend einsetzen. Aber ich habe mich nun doch entschlossen, dass ich kein Interesse mehr habe an ihrer Gesellschaft.« Er schüttelt den Kopf. Blickt auf seine Beine. Seufzt. »Es ist so *frustrierend, ein Krüppel zu sein«, sagt er und lacht wieder. »So enorm frustrierend. Aber«, er lächelt, »ich habe ja nun doch eine Methode gefunden, wie sich das wieder reparieren lässt. Wie der Urzustand wieder hergestellt werden kann. Auf beinahe magische Weise.«

Etwas an seinem Blick, dem selbstgefälligen Klang seiner Stimme bewirkt noch schlimmere Übelkeit bei mir. »Wie meinen Sie das?«, frage ich, obwohl ich mich vor der Antwort fürchte.

»Es wundert mich, dass Sie diese Frage überhaupt stellen müssen, meine Liebe. Ich meine, im Ernst – haben Sie wirklich geglaubt, ich würde den unversehrten Arm meines Sohnes nicht bemerken?« Er grinst. »Haben Sie wirklich geglaubt, es würde mir nicht auffallen, wenn er nicht nur unversehrt, sondern überdies komplett *geheilt* zurückkehrt? Keine Narben, keine Schwäche – als hätte er nie eine Schussverletzung gehabt! Das ist ein Wunder«, fügt er hinzu. »Ein

Wunder, das, wie mein Sohn mir mitgeteilt hat, von diesen beiden kleinen Monstern in Ihren Reihen bewirkt wurde.«

»Nein.«

Maßloses Entsetzen erfasst mich, blendet mich.

»O doch.« Er wirft einen Blick auf Warner. »Nicht wahr, mein Sohn?«

»Nein«, keuche ich. »O Gott – was haben Sie getan – WO SIND SIE –«

»Beruhigen Sie sich«, sagt Anderson. »Sie sind vollkommen unversehrt. Ich habe sie nur zu mir schaffen lassen, genau wie Sie. Sie müssen ja wohl schließlich gesund und lebendig sein, wenn sie mich heilen sollen, meinen Sie nicht?«

»Wusstest du das?« Ich starre Warner an, rasend vor Wut. »Hast du das getan? Wusstest du, dass –«

»Nein – Juliette«, antwortet er, »ich schwöre dir – das war nicht meine Idee –«

»Ihr regt euch beide umsonst auf«, sagt Anderson und macht eine wegwerfende Handbewegung. »Im Moment müssen wir uns auf Wichtigeres konzentrieren. Es gibt dringende Dinge zu erledigen.«

»Was«, sagt Warner, »meinst du damit?« Er sieht aus, als hätte er das Atmen eingestellt.

»Gerechtigkeit, mein Sohn.« Anderson starrt mich an. »Ich meine Gerechtigkeit. Ich habe viel dafür übrig, für Gleichgewicht zu sorgen. Ordnung zu schaffen in der Welt. Und ich habe auf Sie gewartet, damit ich Ihnen zeigen kann, wie ich das meine. Das«, sagt er, »hätte ich bereits bei unserer ersten Begegnung tun sollen.« Er wirft einen Blick auf Warner. »Hörst du auch gut zu? Pass jetzt gut auf. Und schau genau hin.«

Er zieht eine Pistole hervor.

Und schießt mir in die Brust.

70

Mein Herz explodiert.

Ich werde nach hinten geschleudert, stolpere, stürze zu Boden, mein Kopf landet auf dem Teppich, meine Arme tun nichts, um meinen Fall zu dämpfen. Noch nie habe ich einen solchen Schmerz empfunden, und ich hätte ihn mir auch nie vorstellen können. Als detoniere Dynamit in meiner Brust, als würde ich von innen heraus in Brand gesteckt. Und plötzlich wird alles ganz langsam.

So ist es also, wenn man stirbt, denke ich.

Ich blinzle, und das scheint eine Ewigkeit zu dauern. Sehe verschwommene Bilder, Farben und Figuren und schwankende Lichter und abgehackte Bewegungen – alles fließt durcheinander. Die Geräusche sind verzerrt, entstellt, zu hoch und zu tief zugleich. Eisige Stromstöße zucken durch meine Adern, als sei jeder Teil meines Körpers eingeschlafen und solle geweckt werden.

Vor mir taucht ein Gesicht auf.

Ich versuche mich auf die Form und die Farben zu konzentrieren, versuche etwas zu erkennen, aber das ist zu schwierig, und plötzlich bekomme ich keine Luft mehr, in meinem Hals scheinen Messer zu stecken, meine Lunge muss durchlöchert sein, und je heftiger ich blinzle, desto weniger kann ich erkennen. Und nun bin ich nur noch zu kurzen Atemzügen imstande, wie als Kind, als die Ärzte mir erklärten, ich hätte Asthma. Doch sie irrten sich: Meine Kurzatmigkeit hatte nichts mit Asthma zu tun. Sondern mit

Angst und Panikattacken und Hyperventilation. Und dieses Gefühl jetzt gleicht dem von damals. Als versuche man durch einen extrem dünnen Strohhalm Sauerstoff zu inhalieren. Als würde die Lunge dichtmachen und sich verabschieden. Schwindel erfasst mich. Und die Schmerzen sind übermächtig. Die Schmerzen, Schmerzen, Schmerzen. Die Schmerzen sind entsetzlich. Nicht auszuhalten. Überwältigend.

Plötzlich bin ich blind.

Ich spüre das Blut, das aus mir herausfließt, während ich blinzle wie verrückt, um wieder etwas sehen zu können. Doch da ist nur ein weißer Schleier vor meinen Augen. Und ich höre nichts mehr außer dem Pochen in meinen Ohren und den kurzen kurzen kurzen keuchenden Atemzügen, und mir ist heiß, so heiß, das Blut aus meinem Körper ist so frisch und warm und bildet eine Lache unter mir, neben mir.

Das Leben fließt aus mir heraus, und ich denke an den Tod, denke, dass mein Leben so kurz war und ich es kaum leben konnte. Die meisten Jahre habe ich in Furcht zugebracht, bin niemals für mich selbst eingetreten, habe immer versucht so zu sein, wie die anderen mich haben wollten. 17 Jahre lang habe ich versucht, mich zu verbiegen, um anderen Menschen das Gefühl zu geben, dass sie in meiner Nähe in Sicherheit sein konnten.

Doch es hat nichts genützt.

Ich werde sterben, ohne auch nur das Geringste erreicht zu haben. Ich bin immer noch ein Niemand. Nur ein dummes kleines Mädchen, das im Haus eines Geistesgestörten verblutet.

Und ich denke: Wenn ich noch mal von vorne anfangen könnte, würde ich alles anders machen.

Ich würde besser sein. Ich würde etwas aus mir machen.

Ich würde erfreuliche Spuren hinterlassen in dieser erbärmlichen Welt.

Als Erstes würde ich Anderson umbringen.

Leider bin ich nun selbst dem Tod schon so nah.

71

Ich schlage die Augen auf.

Und wundere mich über dieses seltsame Leben nach dem Tode. Merkwürdig, dass Warner hier ist, dass ich mich nicht bewegen kann, dass ich immer noch extreme Schmerzen habe. Noch absurder finde ich, dass mein Blick auf Tana und Randa fällt. Was sie hier machen, kann ich gar nicht begreifen.

Ich höre etwas.

Die Laute werden deutlicher, und da ich den Kopf nicht bewegen kann, konzentriere ich mich auf diese Geräusche.

Stimmen.

»Ihr müsst!«, schreit Warner.

»Aber wir – wir k-können sie nicht anfassen«, sagt Tana mit tränenerstickter Stimme. »Deshalb können wir ihr nicht helfen –«

»Ich kann nicht glauben, dass sie wirklich stirbt«, keucht Randa. »Ich hätte nicht gedacht, dass du die Wahrheit sagst –«

»Sie stirbt nicht!«, erwidert Warner. »Sie wird nicht sterben! Bitte hört mir doch zu!« Er klingt verzweifelt. »Ihr könnt ihr helfen. Ich versuche euch doch schon die ganze Zeit zu erklären, wie. Ihr müsst mich berühren – ich kann eure Kräfte übernehmen – ich kann als Überträger funktionieren, und eure Energie –«

»Das kann nicht sein«, widerspricht Tana. »Das ist nicht – Castle hat nicht gesagt, dass du das kannst – das hätte er uns doch wissen lassen –«

»Großer Gott, bitte hört doch auf mich«, sagt Warner mit brechender Stimme. »Ich versuche nicht, euch reinzulegen –«

»Du hast uns entführt!«, schreien beide Mädchen gleichzeitig.

»Das war ich nicht! Ich habe euch nicht entführt –«

»Wie sollten wir dir vertrauen können?«, sagt Tana. »Woher sollen wir wissen, dass du ihr das nicht selbst angetan hast?«

»Wieso kümmert ihr euch nicht um sie?«, versetzt Warner, und er hört sich an, als bekäme er keine Luft mehr. »Wie könnt ihr sie einfach so da liegenlassen? Seht ihr nicht, dass sie verblutet – ich dachte, ihr seid ihre Freundinnen –«

»Das sind wir auch!«, erwidert Tana aufgebracht. »Aber wie können wir ihr jetzt helfen? Wo sollen wir sie hinbringen? Und zu wem? Niemand kann sie berühren, und sie hat schon so viel Blut verloren – schau sie doch nur an –«

Jemand keucht erschrocken.

»Juliette?«

Schritte, laut laut laut, um meinen Kopf herum. Alle Geräusche knallen aufeinander, drehen sich im Kreis. Offenbar bin ich doch noch nicht tot.

Ich habe keine Ahnung, wie lange ich schon hier liege.

»Juliette? JULIETTE –«

Warners Stimme ist eine Rettungsleine, an die ich mich klammern will. Ich will sie festhalten und mir um die Taille schlingen, und ich will, dass er mich aus dieser gelähmten Welt herauszieht, in der ich gefangen bin. Ich will ihm sagen, dass er sich keine Sorgen machen soll, dass alles gut ist, dass ich es akzeptiert habe, ich bin jetzt bereit zu sterben – aber ich kann nichts sagen. Ich bringe keinen Ton hervor, kann nicht richtig atmen, kann meine Lippen nicht bewegen. Nur diese qualvollen kleinen Atemzüge tun und mich fragen, warum mein Körper noch nicht aufgegeben hat.

Plötzlich setzt Warner sich mit gespreizten Beinen auf mich, ohne mich zu belasten, schiebt meine Ärmel hoch. Er greift meine bloßen Arme und sagt zu mir: »Du wirst wieder gesund. Wir helfen dir – wir heilen dich – und du – du wirst überleben.« Er atmet mehrmals tief ein. »Alles wird wieder gut. Hörst du mich, Juliette? Kannst du mich hören?«

Ich blinzle. Blinzle und blinzle und blinzle und finde diese Augen noch immer so faszinierend. Dieses fantastische Grün.

»Haltet mich beide an den Armen fest«, schreit er den Mädchen zu. »Jetzt sofort! Bitte! *Ich flehe euch an* –«

Und aus irgendeinem Grund hören sie auf ihn.

Vielleicht sehen sie in seinem Gesicht auch das, was ich durch den Nebel vor meinen Augen erkenne. Die Verzweiflung, die Angst, diesen Ausdruck in seinen Augen – als würde auch er sterben, wenn ich sterbe.

Und ich denke unwillkürlich, dass dies ein interessantes Geschenk der Welt an mich wäre.

Dass ich nicht alleine sterben werde.

72

Ich bin wieder blind.

Die Hitze, die sich plötzlich in meinem Körper ausbreitet, ist so stark, dass ich nichts mehr sehen kann. Und auch nichts mehr spüren außer Hitze, versengende Hitze, die in meine Knochen strömt, in meine Nerven, meine Haut, meine Zellen.

Alles steht in Flammen.

Zuerst denke ich, es sei diese Hitze aus meiner Brust, der Schmerz aus diesem Loch, das früher mein Herz war. Doch dann merke ich, dass diese neue Hitze nicht schmerzt. Sie ist im Gegenteil wohltuend. Extrem und intensiv, aber beruhigend. Mein Körper will sich nicht gegen sie wehren. Will sich ihr nicht entziehen, will sich nicht vor ihr schützen.

Als dieses Feuer meine Lunge erreicht, spüre ich, wie sich mein Rücken vom Boden löst. Und wie ich in gierigen riesigen Zügen Luft einatme. Ich trinke Sauerstoff, sauge ihn ein, verschlinge ihn, so schnell wie möglich, mein Körper kämpft darum, möglichst viel davon in sich aufzunehmen.

Meine Brust fühlt sich an, als würde sie zusammengeflickt, als heile mein Fleisch mit unmenschlicher Geschwindigkeit, und ich blinzle und atme und bewege den Kopf und versuche etwas zu erkennen, alles ist noch verschwommen, wird aber allmählich klarer. Ich spüre meine Finger und Zehen und Glieder, und ich höre mein Herz schlagen, und plötzlich kann ich die Gesichter über mir klar erkennen.

Und die Hitze ist schlagartig verschwunden.

Die Hände sind verschwunden.
Ich sinke auf den Boden zurück.

Und alles wird schwarz.

73

Warner schläft.

Das weiß ich, weil er direkt neben mir liegt. Es ist so dunkel, dass ich mehrmals blinzeln muss, um zu begreifen, dass ich jetzt nicht mehr blind bin. Aber durch ein Fenster strömt das Licht des Vollmonds in diesen kleinen Raum.

Ich bin immer noch hier. In Andersons Haus. In diesem Zimmer, das früher wahrscheinlich Warners Schlafzimmer war.

Und Warner schläft neben mir im Bett.

Sein Gesicht wirkt so weich und sanft im Mondlicht. Täuschend still, arglos, unschuldig. Und ich denke, wie unfassbar das ist, dass er hier ist und neben mir liegt.

Dass wir zusammen in dem Bett liegen, in dem er als Kind geschlafen hat.

Dass er mir das Leben gerettet hat.

Ich bewege mich nur ein bisschen, und Warner reagiert sofort, setzt sich abrupt auf, keuchend und blinzelnd. Er schaut mich an, sieht, dass ich wach bin und meine Augen offen sind, und erstarrt.

So vieles will ich ihm sagen, will ich ihm erzählen. Da ist so vieles, was ich tun muss, was ich klären und entscheiden muss.

Doch vorerst habe ich nur eine einzige Frage.

»Wo ist dein Vater?«, flüstere ich.

Warner braucht einen Moment, um sich zu fassen. Dann antwortet er: »Wieder im Hauptquartier. Er ist aufgebrochen, nachdem er«, er zögert, ringt mit sich, »sofort nachdem er auf dich geschossen hatte.«

Unglaublich.

Er ließ mich einfach da liegen, blutend. Ein hübsches kleines Geschenk für seinen Sohn. Eine hübsche kleine Lektion für seinen Sohn. Verliebe dich, und du darfst zugucken, wie deine Liebste erschossen wird.

»Er weiß also nicht, dass ich hier bin?«, frage ich. »Dass ich noch am Leben bin?«

Warner schüttelt den Kopf. »Nein.«

Und ich denke, *Gut*. Das ist sehr gut. Viel besser, wenn er glaubt, dass ich tot bin.

Warner schaut mich immer noch an. Schaut und schaut und schaut und sieht aus, als wolle er mich berühren, wage es aber nicht, mir zu nahe zu kommen. Dann flüstert er: »Wie geht es dir, Süße? Wie fühlst du dich?«

Und ich lächle in mich hinein, denke, wie viele Antworten es auf diese Frage gibt.

Ich denke daran, dass mein Körper so erschöpft und ausgelaugt und entkräftet ist wie noch nie zuvor in meinem Leben. Ich denke daran, dass ich in 2 Tagen nichts außer einem Glas Wasser zu mir genommen habe. Dass ich noch nie zuvor weniger einschätzen konnte, wie Menschen wirklich sind. Dass ich hier in einem Haus bin, an dessen Existenz niemand mehr glaubte, und mit einem der meistgehassten und meistgefürchteten Menschen des Sektor 45 in einem Bett liege. Und dass dieses bedrohliche Wesen so viel Zärtlichkeit in sich trägt und mir das Leben gerettet hat. Dass der Vater dieses Jungen mich erschießen wollte und ich nur wenige Stunden zuvor in einer Lache meines eigenen Bluts lag.

Ich denke daran, dass meine Freunde vermutlich noch kämpfen und dass Adam sicher furchtbar leidet, weil er nicht weiß, wo ich bin und was mir zugestoßen ist. Dass Kenji immer noch so vielen Menschen eine Stütze ist. Dass Brendan und Winston womöglich immer noch vermisst werden. Dass vielleicht alle Bewohner von Omega Point inzwischen tot sind. Und das bringt mich zum Nachdenken.

Ich fühle mich besser als je zuvor in meinem Leben.

Ich staune, wie verändert ich mich fühle. Und ich weiß, dass von jetzt an alles anders werden wird. Ich muss so vieles erledigen. So viele offene Rechnungen begleichen. So vielen Freunden helfen.

Alles ist anders.

Denn einst war ich ein Kind.

Heute bin ich noch immer ein Kind, aber nun habe ich einen eisernen Willen und zwei stählerne Fäuste und bin um 50 Jahre gealtert. Ich habe endlich verstanden, worum es geht. Ich habe endlich verstanden, dass ich stark genug bin, dass ich wohl auch mutig genug bin, dass ich nun vielleicht endlich tun kann, was ich tun muss.

Jetzt bin ich eine Macht.

Eine menschliche Mutation.

Ein lebendiger Beweis dafür, dass die Natur endgültig zerstört ist, dass sie sich selbst fürchtet vor dem, was sie geschaffen hat, was sie geworden ist.

Und ich bin stärker. Ich bin wütender.

Ich bin bereit, etwas zu tun, das ich garantiert bereuen werde, aber jetzt ist mir das egal. Ich bin es leid, nett zu sein. Ich bin es leid, ängstlich zu sein. Ich fürchte mich vor gar nichts mehr.

In meiner Zukunft wartet das große Chaos.

Und ich werde keine Handschuhe tragen.

DANKSAGUNG

Ich will nachsichtige Freunde und großmütige Fremde und stundenlangen ungestörten Schlaf. Ich will die süßesten Blaubeeren, die besten Gespräche, die herzlichsten Umarmungen, und ich will Diebe, die deine Traurigkeit stehlen. Ich will Polarlichter und lautes Lachen; ich will Unendlichkeit und alles, was dorthin führt, und das alles will ich für dich. Meinen allerliebsten Freund. Meinen Ehemann. Du bist meine Lieblingsfarbe, meine Lieblingsjahreszeit, mein Lieblingswochentag. Ich will alles, was sich in dieser Welt zu besitzen lohnt, um es dir zu schenken.

Meine Mutter. Mein Vater. Meine Brüder. Meine Familie. Ich liebe euch lachend. Ich liebe euch weinend. Ich liebe euer Lachen und euer Weinen über jeder Teekanne, die wir gemeinsam geleert haben. Ihr seid die großartigsten Menschen, die ich kenne, und ihr seid gezwungen, mich mein Leben lang zu kennen, und ihr habt euch noch nie beklagt. Seid bedankt, immer, für jedes heiße Getränk. Und dafür, dass ihr meine Hand niemals losgelassen habt.

Jodi Reamer. Ich sagte Hallo, und du hast gelächelt, und deshalb fragte ich nach dem Wetter, und du sagtest, das Wetter? Das Wetter ist unberechenbar. Ich sagte, und was ist mit der Straße? Du sagtest, die Straße ist unwegsam. Ich sagte, weißt du, was geschehen wird? Du sagtest, keinesfalls. Und dann stelltest du mich den besten Jahren meines Lebens vor. Ich sage, dich zu vergessen ist nicht möglich.

Tara Weikum. Du liest die Worte, die ich mit meinem

Herzen und meinen Händen schreibe, und verstehst sie mit erschütternd schmerzhafter Genauigkeit. Deine Klugheit, deine Geduld, deine endlose Güte. Dein großzügiges Lächeln. Es ist eine solch große Ehre, mit dir zu arbeiten.

Tana. Randa. Wir haben viele Jahre zusammen verlebt – in Trauer und in Freude. Doch nie habe ich so viele Tränen vergossen wie beim Lachen mit euch. Eure Freundschaft ist mein größtes Geschenk; ist ein Segen, um den ich mich jeden Tag verdient machen will.

Sarah. Nathan. Für eure unerschütterliche Unterstützung. Wie wunderbar ihr seid, lässt sich nicht in Worte fassen.

Sumayyah. Für deine Schulter und dein Ohr und den sicheren Raum, den du mir gewährst. Ohne ihn käme ich nicht zurecht.

Ein gigantisches Dankeschön an all meine lieben Freunde bei HarperCollins und Writers House, denen nie genügend gedankt wird für alles, was sie leisten: Melissa Miller für die liebevolle Zuwendung und Begeisterung; Christina Colangelo, Diane Naughton und Lauren Flower für Energie und Leidenschaft und unschätzbar wertvolle Marketing-Künste; Marisa Russell, meiner außergewöhnlich begabten Pressefrau, die so schlau und liebenswürdig ist. Viele weitere Dankeschöns für Ray Shappell und Alison Donalty, die meine fantastischen Cover zum Leben erwecken; Brenna Franzitta, der ich täglich dafür dankbar bin, dass sie so eine hervorragende Korrektorin ist (und ich hoffe, ich habe das mit dem Doppelpunkt jetzt richtig gemacht); Alec Shane für alles, aber auch für seine Gelassenheit, wenn sonderbares, tropfendes Kinderspielzeug in seinem Büro landet; Cecilia de la Campa, die dafür sorgt, dass meine Bücher auf der ganzen Welt erhältlich sind; Beth Miller für ihre treue Unterstützung; und Kassie Evashevski von der United Talent Agency für ihre Geduld und ihre scharfe Intuition.

Und immer allerherzlichsten Dank an meine Leserinnen und Leser! Ohne euch hätte ich nur die Figuren in meinem Kopf zum Reden. Ich danke euch, dass ihr Juliettes Wege mit mir beschreitet.

Und alle meine Freunde bei Twitter, Tumblr, Facebook und meinem Blog: ich danke euch. So sehr. Ich glaube, ihr könnt gar nicht ahnen, wie viel mir eure Freundschaft, eure Unterstützung, eure Großzügigkeit bedeuten.

Ich danke euch. Für immer und ewig.

Rette mich vor dir

hat Ihnen gefallen?

Dann können Sie sich darauf freuen, dass es
im dritten Roman der Trilogie um Juliette

Ich brenne für dich

genau so spannend weitergeht:

Nach der verlorenen Schlacht gegen das Reestablishment
ist Omega Point, der Zufluchtsort der Rebellen, zerstört,
Juliettes Freunde und Kampfgefährten sind in alle
Winde zerstreut. Auch über das Schicksal ihrer ersten
großen Liebe Adam ist sie im Ungewissen – ebenso
wie über ihre Gefühle für ihn. Die einzige Gewissheit,
die ihr noch bleibt, ist, dass sie das grausame Regime
unbedingt besiegen muss. Doch dazu wird sie sich Warner
anvertrauen müssen, Kommandeur von Sektor 45, Sohn
des feindlichen Oberbefehlshabers – und durch eine
seltsame Fügung des Schicksals nunmehr Juliettes einziger
Verbündeter. Der eine Mensch, den sie auf ewig zu hassen
schwor. Und der ihr Leben rettete. Jetzt verspricht er, an
ihrer Seite gegen seinen Vater zu kämpfen. Doch kann sie
ihm vertrauen? Und was will er wirklich von ihr?

»Dieses Buch übertrifft alle Erwartungen!«
Teenreads.com

Auf den folgenden Seiten
finden Sie Ihre exklusive Leseprobe aus
Ich brenne für dich

1

Ich bin ein Stundenglas.

Meine siebzehn Lebensjahre sind in sich zusammen-gebrochen und haben mich von innen heraus begraben. Meine Beine sind mit Sand gefüllt und verschweißt, und Sandkörner rieseln auch durch meinen Kopf, unentschlossen, ungeduldig, während die Zeit aus meinem Körper rinnt. Der kleine Zeiger einer Uhr tippt mich an, um eins und zwei, um drei und vier, flüstert, hallo, aufwachen, aufstehen, es ist Zeit zum

Aufwachen

Aufwachen

»Aufwachen«, flüstert er.

Ein scharfes Einatmen, und ich bin wach, aber nicht aufrecht, verblüfft, aber nicht verstört, und blicke in abgrundtief grüne Augen, die viel zu viel zu wissen scheinen. Aaron Warner Anderson beugt sich über mich, seine Augen betrachten mich besorgt, seine Hand verharrt in der Luft, als habe er mich berühren wollen.

Er zuckt zurück.

Starrt mich weiter an. Seine Brust hebt und senkt sich.

»Guten Morgen«, krächze ich. Auf meine Stimme ist ebenso wenig Verlass wie auf Datum und Uhrzeit, wie auf die Worte, die mir über die Lippen kommen, wie auf diesen Körper, der meine Hülle ist.

Warner trägt ein weißes Button-Down-Hemd, das halb aus seiner erstaunlich faltenlosen schwarzen Hose hängt. Die Ärmel sind aufgerollt, hinter die Ellbogen geschoben.

Sein Lächeln sieht aus, als bereite es ihm Schmerzen.

Es gelingt mir, mich aufzusetzen, und Warner rückt beiseite, um mir Platz zu machen. Schwindel erfasst mich. Ich schließe die Augen und rühre mich nicht, bis das Gefühl verfliegt.

Ich bin geschwächt, erschöpft und hungrig, aber von ein paar Schmerzen hie und da abgesehen scheine ich unversehrt zu sein. Ich lebe. Ich atme und blinzle und fühle mich menschlich, und ich weiß genau, warum.

Ich sehe Warner an. »Du hast mir das Leben gerettet.«

Man hat mir in die Brust geschossen.

Warners Vater hat mir eine Kugel in die Brust gejagt, und ich spüre noch immer den Widerhall. Wenn ich mich konzentriere, erlebe ich den Moment aufs Neue; den Schmerz: so mörderisch, so unerträglich; nie werde ich ihn vergessen können.

Zittrig atme ich ein.

Ich nehme plötzlich den Raum wahr, der mir fremd und vertraut zugleich ist, und etwas in mir schreit panisch, dass ich doch ganz woanders eingeschlafen bin. Mein Herz rast, und ich rutsche nach hinten, stoße mir den Rücken am Kopfbrett des Bettes, meine Hände krallen sich in die Laken, und ich versuche nicht auf den Kronleuchter zu starren, an den ich mich nur allzu gut erinnere –

»Alles ist in Ordnung«, sagt Warner. »Keine Sorge –«

»Wieso bin ich hier?« Panik, Panik; Grauen vernebelt meine Gedanken. »Wieso hast du mich hierhergebracht –?«

»Juliette, bitte, ich werde dir nichts antun –«

»Warum hast du mich dann wieder hierhergebracht?«
Meine Stimme bricht, ich ringe um Beherrschung.
»Wieso hast du mich an diesen grauenhaften Ort –«

»Ich musste dich verstecken.« Er seufzt und starrt an
die Wand.

»Was? Warum?«

»Weil niemand weiß, dass du am Leben bist.« Er sieht
mich an. »Ich musste zurück zum Hauptquartier. Ich
musste so tun, als sei alles in Ordnung und als hätte ich
es furchtbar eilig.«

Ich zwinge mich, die Angst wegzuschließen.

Ich betrachte Warners Gesicht und versuche seinen
ruhigen, ernsthaften Tonfall einzuschätzen. Die Erinnerung an letzte Nacht kehrt zurück – es muss Nacht
gewesen sein –, an sein Gesicht, als er im Dunkeln neben mir lag. Er war behutsam und sanft und fürsorglich,
und er hat mich gerettet, hat mir das Leben gerettet. Hat
mich wahrscheinlich ins Bett getragen, mich zugedeckt.
Nur er kann das getan haben.

Doch als ich an mir herunterblicke, sehe ich, dass ich
saubere Kleidung trage, ohne Blut oder Löcher oder andere Spuren, und ich frage mich, wer mich gewaschen
und umgekleidet hat, und überlege beunruhigt, ob das
wohl auch Warner getan hat. »Hast du …« Ich zögere,
berühre das T-Shirt, das ich anhabe. »Hast du – ich
meine – die Sachen hier –«

Er lächelt. Starrt mich an, bis ich rot anlaufe und
zu dem Schluss komme, dass ich ihn gerade ein bisschen hasse. Dann schüttelt er den Kopf. Blickt auf seine
Handflächen. »Nein. Das haben die Zwillinge gemacht.
Ich habe dich nur ins Bett getragen.«

»Die Zwillinge«, flüstere ich benommen.

Die Zwillinge.

Tana und Randa. Die beiden Heilerinnen waren auch da, und sie haben Warner geholfen. Haben ihm geholfen, mich zu retten, weil er nun der Einzige ist, der mich berühren kann, der einzige Mensch auf der Welt, der die Heilenergie der Zwillinge in meinen Körper leiten konnte.

Meine Gedanken lodern.

Wo sind die Zwillinge, was ist mit ihnen passiert, und wo ist Anderson, und der Krieg, und o Gott, was ist mit Adam und Kenji und Castle, und ich muss aufstehen, ich muss aufstehen, ich muss aufstehen und etwas tun

aber

als ich mich bewegen will, muss Warner mich auffangen. Ich bin zu kraftlos und zittrig, fühle mich immer noch, als seien meine Beine im Bett verankert, und plötzlich kann ich nicht mehr richtig atmen, sehe Flecken vor den Augen, bin zu schwach. Muss aufstehen. Muss raus.

Kann nicht.

»Warner.« Meine Augen suchen sein Gesicht. »Was ist passiert? Was ist mit dem Kampf –?«

»Bitte.« Er hält mich an den Schultern fest. »Du musst es langsam angehen. Du solltest was essen –«

»Sag es mir –«

»Willst du nicht zuerst etwas essen? Oder duschen?«

»Nein«, höre ich mich sagen. »Ich muss es jetzt sofort wissen.«

Ein Moment. Zwei, drei.

Warner holt tief Luft. Eine Million weitere Momente. Seine rechte Hand legt sich auf die linke, dreht den Jadering am kleinen Finger, wieder und immer wieder. »Es ist vorbei«, sagt er.

»Was⸮«

Ich sage das Wort, aber meine Lippen geben keinen Laut von sich. Ich bin wie betäubt. Blinzle und sehe nichts.

»Es ist vorbei«, wiederholt Warner.

»Nein.«

Ich stoße das Wort mit dem Atem aus, stoße seine Unfassbarkeit aus.

Er nickt. Um mir zu widersprechen.

»Nein.«

»Juliette –«

»Nein«, sage ich. »Nein. Nein. Sag nicht so etwas Dummes. Sei nicht albern. *Und lüg mich nicht an, verflucht*«, meine Stimme ist jetzt brüchig und schrill und unstet und »Nein«, keuche ich, »nein, nein, nein –«

Diesmal gelingt es mir aufzustehen. Tränen schießen mir in die Augen, und ich blinzle und blinzle, aber die Welt ist Chaos, und ich will lachen, weil ich denke, wie grausam und wunderbar sie ist und dass unsere Augen die Wahrheit verschleiern, wenn wir es nicht ertragen können, sie zu sehen.

Der Boden ist hart.

Daran gibt es keinen Zweifel, denn er drückt plötzlich gegen mein Gesicht, und Warner versucht mich anzufassen, aber ich schreie wohl und schlage nach ihm, weil ich die Antwort schon kenne. Ich weiß die Antwort, weil das Grauen in mir aufsteigt und meine Eingeweide durchwühlt, aber ich frage dennoch. Ich liege quer, doch ich stürze noch immer, und die Löcher in meinem Kopf reißen auf, und ich starre auf den Teppich und weiß nicht, ob ich überhaupt noch lebe, aber ich muss es hören.

»Warum⸮«, frage ich.

Nur ein Wort, schlicht und dumm.

»Warum ist es vorbei, warum ist der Kampf vorbei?«, frage ich. Ich atme nicht mehr und spreche nicht richtig, spucke nur Buchstaben aus.

Warner wendet den Blick ab.

Er starrt an die Wand und auf den Boden und zum Bett und auf seine Knöchel, als er die Hände zur Faust ballt, aber er sieht mich nicht an, nein, mich schaut er nicht an, und seine nächsten Worte sind so leise, so leise.

»Weil sie tot sind, Süße. Weil sie alle tot sind.«

2

Mein Körper blockiert.

Meine Knochen, mein Blut, mein Hirn erstarren, sind schlagartig wie gelähmt, und ich kann kaum noch atmen. Mühsam ringe ich um Luft, und die Wände vor meinen Augen schwanken unerbittlich.

Warner nimmt mich in die Arme.

»Lass mich los!«, schreie ich, aber nur in meiner Fantasie, denn meine Lippen können sich nicht mehr bewegen, und mein Herz ist stehen geblieben, und mein Geist ist Schrott, und meine Augen meine Augen scheinen zu bluten. Warner flüstert Trostworte, die ich kaum höre, und seine Arme umklammern mich, versuchen mich durch körperliche Kraft zusammenzuhalten, aber das ist sinnlos.

Ich fühle rein gar nichts.

Warner wiegt mich, murmelt beruhigend, und erst jetzt merke ich, dass ich einen entsetzlichen, markerschütternden Laut von mir gebe, weil der Schmerz mich zerfetzt. Ich will sprechen, widersprechen, Warner beschuldigen, ihn einen Lügner schimpfen, aber ich kann nichts sagen, keine Laute formen, nur diese Töne, die so jämmerlich sind, dass ich mich meiner selbst schäme. Ich reiße mich los, krümme mich keuchend zusammen, umklammere meinen Bauch.

»Adam«, würge ich.

»Juliette, bitte –«

»Kenji.« Ich atme hastig und stoßweise, vornübergebeugt.

»Bitte, Süße, ich möchte dir helfen –«

»Was ist mit James?«, höre ich mich fragen. »Er war in Omega Point – er durfte n-nicht – m-mitkommen –«

»Es ist alles zerstört worden«, sagt Warner langsam und tonlos. »Alles. Sie haben einige von euren Leuten so schlimm gefoltert, dass sie die Lage von Omega Point verraten haben. Dann hat das Reestablishment alles in die Luft gejagt.«

»O *Gott*.« Ich schlage die Hand vor den Mund und starre zur Decke.

»Es tut mir so leid«, sagt Warner. »Du kannst dir gar nicht vorstellen, wie sehr.«

»Lügner«, flüstere ich, mit Hass in der Stimme. Ich bin jetzt zornig und gemein und will nicht gerecht sein. »Es tut dir überhaupt nicht leid.«

Ich werfe ihm einen raschen Blick zu und sehe, wie der Schmerz in seinen Augen aufblitzt und wieder erlischt. Warner räuspert sich.

»Es tut mir leid«, wiederholt er, leise, aber entschieden. Nimmt seine Jacke vom Kleiderständer, schlüpft hinein.

»Wo gehst du hin?« Ich fühle mich sofort schuldig.

»Du brauchst Zeit, um das zu verarbeiten, und legst offenbar keinen Wert auf meine Gesellschaft. Ich werde ein paar Sachen erledigen, bis du bereit bist zu reden.«

»Bitte sag mir, dass du dich irrst.« Meine Stimme bricht, und mir stockt der Atem. »Sag mir, es gibt noch eine Chance, dass du dich irrst –«

Warner blickt mich lange eindringlich an. »Wenn ich

auch nur die geringste Möglichkeit hätte, dir diesen Schmerz zu ersparen«, sagt er schließlich, »würde ich sie nutzen. Du musst doch wissen, dass ich es dir nicht gesagt hätte, wenn es noch Zweifel gäbe.«

Und *das* – seine Aufrichtigkeit – reißt mich endgültig entzwei.

Denn die Wahrheit ist so unerträglich, dass ich wünschte, er würde mich belügen.

Ich weiß nicht mehr, wann Warner hinausging.

Ich weiß nicht mehr, was er vorher sagte. Ich weiß nur, dass ich eine Ewigkeit zusammengekrümmt auf dem Boden liege. So lange, dass von meinen Tränen nur noch Salz bleibt, dass mein Hals austrocknet, dass meine Lippen rissig werden, dass mein Kopf so dröhnend hämmert wie mein Herz.

Langsam richte ich mich auf, spüre, wie sich mein Gehirn verzerrt. Es gelingt mir, mich zum Bett zu hangeln und mich daraufzusetzen, immer noch benommen, aber ein klein wenig klarer im Kopf. Ich ziehe die Knie an die Brust.

Ein Leben ohne Adam.

Ein Leben ohne Kenji, ohne James und Castle und Tana und Randa und Brendan und Winston und alle anderen von Omega Point. Meine Freunde, alle zerstört durch einen einzigen Knopfdruck.

Ein Leben ohne Adam.

Ich umschlinge meine Knie, bete, dass der Schmerz nachlässt.

Er tut es nicht.

Adam ist nicht mehr da.

Meine erste Liebe. Mein erster Freund. Mein einziger Freund, als ich niemand anderen hatte, und nun ist er nicht mehr da, und ich weiß nicht, wie mir zumute ist. Merkwürdig vor allem. Wie im Wahn. Leer und gebrochen und betrogen und schuldig und zornig und hoffnungslos, hoffnungslos traurig.

Wir hatten uns entfremdet, seit wir in Omega Point Zuflucht gesucht hatten, aber das war hauptsächlich meine Schuld gewesen. Er wollte mehr von mir, aber ich wünschte ihm ein langes Leben. Wollte ihn schützen vor den Schmerzen, die ich ihm zugefügt hätte. Ich hatte versucht ihn zu vergessen, ohne ihn weiterzumachen, mich auf eine Zukunft ohne ihn vorzubereiten.

Ich hatte geglaubt, sein Leben retten zu können, indem ich ihm fernblieb.

Dumm.

Die Tränen sind frisch und fallen schnell, rinnen lautlos über meine Wangen und in meinen keuchenden Mund. Meine Schultern zucken, meine Hände ballen sich zu Fäusten, mein Körper verkrampft sich, meine Knie schlagen aneinander, und alte Gewohnheiten kriechen aus meinem Inneren, und ich zähle Risse und Farben und Laute und mein eigenes Schaudern und wiege mich vor und zurück vor und zurück vor und zurück, und ich muss ihn loslassen loslassen loslassen loslassen loslassen

Ich schließe die Augen

und *atme*.

Raue, harte, rasselnde Atemstöße.

Ein.

Aus.

Zählen.

Ich kenne das, sage ich mir. Ich war schon viel einsamer, hoffnungsloser, verzweifelter. Ich kenne das und habe es überlebt. Ich kann das durchstehen.

Doch nie zuvor bin ich so brutal beraubt worden –

Liebe und Chancen, Freundschaften und Zukunft: weg. Ich muss ganz von vorne anfangen, der Welt wieder alleine gegenübertreten. Eine finale Entscheidung treffen: aufgeben oder weitermachen.

Ich stehe auf.

Mein Kopf dreht sich, meine Gedanken kollidieren, aber ich schlucke die Tränen hinunter. Ich balle die Fäuste und unterdrücke die Schreie und verwahre meine Freunde in meinem Herzen und

Rache

erschien mir noch nie

süßer.

Tahereh Mafi

Tahereh Mafi wurde als jüngstes von fünf Kindern in einer Kleinstadt in Connecticut geboren und lebt mittlerweile in Orange County in Kalifornien. Nach ihrem Abschluss an einem kleinen College in Laguna Beach studierte Mafi, die acht verschiedene Sprachen spricht, ein Jahr in Spanien. Danach reiste sie quer durch die Welt und fing nebenbei an zu schreiben. Mit ihrem Debüt »Ich fürchte mich nicht«, dem ersten Band der Trilogie um Juliette, eroberte sie die amerikanische Romantasy-Gemeinde und Bloggerwelt im Sturm.

Mehr zur Autorin und ihren Büchern unter https://taherehmafi.com.

<u>Mehr von Tahereh Mafi:</u>

Ich fürchte mich nicht. Roman (📖 auch als E-Book erhältlich)
Ich brenne für dich. Roman (📖 auch als E-Book erhältlich)